Kamel Daoud

Zabor

KAMEL DAOUD

Zabor

oder Die Psalmen

ROMAN

Aus dem Französischen
von Claus Josten

Kiepenheuer & Witsch

Der Übersetzer bedankt sich für die Förderungen aus dem Elmar-Tophoven-Mobilitätsfonds der Robert-Bosch-Stiftung und des Deutschen Übersetzerfonds für einen Arbeits- und Rechercheaufenthalt in Frankreich. Außerdem für die Unterstützung durch das französische Centre National du Livre (CNL)

MIX
Papier aus verantwortungsvollen Quellen
FSC® C083411
FSC
www.fsc.org

Verlag Kiepenheuer & Witsch, FSC® N001512

1. Auflage 2019

Die Orginalausgabe erschien unter dem Titel »Zabor ou Les Psaumes« 2017 bei Éditions Barzakh und bei Actes Sud.

Aus dem Französischen von Claus Josten

Umschlaggestaltung: Barbara Thoben, Köln, basierend auf dem Originalumschlag von Actes Sud
Umschlagmotiv: © Louiza Sid Ammi
Autorenfoto: © Claude Truong-Ngoc
Gesetzt aus der Apollo
Satz: Buch-Werkstatt GmbH, Bad Aibling
Druck und Bindung: CPI books GmbH, Leck
ISBN 978-3-462-05202-2

Meinem Vater Hamidou,
der mir sein Alphabet vererbt hat.
Er starb so würdevoll,
dass er seinen Tod besiegt hat.

Mit diesen kleinen, gedrungenen Buchstaben beschreibst du, was du siehst und hörst, sie sind gedrungen wie Ameisen und gehen aus von deinem Herzen nach rechts zu deinem Stolz.
Die Araber haben liegende Buchstaben, die sich auch hinknien und aufrichten wie Lanzen: Das ist eine Schrift, die sich ausbreitet und wieder zusammenfaltet wie eine Luftspiegelung, und die alles weiß, wie die Zeit, und stolz ist wie der Kampf.
Und ihre Schrift geht geradewegs von ihrem Stolz aus, um links dort anzukommen, wo alles endet: im Herzen.
Unsere Schrift im Hoggar ist eine Schrift von Nomaden, weil sie vielbeinig wie die Herden aus ganz vielen Stöcken besteht. Alles, was die Wüste durchschweift, Menschenbeine, Beine von Meharas, von Zebus, von Gazellen.
Und die Kreuze sagen dir, ob es dann nach rechts oder links geht, und, schau mal, die Punkte, es gibt so viele Punkte. Das sind die Sterne, die uns in der Nacht leiten, weil wir Sahara-Menschen nur einen Weg kennen, diesen Weg, auf dem uns abwechselnd nur die Sonne und die Sterne den Weg weisen.
Und wir gehen aus von unserem Herzen und drehen und wenden uns in immer größer werdenden Kreisen darum herum, um dann die anderen Herzen im Kreislauf des Lebens zu umfangen, wie der Horizont deine Herde und Dich selbst umfängt.

DASSINE OULT YEMMA, Tuareg-Musikerin und Dichterin am Beginn des 20. Jahrhunderts

I
Der Körper

1

(Draußen krümmt sich der Mond wie ein heulender Hund vor Schmerz. Die Nacht ist in ihrer dunkelsten Tiefe und erlegt dem kleinen Dorf unbekannte, unermessliche Weiten auf. Jemand rüttelt heftig am Schnappschloss der alten Tür und andere Hunde antworten darauf. Ich weiß nicht, was ich machen soll, und auch nicht, ob ich aufhören muss. Das schwerfällige Atmen des Alten lässt die Zimmerecken näher rücken und liegt beklemmend in der Luft. Ich versuche mich abzulenken, indem ich woanders hinschaue. Auf die Wände des Zimmers, zwischen dem Schrank und dem Foto von Mekka, wo die abgeblätterte alte Wandfarbe Kontinente zeichnet. Alte ausgetrocknete und durchlöcherte Meere. Ausgetrocknete Flüsse, vom Himmel aus gesehen. »Nūn! Bei dem Griffel und wer ihn führt«, spricht das Heilige Buch in meinem Kopf. Aber das nutzt nichts. Der Alte hat keinen Körper mehr, nur noch ein Kleidungsstück. Er wird sterben, weil er im Buch seines Lebens keine Seiten mehr zu lesen hat.)

Schreiben ist die einzig wirksame List gegen den Tod. Die Leute haben es mit dem Beten, den Medikamenten, der Magie, den Versen in endlosen Schleifen oder mit Bewegungslosigkeit versucht, aber ich bin wohl der Einzige, der die Lösung gefunden hat: Schreiben. Aber ich musste wirklich immer schreiben, mir nur kurz Zeit nehmen, um zu essen und um meine Notdurft zu verrichten, gerade zur Genüge kauen und den Rücken meiner Tante kratzen, während ich sehr frei die Dialoge der ausländischen Filme übersetze, um ihre Erinnerungen an all die Lebensgeschichten wiederzubeleben, die sie nie gelebt hat. Die arme Frau, die für sich allein schon ein Buch verdient, das sie hundert Jahre alt werden lassen würde.

Streng genommen durfte ich nie mehr den Kopf heben, sondern musste dableiben, fleißig und immer herabgebeugt, eingeschlossen wie ein Märtyrer in meine tiefen Gedanken, kritzelnd wie ein Epileptiker, und mit der mangelnden Disziplin der Worte hadern und deren Neigung, sich zu vermehren. Eine Frage von Leben und Tod, von vielen Toten im Grunde, und des ganzen Lebens. Alle, Alt und Jung, sind der Geschwindigkeit meines Schreibens ausgesetzt, dem Knirschen meiner Kalligrafie auf dem Papier und dieser lebenswichtigen Genauigkeit, die ich kultiviere, um genau das eine Wort zu finden, die eine Nuance, die jemanden vor dem Abgrund bewahrt, oder das Synonym, das in der Lage ist, das Ende der Welt hinauszuschieben. Wahnsinn. Die vielen Hefte, die ich vollschreiben musste. 120 weiße Seiten oder mehr, vorzugsweise ohne Linien, in einem Heftschoner, hart und glatt wie Stein, aber dabei ganz aufmerksam und von einer speckigen und lauwarmen Beschaffenheit, um die Oberfläche meines Handballens nicht zu reizen.

(Kurzes Hüsteln. Ein gutes Zeichen. Das Licht kehrt zurück ins Zimmer und der Körper des Sterbenden wirkt

gleich weniger grau. Ein Rinnsal aus hellem Schleim fließt aus dem durch das Gebiss verzogenen Mund heraus und versiegt auf dem Kinn.)

Ich kaufte Unmengen dieser Hefte, sooft ich Begegnungen mit Leuten hatte, von denen das Gerücht umging, sie wären bereits im Begriff zu sterben, weil sie krank oder alt waren oder einen Unfall gehabt hatten: zwei am Tag, manchmal zehn oder mehr; einmal habe ich achtundsiebzig Hefte auf einmal gekauft, nachdem ich bei einer prunkvollen Hochzeit eines Nachbarn eingeladen war (ich saß allein auf dem Boden vor einer schrecklichen Platte mit Fleisch, die ich nicht angerührt habe, war völlig unberührt von der kreischenden Musik, mein Körper war gänzlich schalldicht, was aber allen egal war, außer dem Bräutigam in seinem lächerlichen Anzug, der herbeikam, um mir kurz die Hand zu schütteln) und nachdem ich die Unvorsichtigkeit begangen hatte, zu viele Leute anzusehen, für die ich, ohne dass sie es wussten, als Garant ihrer Langlebigkeit nun verantwortlich geworden war. Denn, oh mein Herrgott! Ich war der Ruderer und sie die Passagiere.

Der nächstgelegene »Buchhändler« – so nannte man bei uns die Läden für Tabakwaren, Umschläge, Briefmarken, Hefte und Zeitungen – kannte mich und stellte mir nie die Frage, was ich kaufen wollte: Im Dorf Aboukir *(Zentrum der Welt, gelegen zwischen Bauchnabel und Herz, einige Kilometer entfernt vom Meer, das ein Wort ist, das keinerlei Beugung bedarf, um unendlich zu sein)* bezeichnete man mich als den Sohn des Fleischers, »der niemals aufhörte zu lesen«, und man meinte damit, dass ich wie ein Besessener seit meiner Jugend die Hefte vollschmierte. Die Opulenz meines Vaters musste ein Gegenstück haben, und das war ich mit meinem langen und krummen Körper, mit meinem Blick wie ein Natursee und einer lächerlichen Stimme, wie der Hohn des Schicksals angesichts des Vermögens meines Erzeugers. Die höflichsten Leute im Dorf schickten mir die alten, in den Lagerhallen gefundenen Bücher, die vergilbten Seiten aus der Zeit der Kolonialherren, zerrissene Zeitschriften, Gebrauchsanweisungen über die Nutzung von längst verschwundenen oder gar nicht geborenen Maschinen und vor allem faszinierende Romane ohne Autorennamen, mit ausgerissenen ersten Seiten (verkrüppelte Körper, durch Inkohärenz verfälschte Geschichten, und echte Waisen, die ich sofort in meine Sammlung aufnehme). Ihre Unordnung war die Säule meiner Welt und der Rest wurde schriftlich in den Heften festgehalten. Ich war schweigsam und glänzte in der Schule, jedenfalls während der ersten Jahre. Ich hatte eine schöne Handschrift – sie erfüllte die Funktion von Adern unter der Haut des schönen Scheins. Und sie diente bestimmt auch dazu, eine Art von Blut zirkulieren zu lassen.

(Jetzt stecke ich mitten im Herzen des Rituals. Tief versunken und dem Kampf verschrieben. Ich glaube voll und ganz daran. Was ist mein Leben an diesem Ort sonst wert und was sollen diese ganzen Leben um mich herum? Stimmen. Eine Hand hat einen Kaffee hingestellt. Und Wasser. Das Gesicht ist das eines Ertrinkenden, der gerade wieder auftaucht. Der Mund fasziniert mich. Mit diesem heruntergefallenen Kinn. Als ob das Hinscheiden die Schwerkraft verstärken würde. Der alte Mann besteht nur noch aus dem Kopf und den schmalen Schultern über dem Betttuch, das ihn verbirgt. Der Rest seines Körpers ist nichts als eine Decke mit einem Tigermotiv, das den unmöglichsten Ver-

biegungen ausgesetzt ist. – »Geht's gut?«, ich antworte nicht. Es wird der Tag kommen, denn die Lichter krümmen sich wie Blätter im Feuer.)

Es stimmt, dass man sich immer mehr darum bemühte, mir einen Dienst zu erweisen, um sich schon im Voraus meiner Dienste zu vergewissern; besonders ab dem Moment, als die Gerüchte über meine Gabe sich klammheimlich zu verbreiten begannen. Manche machten sich natürlich hinter vorgehaltener Hand über mich lustig und bedauerten meine Familie ob dieses unmöglichen Schandflecks von Holzknoten, den ich im Baum unserer Sippschaft darstellte. Aber in Wirklichkeit wusste man nicht, ob man mich einfach links liegen lassen oder vielmehr hochleben lassen sollte. Ich schrieb in einer fremden Sprache, sie ließ die mit dem Tod Ringenden wieder gesund werden und bewahrte das Ansehen der alten Kolonialherren. In dieser Sprache schrieben die Ärzte ihre Rezepte, aber auch die Machthaber, die neuen Herren des Landes, und die unsterblichen Filme benutzten sie. War sie vielleicht sogar heilig, als wäre sie vom Himmel herabgestiegen? Niemand hatte darauf eine Antwort und man schüttelte ungläubig den Kopf darüber, wie vor einem alten Götzenbild aus Marmor oder wenn man Richtung Osten am französischen Friedhof vorbeiging. Groß war das Dorf nicht und die Gespräche blieben selten ein Geheimnis.

Ich liebte diesen Stempel »der, der immer gelesen hat« oder »der stets Lesende«. Eine wirklich definitive Formulierung, die alles auf den Punkt bringt: und zwar ist es DAS BUCH oder DAS WISSEN – vom Heiligen. Man sprach es mit Ernst und übertrieben würdevoll aus, denn es ging darum, die Machtverhältnisse anzuerkennen. Bei uns versteht man das Lesen als Mittel zum Herrschen und nicht etwa, um die Welt zu entziffern, es bedeutet gleichermaßen Wissen, Gesetz und Besitz. Das erste Wort des Heiligen Buches ist »Lies!« – aber niemand fragt nach dem letzten, flüsterte mir die erschöpfte Stimme des Teufels zu. Ich habe mir eines Tages auferlegt, dieses Rätsel zu lösen: das letzte Wort Gottes, das Wort, welches er gewählt hatte, um seine unerhörte Gleichgültigkeit zu offenbaren. Die Exegesen sprachen nie davon. Man wartete immer auf das Jüngste Gericht, aber nicht auf das letzte Wort. Und ich habe mich immer gefragt, warum die Anordnung an den Leser erging und nicht an den Schreibenden. Warum hieß das erste Wort des Engels nicht »Schreib!«? Es war mysteriös: Was soll man denn lesen, wenn DAS BUCH noch nicht geschrieben war? Ging es darum, ein Buch zu lesen, das es schon längst gab? Und welches? Ich verliere den Faden.

Ich kaufte also die vielen Hefte und zählte mit ganz entspanntem Körper und mit geschlossenen Augen während der Zeit der Mittagsruhe unter den knorrigen Weinreben in unserem Hof die Leute ab, die ich am vorherigen Tag in unserem Dorf getroffen hatte. Es war für mich wie die Kartografie einer Insel. Einer nach dem anderen, akribisch wie Kleingeldzählen. Und dabei steckte ich sie nacheinander in die Regale in meinem Kopf – mit Ziffern und Buchstaben, Merkmalen und Vornamen und der Sippe, zu der sie gehörten. Und dabei ließ ich mich weder von den Wolken noch von der sanften Hitze dieser Jahreszeit ablenken, die das Blut unter meiner Haut in Zucker verwandelte, und auch nicht von den wenigen Flugzeugen, die das Schweigen des Himmels noch verstärkten. Ich liebte diese Übung, der ich ein paar Streckübungen vorausgehen ließ, um gleichzeitig meinen Körper zu vergrößern und mit meinen Armen das Firmament zu weiten. Polls Flügel entfalten, wie er da oben auf der Kokospalme thront. Denn in manchen, besonders inspirierten Stunden versetzte ich mich in meiner Vorstellung in die Gestalt des Papageis Poll, des Veranstalters dieses hochherrschaftlichen Höllenspektakels in den Tropen, des Vogels mit dem außergewöhnlichen Schicksal, der eine unbekannte Insel zivilisierte. Den Namen hatte ich aus einem Buch des 18. Jahrhunderts gefischt, das einen Schiffsuntergang, die Begegnung mit einem vermeintlichen Kannibalen und die Geschichte der Einsamkeit erzählt. *(Die Erinnerung an Sommertage, die ich als Momente köstlicher Erholung mit meinem endgültig verstummten Großvater erlebte. Die Rückkehr zu den wirklichen Dingen des Lebens und zum Geschmack der Dinge nach einem heftigen Migräneanfall. Ich werfe gerade mal einen kurzen Blick auf ihn, um abzuschätzen, wie viel Leben in den Kieselstein seines Körpers zurückgekehrt ist. Das Gesicht ist noch ausdruckslos, der Mund geöffnet, aber ich habe dabei eine Träne entdeckt. Er weint nicht etwa, es ist nur die Mechanik des Auges, das sich befeuchtet. Lange Zeit habe ich das Wort Retina geliebt, weil es einem Schmelztiegel ähnelt, dem Ort aller möglichen Sonnenaufgänge.)*

Aber es war ein wenig lästig, immer eine Nummer mit einem Gesicht verbinden zu müssen. Anfangs fiel es meinem Gedächtnis ziemlich schwer. Manchmal löschten die altbekannten Gesichter die der neu hinzugekommenen aus, oder stahlen ihnen die Gesichtszüge, die Haare oder die Augenform, und ließen die Erfassung damit willkürlich und meine Gabe kurzsichtig werden. Wenn ich dann versuchte, mir ein Gesicht einzuprägen und es festzuhalten wie einen Vogel, verformte es sich schadenfroh. Denn nichts ist anonymer als ein Gesicht, das man zu lange anstarrt, selbst das vertrauteste. Aber mit den Jahren wurde ich agiler: Ich wiederholte den Film in meinem Kopf, nahm die Details unter die Lupe, rezitierte die Namen, um den gegenseitigen Rempeleien Einhalt zu gebieten, und ordnete mit Entschiedenheit die Genealogien, Herkunftslinien und Verwandtschaften. Wie der gestrenge Chef einer in alle Winde verstreuten Sippe. Dann dachte ich mir entsprechend einer langen Liste von Büchern Geschichten aus, die ich im Laufe meines Daseins als Jugendlicher hätte lesen wollen, um die ausgewählten Lebensgeschichten weiterzuspinnen. Dies war das einzige Rezept, das ich gefunden hatte, um den Mangel an Büchern und die Langeweile im Dorf zu überwinden und meinen Heften etwas Feierliches zu verleihen. Warum ich das alles machte? Ganz einfach: wenn ich jemanden vergessen hätte, wäre die Person am Tag darauf gestorben.

Ich habe es oft ausprobiert. Das war mein stummer Fluch. Das Gesetz meines Lebens, das niemand erraten würde. Ich sage (schreibe) es hiermit: Wen ich vergesse, an den erinnert sich der Tod. Undeutlich, aber jäh. Ich könnte das nicht erklären, aber ich fühle mich dem »Mann mit der Sense« ganz nahe, sein und mein Gedächtnis sind wie zwei Vasen miteinander verbunden: Wenn die eine sich leert, füllt sich die andere. Nein, die Formulierung stimmt nicht, vielmehr: wenn mein Gedächtnis sich leert oder stockt, dann zeigt sich der Tod umso entschlossener, findet sein Ziel wie ein Raubvogel und erlaubt sich diese Sturzflüge, unter denen sich das Dorf vor meinen Augen entvölkert. Es ist eine Frage des Gleichgewichts der Kräfte und auch der Ausdruck einer Gesetzmäßigkeit, die ich nicht zufriedenstellend zu entschlüsseln vermag. Aber wenn ich mich exakt erinnere und genau die richtigen Worte benutze, wird der Tod wieder blind, dreht sich am Himmel im Kreis und entfernt sich. Er tötet dann ein Tier im Dorf, verbeißt sich bis auf den Knochen in einen Baum oder geht in einem angrenzenden Feld im Osten Insekten aufsammeln, um sie zu knabbern, bis er seine Klarsicht wiedererlangt hat. Ich liebe es, ihn in seiner Verwirrung zu beschreiben. Und damit auf einen Schlag meine Gabe und ihre Nützlichkeit zu bekräftigen.

Es geht dabei nicht etwa um Magie im herkömmlichen Sinne des Begriffs, sondern um die Entdeckung einer Gesetzmäßigkeit, eine Art von unmittelbarer Wiedererweckung zu neuem Leben. Das Schreiben wurde erfunden, um das Gedächtnis zu fixieren, es ist die Voraussetzung dieser Gabe: Nicht vergessen zu wollen ist gewissermaßen so, wie nicht sterben zu wollen oder um sich herum kein Sterben zuzulassen. Und wenn das Schreiben so allumfassend auf die Welt gekommen ist, dann weil es so ein mächtiges Mittel gegen den Tod war, und nicht nur ein Werkzeug der Buchhalter in Mesopotamien. Schreiben ist der erste Aufstand, das einzig wahre Feuer, das man gestohlen und dann in Tinte gehüllt hat, um zu vermeiden, dass man sich die Finger verbrennt.

Und was passiert, wenn ich schlafe? Vielleicht wacht dann Gott als Kampfrichter in diesem Spiel. Es ist gewissermaßen die tote Zeit des Todes. Ich weiß nur, dass ich die Leute gut durchzählen muss, die ich während des Tages oder der Nacht treffe, dass ich die Hefte entsprechend ihrer Anzahl kaufen und dann vor dem Schlafen schreiben muss, oder in der Dämmerung oder auch noch am folgenden Tag. Geschichten schreiben mit vielen Vornamen und Verrücktheiten oder bis zum Halluzinieren irgendeinen Ort des Dorfes beschreiben – Steine, rostiges Eisen, Dächer ... Einfach drauflosschreiben ist an sich schon ein Teil des Verfahrens bei der Heilung und bietet den anderen um mich herum Schutz. Ein anderes Detail: Wenn ich einen Nahestehenden vergessen habe, bleibt mir bis zu seinem letzten Atemzug noch eine Gnadenfrist von drei Tagen. Ich glaube gern daran, um meine Disziplin zu wahren. Ich kann mich also genau drei Tage verspäten, um über jemanden zu schreiben, aber nicht mehr.

So geht das schon seit Jahren und allmählich habe ich die Spielregeln verstanden und Rituale und Listen eingebaut, um zu der wunderbaren Erkenntnis zu gelangen, dass meine Sprachbeherrschung, also die Sprache, die durch mein Bemühen erzeugt wird, nicht nur ein Abenteuer darstellt, sondern eine ethische Verantwortung. Sie nagelte mich fest am Boden des Dorfes und verbot mir, das Gebiet zu verlassen. Freudlos? Aber nein! In dieser Übung steckt natürlich eine Art Märtyrertum, aber auch ein Schauer stummer Befriedigung. Als Einziger von uns allen habe ich die Heilsmöglichkeit im Schreiben erkannt. Als Einziger ein Mittel gefunden zu haben, um die absolute Belanglosigkeit der Orte und örtlichen Geschichte zu ertragen, um der einzig denkbare Restaurator, der Kurator unserer Ausstellung vor den Augen Gottes oder unter der Sonne zu sein. Ohne es zu wissen, drehen sich alle meine Vettern und Cousinen, Verwandten und Nachbarn im Kreis, nutzen sich ab und werden dabei immer älter, heiraten irgendwann und fressen sich voll, bis sie krank werden. Ihren einzigen Trost finden sie in der Schläfrigkeit oder nach dem Tod im Paradies, das sie mit ihren Träumen bevölkern, indem sie ständig die Verse wiederholen, die es als lauschig grün und schlüpfrig beschreiben. Ich bin der Einzige, der eine Bresche in den Mauern unseres Glaubensgebäudes entdeckt hat. Darauf bin ich stolz, das muss ich sagen, aber auch wachsam angesichts der Eitelkeit, die mich bedroht, und guter Dinge, selbst wenn der Wind mir ins Gesicht bläst. Die Suche nach den richtigen Worten, zu schreiben, bis den Dingen ihr wahrer Gehalt abgenötigt ist, hat eine sanfte Magie, ist das Ergebnis einer innigen Liebe.

Ich bin fast dreißig Jahre alt, Junggeselle und noch Jungfrau, aber ich habe triumphiert über das Schicksal von Leuten wie mir an solch lächerlichen Orten. Ich bin als Einziger davongekommen, o ja. Natürlich habe ich für zwei oder drei junge Frauen so etwas wie Liebe empfunden, darunter die stumme Djemila, auf die ich immer noch warte, und zu der ich mit so ausgefallenen Worten spreche, dass sie nichts versteht. Aber meine Sexualität mausert sich langsam zu einer größeren Pflichtübung als nur dazu, der Fortpflanzung zu dienen. Wegen meines Körpers oder meines Rufes habe ich niemals die Gelegenheit gehabt, in diesem so kleinen Dorf meine Bedürfnisse zu befriedigen, und mein sexuelles Verlangen hat schon seit Langem das Ansinnen überwunden, in einem anderen Körper wieder aufzuleben. Es braucht keinen Vorwand oder einen kannibalischen Hintergrund für eine Umarmung. Als wahrhaft Liebender erstrahle ich jenseits der wenigen Sekunden des Vergessens, das ein Orgasmus üblicherweise verleiht, in einem immensen Ausdruck von Mitgefühl. Ich glaube, so ist mein Schicksal gut beschrieben. Mit meinen fast dreißig Jahren verschlinge ich nicht etwa meine Kinder, wie die Leute es nennen, sondern ich rette den Menschen das Leben und verlängere es bis zu allseitiger Zufriedenheit. Ich bin nicht zeugungsunfähig, aber die Gewöhnung an den einsamen Orgasmus hat mir eine gewisse Freiheit beschert und mir die Augen geöffnet. Ich weiß, dass es illusorisch ist zu denken, man könnte den anderen besitzen, und dass sich hinter diesem Bedürfnis ein Schwindel der Götter verbirgt. Ich ahne vor allem, dass der Körper eines anderen eine Veruntreuung bedeutet. Ich habe geliebt und begehrt, aber die Bücher haben mir andere Türen geöffnet. Ich meine, dass Iblis, der Teufel, nicht etwa das Begehren verursacht, sondern er macht ihm etwas vor, indem er ihm Ausflüchte bietet. Ich bin mir sicher, ein wirklicher Orgasmus ist für ihn eine Bedrohung, es ist seine Niederlage. Ich verirre mich.

Hier und heute, genau in diesem Moment wandern meine Augen die Wände entlang, und dann durch das Fenster hinaus über alle meine Besitztümer und die ganze Welt. Dort oben, wo der alte Mann im Todeskampf darniederliegt, kann der Hügel eine Frau sein, die ihren Kopf an meine Schulter lehnt. Meine Sinne geraten völlig durcheinander, wenn ich beim Spazierengehen in den Feldern die heiße Erde berühre. Ich schwöre es. Ich weiß Bescheid über die Mechanik des Orgasmus, aber als Kaltstart, als würde man nachts allein in ein Museum gehen, wenn die Türen schon geschlossen sind. Was mich angeht, so bin ich schon vor Jahren dort eingetreten und habe von jedem Winkel, von jedem Schatten Besitz ergriffen, von dem die Zeiger der Uhr unter den Schritten der Spaziergänger bewegt werden. Selbst die tiefste Nacht gehorcht den ein oder zwei Worten, die sie in meine prächtigen Definitionen einzuschließen vermögen. Ich kann das Wort »gestirnt« schreiben und schon befleckt die ganze Tusche des Himmels meine Hand, steigt hinauf zu meinen Schultern und meinen Augen. Der nächtliche Himmel ist ein schimmerndes Vlies. Gott hat mir eine unheimliche Macht verliehen. Oder ich habe ihm die seine aus dem Hinterhalt des kleinen Dorfes heraus geraubt, von dem er nicht einmal weiß, dass es existiert. Gut, also ich wollte damit nur sagen, dass der Tod gleich um einige Meter zurückweicht, wenn ich schreibe, wie ein zaghafter Hund, der nur noch seine Reißzähne zeigt. Das Dorf mit seinen doch einigen Hundertjährigen bleibt gesund (dank mir), und man braucht an der Westseite unseres Weilers kein Grab auszuheben, solange ich mich der Synonymie und der Metaphorik befleißige. *(Ausgrabung.)* Es ist ein Wunder, das seit Langem, seit meiner stürmischen und lächerlichen Jugend, stattfindet, aber das ich geheim gehalten habe. Nicht etwa aus Scham oder Angst, sondern weil das Erzählen dieser Geschichte das Schreiben unterbrechen und den Tod herausfordern könnte. Und ich wäre schuld.

Ich wusste, dass ich die Einzelheiten des Kampfes zwischen mir und der Altersschwäche oder den Alterskrankheiten verschweigen und meine Kraft aus der Opferbereitschaft meiner Tante Hadjer schöpfen musste, zugunsten meines Vaters und der restlichen Dorfbewohner, die alle bereits den Durchlass zu unserem Friedhof in Bounouila, im Westen, umkreisten. Und ich wollte mir auch nicht die Wut und die Eifersüchteleien aufhalsen, die jede besondere Gabe auf sich zieht. *(Ich habe Hunger, schickt es sich überhaupt, in Gegenwart eines Sterbenden zu essen? Und ich bin mir sicher, sie würden sie mir hier Fleisch anbieten, das noch stöhnt.)* Die Gendarmen des Dorfes könnten für Anschuldigungen der Ketzerei oder der Hexerei empfänglich sein, die zu dieser Zeit immer mehr um sich griffen. Ich musste schreiben und nicht schwätzen. Schnell und gut. Verbindlich wie ein Reiseführer. Im Dorf konnten trotz der staatlichen Bemühungen nur wenige lesen. Es gab zahlreiche Schulen, aber die Schüler waren verglichen mit der alten, vor der Unabhängigkeit geborenen Generation noch jung. Bis zu einer gewissen Grenze war das Geheimnis sicher. In ein oder zwei Generationen würde man sicher der Bedeutung meines Verrats gewahr werden und mich verfolgen. Oder mich vergöttern. Die Einzigen, die ich fürchten musste, waren die Imame, die Rezitatoren »des« Buches und seine großen Getreuen, die sozusagen in der Moschee im Zentrum von Aboukir wohnten. Was sagte aber im Grunde Gott? »Und ihnen folgten die verführten Dichter / O siehst du nicht, wie sie in jedem Thale schwärmen / Und reden viel, was sie nicht thun?«

Meine Sorge ist, dass ich in dieser Sprache nicht versiert genug war, um mich gegen Angriffe zu wehren. Ich war weder Arzt noch Absolvent des französischen Schulsystems oder ein Ingenieur der »Grande École« für Straßenbau. Ich war so etwas wie eine Anomalie, die mit einer Gottesgabe geschmückt war und sich jenseits der heiligen Sprache ausdrückte. Was sollte man nur mit mir machen? Entweder man ignorierte mich, oder man grüßte mich mit gesenktem Kopf. Mein Vater war zu reich, als dass man sich erlaubt hätte, mich zu verjagen, aber meine Geschichte störte zu sehr – und man konnte sie auch mit keinem Vers interpretieren –, als dass man mich für gebenedeit und nützlich gehalten hätte. Ich war nicht dumm, aber unscheinbar, ich wurde beneidet und an den Rand gedrängt. Sei's drum.

Ein Mann, der sagt, dass er schreibt, um Leben zu retten, ist immer ein wenig krank, größenwahnsinnig oder an seiner eigenen Belanglosigkeit verrückt geworden, der er durch Geschwätzigkeit entgegenzuwirken versucht. Ich werde es nie beweisen können, aber ich kann wenigstens erzählen, wie ich zu dieser Überzeugung gelangt bin. *(Ausgraben. Man sieht es mit bloßem Auge: ganze Stücke, ganze Hände voll von Nächten fallen auf das Fußende des Bettes, schaufelweise oder in Form von Maikäfern. Der Grabstein findet wieder zurück zur Form des Kopfkissens. All das Unkraut zieht sich wieder zurück und entpuppt sich als bedruckter Stoff, so wie die glatte Bettdecke mit ihrem Tigermotiv, das am Ende nur noch Gekritzel ist. In der Tiefe der Höhle hat der alte Mann den Körper eines Kindes und zusammengekrümmte Beine. Meine Hand rührt sich noch schneller auf dem Heft und so wird die Erde beim Graben noch mehr zur Seite geschoben, und die Steine werden zurückgedrängt. Das Papier ist fast feucht, vor Schweiß oder verdampfendem Regen. Es riecht wie Torf. Warum empfinde ich in Anwesenheit dieses Mannes denn nichts, obwohl ich seit Jahren jede Nacht in meinem Kopf mit ihm rede? Warum?)* Ich weiß, dass ich der Grund für den Anstieg der Zahl an Hundertjährigen in unserem Dorf bin und nicht die Lebensmittel, die seit der Unabhängigkeit wieder verfügbar sind. Ich weiß, dass ich das Dahinscheiden mit meinem Schreiben zurückgedrängt habe, indem ich ausgiebig mächtige Eukalyptusbäume und die Geduldspiele der Störche auf unseren Minaretten und sogar Mauern beschrieben habe; ich weiß, dass meine Hefte unauffällige Gegengewichte sind und ich mit Gottes Werk verbunden bin. Man kann zu ihm beten und ihm dabei in die Augen sehen und muss dabei nicht unbedingt vor ihm katzbuckeln. Rätsel meines eigenen Lebens, geboren, um die älteste Macht in der schwarzen Werkstatt meines Kopfes zu bannen und zurückzudrängen. *(Ich hätte mit seiner Geschichte, mit der Geschichte dieses Namens beginnen sollen)*: Zabor. Nicht etwa der Name, den mir mein Vater gegeben hat, und den er, da bin ich mir sicher, nur beiläufig hingeworfen hat, während er seine Messer wetzte und das hundertste Schaf der Woche zerlegte, sondern mein wahrer Name, der aus dem Klang entstand, den der Aufprall meines armen Kinderkopfes auf dem steinigen Boden hervorrief, als ich oben auf dem Hügel hinter unserem Haus von meinem Halbbruder heftig gestoßen wurde, bevor er seinerseits das Gleichgewicht verlor und in einen ausgetrockneten Brunnen fiel. Er gab später vor, dass ich ihn absichtlich umgeworfen hätte, um ihn zu töten, und diese Lüge veränderte mein Leben. Ich war vier Jahre alt und ich habe eine lange Narbe davon zurückbehalten, die von meiner rechten Augenbraue bis zur Spitze meines Schädels reicht. Die Erinnerung an den Himmel als ein weißes Loch, meine Schreie und das Seil, das mir meine Tante Hadjer zuwarf, um mich hochzuziehen, während sie alle Tränen ihres ausgetrockneten Körpers vergoss. Mein heimlicher

Name klang lange Zeit wie ein Metall nach, dauerte im Echo noch weiter an und beugte sich (langsam) in der Wiederholung zweier Silben: »Za-boooooor«, während Blut aus meinen Augen und meiner Nase floss. Als ich ihn mit etwa fünf Jahren erstmals schrieb, habe ich die Knotenverbindung zwischen dem Klang und der Tusche entdeckt und diese fabelhafte Verwandtschaft, die mich später von einer Bestandsaufnahme aller Dinge in unserem Dorf träumen ließ. Ich kannte das Wort »Inhalt« nicht, aber ich glaube, es ist der wichtigste Kern der Sprache, die Buchhaltung des Möglichen. Ein merkwürdiger Spiegel übrigens, der eigene Vorname, das war so, wie sein tierisches Totem zu entdecken oder sich an den Ast eines ganz hohen Baumes zu klammern. Es glich einem alten Geldstück, wenn ich es in der Hand drehte. Das heißt, ich habe trotzdem Jahre gebraucht, um zu zwei großen Momenten meines Lebens zu gelangen: das Gesetz der Notwendigkeit zu entdecken und allein, ohne fremde Hilfe, meinen eigenen Vornamen zu schreiben, mit zitternder Hand ob der Verdrehungen der Vokale, knirschend im trockenen Schnee des Heftes. Nachdem das vollbracht war, habe ich mich schweigend in die Welt meines rosaroten Zimmers zurückgezogen und war wie vor den Kopf geschlagen von der unendlichen Perspektive, die sich mir bot.

Von da an wusste ich, dass ich mich ohne Sorge und zu jeder Tages- und Nachtzeit auch mal von meiner Tante entfernen konnte, um beispielsweise auf die Toilette zu gehen, oder dass ich mich waschen konnte, ohne gleich in der Abflussrinne zu verschwinden, und auch einmal einen Fremden lange betrachten konnte, ohne dass mir gleich schwindelig wurde. Meine Angst vor den Kakerlaken schwand und das beschämende Bettnässen hörte auf. »Zabor« war mein erstes Wort, es setzte dem Geschrei in meinem Kopf ein Ende, und von diesem Moment an begann ich, die Dinge um mich herum mit der Idee einer Bestandsaufnahme zu betrachten. Diese Erleuchtung ließ alle Grenzen explodieren und versprach, das Gefühl von Machtlosigkeit zu vermindern, das ich ständig empfand. Sie brachte mich dazu, über das Gedächtnis nachzudenken und darüber, wie man das Unsichtbare und die Schatten hervorrufen und zugleich beherrschen konnte. Meine zweite Entdeckung sollte später kommen, als ich von der Idee der Möglichkeit, alles schreiben zu können, dahin gelangte, dass es sich um eine geheime Mission, um eine Pflicht handelte. Aber als Kind bestand ich nur aus Vorahnungen und verstand noch nicht meine Bestimmung, nicht was sie mich kosten und auch nicht, dass sie sich einmal auszahlen würde. Ich sprach »Zabor« in meinem Kopf aus und wurde wieder zum Mittelpunkt und zu einer faszinierenden Besonderheit. Ich konnte mich selbst wieder benennen und mich schonungslos mir selbst offenbaren, mitten im unendlich großen Spiegel des Geschwätzes der Meinen. Ich weiß gar nicht, wie ich diese Freude ausdrücken soll, die mich mit so schmerzlicher Sinnlichkeit durchfuhr.

Von meinem dem Stumpfsinn und in ständige Kaubewegungen verfallenen Großvater bis hin zu meiner Tante Hadjer mit ihrer braunen Haut, die mich wie ihren eigenen Sohn großzog, konnte niemand in unserem Haus lesen oder schreiben, und es war einfach unmöglich, ihnen die Bedeutung meiner Entdeckung zu erklären. Ich war der Erste, der im Universum der Blutsverwandtschaft unserer Sippe mit einer wunderbaren, begeisternden Gabe ausgestattet war. Ich erinnere mich, dass ich das Schreiben, die ersten Buchstaben meines heimlichen Vornamens und das arabische Alphabet, schon von den ersten Schultagen an als eine großartige Gelegenheit zu Verschleierung und Träumereien wahrgenommen habe. Nur hatte ich mit fünf Jahren noch eine zu schmale Brust für diese Empfindung und kam schon bald mit den Grenzen der Sprache ins Gehege: hatte ich doch gerade etwas Lebenswichtiges entdeckt und konnte es paradoxerweise niemandem erzählen! Mein Lauf wurde unvermittelt von meiner Tante Hadjer gestoppt, die im anderen Zimmer ihren Mittagsschlaf hielt. Sie lag ausgestreckt auf den Fliesen, um am Ende dieses endlosen Sommers etwas Abkühlung zu finden. Es war etwa Ende September, wenn ich mich richtig erinnere. Hadjer *(nur von folgender Geschichte am Leben erhalten: Eine Frau schafft es mithilfe von Liebesfilmen, die sie sich anschaut, alle möglichen Sprachen zu sprechen, allerdings ohne dabei auch nur ein einziges Wort zu verstehen und dies wiederum als einen Fluch zu erleben. Am Ende verliert sie ihre eigenen Worte und ihre Sprache und wird zu jenem Stummfilm, den sie vor vielen Jahren mal gesehen hat. Sprachlos vor ihrem Schicksal. Mehrere Hefte mit einem einzigen geklauten Titel:* Das geschenkte Gesicht. *Meine Tante ist klein und brünett, immer auf der Hut, wie gehetzt. Ich habe nie erlebt, dass sie krank, nachdenklich oder geschminkt war – bis auf ein Mal. Trotzdem ist sie es, die ganz unmerklich meine Sinne geweckt hat. Mit ihren langen und vollen Haaren, die sie kämmte, wie man einen Bach durchwandert, und mit ihren verschwitzten Achseln im Sommer. Alle Frauenkörper in den Büchern kamen mir vor, als hätten sie etwas von ihrem Körper gestohlen oder imitierten sie wie in einem Spiegelkabinett, was mich störte und betörte. Ich glaube, die jüngste meiner Tanten nannte man »Die Kleine«, sie mag seltsamerweise Fußballspiele, die ganz teuren, großen Filme und Bollywood, das Land der Lieder, der verhinderten Liebesgeschichten, der verrückten Busse und der unmotivierten Tänze)* bewegte sich kaum, ihr Kleid war über die nackten Schenkel nach oben gerutscht und es sah aus, als würde sie aus lauter Wut sogar noch im Schlaf imaginäre Steine in ihren Fäusten zusammenpressen. Als ich, ein Blatt Papier mit dem ungelenken Gekrakel meines Vornamens schwenkend, versuchte, sie zu wecken, um ihr meine neue Meisterschaft zu präsentieren, diese verwirrende Möglichkeit, nicht zu sterben, brummte sie nur vor sich hin und drehte sich zur Wand. Und da stand ich nun, mitten in unserem Flur, im Eingang zu ihrem Zimmer, und betrachtete ihren von jeglichem Freier verschmähten Körper, wie er da halb am Boden und halb auf einem Schaffell lag, verbraucht von den häuslichen Pflichten und der Pflege ihres stummen und impotenten Vaters. Im Haus war alles wie zuvor, drohte aber unmittelbar in Unordnung zu verfallen, wenn ich mich nicht gleich an die Arbeit machte. Ich verstand allmählich, dass die Niederschrift eines Vornamens zwar wie ein Fenster war, dass aber die Mauer dadurch nicht verschwand. Jetzt werde ich zu schnell. *(Der Atem des Alten geht schneller und er läuft Gefahr, sich meinetwegen zu erschöpfen. Ich mag es, die Nacht und ihren Klang hinter den Mauern zu erahnen, aber heute Abend wird mir dies von ungesundem Gemurmel vergällt. Die ganze Familie scheint aufgeboten zu sein, um mich vom kalten Firmament abzuschirmen. Der Geruch von Couscous – für mich der Geruch des Todes – dringt herein und fügt sich zu den*

Gerüchen der bitteren Agonie, der Medikamente und der ranzigen Schafe.)

Es stimmt, dass mein Vater mir tausend lächerliche Namen verpasst hatte, um sich über mich lustig zu machen und mich auf Distanz zu seinen Gefühlsregungen zu halten. Er nannte mich »krumme Wanze« wegen meines Knies und meiner Art zu laufen, oft der »Krumme« und die »Puppe« wegen meiner Ohnmachtsanfälle, und so weiter. Tausend Namen, denen ich als Kind abschwören musste, indem ich in meinem Kopf den einzig gültigen, nämlich meinen eigenen, vor mich hin sagte, jedes Mal, wenn er das Wort an mich richtete und mich lange anschaute oder seinen Freunden kundtun wollte, dass er von mir nichts Gutes erwartete und dass ich eher ein Schandfleck als sein Erbe war. Zabor! *(Jemand hat, glaube ich, im Hof einen Teller zerschlagen. Eine Frau weint oder hustet. Es ist eine ihrer Töchter, die seit ihrer Kindheit mit Goldschmuck gefesselt wurde.)* Jahre später – ich war schon alt und verschlossen geworden – *(um genau zu sein, bin ich achtundzwanzig Jahre alt, kinderlos, und habe nur den Vornamen einer Nachbarin als Adressaten für Aufsätze über die Liebe)* hat mich das an diesen kritischen, extremen Punkt gebracht, an einen Ort auf dem Gipfel mit dünner Luft, von dem aus ich schreibe *(hoch oben auf der Kokospalme, während ein Unwetter über der ganzen Insel und ihrer fein säuberlich geordneten Sprache, über ihren minutiös erfassten Arten, und ihren geduldigen und von einem englischen Schiffbrüchigen gereinigten Werkzeugen niederzugehen drohte)*, immer den Kopf tief in mein Heft gebeugt und kaum den sterbend darniederliegenden Mann zu meiner Rechten ansehend. Ich brauchte Jahre, um dahin zu kommen, sitzend, schweigsam und umgeben vom misstrauischen Respekt der Söhne des Alten und ihrer Frauen, wie sie da alle fest zusammengerückt hinter der Tür darauf warteten, dass ich es vollbringe, den Großvater wie ein Rettungsschwimmer zu den Seinen zurückzubringen. Sie alle dort, auf einem Strand aus falschem Sand, Skeptiker und Gläubige vermischt und versammelt aus Angst vor dem Tod, hoffen trotz aller Eitelkeit, dass ich das Wunder zu wiederholen vermag, dessen Beherrschung das Gerede mir nachsagt. Das gilt selbst für den erstgeborenen Sohn Abdel, der, dazu erzogen, mich zu hassen wie einen Rivalen, schon seit seiner Kindheit die Kontrolle über die Herden des alten Mannes hat. Im Triumph der Virtuosität war Zabor bedacht auf die Worte, die ihm da kamen, kritzelte sie mit Begeisterung hin, um seinen Atem zu kräftigen, und bewahrte ihn damit vor der Versuchung zu sterben, um den Schmerzen zu entgehen. Ja.

(Es ist fast drei Uhr morgens, die Nacht ist heiß und bläst in den Nacken der triefenden schwarzen Eukalyptusbäume. Ein Geschaukel lässt die ERDE wie sinnliche Hüften schwanken, löst das Gleiten starker Düfte aus und bringt die Früchte zum Klingen. Aber ich bleibe diszipliniert und bedeutsam.) Es blieben noch zwölf schwarze Hefte mit je 120 Seiten, die ich links von mir nach einer geheimen Ordnung neben meiner schwarzen Tasche gestapelt hatte. Auch die Stifte, um dem Tod ins Wort zu fallen. Ich konnte den Heften jede Menge Titel geben. *(Für das erste nehme ich* Stürmische Ernte. *Das ist angemessen. Wie die Form der Skulptur eines Mannes, der einen Löwen auf einem Hügel erwürgt. Mit breiter Brust und muskulös, schwitzend und knallhart. Der Löwe weiß, dass er sterben wird, aber das gibt ihm ewiges Leben. Wo*

habe ich das noch gesehen? Dann habe ich da noch den Titel Sternenkrieger *oder* Von einem Schloss zum anderen – *die Biografie eines Fußgängers.)* Die Hefte? Brachten mir von da an die Leute aus dem Dorf von überall mit, sie bereiteten die Stifte *(spitze Mine, schwarze Tinte)* schon vor, um die Ihren zu retten, nachdem sie von den Medikamenten, den Rezitatoren des Heiligen Buches und den Ärzten enttäuscht wurden, die kaum ein Wort mit ihnen wechselten. Aus Geringschätzung, weil sie zu viel zu tun hatten oder schlicht, weil sie die Umgangssprache nicht beherrschten. Also wandten die Leute sich wohl oder übel an mich. Obwohl es ihnen in ihrer Welt nicht leichtfiel zu glauben, dass ich ein Leben retten und den Tod herauskomplimentieren konnte, indem ich etwas anderes als ihre Verse und die neunundneunzig Namen Gottes schrieb.

Was sollten sie auch glauben, wenn das Leben nicht die Bewährungsprobe war, die ihnen von einem Gott auferlegt wurde, der nur unsere Sprache sprach, sondern die Beugung eines fremden Verbs, das übers Meer daherkam und dem es in den Händen eines Dorftrottels mit Ziegenstimme gelang, allen neuen Atem zu geben, den Verletzten, den kranken und von Fieber geschüttelten Kindern und den Hundertjährigen, die schon recht zahlreich wie Neugeborene mit ihrem seligen Lächeln die Straßen des Dorfes bevölkerten? Was sollte man von Gott halten, wenn er sich in einer fremden Sprache ausdrückte? Oder von einem Heiligen Buch, das nicht mehr einzigartig war? Ich konnte ihre widersprüchlichen Gefühle nachempfinden und mir selbst erklären, mit gedämpfter Stimme, aus Angst, mir zu widersprechen oder mich auf mein Zimmer zu flüchten, aus dem ich ohnehin nur selten herauskam. Nur in der Nacht, um etwas umherzulaufen, manchmal um zu rauchen und mich unter die Straßenlaternen zu setzen und seltsame Rechnungen mit meinen Fingern anzustellen. Welche Lehre sollte man daraus ableiten in dieser Welt, in der Glaube und Hoffnung miteinander konkurrierten, beide jeweils mit all ihren Idiomen und Kalligrafien? Ich musste Geduld und die nötige Zurückhaltung aufbringen, um genau hier den Triumph zu vollbringen, in exakt diesem Zimmer, auf dieser Holzbank mit dieser zerknirschten Haltung sitzend, immer über das Heft gebeugt, das schon grau wie eine Wolke geworden war, flauschig und faserig und mit einem schönen Titel, den ich aus einem Buch gestohlen hatte, das ich nicht hatte finden können. Fiebrig spann ich die immer gleiche grau-weiße, etwas trockene Wolle mit ihrem gewohnten, muffigen Duft weiter. Schon seit Jahren. Am Ende würde es ein Heft und keinen Teppich ergeben. Und doch ist es dasselbe tiefgründige Motiv.

2

Man hat abends nach dem Isha-Gebet nach mir verlangt und bei uns an die Tür geklopft. Die Nacht war noch jung und verstreute mit gespielter Nachlässigkeit die ersten Sterne über den kaum abgekühlten Bäumen. Von Weitem waren Motorengeräusche von Autos und auch Stimmen von Nachbarn zu hören. Abdel war da, Erstgeborener und Lieblingssohn des Alten, Sohn einer missgebildeten Liebe, mit gesenktem Kopf und etwas unsicher auf den Beinen, den hageren Körper eingemummelt in eine Djellaba. Ich kenne ihn besser, als er es erraten könnte: Er schöpft seine ganze Kraft aus seiner ständigen Wut auf die Leute aus dem Unterdorf. Warum diese Wut? Vielleicht weil er sich der Schuld bewusst ist, Thronräuber zu sein, etwas gestohlen zu haben, dessen Namen er vergessen hat. *(Ich schweife ab.)* Vielleicht weil es seine Mutter ihm von seiner Geburt an immer wieder gesagt hat. Abdel würde sein Leben lang die Herden hüten. Das wusste er schon von klein auf, angewiesen von seiner Mutter, die befürchtete, ansonsten die Kontrolle über das Vermögen zu verlieren, und getrieben von seinem Willen, der einzige Sohn des alten Mannes zu sein. Ich glaube, dass er im Grunde keine Kindheit gehabt hat, vor allem nicht, wenn man es mit meiner fast zwanzig Jahre währenden Trägheit vergleicht. Er wurde sehr früh erwachsen, ein Buchhalter für alles, pedantisch, kantig und unfähig zu lachen, so sehr fürchtete er sich vor den Krankheiten der Schafe, vor Unwettern oder Fehlern beim Rechnen. Seltsamerweise hatte er etwas von meinem Gesicht – dasselbe Alter, dieselbe Haut –, aber mit einem hervorstechenden, schwarzen Blick. Er war der Hüter der zahlreichen Herden des Alten und kannte die Umgebung des Dorfes und die Weideflächen, die Gräser und Entfernungen besser als irgendjemand sonst. Aber das ist eine andere Geschichte. *(Ich halte ihn am Leben, ohne dass er es weiß, indem ich seine Geschichte in meinen Heften niedergeschrieben habe. Seine trägt einen Titel, über den ich sehr lange nachgedacht habe, als ich ihn am Ende eines Romans auf den »Demnächst erscheint«-Seiten entdeckte, die mich immer so faszinieren. Sein Heft heißt* Chagrinleder oder die tödlichen Wünsche. *Darin spielt er die Rolle eines Reisenden, der von seinen eigenen Schuhen besessen ist und nichts vom Rest der Welt bemerkt.)* Wir teilen uns einen Vater und eine alte Geschichte, nach der ich ihn fast umgebracht hätte, als ich ihn in einen Brunnen schubste. Hadjer sagt, das sei falsch und skandalös, und sie erinnert sich an meine Wunde am Kopf: Er wurde von seiner Mutter dazu angestiftet, das zu behaupten, und das führte ein zweites und letztes Mal in meinem Leben dazu, mich aus Hadj Brahims Haus zu entfernen. Meine Stiefmutter drohte mit zerkratzten Wangen und völlig hysterisch mit dem Schlimmsten, wenn ich bleiben würde, und mein Vater löste das Problem, indem er ein Kolonialhaus unten im Dorf kaufte. So konnte er seine alte Jungfer von Schwester, den toten Ast von eigenem Vater und seinen Sohn mit der Stimme eines kleinen Ziegenbocks verstecken, den man mit einem einzigen bohrenden Blick abstechen konnte. Geht's noch einfacher? Ich habe ihn nicht geschubst. Hadjer hat es mir so oft geschworen, dass ich es inzwischen auch glaube. Ich erinnere mich nur an das hämische Grinsen Abdels und seine Gewandtheit mit den Schafen, die ihm gehorchten, auch wenn er erst vier Jahre alt war. Wie ich. Nein, ich habe ihn niemals in einen ausgetrockneten Brunnen gestoßen. Gott hat mich nicht bestraft. Es gab Blut auf seinem Gesicht und auf einem Stein. Die Vögel im Eukalyptusbaum machten sich lustig und das Wetter war schön.

Ich wusste, dass er, aus falscher Scham und echter Verachtung, nie an unsere Tür klopfen würde, außer am Tag des Weltuntergangs. Und selbst dann würde er sich, genauso wie heute Nacht, damit begnügen, allenfalls unseren Familiennamen zu brüllen. Im alten Stil. Meine Stunde hat geschlagen! Die Schicksalsstunde. »In einem Tage, dessen Maß sind tausend Jahre, deren die ihr zählet«, sagt das Heilige Buch. Die Nacht, in der ein Gott vom Himmel heruntersteigt, erreichbar wie nie für Stimme und Gebet, der Einzige, den man vor dem Tod sehen kann und der manchmal Antwort gibt. Ich hatte diese Szene in Gedanken schon so oft durchgespielt, dass mich ihr unmittelbares Bevorstehen schwindeln ließ und die Gesetze der Schwerkraft außer Kraft setzte. Nach all den Jahren des höhnischen Gelächters und des Ausspuckens, allein wenn nur mein Vorname zur Sprache kam, mussten Abdel und seine Brüder schon in äußerster Bedrängnis sein, wenn sie jetzt nach mir verlangten. Ich las gerade in meinem Zimmer ein altes Buch über die Bedeutung der Motive in unseren traditionellen Teppichen, als ich plötzlich eine Schwere in meiner Brust verspürte und Herzklopfen bekam, kurz nachdem ich mehrfach durch die Mauern meinen Vornamen vernommen hatte, wie Gebell. Es war nicht das erste Mal, dass man mitten in der Nacht nach mir fragte *(seit jeher ist das Übel nächtlich, die Nacht ist ein Menschenfresser, der seine Kinder verschlingt und ihnen Märchen erzählt)*, aber dieses Mal war es die Stimme des Unglücks und die Lage so ernst, dass ich alle meine Kräfte aufbieten musste. Ja. Seit Jahren wartete ich darauf. »Schreib!«, donnerte der Engel in meinem rosa Zimmer.

Meine Tante Hadjer hatte sich hinter dem Türflügel versteckt und stellte sich dumm. »Wer? Wen wollen Sie sprechen? Warum kommen Sie in der Nacht?«, gab sie hinterlistig von sich. Sie hat ihre Rache gut mit den Riten schleimiger Heimtücke verbrämt: den Kunden warten lassen, ihn glauben zu lassen, dass ich seinem Gesuch nicht stattgeben würde, ihn in die Knie zu zwingen, zwei Schafe, zwölf Gänse und Honig versprechen zu lassen, dass er um Verzeihung bittet oder seine Verzweiflung bis hin zu völliger Demütigung zur Schau trägt. Das Dorf hat ein heuchlerisches Gesicht, es hat ihre Hand nicht gewollt, aber verlangt nach meinem Schreiben. Hadjer hat nie lesen können, aber sie hat sehr früh schon Partei für meine Gabe und gegen meinen Vater, die Halbbrüder und die Verleumdungen ergriffen. Ja, aus Rache, aber durchaus mit Berechnung, aus der dann Innigkeit und schließlich Liebe wurde. Ich ahne ihre Absichten, aber ich mag sie sehr. Als sie vor Jahren schon ihren Schleier fest zuband und die Ärmel hochkrempelte, hat sie entschieden, dass zwischen ihrem Schicksal und meinen Anfällen eine Verbindung existierte, und das hat sie mir nahegebracht. Ich denke, in ihrer Loyalität mischte sich der Wunsch nach einem eigenen Kind mit der Solidarität der Ausgeschlossenen, der Einsamkeit und, das habe ich erst später begriffen, dem Verlangen nach Emanzipation, das sie durch mein manisches Schreiben und Lesen glaubte stillen zu können. Sie hat nie Französisch gesprochen, aber es machte ihr Spaß, einige Worte zu lernen, die sie schwer wie Steine in ihrem Mund wendete, wenn sie mich neckisch und spöttisch imitieren wollte. Hinzu kam noch ihre Liebe für indische Filme, weil ich ihr ganze, auch unanständige, Teile der schwülstigen Dialoge übersetzte. Die Sarabande der Schauspielerkörper genügte ihrem Verständnis im Großen und Ganzen, aber es brauchte ab und zu noch Einzelheiten aus den Diskussionen, den Liebeserklärungen und den Geständnissen.

Hadjer hat also ganz plötzlich die Tür geöffnet und den Flehenden in der Dunkelheit mit bösem Blick angestarrt. Bevor sie sich entschlossen hat, mich zu rufen, hat sie ihn von oben bis unten gemustert. Ich verlasse selten mein Zimmer, das ich immer hinter mir abschließe. Hadjer würde zwar nie einen Fremden hineinlassen, aber so ist es besser. Der Weltuntergang wäre für mich der Tag, an dem man meine Hefte stehlen würde, um sie auf der Straße in alle Winde zu verstreuen, wie am letzten Schultag vor den Ferien. Die Namen würden öffentlich, die Genealogien zu Steinen reduziert, bedächtige und kraftvolle Beschreibungen der Welt zu kleinen Teezweigen auf den Feldern, verfangen in den Büschen. Eine verzettelte Enzyklopädie wie eine Welt-Naturkatastrophe. Mir graut vor dieser möglichen Auflösung meiner Sprache, sie würde tödliche Epidemien wieder einführen und alle Lebenden im Dorf bedrohen. Anmaßung? Aber nein! Schlicht offensichtlich.

Ab einem bestimmten Moment meines Lebens, als ich meiner Gabe sicher war, las ich fast nichts mehr. Ich las etwas noch einmal oder ich hielt mich damit auf, Titel von Romanen zu sammeln, die demnächst erscheinen würden. Ein wahres Einwohnerregister, dessen Sachbearbeiter und Wächter in einer Person ich war. Wenn ich es wollte, passte das ganze Dorf wie eine durchsichtige Murmel im Gegenlicht zwischen meinen Daumen und Zeigefinger. Einen Stift in der Hand und ich konnte Wunder bewirken und Kranke heilen mit Buchtiteln, die ich nie geschrieben hatte. *(In der Nacht ist das Dorf leer und seine Mauern drängen sich um die Lichtmasten wie um ein kaltes Feuer. Alles ist gelb, mit Angriffen von leidenschaftlichen Insekten und Bäumen mit zerzausten Haaren, die in den endlich freien Himmel zu entkommen versuchen, der den Eindringlingen überlassen wird. Die Luft ist für die Jahreszeit ungewöhnlich kühl. Sie kommt wohl hinter dem Hügel her von Norden, wie die Störche, die Lastwagen und die Namen der anderen Städte und Dörfer. Hunde ziehen mit ihrem Gebell die Grenzen im Osten und belästigen die Frühaufsteher. Es ist die Zeit der dicken und staubigen Weintrauben. Im Westen beschließt der Friedhof die Welt mit seinen Steinen und Versen.)*

Ich nahm mein Material gegen den Tod, ging hinaus und folgte den Schritten Abdels, ohne ein Wort zu sagen. Hadjers Augen folgten mir lange und unbeweglich von der Türschwelle her. Mir war klar, dass sie mich lieber begleitet hätte: Sie hatte Angst um mich, aber während ihrer Abwesenheit konnte niemand auf unser Haus und unseren kargen Besitz aufpassen. Vielleicht dachte sie auch, es würde meine Chancen schmälern, endlich von ihnen aufgenommen zu werden, wenn sie sich den

Brüdern aufdrängen würde. Groll, aber auch Gereiztheit und Furcht lagen in der Luft.

Am Abend wirkte das Dorf mit den Auslagen seiner geschlossenen Geschäfte wie ein erblindetes Wesen. Es gab keine Häuser, nur Gesichter, und Fenster wurden zu Lidern. Ich ließ mich treiben. Der verschwommene und durchscheinende Himmel erschien wie eine offene Handfläche voll glänzender Steine. »Dann wende nochmals deinen Blick! Es kehrt dein Blick zu Dir zurück, erliegend also dass er müd' hinfällt«, erzählt das Heilige Buch.

Sie waren schließlich alle da, die Halbbrüder. Am oberen Ende der Gasse lagen sie im Hinterhalt wie Viehdiebe, ihre Schatten vermischten sich untereinander. Ich verspürte in der Nacht ihren Geruch von Tierhaut und Herde. Düfte von Geld, sie bedeuten bei uns Reichtum und Verwurzelung. Ich habe sie nicht begrüßt und nur kurz mit dem Kopf genickt, denn hinter mir wies Djemilas halb geöffnetes Fenster in den dunklen Innenraum eines alten Kolonialhauses. Bestimmt wegen der Hitze. Oder aus Schlaflosigkeit. Meine aufdringliche Stimme ist bekannt und ich wollte mir das übliche Grimassenschneiden meiner Sippschaft ersparen. Ich kenne jedes Gesicht, habe alle ihre Züge, ihre Macken und Gewohnheiten in meinen Heften notiert. Sie folgten mir, um ihrem Misstrauen Ausdruck zu verleihen und deutlich zu machen, dass sie mit meinem Geschäft nichts zu tun hatten.

Allen voran der ungestüme und nervöse Abdel, der den Chef spielt, wie seine Mutter es ihn gelehrt hat. Ich erriet seine Gedanken: Diese Nacht sieht nach einer Gelegenheit für meine Rache aus, aber genauso gut birgt sie die Möglichkeit meiner endgültigen Demütigung. Er kann weder lesen noch schreiben, aber er hat die böswillige Intuition derer, die sich dieses Mangels bewusst sind.

»Wie geht es deinen Kindern?«, hat er mir flüsternd hingeworfen, ohne mich anzusehen, während wir die letzte Gasse den Hügel hinaufstiegen. Er weiß, dass ich keine habe. Seine Brüder haben auf die Spitze nicht reagiert. Ich habe ihnen allen vor Jahren, einem wie dem anderen, das Leben gerettet und sie wissen es nicht. *(O Herr, verzeihe ihnen, denn sie wissen es nicht! Ihr Heft hieß* Geschichte der dreizehn. *Wegen ihrer finsteren Gemeinschaft, wie bei der Verschwörung in einem mittelalterlichen Gasthof. Die Geschichte spielt während einer Rast, ein Mann erzählt sie. Jeder der zwölf Brüder trägt den Namen eines Planeten, der untätig im Dorf kreist.)* Müßiggänger, die am Ende des Tages in der Nähe der Moschee im Ortskern im Kreis herumsitzen und den schlechten Eindruck erwecken, dass die Schöpfung zu nichts nutze ist, nur ein Spiel mit Murmeln und Vornamen.

Wir überquerten also die Hauptstraße des Dorfes, bevor wir uns nach oben wandten und hinter der Moschee im Ortskern vorbeigingen, wo der Imam und die Rezitatoren wohnen. Danach ging es steil bergauf. Die Häuser mit den roten Dachziegeln folgten uns, ohne etwas zu sagen. Auf den Gehwegen flogen leere Milch- und andere Verpackungen herum. Kein Mond, obwohl der Himmel ihn wie eine Medaille erwartete. Einen Moment lang versuchte ein altes Lüftchen die Zweige und den Abfall zu bewegen, war es dann aber bald leid und verzog sich wieder zwischen tote und trockene Blätter. Die Mauern blieben da, um uns zu begleiten, eine an die andere gelehnt. Wenn man weiter hinaufklettert, werden die Kolonialhäuser seltener und das Dorf verläuft sich in alle Richtungen wie eine Herde. Auf der Hälfte des Anstiegs ging mir die Luft aus, denn ich bin zart gebaut und habe schwache Lungen. Ich fing an zu schwitzen. Wir waren »wie die Verdammten, die sich zum Abgrund drängen«, sagt der Hund in meinem Inneren. *(O du treuer Begleiter, der du von unserer Religion gehasst wirst, die mit Hunden nichts anderes anfangen kann, als sie als Wächter zu rühmen oder sie zu verstoßen, weil sie die Engel in die Flucht schlagen, du Inspirator meiner Schriften, mir vertrautes Tier, erste Zeichnung meiner Kindheit und unsichtbares Spielzeug meines frühen Müßiggangs. Ich habe ihm drei volle Hefte mit den gestohlenen Titeln* Alle Herrlichkeit auf Erden, Im Wendekreis des Steinbocks, Fünf Wochen im Ballon *gewidmet. Fast die gesamte Überlieferung und die Hadithe des Propheten stammen von einem einzigen Mann, Abou Hourayra, ein Mann, der ein Kätzchen großgezogen hat. Ich stelle ihn mir vor, wie er da vierzig Jahre lang sitzt und das zarte Tier streichelt, das ihm dazu dient, eine Verbindung zur Welt aufrechtzuerhalten. Mein Kätzchen ist ein Hund und meine Überlieferung ist neu.)* Selbst in einem so ungünstigen Moment schwätzt der Hund in meinem Kopf, wird er durch jede Kleinigkeit angeregt, zitiert ganze Passagen aus gelesenen Romanen, schlägt verschiedene Titel und unanständige Passagen vor. Hinter der letzten öffentlichen Straßenlaterne wird die Straße zum Weg und dort beginnt das Reich der Hunde des Douars und der Steine, die versuchen, mit ihrem einzigen Reißzahn zuzubeißen. Ich drehte mich um und sah die Häuser, die im Schatten immer kleiner wurden und uns den Rücken zuwandten; sie verteilten sich den ganzen Hügel hinunter. Die letzten von ihnen ohne Farbe und unvollendet, im Gegensatz zu den Häusern, die man den Kolonialherren abgenommen hat. Die Brüder hinter mir hätten mich in die Schlucht werfen können und niemand hätte sie beschuldigen können, weil es zu dieser Uhrzeit keinen Zeugen gab. Im Heiligen Buch geht die Geschichte der eifersüchtigen Brüder für ihr Opfer gut aus, aber im Leben ist das anders, Gott fehlt manchmal die Eingebung …

3

Die Krankheit des alten Mannes war schon seit Monaten kein Geheimnis mehr, aber er hatte sehr lange gebraucht, um seine Niederlage einzugestehen. Aus Hochmut, weil er sie nicht annehmen konnte, der er doch die Kolonialherren, den Hunger und das Exil überlebt hatte. Er war ein Mann, der überall erzählt hatte, dass ihm Gott in einem Traum Glück und zahllose Herden versprochen hatte. Er hatte schreckliche Angst vor der Leere, die er mit Überfluss zu bannen versuchte. Ich wollte keine Verbundenheit und keine Reue empfinden. Vor allem jetzt nicht. Die Tinte muss kalt und dunkel sein, um besser zu beschreiben und zu schreiben. Die letzte Stunde des Alten hatte geschlagen und sein Blatt würde fallen. *(»Denn der Kosmos ist ein Baum, die Seelen sind Vögel, die Leben Blätter, die Früchte sind Sterne und die Zeit ist ein gewissenhafter Herbst«, sagt der Hund in meinem Kopf.)* Ja.

Aber es fiel mir nicht leicht. Ich habe auf diesen Moment so lange gewartet, dass ich ihn mit zu vielen Einzelheiten, Repliken, Bonmots und Pausen angereichert habe. Der größte Roman meines Lebens, überfrachtet wie ein vorgetäuschter Kummer. Und so sackte er in sich zusammen wie eine Bühnen-Stellage. Indem ich mit dem Sohn des Sterbenden Schritt hielt, verspürte ich nur noch die physische Anstrengung des Kletterns und die unschickliche Lust, die Mauern zu streicheln oder mich hinzusetzen und das Feuer zu beobachten, das die Morgendämmerung im Osten, hinter dem Friedhof der Franzosen, vorbereitete. Die Gesichter der Halbbrüder waren starr und undurchdringlich. Rollende Grabsteine. Was empfanden sie? Wem würde der haltlose Nörgler seinen Segen und sein Erbe übergeben? Der alte Mann hatte zwölf Gründe, vor dem Morgengrauen zu sterben. Dreizehn sogar, wenn ich richtig rechne. Welche? Den Groll, die Ungeduld. Vielleicht, aber nicht nur. Ich wollte seinen Tod, um endlich durchatmen und den Schwindel der Freiheit spüren zu können. Wir liefen wie eine Herde, das Geräusch der Holzschuhe vom Sand unterdrückt. Einer hüstelte, ohne Zweifel ein starker Raucher. Vom Dorf blieben nur noch die in der Ferne immer mehr verblassenden Torpfosten. Man beeilte sich, um den Vater zu essen. Ich fing an, an die Winde zu denken, die ich immer gehasst habe *(der Prophet verlangt, den Wind nicht zu beleidigen, weil er ein Zeichen des Geistes ist)*, es ist meine erste Erinnerung an das Haus, wo uns Hadj Brahim zurückgelassen hatte, meine Mutter und mich, weit im Süden von Aboukir. Jenseits der imaginären Sahara (Sarah nannte ich sie, als ich Kind war, Hadjer zufolge, die mir eine intelligente und wunderbare Kindheit erfunden hat). Bei jedem Wind, der sich erhebt, bekomme ich Angst, dass die Dächer und Mauern davonfliegen und uns nackt den Bissen von Schlangen überlassen, die, im Gebüsch versteckt, alles elektrisieren. Der Windstoß bringt Sandkörner und Staub mit sich, lässt die Wüste unter der Tür durchschlüpfen, zerstört die Schwellen und die Grenze zwischen dem Diffusen und dem Intimen. Der Sand bedeckt dann den Teer der Straßen, das Geschirr, das Grün, und zwingt die Einwohner, sich zu verkriechen. Ich hasse den Wind, weil er das Zeichen des Prekären ist, des Nomaden. Ich erinnere mich jetzt daran, da die Nacht überall ist, beruhigend und umfassend, und die Schwerkraft umkehrt. Ich mag die Mauern und habe Angst, wenn sie nicht zahlreich um mich herumstehen und so das Labyrinth gegen die Feinde und die Winde verstärken. Was hat Hadj Brahim auf dem Rückweg gedacht, als der Wind heulte und er uns auf der Schwelle eines fast leeren Hauses hatte stehen lassen? Hat er sich leicht und in Eintracht mit seinem Gott gefühlt? Hat er die Waschungen vor dem Gebet vollzogen, um sich von seinem Verbrechen reinzuwaschen?

Ich wollte diese Gelegenheit nicht versäumen. Ich musste ihm beweisen, dass ich ihn retten konnte, aber vor allem musste ich in mir Gründe dafür finden, es zu tun. Hadjer hatte in meiner Kindheit immer Erklärungen für alles: die Gläser, die mir aus der Hand fielen, das Rund des Mondes, meine Krankheiten, das Altern oder die Rückkehr der Störche, den Fleck auf meinem Arm und warum ich nicht wie die anderen Kinder war, wenn man mich entkleidete; aber sie blieb stumm, wenn ich sie fragte, warum mein Vater meine Mutter verstoßen hatte, als ich gerade geboren war. Sie blieb dann schweigsam und tat immer so, als würde sie sich an etwas Dringendes erinnern. Diese Geschichte ist nicht gerade großartig, und sie erniedrigt mein Schicksal auf die Trivialität einer Laune meines Vaters. Es handelt sich um die banale Geschichte einer Eifersucht zwischen Ehefrauen, meiner Mutter und meiner Stiefmutter. Der Patriarch entschied also auf eine schnelle Verstoßung, versehen mit dreißig Schafen für die Sippe meiner Mutter ließ er uns ohne Brot und Wasser im Würgegriff der Sahara zurück, die ich nie gesehen hatte. Wie hat er das nur fertiggebracht? Er hat Tausenden von Schafen den Hals durchgeschnitten, aber ich war das erste Opfer auf seiner Liste, als Gegenleistung für den Segen irgendeines umnachteten Gottes, den seine Fantasien verwirrten. Ich wurde geboren, als ich begriff, dass ich eine Waise war und dass ich ganz allein noch einmal von vorne anfangen musste. Und vor allem die Geschichte der ganzen Welt erzählen *(»geheimes Motiv der Schriftsteller«, beschließt der Hund meiner Inspiration, ein riesiger deutscher Schäferhund, zart, wollig mit weisen Augen)*.

Wir gingen immer noch bergauf, jeder völlig in seine Berechnungen versunken. So ist das, wenn ein Vater dahinstirbt, dann teilt man sich seinen Körper und seine Züge, man entnimmt seiner Leiche alles, der eine die Güter, einer die Worte, einer sein Verhalten, einer die Schuhe. Mit zunehmendem Alter überkommt einen der Vater wie ein Schatten, durchflutet das Blut und steigt hinter dem Gesicht auf, wie man sich aus einem Fenster lehnt. Nach und nach nimmt man seine Stimme, seine Gewohnheiten an und ertappt sich dabei, sein Gesetz auf die eigenen Nachkommen anzuwenden. Das wollte ich nicht. Ich werde keine Kinder haben, um diesen Kreislauf zu unterbrechen.

Kein Laut war zu hören, allenfalls wie unsere Schritte von der Erde verschluckt wurden. Wir überstiegen ein gestrandetes Walross unter verstreuten Sternen. Nichts als der Atem unserer Horde auf dem Weg zum oberen Haus. Das Dorf war für alle meine Nächsten in zwei

Teile gespalten: oben der Geburtshügel unserer Linie, ursprünglich bewohnt von einem weit entfernten Vorfahren, von dem nur noch ein Vorname geblieben war, den man einem Neugeborenen anheftete, der arabische Douar zur Zeit der Kolonialherren; und das untere Haus, das nach der Befreiung übernommen wurde und von einem Franzosen im Herzen des Dorfes gebaut worden war, der seine Möbel und seine Zukunft darin zurückgelassen hatte, als er im Moment der Unabhängigkeit davonlief. Wesentlich komfortabler, aber zu groß für unser Trio: meinen Großvater, bis zu seinem Tod, Hadjer, die hart geworden war, wie ein Stein in der Hand eines Berges, und mich, den arabischen Robinson auf einer Insel ohne Sprache, Herr des Papageien und der Worte. Dazwischen gab es die Moschee, den Wochenmarkt und die Grand-Rue, gesäumt von Bäumen mit über dem einbeinigen Stamm hochgeschürzten Röcken.

Plötzlich traten die Eukalyptusbäume beiseite und ich nahm im Dunkel der Nacht Klarheit wahr, die von Lampen hinter den Fenstern, und die Stimmen von ängstlichen Kindern. Hunde kamen lautlos auf uns zugelaufen, was mich erschrecken ließ. Der Älteste verscheuchte sie mit einem Murren und sagte zu mir gewandt: »Du hast drei Stunden. Mach schnell und dann gehst du wieder!« Niemand hat widersprochen. Eine Eule schrie hinter mir in den aufgerissenen Himmel hinein, der sich dann wieder zuzog. Mein Herz machte einen Satz, plötzlich spürte ich unvermittelt eine Erregung. Ein schmutziger Jubel, der sich mit Angst vermischt. Wie ein Wachtraum oder ein heiliger Moment in Schwerelosigkeit. Der Tod des Vaters gehört nicht in die Zeit, er bleibt eine Parallel-Szene, die sich unaufhörlich immer wieder abspielt und einen bereichert oder ignoriert wird. Er dekliniert sich langsam unter verschiedenen Formen, Vorzeichen, Träumen oder Wutausbrüchen und man verbringt sein eigenes Leben damit, ihn in allen Einzelheiten vorzubereiten. Wie an dem Tag, an dem ich, zum Spaß, lachend Steine auf Hadj Brahim geworfen habe, weil er nicht mehr schnell genug laufen konnte, um mich einzuholen und mir eine Tracht Prügel zu verabreichen. Oder als ich ihm sein Geld gestohlen habe, während er bei uns im unteren Haus eingenickt war, nur, um es dann abzustreiten und seinen inquisitorischen Blick auszuhalten. Oder als ich mir in seiner Anwesenheit einen anderen Familiennamen gab, um ihn vor seinen Kumpanen zu demütigen, die ihm wegen seines Fleischervermögens Honig um den Bart schmierten.

Ich tastete mich weiter voran, wobei ich den Eindruck hatte, im Inneren der Erzählung eines anderen zu leben. Seltsam. Schließlich fand ich doch noch die Eingangstür des Hauses von Hadj Brahim und zögerte, entgegen meinem strengen und überlegenen äußeren Anschein. Es roch nach Küche, tierischen Fetten und Promiskuität. Er lebte dort wie ein Patriarch mit Frauen, Schafen, Urenkelkindern und hundertjährigen Weinstöcken. Eine Sippe zwischen Mauern. Ich mochte diesen Ort nicht, dem es an Licht mangelte, weshalb mein Schatten wie ein Knoten oder ein Strumpf aussah, und an dem die Leute dieses cholerische und nervöse Schweigen eines Publikums hatten, das keinen Ausgang finden konnte, um sich zu zerstreuen. Ich musste der verabscheuungswürdigste letzte Ausweg für diese Familie sein. Hier ist also der Schwächling, der zwar Angst vor Blut, aber nicht vor dem Dahinscheiden hat, dem Gott die Gabe des Schreibens verliehen hatte, um den Tod zurückweichen zu lassen, den alle immer schon lieber gemieden hätten und der jetzt mit Glanz und Glorie wiederkam. Abdel machte plötzlich eine abrupte Handbewegung und drängte mich zur Seite, um voranzugehen. Dann hämmerte er gegen das Eingangsportal und rief eine Anweisung, damit die Frauen verstummten und wie Schandflecken verschwanden.

Ich trat ein, als wüsste ich nicht, wohin, aber in Wirklichkeit kannte ich den Weg nur zu gut. Mein Herz schlug und atmete schlechte Luft. Die Atmosphäre roch wie Schimmel auf alten Steinen, wenn man sie umdreht. Insekten waren da, erstarrt und nackt, überrascht und aufgescheucht von der neuen Unordnung und in ihrer Privatheit erfasst. Unter dem Schein der Nachtlämpchen bemerkte ich, dass der Anstrich gewechselt hatte, neuer Kalk auf prähistorischen Wänden, dazu der fettige und schwere Geruch von Couscous. Man bereitet ihn immer zu, egal ob für eine Beerdigung oder eine Hochzeit. Der Mangel an Beleuchtung hatte die Nacht zerstört, sie in Fetzen gerissen. Für einen Moment bedauerte ich die weitreichende Verschattung der Sterne, die hinter mir zurückgeblieben waren, Eintritt verboten. Was für ein amüsantes Trugbild, als ob man sich an einer Grenze befände, dort wo die Geografie endet und das Märchen anfängt. Grund genug, die nächtliche Illusion, das böse Märchenspiel, zu vervollkommnen. Mein Herz war eine Papierkugel. Mir erschien das Bild eines Schmetterlings, schwer und behaart, der sich mit Flügeln verziert wie Talismane an den Mauern stieß. Mich durchfuhr ein Gefühl von Kälte. Ich zitterte. Ich stieß selbst die Eingangstür auf und die Nacht blieb zögernd draußen zurück, als ich den schwach beleuchteten Hof betrat. Ein Kind starrte mich an, stumm wie ein Richter, bevor eine unsichtbare Hand es aus der kärglichen Helligkeit zurückzog. Ich hielt den Kopf gesenkt, um nicht in irgendwelche Gesichter schauen zu müssen und mir so die Verantwortung für ihr Leben zu ersparen. Ich war schon viele Jahre nicht mehr hier gewesen und dennoch erkannte ich die Steine an ihren Falten, die Scharten an den Dachziegeln, rechts das Wasserbecken und die verrückt gewordene Weinrebe wieder, die sich wie verzweifelt um die Mauern herumwand und sich dann um sich selbst drehte. Ich fühlte mich, wie wenn ich auf dem weichen Boden eines Albtraums wandelte. Wiedergekehrt, aber unerwünscht, verstoßen. Ich beeilte mich, aber ein dumpfer Gestank ließ mich zögern, noch bevor ich die Türklinke des herrschaftlichen Schlafzimmers berührte, das auf den Hof hinausging. Der Alte lag in seinem angestammten Zimmer, auf das Bett geworfen wie eine alte Jacke, die nichts mehr gegen Kälte ausrichten und auch nicht zum Prunk dienen würde. *(Woher kommt mir diese Idee, die seit Jahren fortbesteht? Die Friedhöfe haben mich nie überzeugt. In meinen argwöhnischen Augen haben sie die Funktion von Bügeln oder Garderoben. Wie soll ich an die sterbliche Hülle oder die Grabstätte glauben, wenn ich doch weiß, dass der Tod nichts weiter ist als ein zerbrochenes Glas. Welch eine Farce, diese Bräuche der Grabbesucher, die Tränen auf Unmengen von Marmor und mit Versen zusammengeschnürten Knochen. Ich muss schweigen und mich an die Arbeit machen. Die Friedhöfe sind wie Secondhandläden. Eine Rumpelkammer für alte Kleider. Schlecht aufgenähte Ewigkeit. Wütend.)*

Der Alte liegt da wie bei einer Ausschachtung. Ich empfinde immer Hass und Schuldgefühle, wenn ich mich im Umfeld seiner Messer befinde. Leicht zitternd, wie jedes Mal, wenn ich ihm zu nahe komme. Meine Gabe ist es, das Leben zu halten, seine war es, in mir den Zweifel zu säen. Hadj Brahim der Spötter, dessen größter Wonneschauer darin bestand, dem Gemecker der Schöpfung mit der Erwähnung des Namen Gottes zu antworten, bevor er dem Opfertier den Hals durchschnitt, und ein großes blutiges Taschentuch auszubreiten, ein in Tränen aufgelöstes Tuch. Ich blieb einige Minuten, aber ich wusste, dass man mich am Ende der Bewährungsprobe auf der anderen Seite erwartete. Der Legende zufolge hatte ich schon Dutzende von Sterbenden gerettet, aber derselben Legende zufolge war ich auch ein heimtückisches, im Körper eines Eunuchen verstecktes Monster. O Ibrahim, Nachfahre Abrahams, jetzt bin ich an der Reihe, die lächelnde Klinge auf deinen Hals zu setzen und zu entscheiden, ob ich das Schaf retten oder dich vor dem Altern bewahren soll. Ich spürte ein Gewicht und bekam Atemnot. *(Ich kann weggehen, flüchten. Aber was würde aus meiner Gabe, wenn sie in der schwersten Stunde so entkräftet würde? Es kommt mir – unvollständig – ein Vers über den Propheten Younes in den Sinn, der bei den anderen Jona heißt und der in einem Meeressäuger so groß wie die Unentschiedenheit ertrank. Er trug gleichzeitig den Vornamen eines Wals und den der Nacht schwarz wie ein Tintenfass und wurde, den Kommentatoren des Heiligen Buches zufolge, unter einem unerhörten Gelächter geklittert: »Wie er da floh zum vollen Schiffe; da loßte er und war Verlierer. Da schlang ihn ein der Fisch, denn er war strafbar.«)* Der Erstgeborene stürmte in das

Gedränge der ihm folgenden Brüder, lustig, wie sie da aufeinanderklebten, blieb aber aufrecht stehen und ließ den Mund einige Sekunden lang offen stehen, bevor er anfing zu brüllen. Ich wusste, was er mir sagen würde.

4

Ich habe es vorgezogen, die Augen gesenkt zu halten und tief in mir abzuwägen, was ich wirklich wollte. Ich hatte also drei Stunden Aufschub, drei Tassen Kaffee und keine Entschuldigung. Erster Reflex: Die lange Erzählung meines eigenen Lebens außen vor der Türe lassen, diesen Monolog vor dem Spiegel, der den Ausbruch des Märchens verhindert. Und nicht etwa die Stunde des Schicksals mit meiner inneren Uhr verwechseln. Ganz leer werden, damit der Hund oder Gott sich gezwungen sehen, das Wort zu ergreifen. Die Notwendigkeit hat Regeln: Man muss den Stil korrigieren und die Worte zur Exaktheit zwingen. Der Autor? Das ist der Nabel, nicht der Bauch und auch nicht die Schwangerschaft. Faustregel auf der Gesetzestafel: Um darauf hoffen zu können, den Tod zu besiegen, sollte man zu allererst gar nicht an ihn glauben, und nicht alles glauben, was er einem einflüstert.

Ich sagte mir, dass ich den Alten vielleicht auf den Kopf küssen sollte, diese alte und verbrauchte Geste des Respekts. Aber dann fand ich es lächerlich und unehrlich von mir. Abdel hat mich ein letztes Mal mit seinem hasserfüllten und kalten Blick angeschaut und mich dann mit seinem, mit meinem Vater allein gelassen. Ich habe ganz langsam mein erstes Heft geöffnet und meinen Stift genommen. Was tun? An welchem Ende die Binde ergreifen, um die Mumifizierung wieder rückgängig zu machen? Ich erlebe immer diesen Moment der Leere und Bereitschaft, kurz bevor ich eine Eingebung habe. Anfänge von gelesenen und geliebten Büchern kommen mir in den Sinn. Satzfetzen. Aber ich warte auf Besseres. Es fiel mir schwer, die Augen nicht auf den Sterbenden, die Anhäufung seines Körpers zu richten. Mein lächerliches Schluchzen zu unterdrücken, das zu einem Hüsteln geriet, dann ein Räuspern im Hals und dann nichts mehr. Damit gewann ich noch ein oder zwei Minuten und schließlich gab ich auf: Ich wollte ihn bis in den letzten Winkel seines Todes unter die Lupe nehmen, allein, zurückgezogen und endlich besiegt. Ohne die Tausende von Schafen, die er in den Bergen im Süden gezüchtet hatte, ohne sein Lächeln mit den falschen Zähnen, seinen Burnus und seine Worte, die mich bei jeder möglichen Gelegenheit abstachen. Ich werde eine lange, lange Geschichte auf einen Baumwollfaden reduzieren, den ich zwischen seinem Atem und meiner Willensstärke ziehen und abschneiden und wieder zusammenbinden werde.

Spinner, Wollkämmer und Weber gleichzeitig. Drei griechische Göttinnen im Körper eines Dummkopfes. Mit einem knappen Zungenschlag habe ich den Hund in meinem Kopf gerufen und ihn losgeschickt, mir schwächer werdende Sterne und leuchtende Gegenstände auf den Feldern zu sammeln. *(Schreiben ist die einzig wirksame List gegen den Tod. Die Leute haben es mit dem Beten, den Medikamenten, der Magie, den Versen in endlosen Schleifen oder mit Bewegungslosigkeit versucht, aber ich bin wohl der Einzige, der die Lösung gefunden hat.)* Und ich habe angefangen zu schreiben, entschlossen und strikt, geleitet von der klaren Entscheidung, eine Demonstration meiner Gabe zu geben und triumphierend wegzugehen, wie jedes Mal, wenn man mich gerufen hatte, um der letzten Seite eines Lebens mit einer von meiner Hand geschriebenen Seite zu begegnen. Allerdings hat es nicht lange gedauert. Ich hatte schon so eine Vorahnung, als ich hereinkam: Heute Nacht lag ein Ungleichgewicht in der Luft. Ganz plötzlich war die Stille und die Möglichkeit des Wunders zerstört. Die Tür wurde durch eine ungeduldige Hand gewaltsam erschüttert und dann ertönten Flüche. Ich hatte geglaubt, noch wenigstens zwei Stunden Aufschub zu haben. Doch ich hatte mich getäuscht. Es war noch keine Stunde vergangen, um mein Wunder zu bestätigen, und mit einem Schlag spürte ich die Welle des Hasses wie einen Luftzug unter der Tür hindurchdringen. Während ein Teil der nächsten Angehörigen und ihrer Nachfahren immer noch versuchte, mich als Lösung durchzusetzen, erwachte ein anderer wie der Teufel, um von Schande zu sprechen und zu verlangen, dass der Imam oder ein Arzt kommen sollte und dass man mich, den bösen Geist der Friedhöfe und der toten Sprachen, wie einen undankbaren Sohn davonjagen sollte. Die Schreie und der Streit haben mich in meinem Schwung gebremst und auf einmal gab die Tür nach …

5

(Betende kamen aus der Moschee und manche betrachteten mich etwas überrascht. Ich bin das Phantom des Dorfes und verrichte seit Jahren weder das Gebet noch faste ich, und ich rezitiere keine Gottesanrufungen, wenn ich niese oder stolpere. Der Ruf des Muezzins betrifft mich nicht, weil ich die Toten wecke und nicht die Schläfer, auf meine Art. Die Morgendämmerung beginnt auf der Haut meines Unterarms, weil ich ohne Jacke hinausgegangen war, die ich bei der Rempelei vergessen hatte. Die Stunde entsteht wie eine sanfte Kälte, ein Durchzug, zunächst im fernen Laub, bevor sie die Oberhaut erreicht. Als ob jemand hinter den fernen Bergen ein großes Heftblatt verbrennen würde. Eine feine Glut zehrt noch die geschwärzte Linie, während sie zu der Hand hinaufsteigt, die das Blatt hält. Das indirekte Feuer berührt die Häuser der erstarrten Schnecken, und bringt Feuchtigkeit und Spuren zutage. Im Heiligen Buch gibt es keine Beschreibungen von Kometen, der Morgendämmerung, der Sterne und des halben, zweigeteilten Mondes. Kein anderer als der Nomade und der Schäfer beschreiben den Tagesanbruch besser. Ich sitze da, am östlichen Eingang des Dorfes gegenüber den Feldern, von denen jeden Morgen die Karren der Bauern kommen, die in den umliegenden Douars wohnen. Ich nehme die Pappeln des christlichen Friedhofes

wahr, der den Trinkern und den Versteckspielen der Kinder dient. Zu meiner Rechten scheint es, als ob die letzten großen Bäume wieder den Boden erreichen, von der Dunkelheit freigegeben, gefährlich geneigt, riesenhaft oder gleichgültig. Auf diesem Brachland, zwischen der Flanke des Hügels und den Feldern, findet gewöhnlich der Freitagsmarkt statt. Man verkauft dort alles, Schrauben und Ernten, gefährliche Süßigkeiten und Autos, Schafe und Matten. Manchmal ging ich als Kind dorthin, um nach dem Weggang der Verkäufer nach Kleingeld zu suchen, das auf die Erde gefallen war.

An den Mauern der Häuser am Rand des Dorfes zeigt sich das Altern mit dem Rückzug der Nacht, nimmt die Farbe ihr Alter wieder an und das Inventar ersteht vor meinen Augen wieder. Aus den Steinen werden wieder Schatten und sie ordnen sich zu Häusern und alten Fassaden. In diesem Moment setzen sich die Farben wieder zusammen und die Dinge nehmen ihre äußere Hülle, ihre Namen oder ihr Aussehen wieder an. Die Hunde haben den Mond wieder verloren, sie schweigen, weit draußen am Weg mit den Eukalyptusbäumen, der am christlichen Friedhof vorbeiführt. Aber der Reihe nach: Zuerst verdunkeln sich die Berge im Osten und werden selbst zur Nacht, im Kontrast zu dem bereits bleichen Himmel. Dann verlässt das Dunkel den Himmel, die Wiesen, die Bäume, die Steine und meine Gassen. Die Niederlage erreicht die Hauptstraße, wo ich mit geballten Fäusten vor dem Geschäft Ammi Mahmouds sitze, dem ehemaligen Schuldirektor, der unser Milchmann geworden ist. Gewöhnt an die regelmäßige Wiederkunft der Welt, schlafen sie alle. Voller Vertrauen, wie die Lämmer.

Das Dorf ist ein Strand, der sich langsam unter der sich zurückziehenden trockenen Welle enthüllt. Der zentrale Platz, das Orange der Tankstelle und die hohe Moschee, früher einmal eine Kirche und gekrönt von einem Nest mit drei Störchen. Ich betaste mit der Spitze meiner Zunge mein blutendes Zahnfleisch. Auf dem Rückweg vom Hügel herunter, der mich wie einen bösen Geist verjagt hat, habe ich mich nicht getraut, Hadjer zu wecken und an die Tür unseres unteren Hauses zu klopfen. Ich wollte nicht noch ein weiteres Vorkommnis hervorrufen, sie hätte bestimmt ohne nachzudenken reagiert, wenn sie meine Nase hätte bluten sehen und die Kratzspuren an meinem Hals bemerkt hätte. Ich bin draußen geblieben und habe mich damit beschäftigt, den Anbruch des Tages zu verfolgen und dabei seine Gewohnheiten zu erfassen. So aufmerksam, als ob die Sonne ein Insekt unter meiner Lupe wäre. Ich wollte eine Art Detailbericht versuchen. Der Geschmack des Blutes in meinem Mund verflüchtigte sich, meine Wange brannte. Mit einem Mal atmete der Osten aus und ein Schauer ergriff mich, und dann ging das Himmelspapier vollständig in Flammen auf. Es gab einen Moment des Gleichgewichts zwischen der Anzahl der Sterne im Westen, dem durchsichtigen Mond, der im Verschwinden begriffen war, und der unfasslichen Klarheit im Osten. Die Temperatur hat am Ende über das Unendliche obsiegt. Der große Vorhang nahm die Farbe der Glut an, die Nacht wurde zur Asche und es blieben nur noch zwei oder drei Sterne, sie spielten die letzten Glutreste im Westen.

Ich wandte den Kopf, der Nacken tat mir weh. Der sich unter den Eukalyptusbäumen dahinschlängelnde Weg wurde wieder sichtbar, wie ein Schaum in der Nacht. Er verlor sich zwischen den großen Hügeln im Osten. Dort, am Fuß des ersten Hanges, bin ich dreimal in Ohnmacht gefallen, als ich vor Jahren versucht habe zu fliehen, um das Grab meiner Mutter wiederzufinden. Das ist also eine der Grenzen, die meine Gabe mir auferlegt. Manchmal verwandele ich mein Schicksal in eine solide Geschichte und beschreibe mich als Palastbewohner, hinkend und gezwungen, jeden Abend vor der Dämmerung eine Geschichte zu erzählen, um ein Leben zu retten. Ein abgegriffenes Rezept, nur dass zum Ende hin der Palast vor Hundertjährigen überquillt, die die Zeit verzögern, die Flure und die immerhin zahlreichen Zimmer überbevölkern, heimtückisch die Geburten verhindern und die Möglichkeit von Begegnungen und Begehren erschöpfen. Ich mag die Hundertjährigen, und diese honigsüße und zahnlose Kindheit, die sie verkörpern, wenn sie sich nach dem Mittagsschlaf auf den Platz nah bei der Moschee setzen. Fast habe ich den amüsanten Eindruck, als ob sie darauf warteten, dass die Störche sie mitnehmen, um sie irgendwo wieder zu neuem Leben zu erwecken.

Ich drehe mich im Kreis. Ich muss nach Hause. Meine Wange ist heiß und die Spuren der Ohrfeige müssen noch auf meinem Gesicht zu sehen sein, genauso wie die Kratzspuren in meinem Nacken. Das Blut hat den bekannten Metallgeruch. Der Lärm eines Motors setzt der Metapher ein Ende. Ein Verkäufer zieht weit hinter mir brutal das Eisengitter seines Geschäftes hoch. Müllmänner kommen vorbei und schauen mich lächelnd an. Fast alle kennen mich. Grüßen mich. Vier, plus der Fahrer des Traktors. Auch sie muss ich retten. Ich habe einen Titel im Kopf. Diesmal ein Buch, das ich tatsächlich gelesen habe, aber dessen Titel über die Seitenanzahl hinauszuragen scheint: Zeit der Nordwanderung.

Bilder von Störchen, zugegebenermaßen, aber auch vom Erwachen der Sexualität, von Riten, die als Vermittler zwischen der Ewigkeit und den Kalendern dienen. »Du hast das Gesicht von Djemila gesehen, aber du musst ihren übrigen

Körper noch finden«, flüstert mir mein geheimes Tier. Oh, diese Geschichte hat noch keine Auflösung gefunden. Djemila ist ein unentschiedener Fall zwischen meinem Vater, der sie ablehnt, und meiner Tante, die zögert. Eine stille Meute von Hunden hat sich mir genähert und sich dann für die leeren Abfalltonnen entschieden, um sie zu durchschnüffeln. Zahlreich, angeführt von einem hastigen Chef. Sie drehten ihre Köpfe unisono in meine Richtung und bellten spöttisch: »Zabor, nach Backbord, Zabor, nach Steuerbord!« Ich war wütend, ich wollte weinen und schreien. Über mich selbst und die Lächerlichkeit meiner Situation. Doch plötzlich ging mit einem Schlag die Sonne auf, mit Wolkenstreifen wie bei einem Fasan.)

6

(Der Tag wird brennende Helligkeit, legt jede Ecke offen, dringt in jeden Winkel, exponiert Baumrinden und Steine, bis sie zu flirren beginnen. Es gibt keinen Ort mehr, an dem man sich verstecken kann.) (»Außer im Herzen des Gebets«, sagt mir mein Hund.) Das Gesetz der Notwendigkeit bleibt manchmal unklar, sogar für mich. Eine Frau kann manchmal dumm, hässlich, böse oder so schön wie zum Beweis des Paradieses sein, aber sie wird nie die Schwangerschaft erklären können. *(Der Geruch des Morgenkaffees meiner Tante. Die Küche riecht nach verfaulendem Gemüse. Hadjer hat die lebhaften Augen einer ängstlichen Frau, die ständig auf der Hut ist, aber sie sagt nichts als Banalitäten. Ich möchte ihr Fragen stellen, würde gern wissen, ob es etwas Neues zu meinem Heiratsantrag an die Familie von Djemila gibt, jetzt da Brahim im Sterben liegt und er sich nicht mehr empört widersetzen kann. Ich fühle mich schuldig und meine Gedanken drehen sich im Kreis. Was habe ich gemacht, was hätte ich nicht tun sollen? Ich komme in mein Zimmer zurück und berühre die Bücher, ich blättere eilig hindurch, aber ich habe keine Lust zu lesen. Die* Bekenntnisse *des heiligen Augustin? Nein. Ich hasse seine Art zu stöhnen und seinen Körper zu verraten. Er ist der Judas unserer Fleischeslust. Ich werde langsam*

müde. Meine innere Uhr geht seit Jahren umgekehrt, ich schlafe, wenn die Sonne aufgeht, und werde wach, wenn sie versinkt. Vielleicht Djemila, dieser Frau schreiben, um sie zu vertrösten. Eines Tages werde ich deinen ganzen Körper wiederfinden und ihn dir zurückgeben, o du enthauptete Nachbarin.) Die austragende Mutter kennt zwar den Grund, den Schmerz oder das Gewicht, die Umarmung oder den Vornamen des Mannes, der auf ihr gestöhnt hat, aber nicht das Mysterium, das sie rund wie Mutter Erde werden lässt. Vielleicht ist schwanger werden wie eine Musik zu hören, aber vor allem einem höheren Gesetz zu unterliegen. Dies ist jedenfalls meine Metapher, um meinen Fall ein wenig zu erklären. *(Hadjers Gesicht ist verschlossen, sie berührt meine Augenbrauen und tastet meine Wangen ab, als würde es sich um ihre eigene Haut handeln. Ihre Stimmung wird düster und sie beginnt ein raues, wütendes Gemurmel zur Zimmerdecke hin und zum Himmel darüber und zum Gott, der das Ganze mit Ballast beschwert. Alles an ihr bebt, bis hin zu den Mauern der Küche. Ein Sandsturm scheint sie vor meinen Augen auszutrocknen. »Warum? Warum, o mein Gott?«, wiederholt sie, nimmt mir mein zerrissenes und blutbeflecktes Hemd weg, ruft meinen seit Jahren toten Großvater, ihre imaginären Vorfahren und ihre eigene Mutter als Zeugen an. Dabei schüttelt sie das Textil, weil ihr vor lauter Gefühl die Worte fehlen. Ich schäme mich, diese Wut ausgelöst zu haben, die unseren Alltag durcheinanderbringt.)* Ich habe dieses Gesetz rein intuitiv wahrgenommen. Schon vor Jahren.

Ich war fünfzehn Jahre alt, es war vier Uhr am Nachmittag, ein Winter ohne Regen. Ich befand mich an der Kreuzung zweier Gassen, die von eiskalten und schleichenden Winden durchquert wurden. Man hatte mich

Brot holen geschickt. In der Bäckerei sah man sich gegen Ende der Herrschaft des Sozialismus mit einer wegen der Hirseknappheit verängstigten Menge an Leuten konfrontiert. Ich stand da und betrachtete aufmerksam zwei langsam sich regende Kakerlaken, die durch die Kälte im Rinnstein unbeweglich geworden waren. Beim Ansturm auf den Eingang der Bäckerei schrien die Leute und stritten sich mit ihren leeren Einkaufskörben unter dem schmutzigen und grauen Himmel. Die Meute war wie wild. Jeder hatte eine Nummer auf seinem Einkaufskorb, aber die Warteschlange war völlig durcheinandergeraten. Wir waren schon seit zwei Jahrzehnten ein freies Land, aber die Erinnerung an den Hunger ist eine Tätowierung der Sorge im Gedächtnis. Ich hatte gerade einen Roman über eine Geschichte von Gestrandeten zu Ende gelesen. Aus Hunger und weil sie durch das Salz wahnsinnig geworden waren, hatten sie sich gegenseitig aufgegessen. Und dann hatte ich über die Titel der Bücher in der Rubrik »demnächst erscheint« fantasiert. Damals gefiel mir *Die Meuterer von der Bounty* sehr. Wegen der Vorstellung von Feuer und Gefahr, die ich ihm zuschrieb, diesem solidarischen Anklang, und kurz gesagt, weil »Bounty« ein Ort war, der Name eines Landes, eines Gefängnisses oder einer Stadt vielleicht, dessen Schlösser man aufbrechen wollte. Mit einem Mal wurde mir klar, dass sich hinter der scheinbaren Belanglosigkeit des Dorfes von Aboukir und seinem Müßiggang eine klare und eindeutige Bürde verbarg. Das Dorf war derartig eitel und seine Unbedeutsamkeit so offensichtlich, dass sie das Werk von jemandem sein musste, der das Wesentliche, die treibende Kraft des Feuers, jeden Willen zur schöpferischen Tätigkeit unterschlagen wollte.

Ich kehrte nach Hause zurück und krümmte mich zusammen, wie es mein Großvater machte, den Kopf zwischen den Knien, die Hände wie ein Gefangener im Nacken. Und meine Angst verwandelte sich in Wut, weil ich sein Schicksal nicht erleiden und meine Worte nicht verlieren wollte. Das Gesetz der Notwendigkeit ist aus dieser Quelle der ersten Vision zwischen Kindheit und Pubertät entsprungen. Ausdruck einer Heilsmechanik, die mich dazu anstiftete, über ein Mittel nachzudenken, um dem Gefängnis der Meinen zu entkommen, ihrer Art zu leben und die Augen vor dem Offensichtlichen zu verschließen ebenso wie vor ihren Ränken.

Zu gewissen Zeiten meiner Jugend konnte ich nicht das geringste Wort aus dem Mund meiner Nächsten ertragen, das Geseufze, den Bericht von ihren Pilgerreisen, ihren Orgasmen und den Löhnen, die der Staat ihnen zahlte. Alles war unausstehlich, klein und rief meinen Spott hervor. Aus Verdruss wurde ich zum Spötter. Und nichts entging meinem Gespött, selbst Hadjers gestrenges und beschützendes Gesicht nicht. Ich hatte den Eindruck, meine Welt durch ein Vergrößerungsglas zu betrachten, das ihre Hässlichkeit noch um ein Vielfaches verstärkte. Unendlich kleiner und strenger Prophet. Eine kleine, für den Schlachthof und die Lächerlichkeit bestimmte Welt, anmaßend in ihrer Art, diese Welt zu erklären, und bar jeder Erzählungen, die sie retten könnten, außer der ihres Heiligen Buches, das man ohne Unterlass rezitiert, um die Ängste auszutreiben. Und noch viel demütigender finde ich diese Vorstellung vom ewigen Paradies *(alle beschrieben es ständig, pflanzten Bäume, zählten die Köstlichkeiten und Flüsschen darin einzeln auf und nickten schwerwiegend und geduldig mit dem Kopf. Alle wiederholten mir, dass Gott den Okzidentalen das irdische Leben gegeben und uns das Jenseits reserviert hat, und wir werden mittels einer verrückten und dummen Wette hintergangen)*, das unsere Welt entleerte und in einen Wartesaal verwandelte, in ein Lager von Nomaden. In den Augen eines Jugendlichen waren das plötzlich nur Sandstürme, denen man Verse und Kniebeugen gegenüberstellte. Erinnerungen an rüpelhafte Stimmen, wie durch das Gebrüll verlangsamt, an Frustration bei der Ernährung, weil ich kein Fleisch aß, an Eifersüchteleien zwischen Frauen in Aufruhr und an verfaulte Zähne im Mund der Männer. Wenn Gott die Schönheit liebt, wie erklärt sich dann diese ganze Hässlichkeit vor meinen Augen? Wenn das Leben Unkeuschheit bedeutet, warum waren wir ihr dann unterworfen? Das Schlimmste war dieses Gefühl der Unzulänglichkeit, dieses Loch im Bauch, das mich wie der Hunger besessen machte, während mein Geschlecht nicht aufgeweckt genug war, um diesen Mangel auszugleichen. Ich weiß wirklich nicht, wie ich es geschafft habe, zu überleben und in den Hafen dieser Sprache zu gelangen. Vielleicht durch die Vorahnung eines anderen Heils als das der Meinen, aus Angst oder aus Feigheit.

Natürlich habe ich es mit dem Glauben versucht, aber er erwies sich als unzureichend. Es gab den Widerspenstigen in mir, und nach meinen Lektüren der Überlieferung war der Sohn eines Propheten nie der beste der Gläubigen. Siehe den Sohn von Nouh, Noah im anderen großen Buch, den ich wunderbar finde, wie er da als würdevoll Ertrinkender auf seinen Bergen sitzt und die Arche ebenso wie die Ebene ablehnt: »Ich flüchte mich zu einem Berge, der mich schützen wird vorm

Wasser«, sagt das Heilige Buch. Warum brauchte Gott meinen Glauben, um an sich selbst zu glauben? Und was war das für ein Geschäft, das die Niederlage meines Körpers im Tausch gegen das Paradies erforderte? Neidisch auf meinen Lehm? Unfähig zu essen, ohne durch meinen Mund zu gehen? Er hatte das Paradies erfunden und vergessen, dass er keinen Körper hatte, um dort die Frucht zu probieren, also kam er auf mich, um meinen danach zu fragen. Mit Versen, Erpressung, mit Drohungen oder mit Verführung. Auf dem Gipfel der Berge meines Katalogs voller Groll, zeterte Hadj Brahim mit seiner Warze, den Haaren in seiner Nase, seinem braunen Burnus und seinen vom Töten der Schafe blutunterlaufenen Augen über meinem offenen Hals. O Gott! O Gott, was für ein langer Leidensweg war das. Der erst zu Ende war, als ich begriffen hatte, dass die Welt ein Buch war, egal welches, alle möglichen Bücher, geschriebene oder noch zu schreibende. Ab da wurden meine Ohnmachtsanfälle immer seltener, begann ich vor den Augen meiner Leute zu essen und wieder Farbe zu bekommen. Ja, egal welches Buch konnte die Welt neu ordnen, was man auch darüber erzählte, das Wesentliche war die nachgewiesene Existenz der Ordnung der Sprache, die Möglichkeit der Worte und der Bestandsaufnahme. Das war das Wichtigste.

(Langsam bewege ich mich in Richtung meines Bettes, fest entschlossen, meine Rechnung noch einmal aufzumachen. Diesmal sind sie zwanzig. Die Brüder, die ich von der Liste streichen kann, die drei Ehefrauen ohne Namen, die ich im Hof getroffen hatte, als ich in das obere Haus hineinging, die fünf Müllmänner. Ich habe alles aufgeschrieben, die Beschreibung der Gesichter, ihre Gesichts-

ausdrücke, die Beschaffenheit ihrer Zähne. Ich habe drei Tage. Eine Tür schlägt, die des Eingangs, erkannt an ihrem Geräusch schweren Holzes. Hadjer beim Kreuzzug gegen den Kindermord, sage ich mir. Oder im Einsatz, um das Terrain bei den Nachbarn zu sondieren. Das Haus verfällt in diese köstliche Stille, die mich meines Körpers völlig entledigt, wenn ich unbeweglich bleibe. Mit welchem Titel anfangen? Das Schloss meiner Mutter. *Oder der ewige* Robinson Crusoe, *in dem beunruhigenden Moment, als er den Abdruck eines unmöglichen Schrittes auf einer gerade erst frisch skizzierten, noch jungfräulichen und unbekannten Insel entdeckt. Ein künstlicher Moment des Schreckens auf meinem Bett. Ich mag auch sehr* Die geheimnisvolle Insel, *wenn Smith die Grotte entdeckt und die Eingebung eines versteckten Architekten hat. An dieser Stelle werde ich heute einschlafen.)*

Ich muss dieses berühmte Gesetz der Notwendigkeit erklären. Die Perle in meinem Ozean, der Beweis meiner Gabe. Die Mechanik, die es mir erlaubt hat, dem Tod in mir und in den anderen entgegenzuwirken. Denn jedes Gesetz ist Räderwerk. Ich habe mit den kleinsten Rädchen angefangen.

7

Im Sommer mag ich es, fast den ganzen Tag lang zu schlafen, und den Exzess wie eine Droge zu genießen. Der Sonne abzusagen, der Ordnung des Dorfes und seiner Gewohnheiten, und den möglichen Besuchern, die um diese Zeit in unserem unteren Haus vorbeikommen können. Weil ich, kinderlos und unverheiratet, davon entbunden bin, mein Brot wie die anderen zu verdienen, schlafe ich entgegen der Richtung des Schattens. Den ganzen Tag untätig auf meinem Bett, nachts als Wächter der Atmung des anderen, dabei immer Weinreben, Gesichter und Synonyme inventarisierend. In der Abenddämmerung stehe ich oft mit einer Art Schwindel auf, einer Distanz zwischen mir und den Dingen, die das Ritual der Uhrzeiten durcheinanderbringt. Ich genieße dieses Gefühl von Schwerelosigkeit aufgrund der Zeitverschiebung *(die Zeit zu zergliedern ist den Schamanen zufolge der erste Schritt zur Ekstase, eine Voraussetzung, um sich aus der Abgeschlossenheit erheben zu können)*. Wenn die anderen müde sind und schon halb schlafen, untersuche ich die Nacht bei ihrer allumfassenden Geburt, widme mich aufmerksam ihren Ritualen, die das Unendliche in der Tiefe des Himmels wiederherstellen.

Und ich kann lange wach bleiben, Bücher lesen oder

wieder lesen, während die Nacht fortschreitet und alle auf dem Rücken eines weltumspannenden und langsamen Wals schlafen. Meine Tante kennt meine Gewohnheiten, seitdem ich nicht mehr in die Schule und auch nicht mehr zu den Rezitatoren gehe, um das Heilige Buch auswendig zu lernen. Das ist auch die Stunde, um meine Hefte zu füttern, die wie Dachschiefer angeordnet sind, geöffnet auf dem Weiß ihrer weiten Schlünde, pulsierend wie Kopfschmerzen oder Organe. Ich wasche mir das Gesicht, trinke meinen Nachmittagskaffee, tausche mich mit meiner Tante über die Familie, meine Halbbrüder und meine Träume aus. *(Dieses Mal behält sie die Ruhe. Sie war nicht bei unseren Nachbarn, um mit den Eltern von Djemila zu reden. Ich frage sie, ob es etwas Neues über die Gesundheit des Alten gibt. Sie antwortet, dass seine Söhne ihn töten werden, dass sie auf nichts als seinen Tod warten und dass sie enttäuscht sein werden. Ich übersetze: Er atmet noch. Eine Lücke macht sich mitten in unserer Konversation breit und wir wissen beide, was ich von ihr erwarte. »Es ist jetzt nicht der Moment«, antwortet sie auf meine stumme Frage, dann fügt sie hinzu: »Sie hat zwei Kinder. Was willst du mit denen machen?« Ich sage nichts, weil ich es selber nicht weiß. Die Vaterschaft macht mir Angst wie der Verlust von Blut. Die Verantwortung, die ich habe, um die Meinen am Leben zu halten, zwingt mich zu Jungfräulichkeit und Selbstverleugnung. Ich belüge mich selbst, denn in Wahrheit will ich diese Frau retten, ihr ihren Körper zurückgeben, und ich habe nie an ihre Kinder gedacht. Aber es gibt andere Hindernisse: ihr Status als geschiedene Frau, mein Vater und mein intimes Geheimnis, das heißt mein anderes Fleisch, wenn ich der Nacktheit ausgesetzt bin. Meine Tante weiß es, aber wir reden darüber seit meiner Kindheit nicht mehr. Ich bin nicht beschnitten, unterscheide mich von den anderen in Körper und Geist. Aus Versehen oder aus Angst habe ich den Pakt des Fleisches gewissermaßen verweigert. Hadjer befürchtet einen Skandal, Schimpf und Schande und das Halali der Böswilligen, wenn sich das herumspräche, was mit einer Frau in meinem Jungfrauenbett durchaus möglich würde. Ob ich mich gedemütigt fühle? Nein, nur unentschieden über meine Zukunft: Etwas erwacht in mir, wenn ich mir das Gesicht dieser Frau vergegenwärtige, aber vielleicht ist es auch nur eine Versuchung auf meinem Weg eines Gesegneten.*

Ich lasse Hadjer allein, um ein wenig fernzusehen. Diese Welt in Schwarz und Weiß, die mich nichts angeht. Es gibt einen Dokumentarfilm über Tiere im Anschluss an die Verlesung einiger Verse aus dem Heiligen Buch. Heute ist die Welt eine zerknitterte Seite. Also Grund genug, sie nicht zu lesen. In der Küche spricht Hadjer mit einer anderen Person, vermutlich einer Verwandten, die gekommen ist, um Neuigkeiten über den Tod in unserer Familie zu erfahren.) Ich schämte mich noch wegen dem, was am Abend zuvor passiert war. Ich hätte mutiger sein sollen, zurückschlagen oder schreien sollen, aber ich war zu so etwas nicht fähig. Wegen der Tausenden von Geschichten, die in meinem Kopf herumschwirren, habe ich Abstand zu großen Gefühlen genommen. Ich lebe wie dezentriert, gewissermaßen am Rand des Dorfes, in seinem schwarzen Kern. Beinahe wäre ich in den Hof hinter den Schuppen gegangen, um die Sterne aufgehen zu sehen, aber es war dann doch dringender, die Zimmerdecke zu betrachten. Um zu verstehen, warum meine Gabe sich als unfähig erwies, Hadj Brahim zu reanimieren, wobei ich doch so eine gute Sicht auf seinen Todeskampf hatte und ich Tausende von Einzelheiten kannte, die dazu angetan waren, seine Geschichte wieder zu neuem Leben zu erwecken, zu rekonstruieren. War es Hass? Vielleicht. Rache? Vielleicht auch. Ganz bestimmt sogar. Ich ging also in mein Zimmer zurück.

Als sie noch über meine einstige Krankheit wachte, hat Hadjer mir durch ihre langen Selbstgespräche eine ganze imaginäre Karte eingepflanzt: Das innerhalb der Ländlichkeit meines Geburtslandes unscheinbare Dorf Aboukir hatte ihr zufolge seine ganz eigene Geografie. Untrennbar verbunden mit meiner eigenen Geschichte, vermischten sich hier Vornamen und Bäume, Legenden und die Heiligtümer der drei Marabouts. Der Nabel der Welt befand sich zwischen den Hügeln, die sich als Beginn des Gebirges im Osten ausgaben, und dem Friedhof von Bounouila im Westen, dort, woher der gesamte Eukalyptus kam, der unsere Leben durchquerte, bevor er seinen Weg fortsetzte. Im Norden wurde er durch einen Hügel begrenzt. Den meiner Vorfahren, die die Ankunft der ersten Kolonialherren miterlebt hatten, die dort, im Exil nach der Revolution von 1848, ihre Zelte aufgeschlagen hatten. Die Anhöhe trennte uns von der großen Stadt und dem Meer, das ich außer im Fernsehen nie gesehen hatte, grau und verbannt. Was den Süden betrifft, war von dort meine Urgroßmutter, Teppichweberin und Besitzerin der letzten Pferde ihrer Sippe, vor der ersten Hungersnot zu Beginn des neunzehnten Jahrhunderts gekommen. Der Geografie zufolge gab es im Süden noch unzählige Dörfer wie unseres, bis hinein ins Hochland und dann bis zur Sahara, die uns am Ende eines jeden Sommers ihre Sandstürme entgegenschleuderte.

Aber einer Geschichte zufolge wurde die Reise dorthin abgekürzt von einer falschen Straße, die alle Reisenden, ohne dass sie es merkten, nur immer wieder zu sich selbst zurückführte. Und Hadjer zufolge, wenn die Nacht lang und meine Ängste schrecklich waren *(meine Haare in Öl gesalbt und meine Schläfen in einen rauen Schal gepresst)*, war die Kartografie des Jenseits einfach: eine alles verachtende Stadt im Norden, die das Meer überwachte *(»Dein Großvater Hbib ging auf nackten Füßen dorthin, zog sich neue Sandalen an, wenn er ankam, ging seiner Beschäftigung nach und zog sie wieder aus, wenn er die Straße nach Aboukir nahm und zurückkam«, sagte sie. »So hat er das gleiche Paar zehn Jahre lang behalten«, fügte sie hinzu, stolz, mir auf diese Weise Vorsorge beizubringen)*, der Hügel *(»Sie können dir nicht das Wasser reichen, deine Halbbrüder, sie beneiden dich um deine Schönheit und deine Gabe, die Träume in den Büchern zu interpretieren; und du hast niemals Abdel in die Schlucht gestoßen, um ihn zu töten. Niemals«)* und der große stachelige Kranz aus Sträuchern von Kaktusfeigen, der uns bis zur Unendlichkeit umgab, uns beschützte, uns aber auch daran hinderte wegzugehen, unsere Mütter zu verlassen oder zu reisen. *(»Dein Onkel Chaabane hat es geschafft, mit zwanzig Jahren das Meer zu überqueren, und als er einmal ganz in Frankreich wohnte, ist sein Geist langsam und dumm geworden. Es war eine Art von Selbstschutz gegen den Schmerz. Wenn er in den Sommern wiederkam, brachte er uns Bananen, Äpfel und Francs mit.«)*

Und wo lag das Dorf meiner Mutter? Man kam dorthin, wenn man seine Haut in den Dornen ließ. »Das hat sie umgebracht.« Wie war ich ins Dorf zurückgekommen? »Ein Onkel hat dich wiedergebracht und vor der Türschwelle des oberen Hauses abgelegt, ist dann verschwunden und hat etwas Geld und einen Kopfschutz aus roter Wolle dagelassen, die Kosmonauten-Mütze.« Aber wie hatte er diese Expedition überlebt? »Er konnte Kaktusfeigen ernten, wie die Leute bei uns auch«: indem er eine lange Stange aus Schilfrohr benutzte, die am äußersten Ende gegabelt war. Man musste die Frucht mit diesem Schnabel greifen, sie mit viel Gefühl nach unten drehen *(»Es kommt alles auf die Bewegung des Handgelenks an, sag ich dir!«, wiederholt Hadjer)*, um sie abzupflücken. Sie wurden in einen Eimer gelegt und man musste sie gut zwischen Daumen und Zeigefinger festhalten, bevor man sie schälte. Man durfte nicht viel davon essen, weil es den Magen füllt und der Bauch dann ein Grabstein wird und man an Verstopfung stirbt, als würde man einen Berg zur Welt bringen. Und die Sahara aus Sand? Das war, als wollte man dem Unüberschaubaren einen Namen geben, und Hadjer konnte das nicht. Die Wüste wurde so zu einer Art Fremdem, dessen Schritte man hörte, wenn man das Ohr fest auf die Fliesen legte. Ein Windmonster, das alles Wasser trank und alle Wurzeln ebenso verschlang wie verirrte Reisende. Ein Sandsturm am rot gereizten Himmel, ein Ort, an dem die Welt ihre eigene Spur verliert, wenn sie danach fragt, woher sie kommt. Ich stelle sie mir wie einen handgemachten Teppich vor, ungeordnet und sich mit jedem Windstoß verändernd. Schon allein der Blick Richtung Süden machte mir Angst, denn auch die Sahara hatte neunundneunzig Namen und auch sie war unsichtbar und cholerisch. Vielleicht lag es an der einzigen Erinnerung, die ich an meine Mutter hatte (ein Schrei und ein Geräusch des Fallens), in Verbindung mit dem Wind in jenem Haus, in dem uns Hadj

Brahim zurückgelassen hatte, dass die Wüste für mich das Nichts repräsentierte, den Tod oder den Komplizen, der die Spuren meines fliehenden Vaters verwischte. So weit zur Geografie.

Was die Geschichte angeht, so lasse ich sie schon seit Stunden an mir vorüberziehen. Damals, an diesem Tag gegenüber der Bäckerei, mitten in dem von der Lebensmittelknappheit hervorgerufenen Gedränge, habe ich geweint. Aus Mitgefühl für die Meinen: für meine andere Tante und ihre unendlichen Migränen; für meinen Großvater und sein stummes Leben; für all unsere Nachbarn; die alte Taiba, den einbeinigen Aadjal, der sich am Morgen hinsinken ließ und den man mittags in den Feldern wiederfand; für Hakim, meinen Cousin, der ohne Verstand auf die Welt kam und dann dreißig Jahre auf ihn wartete, bevor er dummerweise starb; für meinen Onkel, der das Meer überquerte und dort die Hälfte seines Körpers zurückließ; ich weinte über den Mangel an Essen, den Geiz, der deshalb aus den Blicken der Leute erwuchs, die Hirseknappheit und die Traurigkeit des Fernsehprogramms, das man erst zur Abenddämmerung anmachen konnte für Sendungen in Schwarz-Weiß. Alles war so belanglos und ausweglos wie das Leben eines Zwangsarbeiters, der sich seines Schicksals nicht bewusst war.

Mehr gibt es dazu nicht zu sagen: Der wirkliche Sinn der Welt lag in den Büchern, und die Sprache *(genau diese hier, unter meinen Augen und meinen Fingern, immer noch fähig, ein Leben oben auf dem Hügel zu retten, Werkzeug meiner Beherrschung und Frucht meines Lernens als Autodidakt, mein x-tes Heft bevölkernd)* entbot mir davon das Wesentliche. Alle sollten dort vorkommen. Alles sollte erfasst werden, inventarisiert, klassifiziert, bezeichnet und benannt werden, um nicht unterzugehen im Unkraut der Insel, die mein Dorf darstellte. Poll, der rätselhafte Papagei in *Robinson Crusoe*, diese dritte Person, der niemand Beachtung schenkt, hatte die Farben einer schönen Geheimsprache, die ich wie ein Miniaturmaler geduldig angereichert habe. Eine leise Stimme sagte schon wieder zu mir: Wer erinnert sich heute noch an die Alten? Und wer muss die Welt vor der Auslöschung bewahren? Sicherlich nicht derjenige, der das Heilige Buch rezitiert, ohne es zu verstehen, sondern vielmehr derjenige, der unaufhörlich schreibt, außer wenn er seine Notdurft verrichten muss, isst oder die Augen schließt, um Kraft zu tanken. Dazu war ich als Einziger fähig.

Hadjer hatte verstanden: »Ich werde ihnen ihre Ohrfeige heimzahlen, einem nach dem anderen, ich will auch nichts von Toten oder Sterbenden wissen. Meinen Sohn fasst man nicht an«, hielt sie der Nachbarin entgegen. Ich habe aus Faulheit nichts gesagt. In Wahrheit ist es mein Fehler: Ich war nur dazu gekommen, ein oder zwei Seiten zu schreiben. Das lässt eine weit entfernte Kerze in den Körper des Kämpfenden zurückkehren, aber es reicht nicht, um die Kaubewegung des Todes zu besiegen. Ich habe der Horde meiner Halbbrüder schreiend geschworen, dass der Alte seinen Kopf in meine Richtung gedreht hätte, mir mit Tausenden von Worten in die Augen geschaut und sogar eine Träne vergossen hätte, aber man hat keine Spur davon auf seinem Gesicht gefunden, und die Szenerie des Wunders wurde unter dem Getrampel und den Flüchen verwüstet, die alles beschmutzten. Nach dieser Nacht des Zweifels an meiner Gabe, verjagt aus dem Haus des in den letzten Zügen liegenden Hadj Brahim, schlief ich schlecht, stumm, die Nase blutend, der Körper schmerzend wie nach einem Nahkampf. Mit einem Mal kommt mir der Traum eines Sommertages wieder in den Sinn, den ich unruhig schlafend verbracht hatte: Ein Affe hatte sich auf meiner Brust niedergelassen, hatte mich gebissen, als ich versuchte, mich seiner zu entledigen, und hatte mich kichernd in seiner vibrierenden Sprache erstickt.

8

Noch zwei Nächte, diese eingerechnet. Ein sternenklarer Aufschub. Das funktioniert immer so, nach diesem Rhythmus, dem ein Aberglaube zugrunde liegt. So wie stets mit dem linken Fuß die Toiletten zu betreten, immer zuerst den rechten Schuh anzuziehen, alle während meiner nächtlichen Inspektionen des Dorfes auf dem Boden gefundenen Schlüssel einzusammeln, niemals die Hand des anderen schütteln, die Kalligrafien in den trockenen Zweigen der Bäume zu erraten, etc. Ich wurde mit Fußtritten von den Halbbrüdern verjagt, von ihrer Wut, ihrem Verdruss misshandelt, und ich hatte nur noch wenig Chancen, ein zweites Mal konsultiert zu werden, noch einmal an das Bett von Hadj Brahim zurückkehren zu können. Die ganze Sippe wird nun meinem Unternehmen einen Riegel vorschieben. Und dennoch muss ich eine Möglichkeit finden, mich an seine Seite zu setzen, über ihn zu wachen, ihn zu wecken *(versteckt unter dem Fell eines Schafes, um dem Riesen zu entgehen, als Bettler verkleidet, verborgen in einem großen Tonkrug wie der neununddreißigste Dieb, verdeckt von einem Frauenschleier, unsichtbar durch die Kraft einer Gottesanrufung oder vor Reue weinend und zerknirscht vor den Halbbrüdern, auf einem fliegenden Teppich und mit einem Pilotenschal um den Hals? »Entscheide dich«, sagt mir mein Hunde-Intimus).*

Meinem Gesetz zufolge verfügte ich über einen Aufschub von drei vollen Tagen zwischen dem Augenblick, wo ich einen mit dem Tode Ringenden oder einen Todgeweihten traf, und dem Moment seines Hinscheidens, wenn ich nicht sofort etwas über ihn schrieb. Auch wenn es erfunden war oder nur eine einzige, mächtige Metapher oder wenn es den Titel eines Romans hatte, den ich noch nicht gelesen hatte. So konnte ich den Verfall zurückdrängen und die Zeit wie eine Gleichung einklammern und verkürzen. Ich muss also schnellstens dorthin zurückkehren. Mit Hadjer diesmal. Das ist die einzige Lösung. Sie wird die Gelegenheit zu schaffen wissen und meine Gegner beschäftigen. Ich habe in den letzten Stunden genau einen Satz geschrieben und darüber nachgedacht: »Die Sprache ist der ungestüme Aspekt der Stille«. Also habe ich ein Buch über die persischen Mythen geöffnet, bis zum Morgen darin gelesen und danach einen neuen Brief an Djemila geschrieben, die weder lesen noch schreiben kann, um ihr meine Inbrunst und meinen Heilsbegriff zu erklären. Unnötigerweise. Ob ich diese Frau liebe? Ja. Ich fühle mich schuldig, wenn ich ihr Schicksal erwähne, und weiß, dass Schreiben für sie niemals genügen würde, um sie dem Tod zu entreißen und ihr einen ganzen Körper zurückzugeben. Mit achtundzwanzig Jahren ist sie geschieden (vielleicht verstoßen), mit zwei kleinen Töchtern und somit verurteilt, wie eine Enthauptete zu leben und nur ihren Kopf im Fenster zu zeigen. Ich werde sie nicht durch das Schreiben retten, sondern indem ich ihr eine Geschichte erzähle, die ihre Enthauptung reparieren und ihr dazu verhelfen wird, den Gebrauch ihrer Hände wiederzuerlangen, den Weg ihrer Sinne. Es ist in mir, konfus, fragil und noch ungewiss. Aber ihr Schicksal hat etwas gemeinsam mit meinem. Immer mehr denke ich, dass in ihrem Fall die zu erfindende Geschichte sich sogar meines Körpers bedienen muss. Vielleicht ist Liebe auch nur Solidarität, eine Art, zu zweit zu warten.

Danach habe ich geschlafen wie ein Märchenerzähler, der nach Hause zurückkehrt, um bei der nächsten Nachtwache seine eigene Asche wieder zu entfachen. Der Muezzin der Morgendämmerung hatte mir dazu das Signal gegeben.

9

Im orangefarbenen Licht der Abenddämmerung des zweiten Tages hat der folgende Satz seine volle Bedeutung erfahren: Schreiben ist aufklären. Ich habe also versucht zu verstehen, was passiert war. *(Welcher Titel für das Heft?* Die rosarote Kreuzigung *vielleicht. Ich schreibe gern hin und wieder direkt nach dem Wachwerden, noch nüchtern, weil mein Körper dann kein Hindernis für die Schwerelosigkeit darstellt. Ich kultiviere dieses Schwindelgefühl als eine Prämisse in meiner Welt der vertauschten Zeiten.)* Warum diese Gabe, die Tausende von Personen gerettet hat und über die Gesichter, die Vornamen, jeden Winkel des Dorfes wacht, der Panik und Auflösung nachgegeben hat? Ich erinnere mich keines ähnlichen Falles, außer vielleicht in den Anfängen, wenn ich an die Türen klopfte, um anzubieten, mich der Kranken anzunehmen. Aber da oben, auf dem Hügel, habe ich einen miserablen Heiler abgegeben, während ich den Moment erlebte, von dem ich immer geträumt hatte, ohne es mir einzugestehen. Ich hatte so oft den Tod meines Vaters gespielt, dass er dadurch unsterblich geworden ist. Und dennoch war es die Gelegenheit, alles auf einen Schlag zu reparieren, den Tod und meine Nöte, meinen Körper, meine Stimme und meine Ohnmachten beim Anblick von Blut. Ich habe der Angst nicht widerstehen können, dass er nicht wirklich im Sterben lag, sondern es sein könnte, dass er wieder anfing zu sprechen, um sich über mich und meine Gabe lustig zu machen, und dass er seinen Stock gebrauchen würde, um mich zu schlagen. Hadj Brahim hatte diesen schlechten Ruf im Dorf und man brachte ihm Respekt nur wegen seines Vermögens entgegen. Oder vielleicht wegen seiner überraschenden Fähigkeit, die tiefere Natur seiner Klienten zu erraten: schlechte Zahler, lächelnde Arglistige, Fälscher in Sachen Wolle und Gewicht des Viehs, listige Schäfer, diebische Züchter, Betrüger und Zwischenhändler. Er konnte mit einem einzigen Blick ein Tier, sein Fleisch, sein Gewicht ohne Wolle, seinen Geschmack taxieren und, sobald er einmal in das dampfende Fleisch gebissen hatte, die genaue Lage des Weidelands erraten. Ein echtes Rätsel, denn unsere Vorfahren beherrschten den Beruf des Fleischers nicht, er hatte ihn allein gelernt »durch einen göttlichen Traum, während alle nach der Befreiung auf ihren Lorbeeren schliefen«. Diese Verwandtschaft mit einem Scharfrichter ging noch mit einigen zusätzlichen Gaben einher: Die Hunde wurden still, wenn er sich näherte, er hatte keine Angst, nachts auf die Friedhöfe oder an die sogenannten Geisterorte zu gehen, er wusste, wie man den Tieren beim Jungekriegen half und wie man Honig erntete, ohne angegriffen zu werden, und bis zur Unabhängigkeit war er, wie er gerne erzählte, barfuß gegangen. Der legendäre Hadj Brahim, scharfsinnig wie das Misstrauen und falsch wie ein Film.

An jenem Abend schrieb ich also die erste Zeile und der wahre, schon seit der Antike bekannte Schauer glitt unter meinen Augen wie eine Welle unter einen Stein.

Als ich anfing, fiel der Alte wieder vom Himmel herunter. *(Die wahren Friedhöfe sind nicht die Gräber, sondern die Fotografien. Ich habe einige davon in meinem Zimmer. Von berühmten und von unbekannten Leuten. Die von meinem Großvater hält die Wut auf den Dieb seiner Seele fest, das heißt auf den Fotografen. Ich betrachte gern, wie sich Gesichter an der unmöglichen Scheibe platt drücken, die uns trennt, mich, den Lebenden, und sie, die Verschwundenen, entgeistert von der Leere oder in nunmehr hohlen Posen. Abgenutzt davon, immer daran zu denken. Davon, sich ständig zu vergewissern, dass man das ganze Universum sein kann, sein konvexer Nabel, und dann auf einmal nicht mehr zu sein als ein Unfall, eine Verbindung aus Belanglosigkeit und Anmaßung. Zugleich das Zentrum der Welt und ihre perfekte Vergänglichkeit. Die Verkündung einer Ewigkeit und ihr eindeutiger Widerruf. Ich schaue mir auf Fotos besonders gern die Augen genau an, die eigentlich beredten Münder, während die auf den Fotos unsichtbare Sprache mit dem Rest des Körpers schon gestorben ist. Das Bild der Haut kann sich nicht abnutzen, und dann stelle ich mir den Nacken vor, zum Beweis, dass es ein Leben hinter dem Gesicht gibt. Um das man herumgehen kann wie um einen Berg oder einen niedrigen Hügel, oder ein mächtiges Denkmal. An Schwarz-Weiß-Fotos habe ich so einiges. Wenn ich eins davon einige Minuten lang anstarre, bekomme ich Panik. Als ob ich ein Loch anschauen würde. Oder Wesen, die nicht wissen, dass ihr Nacken von Kiefern eines knurrenden Tieres ergriffen wurde, das sie wie eine Mahlzeit davonträgt, während sie sich für glücklich und fruchtbar hielten.)* Er lag wirklich im Sterben und glich einem lächerlich auf seinem Bett ausgebreiteten Papierdrachen. Ich wusste wegen des Insektengeräusches, das von ihm herrührte, dass er im Begriff war dahinzuscheiden. Ich kannte alle Anzeichen dieses seltsamen Umschwenkens vom Leben zum Tod, das weder Augen noch Mund hat und dennoch jedermann verschlingt und auch die Hälfte meiner Gedanken und einen guten Teil der Ländereien im Westen des Dorfes, am Friedhof Bounouila.

Ich hatte die Fähigkeit, ihn zu retten oder wieder ins Leben zurückzubringen, ganz neu bis hin zu den Zähnen *(simple Mechanik: Es genügt, dem Tod einen Knochen zum Abknabbern zu geben, und ihn mit einer ganz langen Geschichte zu täuschen, die ihn ermüdet und ablenkt)*, oder vielleicht schon etwas abgenutzt vom Kampf gegen das Dunkel oder kaum noch fähig, verständliche Worte von sich zu geben, aber all das würde meinen Verzicht nicht entschuldigen. Hinter der Tür (die ich verlangte, geschlossen zu halten, damit die Seele nicht entweichen konnte) machte ich die Bewegungen derjenigen aus, die im kleinen Innenhof das Ende der Sitzung abwarteten, dazu die Geräusche vom Abwasch, die Kinder, die man versuchte, dazu zu bringen, still zu sein, das Knarren der Haupteingangstür, die sich dann und wann für eine Gruppe von Nachbarinnen öffnete, die gekommen waren, um ihr Mitgefühl oder ihre Arme anzubieten, um den Couscous zu wälzen.

Man wusste im Dorf, dass mich niemand stören durfte, wenn ich versuchte, den Tod auf Abstand zu halten, und dabei lauter bellte als er, nur eben in seiner stummen Sprache. Selbst diejenigen, die sich in den Cafés oder am Ausgang der Moschee über meine Talente lustig machten, kamen früher oder später ganz kleinlaut noch dahinter, sich um mich zu bemühen. Der Tod macht dumm und unterwürfig, das weiß ich von Berufs wegen, und bevor sie den Weg zu mir fanden, mussten meine Verächter erst einmal vor Angst vergehen. Warum ich und nicht die Rezitatoren des Heiligen Buches oder der Imam? Weil ich vielleicht über das richtige Alphabet verfügte, neu und aufgefrischt durch mein ungezähmtes Wörterbuch? Vielleicht weil ich den Anschein von Unschuld hatte? Oder weil ich schon Alte und Kranke gerettet hatte, die wie süß-monströse Erscheinungen durch die Straßen von Aboukir wandelten? Ich konnte nachvollziehen, dass diese Leute lange unschlüssig sein würden, bevor sie an die Tür unseres unteren Hauses klopfen würden, wo doch die Rezitatoren so zahlreich und die Medizin in unserem Land gratis war.

Mein Sterbender lag da, kaum einen Körper um die Knochen. Schwer wiedererkennbar trotz seiner gerunzelten Augenbrauen, die seine Autorität betonten, abgestumpft von der Angst, benommen von der Aussicht, das Selbstverständliche seiner Umwelt zu verlieren, das Ewige, das bis dahin nie infrage gestanden hatte. Das war mir bewusst, aber ich wollte nicht viel weiter gehen. Es war immer schon so, man musste ihn ignorieren, um an ihn heranzukommen. Das Bild vom Atem hervorrufen, ihm eine Halsader wiedergeben, eine raue Haut, ihn dem Schatten entreißen, indem man die Binden wieder abwickelte. Das war eine schwere Aufgabe, aber es ging um eine schöne Rache an diesem Mann, genau an diesem, unter den Hunderten anderer, die ich gerettet hatte, unter den Bäumen, die ich grün und hübsch hielt, den Wasserläufen, Kaktusfeigensträuchern und Mauern, die ich stützte – das ganze Dorf, Stein für Stein, bis hin zu Hunden und Küken. *(Dritte Seite des Heftes: den Verlauf der Mumifizierung wieder zurückverfolgen. Der*

Titel? Die hohle Nadel *oder* Die Konkurrenten des Arsène Lupin. *Die Zusammenfassung einer Geschichte über die frühe Astronomie.)* Eine schöne Rache. Die Worte entrollen, die Gehirnflüssigkeit, die Gemütslage und die Flüssigkeiten, die das Blut und die Nahrung verbinden, durch die Nasenlöcher wieder einflößen, das gesamte Wasser zurückgeben und dann die Organe, eins ums andere wie Ecksteine, und danach den Körper waschen, um ihn aus dem unsichtbaren Nil herauszuholen und ihm seinen Vornamen wiederzugeben, seinen Atem, seinen Pulsschlag, die dunkle Lebensader, die den Rhythmus ins Unbewegliche bringt. Alles ein Prozess. Mit nichts als Worten, eine lange Geschichte, übergehend in die nächste und so weiter bis zum Erwachen am Ende, dem dankbaren Lächeln.

Dann hat etwas an der Türe gerüttelt, leider. Jemand hat eingegriffen und darauf folgten Schreie. Ich spürte den Hass. *(Mein Vater hat hart gearbeitet. Er betonte das ostentativ, wenn er in der ersten Zeit am Ende des Tages noch manchmal zu uns nach unten kam, um einen Kaffee zu trinken. Eine alte Besessenheit ließ ihn seine Lippen im Bart bewegen. Eine Geschichte, die schon sechsundsiebzig Jahre andauerte, meine Haut vertrocknete, reihenweise Bäume tötete, tief in die Gräber der Vorfahren und die Wasserquellen hineinreichte, sich überall ausbreitete und die schönsten Ernten heimsuchte; der Himmel, der seine Hände in Unschuld wusch und die ganze Welt, die das Dorf war. Seine ellenlange Erzählung erschöpfte mich, brachte mich fast um. Ich überlebte dank der Bücher in meinem Kopf, die ihm Einhalt geboten, mich davor bewahrten, schuldig zu werden, und mich daran hinderten, mir die Augen auszustechen. Ich erzähle sie später, in der Morgendämmerung.*

Es bleiben mir noch einige Stunden und das erweckt immer meine Vorliebe für Abschweifungen.)

Ich erlebte einen ersten Absturz. Einen langen. Er dauerte Tage, so weit entfernt war der Grund des Brunnens. Ich wurde im Schlaf in das Loch gestoßen und erwachte im Fallen, die Gliedmaßen ausgerenkt. Ohne Panik, nur überrascht von der Neuigkeit, berührte ich mit meinen Fingern im Längsschnitt die Mauerwände, die Wurzeln der Dinge und die Ausbuchtungen im Boden. Als ich den Kopf hob, sah ich, wie die Welt sich entfernte, während ich fast mit Erleichterung abstürzte. Es war fast sechzehn Uhr an diesem Sommertag, als man mich in den Grund des Brunnens warf. Ich bin nicht in einem Mal wie ein Stein gefallen. Überhaupt nicht! Ich bin langsam geflattert, wirbelte im Schwarzen wie eine Feder, die Schuhe trug: Ich verstand mein Schicksal nicht sehr gut, ich war vier Jahre alt, aber ich erregte gerne Aufsehen. Und weil ich meine Mutter zwei Jahre zuvor, weit draußen im Rücken der Berge, im Dorf von Ammi Moussa zwischen den Feigenbäumen und der Wüste verloren hatte, mochte ich die dunklen Orte mit verengten Wänden und heißem Atem. Ich verwechselte die Zärtlichkeit mit dem Begräbnis. Oder den Tod mit der Schwerelosigkeit. Oder den Traum mit der Auflösung.

Ich landete sanft im unteren Haus, wie Teeblätter auf dem Boden einer Tasse. Da war nichts am Boden dieser unendlichen Tiefe, nur Kacheln mit unnützen Motiven, ein paar weiße Steine, ein Zwerg von einem Zitronenbaum mit einem Duft, dass man sich darin verlor. Ich sagte mir, dass er einen Namen verdiente, wie ein Welpe. Ich ahnte, welche Orte ich oben auf der Höhe verlor: den rechteckigen Hof, einen Schuppen, die große Eingangspforte, ein Becken mit stehendem Wasser. Ich hatte gerade den Boden berührt, war noch ganz benommen und fand mich in einem einzigen, schlaffen Stück am Boden der Tatsachen wieder. Wasser floss hinter mir. Ich nahm einen Wasserhahn in der rechten Ecke des Grabens, dem grüngrauen Zementbecken, wahr, der Kücheneingang befand sich rechts von mir. Ein großes Fenster dessen, was mein rosa Zimmer sein würde, hielt mit beiden Fäusten die Gitterstangen fest, die es einsperrte, ein starres Gesicht, zerschlagen hinter dem Gefängnis. Und ganz oben im Brunnen der Himmel, wie durch ein Loch, blau und unzugänglich und kaum von meinem Schicksal und der Schwere der Dinge auf der Erde tangiert. Schwärme von Vögeln durchkreuzten ihn wie die Verse des Heiligen Buches.

Ich spürte, dass ich dieses Mal in umgekehrter Richtung fallen könnte, nach oben, und dass ich ohnmächtig würde, wenn ich erhobenen Kopfes und offenen Sinnes darauf bestand. Ich war vier Jahre alt und es war mein erster Tag im unteren Haus, wohin man beschlossen hatte, uns zu verbannen. Hadjer, die zu dieser Zeit schon eine alte Jungfer war, machte sich am Küchenherd zu schaffen, um einen Kaffee zu machen. Mein Vater hatte den Wasserzufluss repariert und einen Blick in den trockenen Hof ohne jedes Grün geworfen, hatte mich einen Moment lang beobachtet, während ich mit weißen Steinen spielte, und sogar den Mund geöffnet, um etwas zu sagen … uns aber dann – für zwanzig oder dreißig Jahre übrigens – den Rücken zugedreht. Er hatte beschlossen, dass es wichtiger war, sich mit den Wänden zu beschäftigen als mit den Seinen, und kündigte an, dass er die Kacheln, die

Toiletten und die Wandfarben erneuern würde. Meine Tante war so klug, ihre Gefühle zurückzuhalten, als ob sie mich zwingen wollte, ein wenig reifer zu werden und die weinerliche Kindheit des Im-Stich-Gelassenen aufzugeben.

Es war gegen Ende des Tages, gelber Staub drang klammheimlich in die Dinge, die Stille war die einer trockenen Wüste, alles nur Steine und Stolpern. Eine Eidechse zitterte über die Mauer. Sie versuchte dem Gekrakel eines arabischen Buchstabens zu ähneln und verschwand dann. Plötzlich war mir kalt und ich war versucht zu weinen, um meinen Körper zu spüren und mein Gesicht wiederzufinden. Aber ich glaube, ich war zu müde und benommen nach meiner heftigen Konfrontation mit meiner Stiefmutter und ihrem Sohn Abdel, der aus der Nase und an der Stirn blutete. Die Ereignisse hatten mich zu schnell hin- und hergerissen und ich fühlte mich als Waise, mehr noch wegen dieses zu großen Hauses als wegen des Verlustes meiner Mutter. Man hatte mich eine Woche nach der Beerdigung von der mütterlichen Sippe hergebracht, von Ammi Moussa, hinter den Bergen mit den Feigenbäumen im Süden, und ich war an diesem Ort gelandet, saß da im Schneidersitz, weil die zweite Frau meines Vaters behauptete, dass ich ihren Sohn in einen ausgetrockneten Brunnen gestoßen hatte.

Die Welt war also eine Aufeinanderfolge von nervösen Umzügen, von Geschrei und viel zu betonten Demonstrationen von Zärtlichkeit, als dass sie hätten wahr sein können. Ich bekam gerade mal neue Schuhe und eine Kapuzenmütze aus roter Wolle, die ich lange getragen habe und selbst an heißen Tagen nicht ausziehen wollte. Ich erinnere mich nicht an einen besonderen Kummer, nur an das unbedingte Verlangen, auf einem riesigen Schafsfell einzuschlafen. Was ich dann auch tat, in dem dunklen Zimmer, das einen Kamin hatte. Es war blau, wurde dann schwarz und beschwerte meine Beine und Augenlider. Wenn ich mitten in der Nacht aufwachte, strich Hadjer mir über das Haar und stritt sich lange mit ihrem Bruder, der gar nicht da war, während sie nah bei mir lag, mit heißem Körper und brennendem Geist in ihrem eingebildeten Duell. Und dann entschied sie, mir in der Küche eine Suppe mit Brot zu machen. Durch die Fensterscheibe sah ich die Sterne draußen, hoch über den Mauern. So zahlreich, dass sie sich über die gesamte Erde zu verstreuen schienen.

Mein Großvater kam am Tag darauf, auch er vom Himmel gefallen und von seiner Nachkommenschaft in den Rücken gestoßen. Die Stiefmutter entledigte sich seiner unter dem Vorwand, dass man ein kleines Kind und eine alte Jungfrau in einem so verleumderischen Dorf nicht alleine lassen durfte. Er war sehr alt, aber konnte noch als Alibi zur Ehrenrettung der Familie benutzt werden. Obwohl er riskierte, verflucht zu werden, gab mein Vater der Laune seiner Frau nach und entschied, dass sein Erzeuger zurückgezogen und fernab vom Stimmengewirr und dem Gemecker seines Besitzstandes dem Ende entgegensehen sollte. Er kaufte ihm einen schönen Burnus und brachte ihn her, ohne ein Wort zu sagen. Mein Großvater war nichts mehr als ein Gespenst mit einer zusammenhanglosen Sprache, die aufgrund seiner seltsamen Krankheit jeden Tag ärmer wurde. Lange blieb er still und entschied sich dann, auf seine Art an diesem Ort zu leben. Er ging im Hof spazieren, berührte die Mauern und die Gegenstände und gab ihnen unangemessene Namen. Er verzweifelte daran, dass man sah, wie er nach genauen Begriffen suchte, stotterte und jammerte, um dann wieder in seinen Sturzbach von verunstalteten Worten in brutaler Unordnung zu verfallen. Ich glaube, zu dieser Zeit hatte er noch ein Bewusstsein für die Umwelt und für sich selbst: Man sah es in seinen grauen Augen, an seiner Art, die Dinge mehr mit den Fingern als mit der Sprache zu bezeichnen. Aber das dauerte nicht lang. Sein Übel wurde reißend, zerfetzte sein Gedächtnis, verschlang es und griff den Kern seines Vornamens an. Mein Großvater wurde ein benommener Toter, besiegt vom Vergessen, und es war seine jüngste Tochter Hadjer, die sich um ihn kümmerte, selbst wenn er nicht mehr wusste, wer sie war. Er starb Jahre später in meinen Armen, zu einer Zeit, als ich noch nicht wusste, wie man Enthauptungen mit Erzählungen begegnen konnte.

Warum erinnere ich mich jetzt an diesen Sturz in das untere Haus? Weil mein Vater sich geschwätzig, redegewandt und zungenfertig bis zum Schwindeligwerden aufführte, nicht aufzuhalten mit seiner Geschichte von den Schafen und der Zeit vor der Unabhängigkeit. Er begann für zwei zu sprechen, für sich selbst und seinen Vater, dann für uns alle. Er erfand sich eine Legende, um im Grunde der ganzen Welt das Wort abzuschneiden. Der verlassene König seiner eigenen *Tausendundeinen Nacht*. Aber wie lang und langweilig seine Geschichte war!

Die erste, die wahre Geschichte meines Vaters ist die des Elends vor der Unabhängigkeit. Zu dieser Zeit war die Armut so unerbittlich, dass die Frauen kopflos durch den Douar liefen und die Schenkel zusammenpressten, um den gewalttätigen Männern zu entkommen, aber auch den Kindern, die versuchten, in die Bäuche ihrer Mütter zurückzugelangen, um dem Hunger zu entfliehen. Aus Mangel an Kartoffeln und Brot die Mütter von innen heraus aufzuessen. Man lutschte an Knochen, man stahl den Bäumen ihre Wurzeln. Die Haare fielen aufgrund von Typhus aus und hinterließen nackte und verirrte Läuse auf den Schädeln. Die Welt war klein, die Eukalyptusbäume nutzten im Himmel nichts mehr, der Douar war ein Ort der Stille und lag im Genick der Schöpfung; es gab viele Vornamen ohne Kinder, ihre Träger waren vor Erschöpfung im Schlaf gestorben. Um bei den Kolonialherren Arbeit zu finden, musste man früh aufstehen, fast den ganzen Kontinent durchqueren, als Erster beim Chef der Bauernhöfe im Osten des Dorfes ankommen und darauf warten, dass er einen auswählte, um seine Pferde zu versorgen oder bei Frost die Ernten einzuholen. Um also sicher zu sein, ihre Chancen nicht zu verpassen, verbrachten manche die Nacht in den Ställen. »Man musste sich an den Tierhälsen festhalten, um nicht einzuschlafen, oder im Stehen schlafen, um im Moment des Appells wach zu sein«, erzählte mein Vater. Und dann sah er mich voll Bösartigkeit an, als ob ich es wäre, der ihn zu dieser Folter gezwungen hatte, selbst vor meiner Geburt. »Heute habt ihr Kacheln, weißes Brot, Elektrizität, Limonaden und Fleisch. Heute, ja«, beharrte er. Und dann steigerte er sich in so etwas wie eine gespielte Wut, weil man ihm die Kindheit gestohlen hätte und dass ich der Dieb wäre. Zu dieser Zeit kam er noch zu uns hinunter. Hadjer machte ihm Kaffee und er stürzte sich wie ein Schwimmer in ein Becken mit schalem Wasser in die Erzählung seines Elends, für das er alle nach ihm geborenen Kinder verantwortlich machte. Ich stand dann immer da, als wäre ich schmutzig und ein Verräter, musste mich übergeben und hatte Schwindelgefühle. Als ob ich ihm das ganze Geld schuldete, das ich bis zum Alter von hundert Jahren verdienen würde. Ach, der Fleischer! Er hatte diese honigsüßen Unterstellungen, fein wie Messer, war gewandt in Persiflagen wie ein schlechter Wind und wusste, wo auf meiner mageren Brust er mich treffen konnte.

Die Erzählung war lang wie eine Bergwanderung: er, wortreich und größenwahnsinnig, und ich hinter ihm hertrottend, erschlagen und an den Hörnern gefesselt. Die Wipfel der ungesunden Halluzinationen erklimmend und dabei meine Verse rezitierend. Und es gipfelte immer in demselben Schwindel wie in dem Heiligen Buch, in demselben Tauschgeschäft: Er kam wieder auf den Boden, stellte seine Tasse mit dem kalt gewordenen Kaffee ab und lächelte als ältester Fleischer von Aboukir den imaginären Schäfchen seines Vermögens zu. Schafe, wie Baumwollballen auf vier Beinen, die genau in dem Moment begonnen hatten, vom Himmel zu fallen, als er beschlossen hatte, mich bei seiner Schwester zurückzulassen: Kaum dass man mich unten bei der alten Jungfer hingeworfen hatte, die man hinter den Mauern versteckte, hatte Gott ihm einen ganzen Bestand an Schafen vermacht, der seinen Ruf als Fleischer begründet hatte.

Das Vermögen hatte sich in seinen Händen wie der Schaum am Meeresufer vervielfacht. Blut war geflossen und mit ihm das Geld und die Ehre. Hinter den Kulissen, da war ich mir sicher, hatte das geheimnisvolle und edle Tier ein trauriges Gemecker ausgestoßen und seinen Hals dargeboten, um mich gewissermaßen vor seinem Einfluss zu retten. Er hätte mich als einen von den Seinen behalten können und ich wäre geendet wie Abdel und die anderen, als magerer Strauch in seiner Nähe. Nein. Das himmlische Schaf hatte die Augen mit einer ergreifenden Sanftheit zum Himmel erhoben, seine Ewigkeit unterbrochen und sich in Tausende von Tieren geteilt, um das Auge von Hadj Brahim von meiner Person abzulenken. Um mich zu verschonen, hatte es sich dem Patriarchen hingegeben und mir die Macht des Schriftstellers verliehen, der in der Lage ist, dem Tod zu begegnen. Und so konnte die Gabe langsam ihr Eindringen in unser Dorf organisieren, indem sie mich die Verstoßung und die Trauer über meine Mutter durchleben ließ. Sie stattete mich aus mit einem Körper in Trompe-l'Œil-Manier, mit einer Stimme, die Erinnerungen an den Geopferten hervorrief, und einer Angst, die die Kalligrafie vorwegnehmen würde. In Wirklichkeit rettete der alte Widder so alle Einwohner des Dorfes, einen nach dem anderen. Vielleicht die ganze Menschheit.

Ein stummes Wesen, früher ein Tier der Sternenkonstellation, hat also entschieden, sich an meiner Stelle zu opfern, und ich habe seine meckernde Stimme, seinen trockenen und linkischen Körper und seine riesigen Augen behalten. Heute, nach ungefähr siebentausend gelesenen Büchern – eine unendliche Zahl wie die sieben Himmel – und genauso vielen ausgedachten Büchern, gelange ich zu den großen Intuitionen: Mein Leben und jedes andere ist verbunden mit einer größeren, bedeutsameren Tragödie vom Beginn der Zeit und der Trennungen. Was ich lebe und gebe, um Leben zu retten, gehört mir nicht. Ich bin nur ein Vorwand. *(»Vielleicht ist der Tod nur ein verliebtes Wesen, das jemanden sucht, das uns alle, einen nach dem anderen, unter die Lupe nimmt, bis ans Ende der Zeit, um ihn wiederzufinden«, sagt mir mein Hund. Ich frage ihn also zurück: »Und ich, wie halte ich ihn von den Meinen fern?« »Indem du ihn seinen Kummer durch Geschichten vergessen lässt«, antwortet er mir.)*

Einige Jahre der Aufmerksamkeit noch, und ich verstand dumpf, dass Hadj Brahim Kinder hasste, die Kindheit überhaupt. Und das hieß, dass er eine schale Angst vor dem Sterben hatte, davor, von seiner Nachkommenschaft von Bord, in den Rücken gestoßen zu werden.

10

So oft habe ich also unbekannte Leute geheilt! (Khaddour, den Witwer, Aïcha, eine würdevolle und stumme Frau, meinen Onkel Chaabane, als er krank und verwirrt von den Veränderungen im Dorf eines Sommers in die Knie ging, Abdelkader, den Freund meines Vaters mit seiner Liebe für Bäder und Weine, Badra, die Kohlendioxid aus verfluchter Kohle eingeatmet hatte, etc.) Wenn der Tod eure Spur aufnimmt, geschieht das, weil ihr euch an den Rand eures Weges gesetzt habt und nicht mehr an eure Geschichte glaubt, oder weil ihr eure toten und lebenden Zuhörer vertrieben habt. Mein Onkel Larbi zum Beispiel, der erstgeborene Bruder meines Vaters, verschied, als die Aufmerksamkeit der ganzen Sippe sich auf das Vermögen Hadj Brahims und seiner Schafe konzentrierte. Seine Geschichte war nicht mehr von Belang und ging in Gleichgültigkeit unter, die er am Ende auch sich selbst gegenüber an den Tag legte. Ich erinnere mich an den kalten Blick dieses Mannes, dem alles egal war und den man eines Tages regungslos in einem Weinfeld im Osten des Dorfes fand. Er starb bei guter Gesundheit, aber er war völlig leer. Eine Erzählung ist eine gemeinsame Atmung, ein wiedergefundener Körper. Kann eine Geschichte Ihnen den Atem stocken lassen? Also, sie kann

Ihnen auch den Atem wiedergeben, wenn Sie im Sterben liegen. Ich spreche aus der Sicht der Mechanik, aber das Mysterium bleibt bestehen. Es gibt in meiner Aufgabe einen metaphysischen Anteil, und vor allem das Gesetz der Notwendigkeit. Ich glaube an Gott, aber ich will nicht mit ihm reden. Das Sein ist eine größere Tragödie als dieses überstrapazierte Tête-à-Tête. Das Wesentliche findet sich außerhalb von Gebet oder Ungehorsam. Es liegt im von jedermann beschworenen Ende der Welt. Meine Prophezeiung hinterlässt kein Heiliges Buch, sondern eine – heilige – Erklärung für alle Bücher, die möglich wären.

Das ist es, was ich seit Jahren zu erfassen versuche. Diese Verbindung zwischen meinem Schreiben und seiner Wirkung im Körper von jemand anderem. Diese magische Auswirkung des Wortes auf den Rhythmus eines Körpers. Die Sätze bis auf ihre Knochen, ihre strenge innerste Zahl, zu reduzieren, um zu beweisen, dass die Notwendigkeit ein Gesetz ist, das die Rückkehr ins Leben bewirkt, aber auch eine sachliche und entschiedene Verbindung zwischen dem Lebenden und dem Geschriebenen, es ist die Präzision und die Auferstehung oder – das Fortbestehen mittels Erinnerung. Wenn ich mich gut an alle erinnere, wird niemand sterben, aber um mich zu erinnern, brauche ich die Macht einer genauen Sprache, reich wie ein Vogelschwarm, wiederhergestellt durch das Fleisch und den Atem, wiederentdeckt, Wort für Wort, mit der Geduld eines Ermittlers, ausgedehnt bis an die Grenzen der Exaktheit. Wenn die Schöpfung ein Buch wäre, müsste ich es immer wieder neu schreiben. Oder es vielleicht neu lesen, wie die alten Mystiker und Alchimisten. Das Heilige Buch spricht von sich selbst als von einer vom Himmel herabgestiegenen Fassung, die aber zugleich dort aufbewahrt geblieben ist, in einer Art mütterlicher Vorversion. Man spricht bei uns von der wohlverwahrten Ur-Tafel, der großen MUTTER »des« BUCHES. Die himmlische Version, zu der man durch das Gebet und die Meditation Zugang hat. Der Sinn, den man durch die Askese und das bis zum Schwindel reichende körperliche Opfer wiederherstellt. Aber alle Religionen sprechen auf diese Weise von einem Buch, das die Welt oder eine »Hinterwelt« bedeuten soll. Sie behaupten, dass der Pilger ein zerstreuter Leser, der Gläubige ein blinder Leser, der Meditierende ein Leser sei, der zögert, die Seiten endgültig umzuschlagen, und der Schriftsteller ein Leser, der abschreibt. Ich meinerseits glaube nicht an die Theorie von der verborgenen Bedeutung. Ich glaube an die Bestandsaufnahme und den Vorrang des Gedächtnisses vor dem Tod. Die Dinge bleiben bestehen und sind weiterhin Raum und Zeit ausgesetzt, weil sie in einem Geist inventarisiert sind und weil eine Sprache sie im Hier und Jetzt hält. Es ist die Geschichte einer magischen Begegnung: Die Gegenwart (und ihre Welt) existieren, weil ein Mensch sich an sie erinnert.

Und das ist alles? Ich gebe zu, dass ich Mitleid habe. Ich bleibe zwar unberührt vom Tod meines Vaters, von seinem Todeskampf, und jede Begegnung stört mein Wohlbefinden, aber nachts, wenn alle im Dorf schlafen und ich als Nachtwächter aufbleibe, um meine Begegnungen nachzuzählen, verspüre ich ein unendliches Mitleid für das Los der Meinen. In ansteigenden Wellen, bis hin zur Flut der Barmherzigkeit. Und Wut auf diesen Gott, der die Einwohner in Zyklen mästet, sie an diese Köstlichkeiten glauben lässt und sie dann durch Krankheit und Tod zermalmt. Ich bringe mich als Vermittler, als Verteidiger in Stellung, wie jene Art Männer, die ihr Sinn für Würde und Kraft dazu treibt, Duelle mit den Herren Wegelagerern zu provozieren, um die Wut auf sich selbst zu lenken, Zeit zu gewinnen und den Schwächsten ihr Schicksal zu ersparen. Es gibt also einen mechanischen Grund für mein Mitgefühl *(je mehr ich schreibe, desto mehr widersteht das Dorf, die Leute können lange leben und die Hundertjährigen vervielfachen sich wie die Siege, berauscht von der endlosen Gegenwart)*, einen weiteren, der von Herzen kommt *(die Welt ist eine Tragödie, ein geopferter Widder, und ich bin seine Stimme)*, und einen letzten, die Frucht meines Glaubens *(ich bin verantwortlich für die Leben der Leute, die ich täglich treffe, und ich kann sie durch Schreiben retten, außer einer Frau, die ich nur schützen kann, indem ich meinen Körper gegen ihren tausche und sie so vor ihrer Enthauptung bewahre)*. Es ist ein komplexes System, wie eine Verkettung von Räderwerken. Das System meiner Gabe ist aus der Meditation und der Askese entstanden. Wegen des Heiligen Buches, meiner religiösen und fleißigen Jahre, aus dieser Beschäftigung mit einer Fremdsprache, die zum Instrument von Leben und Tod wurde, habe ich sehr früh verstanden, dass es eine Verbindung gibt zwischen unserer Ausdrucksfähigkeit und den so bezeichneten Dingen. Alles ist geschrieben, nichts ist stumm, o ja! Das Gegenteil von Gott ist nicht Iblis, sondern die Tonlosigkeit. Da bin ich mir sicher.

Die etwa hundert Bücher, die ich gelesen habe, haben mir bewiesen, dass die Ewigkeit existiert und dass man sie durch Transkription und Entzifferung bewahren kann. Es genügt, ständig zu lesen, und, in Ermangelung einer unendlichen Bibliothek, ohne Unterlass zu schreiben, und zwar mit Fleiß: eine Nummer für jedes Gesicht, ein Titel für mehrere Hefte, Zeichen und Symbole da, wo das Wort nicht mehr genügt, um zu umfassen, zu besitzen. Titel sind wie Steinchen. Sie dienen mir dazu, zu schreiben, wieder in Gang zu kommen und die Leere zu füllen. *(Das Fernsehen lässt eine fremde Sprache und unbekannte Leute auf uns los, die mit großen Gesten ihre Leidenschaften erzählen. Hadjer sitzt jetzt bestimmt da, um ihren Film anzusehen, ohne mich als Übersetzer. Ich mache das schon seit einigen Jahren nicht mehr, aus Anstand. In einer Stunde gehe ich raus, um das Dorf zu inspizieren, Details zu notieren, die Vornamen der Brautpaare aufzunehmen oder den zu lauten Stimmen unter den Fenstern zuzuhören. Ich kann bis zu den nächtlichen Feldern laufen. Dorthin, wo die Hunde sich drangsalieren. Zum christlichen Friedhof. Den besuche ich manchmal, weil dort der Tod anders dekoriert ist als bei uns: spitzengeschmückte Steine, Grüften, französische und spanische Namen, Verse aus einem anderen heiligen Buch, Engelchen. Mein Hund sagt immer, dass es paradox ist, Engel in Stein zu meißeln. Die Gräber werden oft von Gassenjungen entweiht. Und wenn es Nacht geworden ist, treffe ich dort auf die betretene Stille der Weintrinker, die dort sitzen, schweigend, in Grüppchen wie Verschwörer im Rücken eines Gottes. Weil dieser Ort eine Freistätte ist für Andersartigkeit, für Liebende oder Alkohol-Händler. Am Tag herrscht dort ein wunderschöner und reiner Schatten, der von Zypressen und von Pappeln. Seit Langem schon traut sich niemand mehr dorthin, die Verwüstungen sind himmelschreiend. »Doppelt tot«, seufzt mein Hund. Ich bin nicht einverstanden: Das Grab ist ein Schwindel, eine Bauernfängerei. Weil es die Ermittler täuschen soll, die dann nicht weiter nach der Leiche suchen. Wie im Krimi. Statt noch weiter zu gehen, um alle Metaphysik, die Visionen, die Bücher und die Legenden zu hinterfragen und zu verstehen. Deswegen komme ich trotz seiner Schönheit nie zum Schreiben auf den christlichen Friedhof: Es ist wie unter einem Kleiderständer zu schreiben und sich einzureden, es sei eine Straßenlaterne. Diese Nacht kann es aber sein, dass ich meine Schritte dorthin lenke. Mangels anderer Ideen.)*

Das erste Heft, das ich geschrieben habe, hieß *Der Herr der Ringe*. Der Titel war so schön, dass ich daraus einen Brunnen gemacht habe, dessen Wasser am Grund Dutzende von eifrigen oder hitzköpfigen Figuren widerspiegelte. Und als ich Jahre später den tatsächlichen Roman mit diesem Titel lesen konnte, war ich etwas enttäuscht. Meine Geschichte war besser, sie erzählte, wie ein Händler von Ringen unsterblich geworden war, weil er seine Ware von Stadt zu Stadt angepriesen hatte. Und wie ihn seine Kunst dazu gebracht hatte, imaginäre Ringe zu verkaufen, weil er sie den neugierigen Massen so wunderbar beschrieb. Vor dem Schreiben, gebückt und eingerollt wie ein Weichtier, denke ich mir immer eine Musik aus, die herannahendem Wasser ähnelt, oder Zucker, der sein Leben erzählt. Ich schweife ab, ich weiß, aber anders kann ich eine Geschichte nicht entwickeln. Schreiben, das heißt einen Ton zu hören und ihn zu bewahren und unaufhörlich darum herumzukreisen, zu versuchen, ihm eine Melodie zu geben, sich ihm so weit wie möglich zu nähern, um ihn vom Ohr zum Mund zu überführen. Der Prophet erzählt, dass die Offenbarung wie ein Klang, ein Glockenton über ihn gekommen ist, und dass der schreckliche Engel ein Gebimmel war, bevor es sich zu Worten herabstufte. Ich mochte dieses Geständnis, das mir für den Beruf eines Abgesandten Gottes ehrlich vorkam. Diejenigen, die mir während dieser Sitzungen begegnen, beschreiben mich als angespannt, cholerisch, hart, mit drohendem Blick. Das ist so etwas wie der Panzer meiner Trancen, der Umriss meines Kreises.

Der Patient von vorgestern Nacht war ein alter Mann, den ich gut gekannt habe und der nie akzeptiert hat, meine Gabe als etwas Wichtiges oder Wahrhaftiges anzusehen Lange Zeit hat er mich, wenn ich ihm, selten genug, begegnete, mit Verachtung und einer betonten Gleichgültigkeit behandelt, um mir wehzutun. Ich habe mir geschworen zu warten und seine Stunde ist gekommen, da ist er nun, ruht in meinem fantastisch präzisen Gedächtnis, wie die Berührung eines Blinden. Zu neuem Leben erwacht durch meine übliche Schlaflosigkeit, Worte und Auswurf im Inneren seiner Lungen vermischt, prüft er mich genau, tapfer, mit Neugier, dann mit Selbstaufgabe. Als ob man sein Überleben zermürbt einem Scharlatan anvertraut und darin den Beweis seiner eigenen Feigheit, das Zeichen seines eigenen Abdankens erkennt. Im schlimmsten Fall konnte ich seinen Tod nicht beschleunigen; im besten ihn vielleicht verlangsamen; das muss er sich gesagt haben, verloren in der Menge seiner Angehörigen, die dabei zusehen wollten, wie er seinen Körper verlor. Der Mann hier ist zu alt, zu skeptisch und von seinem Leben zu zerschlagen, um am Rand des Grabes noch mit ihm zu streiten, und ich muss einiges an Anstrengungen aufbringen. Hadj Brahim, sechsundsiebzig Jahre, begüterter Fleischer, hilft mir nicht. Weil er nicht an mich glaubt. Schon immer hat er behauptet, dass meine Hefte wie Schafshäute wären, die nie existiert hätten. Ich mache mir nichts daraus, ich mache weiter: Die Schnelligkeit des Schreibens ist eine der Bedingungen der Eingebung: Sie erlegt euch die Demut des Lastenträgers auf. Ihr werdet der Schweiß der Tinte, nicht ihr Erfinder. Der stumme Diener einer Konversation, die über euch hinausreicht.

Im Dorf Aboukir betrachtete man mich kaum als jemanden, der von einem Geist der schmutzigen Wasser verwirrt oder durch einen Fluch verunsichert war, der dem Vermögen meines Vaters und seiner blutrünstigen Opulenz entsprang. Manche bedauerten meinen Vater für diese schlechte Nummer, die er mit seiner ersten Frau gezogen hatte. Ich erlebte mein Schicksal wie eine Gabe mit einer Reihe von Verpflichtungen, trotz meines kranken Körpers, des Skandals meiner Ohnmachten und meiner Weigerung, Fleisch zu essen. Es gibt bestimmt Märtyrer, die weder ein Paradies noch einen Gott brauchen, um ihre Körper auf den Weg des Opfers zu bringen. Vielleicht genügt die Vorstellung von Mitgefühl. Oder der versteckte Ehrgeiz, einen untätigen Gott durch seine eigene Ewigkeit auszustechen. Es ist wahr, dass die Abgeschlossenheit des Dorfes mir dazu verhalf, die Beziehungen zwischen meinem Schreiben und der Langlebigkeit zu verstehen. Ich kannte jede seiner Ecken, die Färbungen der Vorhänge, die alten Fenster, die abgeplatzte Kartografie der Mauern, die Neigungen der Pfeiler und die Gewohnheiten der Alten ebenso wie die der Störche. Wenn ich mit einer Liste in der Hand herumirrte, um meine

Bestandsaufnahmen zu perfektionieren, löste ich das Gelächter der Passanten aus, wenn sie mich lächerliche Einzelheiten aufnehmen sahen. Natürlich wurde die Ordnung oft durch die Ankunft eines Ausländers oder eines Neugeborenen gestört, wir lebten nicht völlig isoliert von der Welt, waren nur beschränkt, unbeweglich aus Faulheit oder Übersättigung und ein wenig ängstlich. Und ich musste dann meine Berechnungen wieder neu anstellen.

Manchmal stellte die Fremdartigkeit den Reichtum meiner inneren Sprache auf eine harte Bewährungsprobe und ich tat mich aus Mangel an einem guten Lexikon schwer, die richtigen Worte zu finden. Aber das machte ich immer mit Zeichen, Symbolen und unerklärlichen Zeichnungen für den Laien wieder wett. Natürlich gab es auch die ewigen Gerüchte über Sexgeschichten oder durch Heilige ausgestoßene Verwünschungen, Eifersüchteleien so mächtig wie Brände, Scheidungen, aber all das wurde im Gedächtnis der Einwohner und meinen Heften mit größter Genauigkeit erfasst. Für mich aber zählte etwas ganz anderes: der Bestand an Nuancen, Gesichtern, Pflanzen oder Rost, die Ordnung der wiederherzustellenden Ewigkeit und die Genauigkeit des Daseins auf der Welt, der wiederhergestellte Zusammenhang zwischen dem Lebenden und seiner wahren Geschichte. Das ist es. Was hatte ich mit der Geschichte des unbekannten Spenders zu tun, der es ermöglicht hatte, ein sehr hohes Minarett für unsere Moschee zu bauen? Oder mit der Geschichte des kubanischen Arztes, der für einige Jahre bei uns gelebt und tausend Frauen geheiratet hatte? Oder mit den sich wiederholenden Berichten über alte Migranten in Frankreich, die in Särgen zurückkamen, um eine Nacht, eine einzige, in der großen Villa zu verbringen, die sie Jahre zuvor, oben auf dem Hügel, gebaut hatten, ohne jemals darin gewohnt zu haben? Nein! Diese Geschichten waren nur wichtig, wenn sie in Verbindung mit einem Sterbenden oder einem Kind standen, das dem Fieber oder Abszessen ausgeliefert war.

Von Weitem gesehen, war das Dorf etwas banal. Eine architektonische Mischung aus alten, von uns besetzten Kolonialhäusern und Anbauten mit Betonbausteinen, Anzeichen von nicht eingelöster Aneignung. Die Reicheren hatten es geschafft, neu zu streichen, die anderen begnügten sich damit, auf den Türschwellen zu sitzen und das letzte Gebet abzuwarten. Auch wenn die Mauern geteilt wurden, galt das nicht für die Stammbäume. Jeder bekannte sich zu seiner Sippe und hielt daran fest wie an einer aus Kaktusfeigenbüschen errichteten Grenze, um die ungebetenen Gäste fernzuhalten und die Frauen zu verstecken. Es gab auch Bindeglieder: den Bus aus dem Süden, der zweimal am Tag durch unser Dorf fuhr. Im Morgengrauen für diejenigen, die eine Suche oder eine lange Reise unternahmen, und gegen Ende des Tages mit einem kurzen Schauspiel für die, die untätig am Straßenrand in der Nähe des Rathauses und der Tankstelle saßen.

Als Jugendlicher hatte ich diese Enklave von Insel sorgfältig kartografiert. Im Norden der Hügel, eine größere Bergkuppe, der Ort des Beginns unserer Familiengeschichte, Opferstätte für täglich Dutzende von Schafen. An der Ostflanke die Weinfelder; die geteerte Straße, die zu den Bauernhöfen der ehemaligen Kolonialherren und dann zu den abgeschlossenen Bergen führt; der christliche Friedhof, umschlossen von einer kleinen weißen Mauer; im Westen der Friedhof von Bounouila, eingelagert in einen steinigen Abhang zwischen wohlriechenden Kräutern und dem Tod der Sonne. Wenn man in Aboukir ankommt, bemerkt man zur Rechten einen lang gezogenen Wald, wo ich zwei oder drei alte Gräber mit eingravierten französischen Vornamen entdeckt hatte, den Markt und die Schule, meine. Das Dorf fällt nach Süden hin ab, angehängt an die Straße, die in die Sahara führt – die es niemals bis zu uns geschafft hat außer über den Himmel –, und trifft dann auf ebendiese Straße, die von Norden kommt, von da, wo die Stadt und das Meer sich gegenseitig mit Steinen und Salz abnutzen. Dieses von einem Minarett durchbohrte Dorf ist ein wahrer, jungfräulicher Ostrakon, der sich da unter meinen jugendlichen Streifzügen eingravierte. Aber die Karte in meinem Kopf sah anders aus: Aus dem mageren Wald im Osten wurde tropisches Ersticken, Antwort auf die sumpfigen Lagunen des Südens. Und dann nahm ich freiwilliger Dummkopf auf dem großen Hügel im Norden den aufgeschlitzten Schiffsrumpf des Hauses meines Vaters wahr, auf dem Riff dort gestrandet, letzte Spur meines Schiffbruchs. Es genügte, überall ein paar Kokosbäume zu pflanzen, eine Grotte mit rosa Mauern zu bewohnen und die Böcke zu meiden, die der himmlische Segen rund um meinen Vater vermehrte, oder die unnütze Bestandsaufnahme von toten Bäumen zu machen, auf einer sandigen Bucht zu spazieren, um eine alte Geschichte wieder aufleben zu lassen und das Abenteuer der Sprache als eine Wiederbevölkerung zu erzählen.

Poll ist ein Papagei, den ich in einem Buch gefunden hatte, und dessen Namen und Aufgabe ich manchmal übernommen habe. Ein wunderbarer Vogel, der in *Robinson Crusoe* einen einzigen Satz sagt, aber damit die perfekte Tragik, die materielle Grenze, die unbegrenzte Möglichkeit zusammenfasst. Wenn ich dieses Buch (oft) noch einmal las, stolperte ich jedes Mal über sein Rätsel, eine Art Insel auf der Insel. *Zabor* ist ein wunderbares und unerlässliches Buch der Inventarisierung und ich muss die Geschichte meines Schiffbruchs erzählen. Es wird jemanden retten, irgendwo.

II.
Die Sprache

11

Was ist passiert? Wann ist der Gabe die Luft ausgegangen? Ich weiß es nicht.

Ich erinnere mich, dass ich eine diebische Freude empfunden habe, als ich sah, wie mein Vater mir beim Aufwachen von seinem Bett aus heimlich mit den Blicken folgte, unruhig, verschwitzt und ausgehöhlt vom Todeskampf. Unfähig zu sprechen, schrie er aber mit aller Macht seine verrückte Hoffnung und seine Wut gegen die Würdelosigkeit heraus, die ihm von der Krankheit auferlegt wurde. Ich erinnere mich daran, wie mich der Umfang seines winzig gewordenen Körpers überraschte – vorspringende Knochen und ausgemergelte Haut –, mit ausgerenkten Gliedmaßen durch die lange Bettlägerigkeit. Er war so mager, so schlecht ernährt von seiner Eitelkeit. Die Stille im Zimmer betonte noch seine Isolation, als ob er von der ganzen Menschheit unter Quarantäne gestellt worden wäre. Diese Art von aufmerksamer Stille, die man rund um das Bett von Kranken produziert: schuldbewusst, aber respektvoll, ein wenig misstrauisch, was eine mögliche Ansteckung angeht. *(»Wenn die Beute vom Räuber gebissen wird, distanziert sich die ganze Art oder die Kohorte von ihr«, erklärt der Hund. Man gibt dann vor, dass es besser ist, dass der Tote sich ausruht. Von wegen! Man lässt ihn fallen, um schneller voranzukommen oder den Blick der finsteren Flaneurin auf sich zu ziehen.)* Die Nachttischlampen versuchten dem Ganzen noch etwas Geheimnisvolles hinzuzufügen, aber ohne Erfolg: Der Tod ist brutal und hat seine eigenen unnatürlichen Gerüche, trotz aller Seufzer oder Parfums. Der alte Mann *(ich erinnere mich daran, dort, in meiner rosaroten Grotte sitzend, mit dem Kaffee meiner Tante, die ungeschickt jeden Lärm zu vermeiden versucht)* war glanzlos, verfinstert von einer Wut, deren Bedeutung ich erahnte. Er war auf alle wütend, nicht weil er starb, sondern weil er so grausam litt, während die anderen da draußen in dem weiten Universum waren und sich in einer unverschämten Zurschaustellung ihrer Gesundheit überall breitmachten, lebenskräftig und ungerechterweise gesund. Dann ist sein Gesicht plötzlich gealtert und die Wut wandelte sich in Verachtung, vielleicht Gott gegenüber. Der Alte gab nicht auf, die anderen wussten es nicht und glaubten, er sei am Ende, ich aber sah es. Das Gesicht veränderte sich weiter, wie eine Altwasserfläche ist es in sich zusammengesunken, der Kiefer löste sich und der Augapfel verschwand hinter dem grauen Horizont des Auges. Das ist alles, was ich bei diesem ersten Mal bewirken konnte, bevor ich wie ein Geächteter davongejagt wurde. Ich musste also schnellstens eine andere Geschichte schreiben. Was für eine? Ich hatte mehrere davon, eine mächtiger als die andere. *(Die meines nach Frankreich ausgewanderten Onkels, der, jedes Mal wenn er versuchte, ins Dorf zurückzukommen, die Beherrschung über seine Beine verlor, seine Schuhe verlegt hatte oder sein Flugzeug verpasste. Oder die meiner Urgroßmutter, die das Bevorstehen ihres Todes in dem Mo-*

ment begriff, als sie ein Paar weiße, neue Schuhe entdeckte, die auf der Schwelle ihres Zimmers abgestellt waren, in dem man sie zur Einsiedlerin gemacht hatte. Oder die meines Cousins, der die Sprache verloren hatte, weil er zu viele indische Filme gesehen hatte – jeden Freitag im Saal des Kinos Le Colisée *der großen Stadt.)* Und dann ist der Alte in eine Art begriffsstutziger Verweigerung verfallen und hat Grimassen geschnitten. Ich kenne diese Art von Reaktion zwangsläufig ganz gut, weil ich über diejenigen wache, die ins Leben zurückkommen. Ich glaube, er verstand nicht, warum man ausgerechnet ihn dieses Mal opfern würde und nicht jemand anderen *(jeder denkt, das Leben kann nur das Schauspiel seiner eigenen Ewigkeit sein und die Todesszene, ja gut, aber bitte schön immer die des Todes von jemand anderem!)*, er erkannte den Halsabschneider nicht und kannte den Fleischer nicht gut *(falsches Lachen)*. Die Dinge nicht mehr mit beiden Händen greifen zu können muss ein zerstörerisches Geheimnis sein Hin und her geschüttelt zu werden, ohne noch etwas halten oder packen zu können. Das Anfassen, den Geruchssinn, die Ordnung der Worte und den Sinn für die Schwerkraft zu verlieren. Ich habe in einem Buch gelesen, dass die frischverschiedenen Toten sich zuerst am Unerklärlichen stoßen: Sie verstehen nicht, dass man bei den Beerdigungen allen zu essen gibt außer ihnen, die mit diesem Vergessen missachtet und gedemütigt werden. Darüber empören sie sich wie die Kinder und sehen im Dahinscheiden eine Beleidigung.

Ich schweife ab. Meine Gabe hat Angst. Weil man zu sehr auf sie zählt, begehrt sie auf und weicht in das Schlupfloch meines Kopfes zurück. Da war nichts zu machen. Und noch weniger mit diesem idiotischen

Ultimatum des ältesten der zwölf Brüder, die mich letzte Nacht im Dunkel der Eukalyptusbäume (aufrecht und tropfnass in der Schwärze stehende Pottwale) bis an das Bett des alten Mannes getrieben haben. »Drei Stunden und du bist weg hier!«, hatte Abdel gedroht, ohne dass sein Antlitz aus grauem Gips zuckte. Er hatte dasselbe Gesicht behalten wie an dem Tag, an dem man ihn oben auf dem Hügel aus dem Brunnen gezogen hatte, als er behauptet hat, dass ich es gewesen wäre, der ihn in den Rücken gestoßen hatte. Die Bruderschaft hat dann wie auf eine Gebetskette gereiht an der Schwelle des Zimmers eingewilligt und den Kompromiss gutgeheißen, um dann in die Nacht zurückzuweichen und das Tor über dem Tête-à-Tête von Vater und Sohn zu schließen. Wenn der Alte krepiert, wird alles nur noch schlimmer für mich, habe ich mir dann gesagt. Nachdem ich schon in einen Brunnen verbannt wurde, werde ich bestimmt mit meinen Heften und der gefährlichen Legende über meine Gabe rausgeworfen. Und in einer Zaouia enden. Als Entstauber von Teppichen in der Moschee. Tod durch Verdursten im Wald der Kaktusfeigenbüsche, die uns über Kilometer im Umkreis einschließen. Unmöglicher Fußgänger in der großen Sahara, dem perfekten Labyrinth ohne Mauern und Ecken. Wegen meiner Ohnmachten, die mich heimsuchen, sobald ich mich von Hadjer und unserem Haus entferne, kann ich nicht einmal das Dorf verlassen.

Ich erinnere mich, dass der Alte – bewundernswert inmitten des Aufruhrs seiner Knochen – auf der neununddreißigsten Seite kurz wach geworden ist und fast den Kopf bewegt hätte. Ich schwöre es. Wütend wie immer und mit seinem Stirnrunzeln. Immerhin! Man kann ihm zugutehalten, dass er in den letzten Stunden seines Lebens die Fahne des Aufstands hochhielt und den Kopf wegdrehte, um Gott keinesfalls den Gefallen zu tun, seinem flehentlich bittenden Blick um Erleichterung zu begegnen. Ich habe im Dorf Leute wie ihn getroffen, die wütend waren auf diese Hand, die ihnen die Taschen langsam leert, ihnen unter den Hautsack greift und im Körper herumwühlt und dann die prächtigsten, intimen Obsessionen überall ausbreitet.

Da hilft gar nichts, selbst die Verse nicht. *(Der Tod? Er flößt dem außenstehenden Betrachter den Glauben ein und den Sterbenden bringt er dazu, ihn zu verlieren. Ich ändere meine Position, weil mein Knie schmerzt, wenn ich so sitze. In einer halben Stunde werde ich rausgehen. Spätestens. Mit den Heften in der Hand werde ich die Häuser nachzählen, mir die Spuren der Schritte genau ansehen und mal am Franzosenfriedhof vorbeischauen. »Seltsam, wie die Leute zu Erinnerungen werden«, rundet mein Freund der Hund die Dinge ab. »Sei es, dass sie Gräber oder Bücher sind. Große Sternenforscher, ausgestreckt auf dem Rücken.« Vielleicht …)* Die Mumie kämpft darum, den Einbalsamierer wiederzuerkennen oder seinen Blick zu erheischen. »Was kann der Dahinscheidende in den Händen des Leichenwäschers ausrichten?«, sagt ein Sprichwort bei uns.

Ich glaube, der Kämpfer in ihm hatte mich wiedererkannt. Es hatte ein Feuer in seinen Augen entfacht, bevor er sich wieder abwandte, und dabei tat er unter seinem steinernen Gesicht so, als ob er schlafen würde. Eine alte Geschichte. Rachsüchtig. Ich verstand. Man hatte natürlich alles versucht, um mich nicht herbeirufen zu müssen. Man wollte mir den Sieg vorenthalten. Der Kopf des alten Mannes war Gerüchten zufolge von Unordnung befallen worden; und seine ellenlange Erzählung vom Mann, mit dem Gott in seinen Träumen gesprochen hat, hatte sich in Gestammel und Chaos verwandelt. Seit Kurzem stieß der Alte unkontrollierte Unsinnigkeiten gegen sich selbst aus, und das war nicht dazu angetan, die Erinnerung an sein früheres Ansehen zu wahren. Man hatte die Besuche seiner Freunde und sogar des Imams Senoussi eingeschränkt, weil der Sterbende sich wie beim Zurückschnellen einer Drehkurbel auf den Anfang aller Schimpfworte entledigte, die er während all der Jahre der Frömmigkeit und Höflichkeit unterdrückt hatte. Nichts zwang ihn jetzt noch zu schweigen und seinen Groll zu verstecken. Eine schöne Rache für meinen Großvater, der von diesem Erstgeborenen, der da heute mit dem Tode ringt, zu Stummheit und Freiheitsentzug verurteilt worden war, und der jetzt durch den Mund des Sterbenden wiederkehrte, um allen Leuten von Aboukir zu sagen, was er von ihnen hielt. Um ehrlich zu sein, war ich völlig überrascht davon, es traf mich gänzlich unvorbereitet. Ich hielt meinen Großvater Habib für endgültig tot, als hätte er der Welt nur die Stille hinterlassen, ein Messer, ein leeres Portemonnaie und das Nähzeug, das er seit dem Tod meiner Großmutter benutzte. Und mit einem Mal sprach er wieder, aber aus einem Todeskampf, der nicht der seine war. Seine grauen Augen haben mir plötzlich gefehlt. Vielleicht ist er das wahre Geheimnis meiner Gabe, der Grund, der sich ableitet aus meiner Wut auf die Totengräberin, die so lange Zeit mit ihm gespielt hatte, bevor sie ihn zerbiss. *(Er ist an Tuberkulose gestorben und wurde von seinen eigenen Lungen erstickt. Der erste Leichnam, den ich in den Armen und am Hals hatte. Als er tot war, haben wir, meine Tante und ich, seine Sachen durchsucht: Wir haben einen alten Bleistift, zwei Messer und ein Portemonnaie mit einem Foto von ihm gefunden – weit aufgerissene, scheue Augen –, auf dem er wie gehetzt vom Licht erschien, wie aus einer Sage hervorgeholt, um ausgestellt zu werden. Warum? Seine Geschichte findet sich in einem Heft unter dem endgültigen Titel* Paris – ein Fest fürs Leben, *weil ich als Kind eine ganze Stadt in seinen Augen erkannte, wenn ich ihn genau studierte. Und er konnte seine unwahre Reise nach Frankreich und die Einzelheiten seiner imaginären Rückkehr so gut erzählen …)*

Ich habe das Zimmer untersucht, wo sich der Sterbende befand: Teller mit Resten von Süßigkeiten, Beweise für etwas weiter zurückliegende Besuche. Ein finsterer Ziegengeruch: die Rezitatoren DES BUCHES, die immer dieselben Djellabas tragen. Man muss sie wohl als letzten Ausweg, gleich nach dem Arzt, einbestellt haben (seine Spur fand ich in dem Haufen von Medikamenten, die man in aller Eile unter das Holzbett zurückgeschoben hatte) und nach den ersten ostentativen Migräneanfällen meiner Stiefmutter. Andere Einzelheiten? Die Spur des weißen Rechtecks an der Wand. Dort hatte man ein frommes Foto entfernt, da bin ich mir sicher. Von der Art, wie ich sie hasse. Hinter der Eingangstür in einer Ecke der eingerollte Gebetsteppich. Eine Flasche Wasser, bestimmt aus Mekka, von der Quelle Zazam, die Ismaël und seine Mutter vor dem Tod rettete, während Ibrahim wieder zu seiner Frau Sarah zurückging. Heilige Quelle. Außer dass Sand Tod bedeutet. Die Stiefbrüder hatten meine Prestige-Szenerie trotz ihrer notorischen Zweifel ein wenig vorbereitet, bevor sie an die Tür der alten Jungfrau Hadjer klopften und nach dem Schwachkopf verlangten, der unaufhörlich unleserliche und dennoch wirksame Dinge in Hefte schreibt. Was für eine Rache! Aber gut, ich muss meinen Jubel und meine Eitelkeit hinten anstellen.

Neue Zeile.

Normalerweise frage ich nach dem Namen des Sterbenden. In diesem bestimmten Fall war das natürlich unnötig. Ich schreibe das Datum oben links hin, aber mit einer erfundenen, unmöglichen Jahresangabe, irgendwas zwischen streng gregorianisch und der von den Sandstürmen verwirrten Hedschra, die durch den Namen der Mutter Ismaëls und nicht etwa durch die Flucht der ersten Gläubigen nach Medina eröffnet wurde. Die Söhne Hadjers, El Mouhadjiroun, und nicht die »Emigrierten«, wie es die Exegesen behaupten. Die Zeit meines Kalenders ist also eine seltene Zeit zwischen der Geburt und dem Exil. Zwischen Baum und Kamel, anders gesagt. Und ich fange mit drei Ausrufezeichen an, wie eine Regel, um die Angst zu bannen. Insgeheim habe ich nämlich den Eindruck, dass ich Texte von jemand anderem stehle und dass mich das beruhigt, denn das Wort zu ergreifen macht mir genauso schreckliche Angst wie die Vaterschaft. Das Papier ist unter meiner Hand immer kalt wie leere Haut und wenn ich anfange, habe ich die Langsamkeit eines Tätowierers. Ein schlechtes Zeichen, sage ich mir zu Recht.

In meinem Heft höre ich nicht auf, diese demütigende Nacht wiederzukäuen. Wieder und wieder, so wie die Zunge immer zu der Lücke zurückkehrt, die ein herausgerissener Zahn hinterlässt. Weil es da etwas gibt, das mir entgangen ist, einen Hinweis auf eine vorenthaltene Wahrheit. *(In einigen Stunden wird Morgendämmerung sein. Man muss dieses Leben retten, genau dieses Leben, bevor der Muezzin mit seinem Ruf loslegt und den Horizont in Brand steckt. Ich hob den Kopf, um ein Stück Himmel zu betrachten, das von den fensterlosen Dachziegeln verborgen wurde. Hinter der Tür sieht sich die Nacht schon danach um, wohin sie sich wenden kann, um andere Seiten der Erde erkalten zu lassen. Ich komme auf das Heft zurück, aber es ist stumm. Nichts passiert. Alles ist in meinem Kopf ausgebreitet und ich spüre nichts von dieser Eile, die das Vorzeichen meiner Trancen ist, nichts. Nur der Schweiß stört mich. Weil der Alte ganze Arbeit geleistet und mein Leben verdorben hat. Seit Jahren erzählt er immer dieselbe Geschichte, verspottet mich so lange, bis er mich auf einen Zweifel reduziert hat, stößt mich zurück, lacht über meine Nuancen und hat es so geschafft, meine Fähigkeit zu hemmen, ihm das Leben zu retten. Er wusste vielleicht nicht, dass er so die einzige Chance zerschlagen hat, nicht zu sterben. Hier nun also meine wahre Rache: Schweigen.)* Er wird nur bekommen, was er verdient hat. Aber ich weiß, dass dies eine Finte meiner Eitelkeit ist. Die Wahrheit ist, dass ich es nicht geschafft habe. Die Zeit geht schnell, umarmt einen wie eine Verbündete, die einen plötzlich hier, vor aller Augen, verrät *(»Die Zeit ist das Herz und sein Zeiger dein Blut, das mit deinen Armen, deinem Hals und deinen Gedanken rotiert und rotiert«)*. Es war vielleicht die Rache der Bücher, die ich nicht zu Ende gelesen habe, die ich nach ein paar Seiten wie bei einer Abtreibung habe fallen lassen, missgebildet aufgrund der Ungeschicklichkeit ihrer Autoren. Diese Geschichten, die es zwar nicht vermocht haben, mich zu verführen, sind dennoch geblieben, haben sich verkrochen wie rachsüchtige Witwen, um jetzt wieder hervorzukommen und mir meine Zunge aus dem Mund zu stehlen. Die Ziegel begannen, mir auf den Kopf zu fallen, erst einer, dann alle, wie beim Domino. Ich wollte pinkeln gehen und dann die Flucht ergreifen. Die Wände waren aus Papier und würden von riesigen Händen zerrissen werden, von denen der Brüder. Alif, Lâm, Mîm. Aber nichts passierte, außer dem rötlichen und verbrannten Wind der Sahara.

Ich muss diese nie da gewesene Panne meiner Gabe überwinden. Ich male Buchstaben wie auf Treibsand. Der Alte hat immer diese Wirkung auf mich gehabt, auch noch als der zusammengesackte Fuchs, zu dem er geworden war. Sobald er in der Nähe ist, fühle ich mich wie damals, als ich in der Schule mühsam meine ersten Worte schrieb, torkelnd auf einem unbekannten Weg mit neuen oder zu engen Schuhen. *(Und dann explodierte der nächtliche Himmel unter dem Getöse großer Fußtritte und die Tür brach ein. O Hadjer, schütze mich, denn man schlägt mich, man jagt mich davon.)* So also muss dieses Heft enden, das die Nacht erzählt, in der es mir misslang, meinen Vater wieder leben zu lassen.

12

Vor sechs Monaten war eine Nachbarin krank geworden. Sie war dreizehn Jahre alt und hieß Nebbia. Was interessanterweise »Prophetin« bedeutet. Ich kannte sie, in meinen Heften gab es sie schon lange, mit ausführlichen Beschreibungen *(Lushins Verteidigung,* gefolgt von *David Brodies Bericht*), was sie recht lange Zeit bewahren sollte. Ein hageres, teufelswildes Kind mit großen, knöchrigen Knien und einem Körper wie Schilfrohr, eine lebhafte und flinke Androgyne. Manchmal brachte sie mir Briefe, die von Verwandten ihres Großvaters oder von Behörden aus Frankreich geschickt worden waren, damit ich sie ihr vorlese, und zumindest anfangs akzeptierte sie es, meine Botschaften an ihre Mutter mitzunehmen *(sehr freie Erläuterung des Wortes »glühend«: Beziehung zwischen Liebe und den Temperaturen. Kurze Erläuterung von* Tausendundeiner Nacht *und ihrer drei Hauptgleichungen – das Heil liegt im Märchen; die letzte Hochzeit ist ein Buch; das Buch rettet den Palast, den König und die Erzählerin. Begegnungsstrategie für ein Paar in einem Dorf, in dem man nichts verheimlichen kann. In einer einfachen Sprache geschriebene Botschaften, punktiert mit Zeichnungen und Zeichen und die Hände mit Tinte beschmiert. Damit ihre Mutter es verstehen kann)*. Die kleine Nebbia lauschte also meiner Lesung und ging dann vorsichtig nach Hause, als ob sie eine wertvolle Wasserschale tragen würde, die sie fürchtete umzustoßen, und wiederholte meine Botschaften. Ihr Vater hatte sich von ihrer Mutter scheiden lassen und die Kleine lebte mit ihrer Schwester, die noch ein Baby war und deren Weinen ich manchmal hörte, wie eine Katze in unserer Straße, ohne Schule und ohne Grenzen, nahe bei den vom Schicksal ihrer verstoßenen Tochter verletzten Großeltern. Nebbia befand sich unter meiner Verantwortung, weil sie mir ein wenig nahestand, berührend war in ihrer kindlichen Beherztheit und als Echo einer anderen, eingesperrten Frau, deren Kindheit sie nachspielte. Sie amüsierte mich mit ihrer Lebhaftigkeit, die von ihrem ausgemergelten Gesicht und ihrem Zopf mit den roten Haaren noch betont wurde, und ich zog sie sehr gerne auf wegen ihrer Jungenspiele und der ruppigen Art, mit den männlichen Kindern umzugehen, die alle Angst vor ihr hatten.

Als man mich herbeirief, saß ich gerade auf der Schwelle unseres Hauses und betrachtete aufmerksam das Blut der Abenddämmerung, das sich über den Wolken ausbreitete *(»Um ihre glänzenden Steine zu zeigen, verlangt die Nacht jedes Mal danach ein Schaf zu schlachten«, sinniert der Hund in meinem Kopf)*. Der Ruf zum letzten Gebet wurde gerade ausgestoßen und die Gläubigen waren damit beschäftigt, sich freizusprechen. Der Großvater von Nebbia nahm mich in die Arme und murmelte: »Gott hat dich geschickt« (»Gott hat dich rausgeschmissen!«, korrigierte die kleine Stimme in meinem Kopf). Um seinen Schädel hatte er eine seltsame weiße Chechia mit einer aufgestickten Miniaturstadt gewickelt, was ihn wie einen Riesen aussehen ließ, der eine Stadt auf dem Kopf trug. Innerlich völlig unvorbereitet folgte ich ihm, ohne etwas zu sagen, und dachte, es würde um seine eigene Frau gehen, die schon bis zum Verlöschen alt war. Zu dieser Zeit war mein Ruhm groß, aber mein Ruf als Witwer ohne verstorbene Gattin ließ manch einen zögern, mich zu nahe an seine Ehefrau oder ohne Zeugen ins Haus zu lassen. Ich war also umgehend einverstanden, allein schon um die Gerüchte zu widerlegen. Wir erklommen drei Stufen, und dann öffnete der Alte die Tür. Ich hatte seit meiner Kindheit eine verschärfte Witterung und konnte ein Übel am Geruch erkennen. Dieses Mal alarmierte mich das Parfum, weil die Frauen bei uns ihre Körper den Wohlgerüchen überlassen, um ihre Gefangenschaft notdürftig wettzumachen. Ich schloss daraus, dass es sich um die Marke verstoßene Frau handelte – ihre Tochter, die Mutter der Kleinen. Eine reine Geruchsspur, eine Möglichkeit auf dem Sand der Abwesenheit. Der Anfang eines Märchens: eine enthauptete Frau. Man erklärte mir, dass Nebbia seit einer Woche krank war und man das Schlimmste befürchtete. Ihr Großvater sprach wie ein machtloser Gott, mit Ausrufungen von Versen und flehentlichen Bitten.

Während das Kind litt, unglücklich und gelähmt von einem schrecklichen Fieber, setzte ich mich in dem kleinen, dunklen Zimmer hin und fing an zu schreiben. Der Geruch von Schweiß hing beißend und säuerlich in der Luft. Die Angehörigen waren hinter der Tür geblieben. Ängstlich erhob sich die Stimme einer jungen Frau im Schatten des verbliebenen Parfums. Ich wusste von meiner Tante, dass sie Djemila hieß. Warum beschäftigte diese Frau meinen Geist, obwohl mich meine Gabe zur Askese verpflichtete und dazu, einen mächtigeren Kampf als gegen die Begehrlichkeit zu kämpfen? Ich weiß es nicht. Weil sie eine verstoßene, eingeschlossene Frau ohne Körper war? Mit Hadjer lebte ich selbst halb eingeschlossen im Territorium der Frauen, aber hier verstand ich wirklich, dass es noch eine viel größere, viel schrecklichere Isolation gab. Ich war völlig aus der Fassung gebracht: Ich empfand plötzlich ein unergründliches Mitgefühl mit diesem unsichtbaren Körper.

Unmittelbar hinter der Tür schluchzte die Großmutter und rang die Hände. Sie rief nach Gott, wobei der mich doch geschickt hatte. Merkwürdiges Gefühl: Ich war so etwas wie ein notwendiges Scheusal, und aus einem Gesetz hervorgebracht, aber auch die Karikatur eines Körpers, ein drittes, nicht beschnittenes Geschlecht zwischen Frauen und Männern. Zum Beispiel empfand ich Mitgefühl für jemand anderen, wenn derjenige nichts als Abstraktion war, eine in die Erinnerung eingeprägte Abwesenheit. Aber ich wurde kalt bis zur Gleichgültigkeit, wenn ich mit einem Körper und dem Schmerz einer Person konfrontiert wurde, und blieb bei der Ausübung des Schreibens auf Distanz. Askese ist wie Anästhesie, um die Seinen zu retten. Nebbia war wie die anderen geretteten Nachbarn: Sie diente meinem Wunsch, ein gigantisches Gedächtnis festzuhalten und genauso uneingeschränkt wie die Sonne nicht den geringsten Schattenwinkel zuzulassen, und dies in einer vollkommenen, vollständigen Sprache, die sich von Osten nach Westen erstreckt, in der jedes Wort etwas Einzigartiges und Unsterbliches bezeichnet. Ich saß schweigend neben der Kleinen, während das Parfum ihre Mutter und die Bedeutung ihres Vornamens untermalte, und versank in diesen außergewöhnlichen Traum, der ein doppeltes Martyrium des Leidenden und des Schreibenden voraussetzte, die in ein und demselben Werk miteinander verbunden sind. Jede Anrufung ist ein Buch, das darauf wartet, geschrieben zu werden.

Aufmerksam und mit kühlem Kopf verfasste ich, um Nebbia zu retten, einen einzigen Absatz, eine Art wilde, kluge Metapher, glatt wie eine alte Vase. Das Heft hieß *Musashi* (»Das Buch der fünf Ringe – Der Stein und der Säbel«), gestohlener Titel eines Romans, den ich nie gelesen habe und der einen Dialog vorschlug. Zwischen dem Sesshaften und dem Reisenden. Zwischen dem Tod und der Ewigkeit. Der Stein schleift den Säbel, so wie das Begehren. Aber er bricht ihn auch. So wie der Tod das Begehren. Beide sind notwendig. So ist das. Das kleine Mädchen erschauerte und fragte leise nach Orangen, weil sie Durst hatte. Ich rief also nach den Ihren. Nach dreiundzwanzig Stunden öffnete die Kleine für einen Moment die Augen, sah uns einen nach dem anderen an und versank schließlich wieder voller Zuversicht, nicht in den Tod, sondern in eine sanfte Linderung und Müdigkeit. Man gab mir Eier, Honig und Kaffee. Der Großvater wusste nicht, was er sagen sollte, und erklärte noch einmal, dass Gott mich geschickt hatte. »Vor dem Tod haben wir alle das gleiche Alter«, sprach er aus, als ob er einen Vers aufsagte. »Aber Nebbia ist noch zu klein!«, stöhnte er.

Ich für meinen Teil dachte an die Quelle des Parfums, weil ich seit *Tausendundeine Nacht* ein Faible für gefangene Frauen hatte. Die Stadt war zusammen mit der Chechia vom Schädel des Alten verschwunden und stattdessen zeigte sich ein kahler Hügel. Seine Augen tränten, ohne dass ich erkennen konnte, ob es ein Zeichen seines Alters oder seiner Dankbarkeit war. Beim Hinausgehen zögerte ich, suchte nach einem Blick und konnte nur eine schlanke Silhouette mit weiten Hüften hinter einem Vorhang ausmachen, und dann schob sich der Vorhang zur Seite und ich nahm eine Frau mit langen schwarzen Haaren wahr, das Gesicht wie an eine unsichtbare Schulter gelehnt, vom Hals wie durch einen Schleier abgetrennt. Die Augen dieser Frau waren sonderbar, faszinierend wie ein Brunnen, aber erloschen, traurig. Sie schien die Welt durch ihre niedergeschlagenen Wimpern zu betrachten. Nebbias Mutter stand da, war aber verborgen, nur zur Hälfte leibhaftig, wie tot. Ich fühlte mich betroffen, weil mir die Gerüchte über sie wieder einfielen, das Verbot, das sie hatte, auszugehen, die Bäder aufzusuchen oder auf Hochzeiten zu lachen. Nach einer Scheidung wird eine Frau nach und nach zum Opfer und zum Mittelpunkt der Wachsamkeiten, die sie zerreißen. Sie ist nur noch Feuer, das man überwachen muss, das listige Geschlecht, die mögliche Schande. Ab der Verstoßung wird ihr der Kopf abgeschnitten, von ihrem Körper getrennt, und sie wendet alles auf, um ihn auszulöschen, um ihn unter den Stoffen verschwommen und plump werden zu lassen, um ihn seines Empfindens und seiner Schauer zu entleeren. Als sie die Augen öffnete, war ich verstört von ihrem einladenden, neugierigen Blick. Soll ich es zugeben? Ja. Mit einem Mal war meine ganze Metaphysik ungewiss, stand womöglich zur Disposition, war mit einem Mal unzureichend, um Leben zu retten. Das Heil verlangte nach meinem Körper. Das ist Schönfärberei, in Wirklichkeit geriet ich gehörig ins Straucheln. Ich stand da und erforschte dieses Gesicht so lange, bis der Alte mich schließlich sanft Richtung Ausgang schob; seine Dankesbezeugungen waren ehrlich, aber vorsichtig.

Auf der Straße wurde die Verstoßene ständig überwacht, von den Ihren genauso wie von den untätigen Männern. Diese Frau gehörte niemandem, sie war nur dazu da, Appetit anzuregen und Lästerungen zu ertragen. Sie war wie eine enge Gasse, durch die jeder gerne hindurchging! Ein Körper im Sonderangebot, ungeschützt, auf dem man herumtrampelte, und der zu keiner Hochzeit taugte, nur zur Untreue oder zur Nachstellung. Der Scheiterhaufen war sein Schicksal.

Ich ging hinaus und fühlte mich etwas verloren. Es gab also in meinem Körper und in meiner Welt trotz der Jahre des Schreibens und der Anerkennung das Echo eines alten, ungekannten Lebens. Die Versuchung hatte ich für etwas Unmögliches gehalten – unrealisierbar aufgrund meiner Lebensentscheidungen –, oder bereits befriedigt durch meine Lektüren, weil diese mir etwas Raffinierteres boten als der Impuls, eine Frau zu heiraten. War es das, was ich in diesem Augenblick wollte?

Also, wenn ich ein Leben rette oder das Leiden eines Kranken lindere, läuft es genau so ab – an den besseren Tagen. Andernfalls kann es zu grauenvollem Verzagen und Zaudern führen. Man glaubt, dass es ein Leichtes ist, die Zeit auszusetzen. Aber nein! Manchmal stellt sich die große Frage nach dem Bösen als solchem, und man hat die Wahl. Was soll man denn machen, wenn ein

Leben zu retten bedeutet, dass man damit ein Monstrum verschont?

So hatte ich es zum Beispiel mit einem unwürdigen Sohn zu tun, einem gewalttätigen Trinker, der seinen Vater und seine Mutter schlug. Es kam vor, dass ich ihm im Morgengrauen begegnete, wenn er von seinen Besäufnissen nach Hause kam, während ich auf die Zwischentöne und die geheimen Brisen der frühen Stunden lauerte. Er sah mir nie in die Augen, sondern schüttelte immer den Kopf. Er war in meinem Alter und hatte ein von blinder und finsterer Wut in Falten gelegtes Gesicht. Eines Tages rief man mich, um ihn zu retten. Er lag halb tot in seinem Bett, unbeweglich, mit Verbänden maskiert, und suchte mit harten und trockenen Augen nach Steinen, um damit um sich zu werfen. Er hatte einen schweren Motorradunfall überlebt. Zwei gebrochene Beine und vor allem ein kaputter Rücken. Sein Vater starrte ihn distanziert, hasserfüllt und bedrückt an. Was seine Mutter anging, so zitterte sie vor Angst. Sie machte sich auf das Schlimmste gefasst, denn dieser Verdammte würde von nun an zu Hause bleiben. Musste man ihn retten? Ich verachtete ihn. Aber er stellte mich vor eine Gewissensentscheidung. Ich hatte die Wahl eines Gottes: schreiben oder schweigen. Existiert das Böse? Ich glaube nicht. Es ist nur eine Folge. Die Auswirkung einer Ursache. Es stand geschrieben, dass dieser Sohn fluchbeladen überleben würde und dass ich ihn retten müsste, aber all das war neu zu schreiben. Von mir. Das Schicksal ist ein Heft mit Fehlern, die man korrigieren kann. Nein, das Bild ist nicht vollkommen und ich ordne es anders an: Wir sind die Worte einer großen Erzählung, die irgendwo schriftlich niedergelegt ist, aber für unsere Konjugationen sind wir gewissermaßen mitverantwortlich.

Drei neue Gesichter seit gestern: Nebbias Tante, die sechs Monate später kam, um mir zu danken *(tätowiert, in einen Haïk gewickelt, dick und wohlwollend)*; ein Baumpfleger, der bei uns angeklopft hatte, um seine Dienste anzubieten *(ausgemergelt, einäugig, knöchern)*; eine alte Tante aus einem entfernten Douar, um die Gerüchte über Hadj Brahim aufzufrischen und diskrete Fragen nach der Erbschaft zu stellen. Drei Leben. *(Hadjer ruft mir zu, dass der Film gleich beginnen wird. Ich beeile mich, meine Definitionen zusammenzufassen. Meine Gabe ist die des trübsinnigen Mannes, der ganz hinten in einem Theater oder Kino sitzt. Er beobachtet: Wir sind alle von irgendwelchen Göttern schlecht bezahlte Schauspieler, sie werfen uns raus, sobald sie keine Lust mehr haben oder die Geschichte und das Casting ändern wollen – und dann sacken wir in uns zusammen, fallen in Löcher, sterben ohne Entlohnung. Unsere einzige Antriebsfeder – eine Finte des Himmels – ist es, glauben zu machen, dass das Stück kein Ende hat, dass Schauspieler und Darsteller unsterblich sind, und das ganze Universum die Szenerie ist, geteilt von einem Vorhang zwischen dem Jenseitigen und dem Diesseitigen. Aber das ist nicht wahr. Das ist nicht WAHR, ich brülle es heraus. Daher das Mitgefühl des traurigen Zuschauers, der hinten im Saal sitzt und den niemand bemerkt. Groß und hager, ein hartes und schönes Gesicht, er trägt den Namen Zabor und schreibt Psalmen. Aufgebracht und empört, fängt er an, Geschichten zu schreiben, Plots zu entwerfen, um das Maximum an Schauspielern und Darstellern zu retten. Er schlägt Repliken vor, pustet, um die Gedächtnislücken wettzu-*

machen, verlängert die Proben. Er gibt Namen, fügt Text hinzu und versucht, sich um das Ende herumzudrücken, das auf der Lauer liegt. Er mogelt bei den Geburtsdaten, um die Sterbedaten durcheinanderzubringen. Er ist allein. Er ist ich.)

13

(Eine Vermutung: Sie lesen ein Buch und fangen mit seinem Ende an. Im gleichen Maße, wie die Seiten sich verändern, altern, dünn und fragil werden, geht die Geschichte in der Zeit zurück, anstatt sie zu vollenden. Sie blättern um, und die Seiten verändern sich, aus Papier verwandeln sie sich in Papyrus, Hanf, Ziegenhaut, Schulterblätter, Baumrinde, Wasser unter dem Daumen, Konstellationen. Sie schlagen sie um, und das Geschriebene selbst geht in der Zeit zurück: von der Typografie zum Manuskript, vom Manuskript zur Initiale der Kopisten, dann zum Zeichen, zum Strich, zur Narbe der Keilschrift, zur Ikone, zur Zeichnung, zur Felsgravur, um dann das Ende und neuen Anfang zu finden im Zeigefinger der Hand, die auf etwas weist, die Fellzeichnungen, die Wellenbewegungen des Reptils, die Bewegung des Auges, das heiserste Stöhnen, die Silbe. Auf der ersten Seite angekommen, finden Sie sich im Sitzen wieder, Dichter oder Jäger, bewundern einen Wald, der einer Tuschelinie zwischen dem Morgenhimmel und der noch dunklen Erde gleicht.)

Das Fenster des Schlafzimmers ist zum Himmel und zum Zitronenbaum hin weit geöffnet. Nichts bewegt sich im schimmernden dunklen Blau des Nachmittags. Die Mauern der Umfriedung versperren mir den Blick zum Horizont, aber der Himmel ist so groß, dass ich fast jedes Mal hineinfalle; die Hände im Nacken verschränkt, stelle ich mir winzige Flugzeuge vor, in denen die Passagiere uns genau untersuchen, indem sie unsere Leben in ihren Träumen nachstellen. Ich liebe diese Schwerelosigkeit, wenn ich gegen Ende des Tages erwache. Weil ich kein Astronaut bin, fabriziere ich mir Metaphern. Früher als gewöhnlich hat Hadjer das Fernsehen angemacht und sitzt endlich still. Der Ton ist nicht wahrnehmbar, aber es reicht schon, um mich zu stören. Arme Tante, die mangels eines Prinzen einen magischen Bildschirm geheiratet hat, der sie jeden Abend reisen lässt. Hadjers Geschichte ist wunderbar. Da sie dunkelhäutig und zierlich in einem Land geboren wurde, das weiße Haut und Frauen mit weiten Hüften liebt, musste sie feststellen, dass sie von Anfang an benachteiligt war. Niemand hielt im Laufe der Jahre um ihre Hand an, trotz häufiger Bäderbesuche, ihrer teufelswilden Tänze auf den Hochzeiten und trotz des Eifers der Kupplerinnen. Sie hatte langes Haar, eine schöne Haut und große Augen, aber das reichte nicht, um ihr Schicksal abzuwenden. Als jüngste der drei Schwestern meines Vaters gab man ihr den Spitznamen »die Kleine«, Esseghaïra, die sie für ihr ganzes Leben bleiben sollte. Als sie älter wurde und ihre Jungfräulichkeit schon ein wenig angestaubt war, wurde sie unter allgemeiner, stillschweigender Zustimmung zur »alten Jungfer« gestempelt und trotz des Vermögens ihres Bruders von den Männern egal welchen Alters abgelehnt. Das prägte ihren Charakter. Sie gewann zwar an Zähigkeit, Willensstärke und Unabhängigkeit. Aber es resultierten daraus auch Rache und Wut, die sie allen Glanz verlieren ließen. Sie geriet mit allen Frauen des oberen Hauses in Konflikt und die Angelegenheit fand ihren Abschluss, als meine Stiefmutter unseren Auszug verlangte, den von Hadjer, den meines Großvaters und meinen, nach dem Vorfall mit dem Brunnen, in den ich Abdel, meinen Halbbruder, nie gestoßen habe, ich schwöre es. Und Hadj Brahim beruhigte sein Gewissen, indem er das untere Haus kaufte, das uns ein wenig vor den Sandwinden schützte. Ich könnte die Geschichte in drei außergewöhnlichen Erzählungen zusammenfassen. Hbib, mein Großvater, hörte nach und nach auf zu sprechen, wurde ein Gefangener seiner Machtlosigkeit und überrascht von der Reichweite des Schweigens, das sich heimtückisch in ihm ausbreitete. Er hörte auf, Milch aus der Tüte zu trinken, das Brot vom Bäcker zu essen (also das nicht von seiner Tochter geknetete), die Welt zu kommentieren oder über Gott zu reden und zu beten. Ismaël, also ich, verlor in der Morgendämmerung seine Besinnung und verfiel von da an in die Gewohnheit, von seltsamen Krisen heimgesucht zu werden, die ihn dazu brachten, angesichts von Spiegeln und den Spiegelbildern, die er wahrnahm, zu schreien, und auf fieberhafte Art chaotische Sprachen in seine Hefte zu schreiben – so war das, bevor er seine Gabe entdeckte. Was Hadjer anging, war die Lösung für sie geradezu fabelhaft: Sie heiratete eines Tages, im Geiste, einen Mann von großer Statur mit einem schmachtenden Blick und langen Wimpern, cholerisch wie die Kraft, mannhaft aber sanft, weil er Waise war. Er hieß Amitabh Bachchan, war Inder (der Hindu-Religion) und immer aufgebracht. Hadjer war heimlich verrückt nach ihm; ich schloss das aus ihrem Stöhnen, wenn sie ihn auf dem Fernsehbildschirm Kampfansagen ausstoßen oder den Mörder sei-

ner Eltern jagen sah, den er aufgrund eines Goldarmbandes wiedererkannt hatte. Ich war erst zehn Jahre alt und musste alles übersetzen, was dieser Mann in den verschiedenen Rollen in seinen Filmen sagte, aber auch das, was er ihr – vor allem zu ihr – sagte, wenn er sich in Richtung der Kamera und damit in Richtung unseres Dorfes drehte. Eine seltsame Übung, die mir die Pforte der Abschweifung öffnete, indem ich dem Gegenstand untreu wurde.
Die Filme waren in Hindi, mit französischen Untertiteln, und spielten sich im verrückten Rhythmus von nicht enden wollenden Schmähreden ab, tumultartig, mit emphatisch und schnell sprechenden Schauspielern, mit ausladenden Gesten, glänzenden Kleidern und flammenden Blicken. Die Untertitel wechselten in einer unmöglichen Geschwindigkeit, was mir zu wenig Zeit zum Übersetzen ließ, weil ich zu dieser Zeit gerade mal einige wenige Worte auf Französisch beherrschte. Ich füllte die Lücken oder das, was fehlte, mit meinen Fantasien, die mir der Ausdruck der Gesichter, die Grimassen, die Betonungen und die Schreie eingaben. Am Ende übersetzte ich direkt aus dem Hindi, ohne die Untertitel abzuwarten, wobei ich zum ersten Mal Verrat an der Sprache beging, aber auch die erste Finte einführte, die fabelhafte Bosheit eines jeden Idioms. Amitabh redete mit mir und ich übermittelte an meine Tante bei jeder Wiederholung des Filmes auf unserem Fernseher *(zu dieser Zeit gab es außer am Wochenende nur Sendungen von Sonnenuntergang bis zweiundzwanzig Uhr, mit einem einzigen großen Film pro Woche, alles in Schwarz-Weiß)*. Amitabh landete also mit seiner wirren Frisur und seinen lasziven Hüftschwüngen bei uns zu Hause, er wurde Teil unserer Fa-

milie, spazierte mit seiner hochgewachsenen und sinnlichen Silhouette und seinen weißen, eng anliegenden Hosen mal ratlos, mal Kummergesicht, mal Verführer im Haus herum, und Hadjer entschied, dass ich seinen Körper erben würde, wenn ich größer würde. Die Verschiebung war unwiderruflich. Ich war es mir schuldig, ein Verfechter der Gerechtigkeit zu werden, von allen ersehnt, Akrobat, verrückter Fahrer, Tänzer, in jeder Lage lächelnd, mit Armen, die stark und dazu imstande waren, ganze Geschichten zu stemmen. Sohn und Ehemann, insgeheim vermischt in einem einzigen Körper, und genau das, was ihr erlauben würde, ihren Wunsch nach Vergeltung zu befriedigen. *(Beim Schreiben weine ich über ihr Schicksal. Ich bin ihr Sohn gewesen, aber ich hätte gleichzeitig ihr Gatte sein wollen, ihr Liebhaber, ihr Vater, die fehlende Hälfte ihres Körpers, der Schweiß des weißen Pferdes in den Verheißungsmärchen, der Hindu-Schauspieler, das von Vorzeichen gestreifte Königreich, der Galopp, die sie berührende Hand und der Mund, der ihr eine neue Sprache beibringen würde. Ihr Altern war die grausamste Entkräftung meiner Gabe.)*
Die Kinoabende gingen am anderen Morgen mit bildhaft dargestellten Entwicklungen meiner Zukunft weiter, mit meiner zukünftigen Kleidung, meiner Art zu gehen und meinem Schicksal. Jenseits dieses finsteren und aufregenden Spiels gab es eine andere, bedeutsamere Entdeckung für mich: die Übersetzbarkeit. Der ständige Druck, die Dialoge übersetzen zu müssen, brachte mich dahin, sie erst zu adaptieren, später dann auszutauschen, um sie schließlich ganz zu erfinden. Ich entdeckte als Kind die Kluft zwischen dem Wort und dem Sinn, die Willkür des Klangs, der die Sprache auf einen Versuch

reduzierte, nicht auf ihre Essenz. Amitabh legte seine ganze Kraft in die Worte, aber er schien mir in einer Illusion gefangen zu sein, eingemauert hinter einem System von Gutturallauten und einem Gezeter, das vorgab, alles zu sagen, obwohl es doch nur den Konventionen eines anderen Dorfes auf dieser Welt Rechnung trug. Ich vergegenwärtigte mir die Dinge nicht so genau, aber ich hatte die Intuition, sogar die Überzeugung, dass es sich so verhielt: die Sprache war ein Deckel auf der Leere. Unter meinen Kinderfüßen öffnete sich langsam ein Abgrund, während etwas Offensichtliches zutage trat: Es musste eine ganze, unermessliche Sprache geben, die alle anderen zusammenfasste, die wie eine Matrix ihrer möglichen Übersetzung von einer Sprache in die andere war, und in der man alles an Geschichten erzählen konnte, ohne dass sie sich verlieren oder vergehen würden. Eine finale und definitive Schrift, in der sich alle Schriften an ihrer Mündung abwärts wieder treffen. Das ist es. Der Schauspieler, schön und unsterblich trotz der brennenden Autos, der Schüsse, der Gifte und der gewagten Sprünge, spielte seine Rollen, aber ich betraute ihn mit einer anderen, ohne dass er davon wusste. Amitabh war bei uns, aber ich konnte auf seine Seite gleiten und meiner Tante auf diese Weise sagen, was schwer auszudrücken, verboten oder sogar ein Tabu war. Ihrerseits gab sie sich auch der Illusion hin und so gab es manche Abende, an denen wir fast wie Verliebte miteinander sprachen. Was für eine Schande, sage ich mir heute, wenn ich mir Filme wie *Deewaar* oder *Sholay*, und vor allem *Zanjeer* vor Augen führe. Aber auch was für ein Vergnügen.

Aus dieser sinnlichen und beunruhigenden Zeit im obskuren Dunkel der Filme habe ich vor allem die erste In-

tuition meiner Suche behalten: Ich brauchte eine vollkommene, mächtige Sprache, die dazu angetan war, das Hindi zu ersetzen, meine Tante wunschlos glücklich zu machen, die Welt zu ordnen, eine Rettung vor der Erregung zu suchen, die meinen Körper schon erschauern ließ, und die mich endlich vor meinem Vater und seinen Geschichten schützte. Ich war fast elf Jahre alt, sprach von der Schule her fließend Arabisch und las ein wenig Französisch. Mir fehlte nur noch eine Erleuchtung. Amitabh blieb lange bei uns in Aboukir, und eines Tages schenkte ich meiner Tante ein Foto von ihm. Sie war gerade vierzig Jahre alt geworden. Sie schaute es mit Gleichgültigkeit an, aber am Abend weinte sie, während sie sich ihre letzte Zierde, die langen Haare, kämmte. Danach verstarb der Schauspieler daran, nicht mehr von ihr betrachtet zu werden; sie, Hadjer entschied sich für die ägyptischen Filme, die sie manchmal auch ohne mein Zutun verstand.
(Noch zwei Tage Aufschub. Wenn ich an seinem Bettrand keine lange Geschichte schreibe, um sein Leben zu reparieren, wird Brahim sterben und damit das meinige unterbrechen. Und Djemila wird sterben, weil sie in ihrem Labyrinth rückwärts reisen wird.)

14

Wie hat Hadjer es geschafft, mich nach allem, was vorgestern geschehen war, in das obere Haus zurückzubringen? Sie hat geschrien und gedroht, wieder und wieder gesagt, sie würde sich die Wangen zerkratzen und den Skandal in allen Dörfern unseres Tales verbreiten, würde Verwünschungen ausstoßen, bis sie keine Stimme mehr hätte, für den Fall, dass ihr Bruder sterben würde, ohne seine Schwester oder seinen Sohn gesehen zu haben *(bedacht auf die tatsächliche Genealogie, wirft mir der Hund ein »Halb-Sohn« zu)*. Und in dem großen Schauspiel ihrer Wut hat sie zu verstehen gegeben, dass sie, wenn ihr Bruder sterben würde, der Stachel im Fleisch der Brüder und erbenden Söhne sein würde und nicht mit zum Notar gehen würde. Der Älteste, Abdel, finster wie der Ruß seiner Melancholie, erklärte schließlich, dass er aus Respekt seiner Tante gegenüber bereit sei, ihren Launen nachzugeben, aber auch, dass er sich weigern würde, mir aufs Neue zu begegnen. Unmittelbare Nachbarn auf dem Hügel haben sich für mich eingesetzt und geltend gemacht, dass ich, auch wenn es mir nicht gelänge, Tote wieder lebendig zu machen, mit meinen Heften doch niemanden töten würde. Man hat mich also in Begleitung von zwei Nachbarn nach dort oben gebracht – es war gerade mal gestern, der Tag nach meinem ersten Besuch. Und es war nicht in der Nacht, bei diesem zweiten Versuch. Ich musste mit meinen Gewohnheiten brechen und mich Hadjer und meinen Leibwächtern gegen dreizehn Uhr anschließen, unter einer abscheulichen Sonne, die mir den Nacken und meine Vorfahren in meinem Kopf verbrannte. Ich schwitzte, namenlose Hunde sind uns bei der Ankunft bis zur Schwelle des oberen Hauses gefolgt.

Im gleißenden Licht des Tages brachte dieser Wohnsitz einiges an Schmutzigkeiten an den Tag, Spuren von im Hof verzehrten Mahlzeiten und intime Wäsche, die dort ausgebreitet war. Die Weinreben erschienen mir klein im Vergleich zum Spiel ihres nächtlichen Blattwerks am Abend davor. Niemand wagte mir zu begegnen, außer den Kindern, deren Blicke verrieten, was die Erwachsenen von mir und meiner Tante hielten. Im Zimmer war der Schatten frisch, aber der Geruch noch sauer. In der zerknitterten Hand des Lakens war der alte Mann zu einer Handvoll Fleisch geworden. Die Todesstörche waren da in dem großen, unsichtbaren Nest seines Grabes. Ich habe den angebotenen Kaffee getrunken und Hadjer hat sich als Wächterin an der Schwelle der Türe niedergelassen. Sie fing an zu sprechen, um eine Art Mauer zu errichten. Darin kam alles vor: Vornamen, Rachegedanken, alte Geschichten, die Vornamen ihrer Mutter und verunstaltete Verse. Ihre Stimme erhob sich und fiel wieder herunter, wurde zu einem Gemurmel, einer taktvollen Sanduhr. So sollte sie die ganze Zeit weitermachen, die ich brauchte, um den Alten wiederzubeleben.

Ich fange in der Regel damit an, eine Verbindung zwischen mir und dem Klienten aufzubauen, dessen Körper meist schon etwas zusammengeschrumpft ist und dessen Atmung ich wiederbeleben muss, wie wenn man ein Feuer wieder anfacht. Der Sterbende antwortet mit einem ersten Erzittern, hebt manchmal eine Wimper schwer wie ein Kieselstein und erkennt mich oder er versucht mich durch das Gewühl seiner Vorfahren hindurch zu erkennen. Das ist immer ein bewegender Moment, der mir den Hals zuschnürt. Und am Ende eines Zyklus antwortet der Sterbende dann entweder mit einer abscheulichen Dankbarkeit oder mit Eifersucht. Ich mache mir da nichts vor, denn auf dieser Ebene der stummen Wahrheiten errät er unweigerlich die Einzigartigkeit meiner Gabe. Manchmal verwandelt sich die Dankbarkeit in Hass. Der Grund? Die anfallenden Schulden sind enorm. Der gute Mann errät, was ihm noch zu leben bleibt, seine Atmung und die Stunde seines Todes hängen von mir ab, von meiner Anwendung und von meiner Konstanz in der Konjugation der Zeit und der Genauigkeit der Adverbien. Es reicht, dass ich aufhöre zu schreiben, damit er stirbt; solange ich über meine Hefte gebeugt bin, überlebt er. Ein wenig. Oder sehr. Er würde sogar die volle Gesundheit wiedererlangen, wenn ich noch schneller schreiben würde, wenn ich aufhörte zu essen, zu trinken, wenn ich in der verrückten Schnelligkeit meiner Leidenschaft die Seiten noch schneller umschlüge. Meine oft des Lesens und Schreibens unkundigen Klienten gehen so weit, dass sie auf endlose Hefte hoffen, sie wägen sie in der Hand, zählen die Seiten und beeilen sich, mir noch dickere Hefte, Tinte und Stifte in den Läden der großen Stadt zu besorgen. In meiner Ring-Ecke verjagen ihre

Angehörigen die Fliegen um mich herum und trocknen meine schweißnasse Stirn.

Dieses Mal war der Alte, der da starb, mir nicht wirklich unbekannt, oder er war es ganz und gar. Er wusste es und ich wusste es. Das machte ihn wütend, als wäre es eine beschämende Entblößung. Er wusste in seinem verwirrten Gedächtnis, dass ich mich für alle diese Jahre rächen konnte, wo er sich alle Mühe gegeben hatte, mich mit seinen elendigen Geschichten aus der Zeit vor der Unabhängigkeit zu erniedrigen, und mich mit der epischen Episode des vom Himmel gefallenen Schafes zermalmte, das meinen Platz in seinem Herzen eingenommen hatte. Das war Berufsrisiko. Dass ich gewissermaßen meine Angelegenheiten mit meinen magischen Kräutern vermischte.

Im Schlafzimmer lag der Schimmelgeruch schwer im Raum, fast konnte ich den üblen Beigeschmack von rieselnder Verwesung unter seiner Haut ausmachen. Der Duft des Todes ist nicht so schlecht wie sein Ruf, aber er ist abscheulich. Meine Hefte antworteten darauf oft, indem sie eine feuchte Lehmausdünstung absonderten, die nur ich allein riechen konnte – ein Phänomen, das an die unmögliche Auflösung des Körpers der drei Heiligen erinnert, die unserem Dorf seine Weihen gaben. Man sagt, dem Propheten sei das gleiche Wunder zuteilgeworden: Sein Körper war unveränderlich geblieben und sein Tod war ein Duft, der den Flacon wechselte, aus dem Körper ins Grab. Ich fragte mich oft, als ich Kind war, warum niemand ihn begraben hat, sowohl um die Legende zu verifizieren als auch, um das Wunder dieser Religion zu unterstreichen. Zu dieser Zeit glaubte ich, dass man die Gottlosigkeit wie einen Stromausfall überwinden konnte.

Aber vielleicht war das Unveränderliche in Wirklichkeit das Heilige Buch, der *Corpus* vielmehr der Körper, und vielleicht musste man die Dinge so erzählen, um die Pilger zum Nachdenken zu bewegen und auf den Weg des Wunders zu bringen. Vielleicht hatte dieser Prophet ein so mächtiges Buch geschrieben oder gehört, dass er sich nach seinem Tod nicht mehr auflösen konnte und endlos, auf der ganzen Welt, fortbestehen würde, indem er dauerhaft und unveränderlich durch die Übertragungsketten des Buches und die Weiterverbreitung der Rezitatoren wach gehalten wurde. Ich weiß es nicht. Er hatte bestimmt dieses Wunder lange vor den anderen in seiner Grotte entdeckt.

Sorgfältig geschützt, waren meine Schulhefte immer nach Anzahl der Seiten, aber auch nach dem Verlauf der Linien und der Textur des Papiers ausgewählt – das dick, raschelnd und ein bisschen rau sein musste, um die Tinte besser aufzunehmen und die Geste der aufliegenden Hand zu festigen. Es war wichtig, gut zu schreiben, aber auch, die Kalligrafie wie einen hohen Gesang zu erheben, eine fortlaufende Linie in dem Bereich, wo sich jede Auferstehung vorbereitet. Ohne Disziplin wurden die Tinte und die Buchstaben wieder zu Vogelschwärmen, zu Büschen, Suppennudeln zwischen den Fingern meiner Tante, zu Schlangen, Palmenbäumen, Nil, Schnäbeln, Hörnern. Mit meiner Angst verfiel das Alphabet wieder in das alte Bestiarium, woraus es entstanden war: Das S von Sîn war die Schlange, das B von Ba' stammte aus der Feuerstelle, das A von Alif mit dem Bildnis des Aasgeiers auf einem toten Baum oder dem Sinn des durchdringenden Auges, das T von Ta' war das Bild der Kohle und so weiter, alles löste bei mir Panik aus. Man musste ständig gegen die Versuchung des Piktogramms ankämpfen und die Augen vor den Vorfahren der Buchstaben oder der fortbestehenden Etymologie verschließen, um nur den unmittelbaren Gebrauch und die Sorge um das Heil im Blick zu behalten. Der von mir praktizierte Ritus ist aus meinem Willen entstanden, genau zu sein, weil ich von der Art und Weise der Rezitatoren des Heiligen Buches berührt war, bei denen ich einige Jahre meiner Jugend verbracht hatte *(o Sidi Khloufi, unser Meister des Heiligen Buches, der mich immer mit Argwohn betrachtete)*. Ich habe dort gelernt, dass die fortlaufende Linie des Wortes genauso wichtig ist wie sein Sinn, so wie es das Streicheln bei der Liebeserklärung ist oder der Lippenrand, um einen Kuss zu justieren.

Von diesen etwas törichten, inbrünstigen Jahren habe ich zurückbehalten, dass dieser Akt, unaufhörlich den Vers auf der Tafel zu wiederholen, die in der Haarlinie breiter werdende Kurve der Tinte, die ganze Sorgfalt, die man der Stärke des Zeichens in seiner Entfaltung entgegenbringt, dass all das bereits eine Apposition zu den Händen auf einem Körper ist, der Beginn der Instandsetzung durch das Abtasten. Wenn die Schrift aus der Hand kommt, kann man die Spur zum Handteller und vom Handteller zum Herzen oder zur Krankheit zurückverfolgen. Das war das stillschweigende Gesetz dieses Berufes, den die Talebs und die Rezitatoren des Heiligen Buches praktizierten, indem sie sich bemühten, die genaue Version des Gotteswortes, so wie es dem Propheten offenbart worden war, vor dem Vergessen zu bewahren. Will sagen, dass ich eine ungeschickte Schrift immer als eine beunruhigende Verschmutzung empfunden habe, die einem Verrat oder einer Epidemie gleichkommt.

In diesem Zimmer mit den leprösen Wänden haben meine Hände gezittert, noch bevor ich zum ersten Stift mit schwarzer Tinte gegriffen hatte. Fast hätte ich die Tasse mit dem kalten Kaffee umgestoßen, den man mir zubereitet hatte, und ich wagte es nicht, dem Blick des alten Mannes zu begegnen, der so lange Zeit meine Knochen zerstört hat. Ja, ich habe einen Wunsch nach Rache oder Mord in mir, das gebe ich zu. Um also den Teufel herauszufordern – was eine Flüsterparole ist –, habe ich entschieden, nichts zu tun, so wie er nichts für Djemila oder für meine Mutter hatte tun wollen. Ich habe meine Handbewegung ausgesetzt. Hinter der Tür, die man notdürftig repariert hatte, drang Hadjers Stimme undeutlich, aber vertraut zu mir durch, wie der alte Schleier, mit dem sie mir den Kopf verband, um meine Migränen zu lindern.

Es stimmt, ich fühlte mich kalt, unberührt und unfähig zu einem Gefühl von Liebe oder Innigkeit. Schwer atmend schien der alte Mann mühsam wieder zu sich zu kommen. Von Zeit zu Zeit bewegten sich seine Füße abrupt, als ob er eine Stufe verpasst hätte oder über einen Stein gestolpert wäre. Er war schon ein halber Leichnam, den Zeigefinger zum Himmel gestreckt. Die andere Hälfte versuchte sich mit einer einzigen Hand und des noch zu einem Viertel lebenden Beines aus dem Grab zu ziehen. Ein Insekt auf der Rinde eines Eukalyptusbaumes. Von Krankheit zerfressen, bot sein Fleisch dem Tod überhaupt keinen Anreiz mehr, diesem urtümlichen Tier, das die Düfte und die Risse in den Knochen liebte, die vom fetten Mark durchzogen waren.

Ich habe für mein erstes Heft seine so mageren Gliedmaßen, wie von einem Tuch bedeckte Äste, unter dem Laken aufgelistet. Er litt bestimmt schon seit Monaten, aber das ließ mich kalt und unberührt wie ein Asteroid. Sein Krebs war langsam und geduldig beim Verschlingen und leckte ihm, gesättigt, nun die Knochen ab. Auf dem Gottesaltar: die Abfälle eines Zeremoniells, das schon Monate andauerte: eine Anzahl von unnützen Medikamenten, Honig, den DIE ÜBERLIEFERUNG als wunderträchtig bezeichnet, ein Nachttopf in einem zweifelhaften Weiß, zahlreiche Mineralwasserflaschen, und diese Früchte, die Besucher nicht müde wurden, ihm mitzubringen, wobei doch nur noch seine Augen in sie hineinbeißen konnten. *(»Der Fall wird durch eine Frucht eingeleitet und der Abgang durch einen Korb!«, erklärt mein Hund.)* Der alte Mann würde in völliger Auflösung verschwinden, wenn mir keine Geschichte einfallen würde, die ich schreiben konnte.

Ich versuchte, mich in den Bestand an Gegenständen im Zimmer zu vertiefen, so wie man es macht, wenn man in einem fremden Haus eingeladen ist und der Gastgeber sich entfernt, um den Kaffee zu servieren. Ein scheußlicher Teppich, (nach dem ersten Mal gestern hier wieder angebrachte) Abbildungen aus dem Koran und sein Hochzeitsschrank, der zweiten Ehe natürlich, mit der Frau, die sich dort hinter der Wand befand, besorgt um ihr Schicksal oder seltsam glücklich bei der Vorstellung, wieder frei zu sein. Widerliche Plastikblumen und Gästematratzen, abgedeckt mit orange- und malvenfarbenen Tüchern. Eine Farbkombination wie Brechreiz. Dazu gesellte sich der Gärungsgeruch eines Körpers, den die Erde bald aufsaugen würde. In seiner Einsamkeit öffnete der gute Mann manchmal ein riesiges Auge, das alleine über ein schwarzes Wasser zu schweifen schien, um sich dann niedergeschlagen wieder zu schließen. Ich betrachtete seine Hände. Seltsamerweise führten sie ein fast eigenständiges Leben: Sie bewegten sich, als hätten sie die Freiheit, das zu umarmen, was nicht existent war, oder im Faltenwurf der Gespenster herumzustöbern, sie klammerten sich fest, häkelten, zeigten mit dem Zeigefinger auf ein unsichtbares Wesen oder vervielfältigten dessen Verneinung mit demselben Finger, der am Ende des Gebetes ein kleingeschriebener »gott« wird, indem er einen faszinierenden Dialog zwischen diesem Appendix und dem wolkigen Himmel herstellt, den ich gerne in den noch ausstehenden Heften übersetzen würde.

Was für einer geschwätzigen Unterhaltung musste der Notleidende als Vorspiel zu seiner letzten Stunde standhalten? Ich hatte meine Überzeugungen: Der Tod ist ein ständiger Streit mit dem Gedächtnis. Ich spreche aus Erfahrung und weil meine Intuition scharf ist wie ein Zahn. Ich glaube nicht, dass man in der Einsamkeit stirbt, wie es die traurigen Lieder und Bücher vorgeben, sondern dass man im Stau von dichten Menschenmassen die Ellenbogen einsetzen muss, um sich seinen Weg zu bahnen, so wie beim Versuch, am Ausgang der Moschee seine Schuhe wiederzubekommen. Ich bin sicher, das Ableben zieht die Masse an: die lebenden Familienangehörigen und die Toten, die sich mit Neugier nähern. Auf der einen Seite die Stille, auf der anderen das Stimmengewirr eines Hamams. Nein? Das Jenseits muss ein großes Gedrängel sein, wo sich Millionen Leute verschiedenen Glaubens begegnen und zusammendrängen. Manchmal, bei der Rückkehr von einer Zerreißprobe, haben mich einige gebeten, an ihrer Seite zu bleiben, um mir ihre Memoiren zu diktieren, denn: »O Allah zum Ruhme, ich habe endlich verstanden!« Aber dieser Wunsch lässt nach und die wiedergefundene Gesundheit bringt als Erstes eine Art Scheu mit sich (wenn mich ein wie durch ein Wunder Geheilter auf der Straße wiedertrifft), und dann kommt dieses rachsüchtige Vergessen, das ich bereits angesprochen habe. Am Ende geht der gute Mann lieber in die Moschee, anstatt mir die Hand zu geben. Diejenigen, die das Geld dafür haben, fahren nach Mekka, um sich die Erinnerung an mich von den Knochen zu waschen. Was die Frauen anbelangt, sehe ich sie nie mehr wieder, oder erst, wenn ihnen die letzten Zähne ausgefallen sind. Diesmal hatte sich der Mann hier vor meinen Augen noch nicht aus seiner Verlegenheit befreit. Was tun? Ich musste etwas schneller kritzeln und dabei das Auseinanderdriften von Geist und Alphabet überwinden. Draußen hielt Hadjer einem Dutzend Frauen stand: sie erinnerte an ihre Rechte als Schwester des Sterbenden, ihren Erbteil, an den Ruhm ihres erst stumm und dann heilig gewordenen Vaters, bevor er als Leichnam endete und wie der Wohlgeruch des Paradieses duftete, und sie erklärte geduldig, dass meine Weigerung, Fleisch zu essen, und meine Ohnmachten beim Anblick von Blut der Beweis meiner Reinheit und nicht meiner Verfluchung seien.

Und dann fing ich auf einmal an zu schreiben. Mein Wohl und Wehe hing davon ab.

15

(In einigen Stunden werden meine Halbbrüder zurückkommen; ihr Hund ist die Zeit, er sucht meine Spur und bellt in meine Richtung. Es ist verabredet, mich für einen halben Tag am Bettrand von Hadj Brahim gewähren zu lassen, um mir – um IHM *– eine Chance zu geben. Abwaschgeräusche erinnern mich daran, dass ich Hunger habe und dass man mir in diesem Haus voller Geizhälse nichts angeboten hatte. Ich habe sehr wenig geschlafen und bin es nicht gewohnt, tagsüber wach zu sein. Das verursacht mir Übelkeit. Zu viel Lärm. Ich habe den Eindruck, in einem Bahnhof oder im Hamam zu sein. Nach all den Jahren des nächtlichen Wachens hatte ich vergessen, wie lärmend die Sonne war.)*

Man fängt immer mit Auslassungspunkten an, um die Wiederaufnahme einer alten Geschichte anzuzeigen, die vom Morgengrauen unterbrochen wurde. Bevor man den Gesang oder die Rezitation angefangen hat, stießen die Orakel und Dichter in den Zeiten vor dem Propheten eine Folge von Schreien aus, noble Prahlereien, die zu den Buchstaben des Alphabets wurden. Alif/Lâm/Mîm. Das famose Nun. Das geheimnisvolle Sâd und das vielsagende Taha. Das ungezähmte ABC, immer in Bewegung wie eine Kette aus Gebeinen, dazu bestimmt, Aufmerksamkeit zu erregen, aber auch die Scharten der Sprache aufzuzeigen, selbst das Heilige Buch macht davon in seinen mekkanischen Suren Gebrauch, die in der Zeit entstanden, als der Prophet sich von den Dichtern absetzen musste und sie im Ansehen vor den Völkern seiner Zeit übertreffen musste. Als ich diese Sitte entdeckte, glaubte ich erst an eine Laune, aber später habe ich verstanden, dass es sich um eine Gottesanrufung handelte, um das Schweigen auszutreiben oder um den genauen Ort der Geburt und die Grenzen der Sprache zu bezeugen. Die Buchstaben wurden wie Würfel in den Himmel geworfen, um die Routine zu brechen und den Weg der Erneuerung zu öffnen. Durch eine Gottheit oder den Dichter. Sie waren die zungenfertige Seite eines großen, gleichgültigen und unbändigen Schweigens.

Ich mache auf meine Art von diesen drei Punkten Gebrauch, die wie Brotkrümel im Wald sind, weiße Steine, der Fußabdruck eines anderen Menschen auf meiner einsamen Insel. Ich kann die Metaphern bis ins Unendliche vervielfältigen, aber ich könnte niemals die Erleichterung ausdrücken, die sie mir jedes Mal bedeuten, Angelhaken im Herzen der Nacht, Kunstgriffe, um das Schicksal zu beschwören, bevor mir das Schreiben seinen Takt diktiert. Es geht darum, das Atmen mit dem Sterbenden zu teilen, unter seinem Debakel seine Geschichte herauszufinden und ihm die Notwendigkeit zu leben wiederzugeben. Lustig, nicht wahr? Es geschah durch einen Freitag, dass ich mein erstes Buch komplett gelesen habe. *(»Schneller!«, flüstert ein genervter Schatten. Ein schwarzes Gesicht hebt sich vom leuchtenden Licht ab, das von draußen durch die halb offene Tür kommt. Hadjer hat ihre Erzählung unterbrochen und spricht seit einem Moment mit mir. »Schneller! Sonst kommen diese Bastarde.«)*

Das Dorf ist von etwa zwanzig Douaren umgeben, wo die endogenen Hochzeiten einen immer gleichen, alten Namen für alle weiterleben lassen und die Übertragung der Vornamen der Toten auf die Neugeborenen sicherstellen. Der familiäre Hügel ist der Ort des Schiffbruchs. Dort war es, dass einer meiner Vorfahren Fuß gefasst hat, der Vater der ersten Sippe, die diesen Boden zum Wohnsitz genommen hat, außerhalb des Dorfes, zur Zeit der Kolonialherren, und die seither von der Angst besessen ist, wieder gehen zu müssen, und deswegen unauffällig wie Nebendarsteller und auf schlichte Art im Rücken der Welt leben will. Unser unteres Haus hatte einem Franzosen gehört, dessen Namen ich niemals herausgefunden habe. Ein alter Kasten mit drei Zimmern, einer Decke, einer Küche und einem Zitronenbaum »vier Jahreszeiten« mit schweren und vernachlässigten Früchten.

Es ist dieses Haus, in das ich immer im Morgengrauen zurückkehre. Ich schlafe fast den ganzen Tag, um zu vermeiden, die jungen Leute meines Alters zu treffen, die mit einem Lächeln und schlüpfrigen Anspielungen ihre Hochzeit vorbereiten und den besten Schreiner suchen, um das Ehebett und den Hochzeitsschrank herzustellen. Ich arbeite nicht, aber manchmal bringen uns Familien Eier, Gemüse, Erntereste oder sogar Kaffee, Zucker oder Limonaden, wenn sie mich in einer Nacht des Bangens um einen Sterbenden zu sich geholt haben. Je nach dem Grad ihrer Dankbarkeit. Meine Tante Hadjer hat zuerst gezögert, dann hat sie entschieden, diese Darbringungen zu akzeptieren, die sie als eine Art Gebühr betrachtet, oder fast wie eine Hommage, die auf sie zurückfällt, wie eine Wiedergutmachung für die Missachtung durch die Ihren. Vom Hof her hörte ich lange Palaver zwischen ihr und den Gegnern oder imaginären Nachbarn: Sie diskutierte über ihre Gründe und verhandelte ihren guten Glauben mit unsichtbaren Wesen, während sie gleichzeitig das geschenkte Hühnchen rupfte oder die Kartoffeln wusch, die mein Vater in einer Holzkiste auf der Türschwelle zurückgelassen hatte.

Ich erinnere mich an meinen Großvater, wie er regungslos und gut zugedeckt in der Sonne saß, die grünlichen Augen notierten alles in einem weiten, imaginären Heft – bis er starb, ertrunken im Blut seiner Lungen. Hadjer mit der dunklen Haut glänzte also bei der Anstrengung in der Küche mit einem Schweiß, der sie begehrenswert machte. Das waren die schönsten Momente des Sommers, der Jahreszeit ohne Ende in meiner Erzählung. Das Schönste an ihrer Geschichte waren die angeblichen Anwärter, die um ihre Hand angehalten hatten, und die einer nach dem anderen von etwas Unabwendbarem übermannt wurden. Ich liebte es, wenn sie das schöne Auto, die Verdienste des schönen Unbekannten und die Krankheiten beschrieb, die ihn später dahinraffen sollten, und wenn sie Parallelen zwischen ihm und ihrem indischen Schauspieler herstellte. Davon gab es ungefähr dreißig: von einem Bruder abgehalten, von einer zukünftigen Schwiegermutter fehlgeleitet, von einer verleumderischen Cousine abgelenkt, entmutigt von den Barrieren der Kaktusfeigenbüsche, durch einen böswilligen Nachbarn in der Adresse unseres Hauses in die Irre geleitet, etc. Mit ihren gut dreißig Jahren hatte sie für unsere Welt das Alter der Verführung oder Kinder zu schenken schon hinter sich. Sie blieb also da, um Kartoffeln zu schälen, sich um meinen Großvater und mich zu kümmern und indische Filme anzusehen.

Die arme Frau, das hatte ich früh verstanden, hatte keine Rolle zwischen einer Ehefrau, die sie noch nicht war, und der alten Schwiegermutter, die sie nie sein würde, der Prostituierten, die sie sich nicht vorstellen konnte zu sein, und der vorzeitig Gealterten, die darauf wartete, dass man an ihre Türe klopfte. Wir ähnelten uns, weshalb sie, wie ich glaube, entschieden hatte, mich zu behalten, so wie man ein Messer schärft, wie man eine Steinschleuder herstellt oder vielleicht wie man einen Sohn großzieht. Ich liebte sie und achtete darauf, ihre Welt zu bevölkern, indem ich so viele Filme wie möglich übersetzte. In meiner Kindheit schlug sie mich heftig, wenn sie wütend wurde; ich wusste, dass dies nicht aus Hass oder Mangel an Liebe geschah, sondern weil sie gerade vom Dorf verletzt worden war. Wie ich mied sie die Außenwelt, das Bad am Ende der Woche, die Hochzeiten der anderen, die Begegnungen zwischen Frauen und die Heiratsvermittlerinnen, die sich über sie und ihre verblichenen Hoffnungen lustig machten. *(»Ja, das ist mein Sohn. Er wurde mir von Gott gegeben und nicht von einem Trottel mit einer leeren Hose«, legte meine Tante los, als sie da vor der Türe zum Zimmer des Sterbenden saß.)* Ich war ihr Sohn in dem Durcheinander von toten Blättern, die vom Stammbaum gefallen waren. Sie gab nie der Versuchung nach, den Tod an sich herankommen zu lassen, außer an dem Tag, an dem sie einen Anwärter erwartete, der nie auftauchte.

An diesen Tag erinnere ich mich wie an eine schlechte Nacht: Meine beiden Tanten waren seit dem Morgen da, Hadjer hatte das Ritual des Bades über sich ergehen lassen, das Körperpeeling mit Lehm, die Epilation, das Haareflechten und die Anprobe der Kleider. Das Haus roch nach Zucker und Vanille für den Kuchen, und meinem Großvater hatte man eine schöne Djellaba angezogen, um ihn abseits in den Hof zu setzen. Der Heiratsantrag ist zuallererst ein Frauenritual, das dann von den Männern bestätigt wird. Die ersten Verhandlungen sind weiblich. An diesem Tag sollte die Familie des Anwärters kommen, um den Körper meiner Tante eingehend zu untersuchen, ihren Gesundheitszustand daraus abzuleiten, die Helligkeit ihrer Haut zu begutachten und über ihr wirkliches Alter zu befinden. Wir hatten also alles vorbereitet, meine Zurückhaltung inbegriffen. Anfangs hatte mich die Nachricht begeistert. Aber während ich dann im Hof herumirrte und auf meinen Großvater aufpasste und die Blätter des Zitronenbaumes ein weiteres Mal zählte, habe ich langsam und dumpf verstanden, dass es sich um etwas für mich Lebensbedrohliches handelte. Eine andere meiner Tanten hörte seit dem Abend davor nicht auf, mir zu sagen, dass ich mir keine Sorgen machen müsste: Schlimmstenfalls würde ich bei ihr im Osten des Dorfes im Douar leben, und sie würde mich wie ihren Sohn großziehen. Ich begriff also, dass meine Welt einstürzen könnte, vielleicht sogar unmittelbar. Es kam mir wieder die Erinnerung an den Wind in den Sinn und er hob die Zipfel der Djellaba meines Großvaters. Der Staub erfüllte meinen Mund und die Besorgnis drang in mich ein. Ich war ein Trottel gewesen und hatte mich von den Süßigkeiten täuschen lassen. Was mich rettete? Vielleicht ein Verleumder. Oder ein listiges Kind, das mir ähnelte und die Besucherinnen in die Irre führte, indem es ihnen eine andere Adresse bezeichnete, um dann dabei zuzusehen, wie sie sich mit ihren Einkaufskörben entfernten. Oder ein Gerücht über Hadjers Alter. Auf jeden Fall warteten meine Tante und ihre Schwestern den ganzen Nachmittag vergeblich. Das Schlimmste war der Weggang der Schwestern: Sie sahen sich gezwungen, einen Vorwand zu finden, um den Ort zu verlassen, ohne den geschminkten Körper Hadjers gewissermaßen mit Füßen zu treten. Diese sagte nichts an diesem Tag und nicht am folgenden und auch nicht an dem darauf. Sie klebte am Fernseher fest, rührte sich nicht einmal, wenn gar nichts mehr auf dem Bildschirm zu sehen war, außer diesen verrückten, aufgeregten schwarzen und weißen Ameisen. Sie nahm die Gewohnheit an, rohe Zitronen zu essen und unser Essen übermäßig zu salzen, und ihre Haut erbleichte. Sie brauchte Jahre, um diesen Affront zu vergessen, und schloss sich noch mehr in unserem Haus ein, das für uns beide zu unserem Körper wurde.

Sie war es, die darauf bestand, dass ich zur Schule ging; sie war es, die mich über verschlungene Wege zu dieser Gabe leitete, an die sie, wie ich meine, nur halbwegs glaubte. Als ich fünf Jahre alt war, zog sie mir eine schwarze Schürze an, kämmte mir meine Haare mit einer für meinen Schädel schmerzhaften Strenge, besprühte mich mit einem schalen Parfum und erklärte mir, dass ich über sieben kleine Stichstraßen in Richtung Westen gehen müsste, bevor ich »die Straße der Autos« überquere. Am ersten Schultag stand sie da, in ihren Haïk eingewickelt, den Blick brennend vor Stolz und einer vorgeblichen Wut, um die Lästerer abzuschrecken. Sie zog mich an der Hand bis zur achten Gasse hinter sich her und blieb dann wie festgenagelt stehen, um mich mit den Augen zu verfolgen, während ich in einer stickigen, staubigen Welt versank und blockiert war in dem Stimmengewirr und dem Getrampel der anderen Kinder des Dorfes, die wie eine Herde zu der kostenlosen Schule geführt wurden. Was empfand sie? Bestimmt Angst. Die Zeit nahm mich an ihrer Stelle an der Hand und hinterließ bei ihr einen Schatten und einen Stein im Bauch. Ich war der einzige Mann, der in den Gewitternächten den Kontakt mit ihr gesucht hatte, das wusste ich. Ich erinnere mich auch an die goldglitzernde Schleife unter dem Licht des heißen Septembertages, die meine neuen Schuhe zierte und die im Rhythmus meiner Schritte blinkte. Mein Gedächtnis ist vor allem noch geprägt von der Haltung der anderen Kinder mir gegenüber, die ihre Neugier und Distanz bekundeten. Ich war der Sohn von Hadj Brahim, einem reichen und angesehenen Fleischer, der dieses Fleisch verkaufte, das sie nur einmal in der Woche, am Freitag, mit dem Couscous kosten konnten. Diese Illusion von Achtung zerbrach, als ich einige Tage später auf meinem Weg eines der Kinder, das frechste, hörte, wie es ein Gemecker nachmachte. Das ließ die Bande in Lachen ausbrechen und ihre Gewalt freien Lauf nehmen. Schnell hatte ich begriffen, dass die Schule mir keinen Spaß machen würde.

Ich entdeckte meine Andersartigkeit. Ich lernte schnell und mit einer Leichtigkeit, die mich selbst überraschte, und die sich aus der Angst vor Langeweile erklärte, glaube ich. Monsieur Safi mit seiner halben Glatze, mein lebhafter und trotz seines riesengroßen Bauches sehr beweglicher Lehrer, hatte Spaß an meiner Intelligenz ohne Fleiß, aber er sorgte sich schließlich wegen meiner verschlossenen Art. Ich wirkte nicht traurig, aber abwesend, wie gleichgültig. Was auf den ersten Blick wie geistige Lebhaftigkeit wirken konnte, stellte sich in seinen Erwachsenenaugen als eine Täuschung heraus, um fern, woanders zu bleiben und zu verweigern, mich der Gruppe anzuschließen. Oder als Anzeichen einer ernsteren Krankheit, die eher meinen Geist als meinen Körper ruinieren würde. Hinzu kam meine näselnde, blökende Stimme, die ihn davon abbrachte, mich öffentlich zu befragen, um zu vermeiden, dass die anderen Schüler in schallendes Gelächter ausbrachen. Mein Timbre war eine Art Stigma, aber zugleich auch eine schöne Entschuldigung, um mein Schweigen als einen allseits erwünschten Kompromiss zu betrachten. Niemand schien dieses Tremolo zu ertragen, das die Herzen wie das Blöken einer kleinen Ziege berührte und die Worte so schön verwandelte, dass sie in meinem Kopf wie peinliches Gekrächze herumschwirrten. *(Konnte sich Poll trotz seiner Gabe davon befreien? Nichts ist schrecklicher als die Stimme eines Papageis, das wissen wir alle.)* Man ließ mich alleine in der letzten Reihe sitzen und gestand mir als Recht und Pflicht zu, stumm zu bleiben. Solchermaßen zurückgezogen, wusste ich zu brillieren, aber mit einer Nonchalance und Gleichgültigkeit, die mir die Bewunderung der anderen vom Hals und sie auf Abstand hielt, misstrauisch oder sogar angewidert, wie sie waren. Meine Andersartigkeit hatte den Wert eines Gebrechens, und die anderen Schüler entschieden sich, mal bösartig zu sein und mich ein anderes Mal unter Quarantäne zu stellen. Aber was meinem Lehrer ebenso entging wie den aufgeregten gleichaltrigen Jungs, das war für mich ein Glücksfall: Ich lernte schneller als sie, und als ich kaum sechs Jahre alt war, stieß ich mich bereits an den unglaubwürdigen Konventionen des Schreibens und der unglaublichen Zumutung der Sprache.

Es war der Monat Oktober und es scheint mir am frühen Nachmittag gewesen zu sein. Ich erinnere mich an das Gefühl, vor Langeweile zu ersticken, und das beharrliche Gefühl, nach Hause gehen zu wollen, um die Eidechsen an der gekalkten Mauer des Hofes zu betrachten. In der Baracke, die uns als Klassenraum diente, erhitzte sich die Luft und ließ den Schädel des Lehrers schwitzen. Während er unsere Reihen inspizierte, musste ich unter seinen Blicken mit untergelegtem Löschblatt einen malvenfarbenen, vertikalen Tintenstrich ziehen. Die feuchte Spitze der Feder knirschte und hielt an. An der oberen Linie vollzog ich dann eine Drehung. Man musste wieder und wieder diese gleiche Handbewegung machen, bis man sie zwischen den feinen Linien des Heftes beherrschte. Zu welchem Zweck? Zu dieser Zeit begriff ich noch nicht die Verbindung zwischen der Tinte und der Verstreutheit der Welt. Der Strang des Schreibens. Ich lernte schreiben, indem ich gehorchte, ohne zu etwas Neuem zu gelangen. Das Schreiben, das Alphabet, blieb auf das Feld der Übungen durch Wiederholung beschränkt, Hadjers Welt hielt sich in ihrer Ecke, und ich blieb da, stumm und unfähig, über meine blökende Ziegenstimme hinauszuwachsen. Durch das Klassenfenster konnte ich einen weit entfernten Feigenbaum sehen, der wie ein alter Mann aussah, der eine Mauer erklimmen wollte, und etwas näher zwei herabstürzende, immergrüne Trauerweiden. Der Wind wirbelte im Pausenhof den Staub auf, und viele Worte fehlten mir, so wie diejenigen, die mir das verblasste Gesicht meiner Mutter wieder hätten hervorrufen können. Das verursachte einen Knoten in meinem Hals, der mich zum Weinen brachte. Der Lehrer schaute mich lange an, zögerte und entschied dann, mich vor dem Ende der Stunde nach Hause zu schicken. Ich erinnere mich, dass ich an diesem Tag meiner Tante nichts sagte, unermüdlich die erlernten Buchstaben schrieb, indem ich sie wie Fäden verstrickte und sie verlängerte, bis sie über die Seiten hinausragten und ich sie mit Tintenflecken verband. Nachdem sie zu Hause wieder ungebändigt waren, ließen sie in mir die Vorahnung einer seltsamen Freiheit entstehen, Möglichkeiten von Komposition. Taha, oder Alif, Lâm, Mîm. Das waren meine ersten Schritte auf der Insel. *(Ich schlage die letzte Seite um; es bleiben mir noch drei von sieben Heften, meine Hand scheint lebendige Zügel zu halten und Hadjer ist eine alte Kriegerin.)*

Eine Woche später entdeckte ich zur gleichen Zeit wie mein Lehrer, dass ich schon lange vor meinen Mitschülern das Lesen gelernt hatte. Mit Leichtigkeit, weil ich mich jeden Abend dieser Übung widmete, bei der die Buchstaben wie Knöchelchen umgerührt wurden. Es entstand daraus eine plötzliche Ordnung, und meine immer schon blökende Stimme hörte in meinem Kopf genau in dem Moment auf, genau dies zu sein, als ich in der Lage war, die ersten Worte zu entziffern. Eine trügerische Heilung, denn kaum hatte ich mein Schulbuch wieder zugeschlagen, fiel ich wieder unter die Klangherrschaft des Schafes. Also habe ich mich in einer fast krankhaften Eile darangemacht, nach den Worten und den Utensilien, den kleinsten Dingen, die lebendig wurden, die wiederbelebt und erfasst wurden, zu jagen. O du Wunder allen Anfangs! Ich konnte eine neue und dunkle Welt wie den Wald am Anfang des Dorfes betrachten. Ich verspürte meine neue Würde genauso klar, als ob man mir neue Kleider gekauft hätte. Die Freude war beinahe grenzenlos, aber sie wurde dann schnell durch ein unerwartetes und besorgniserregendes Ereignis verdorben: Als ich in der Schule mit der Sprache konfrontiert wurde, erwies sich die Sprache Hadjers, die seit meiner Geburt auch die meine gewesen war, als unzureichend, als arm wie ein Kranker, dessen Hände nichts ergreifen oder nicht ohne zu zittern auf weiter weg liegende und schlecht ausgeleuchtete Dinge zeigen konnten. Im Laufe meiner Schulzeit begriff ich das nach und nach. Erst überraschte es mich (umso mehr, als mir es niemand erklären konnte), dann verspürte ich Verachtung und am Ende Wut. *(»Sie haben die Schafe meines Bruders gegessen und heute seinen Körper und seine Augen!«, legte meine Tante wieder los. Ich nehme an, als Täuschungsmanöver, um wie ein Blitzableiter die Aufmerksamkeit abzulenken.)* Ich weiß nicht, welche trügerische Überlegung ich daraus ableitete, dass mein schon so lange andauerndes Übel und meine Traurigkeit nicht etwa aus einem Charakterfehler erwuchsen, oder aus dem Tod meiner Mutter, oder aus meiner blökenden Stimme, sondern aus einer abgeschotteten Sprache, die von den Büchern und der Schule nicht anerkannt, versteckt und verboten wird. Wie meine Tante. Mit einem Mal von dieser Erkenntnis erleuchtet, erschien mir das untere Haus schmutzig, glanzlos und vulgär. Es war die Insel der Trostlosigkeit, der Ort meines Schiffbruchs, ein aufgequollener Körper auf dem Sand, das gestrandete Schiff meiner Erinnerungen, das Dunkel der noch stummen Flora hinter der Linie der Schrift.

Diese Entdeckung der armseligen Diskrepanz zwischen Hadjers uneinheitlicher, nicht reinrassiger Sprache und der Schulsprache wandelte sich in Wut auf meine eigene Welt, und ich wurde zu Hause ein böses Kind und draußen ein Feigling.

16

Hadjer verstand nicht, warum ich an den darauffolgenden Tagen beleidigt war, noch warum ich mir solche Mühe gab, immer mehr meinen Großvater nachzuahmen, indem ich die gleiche Wand anstarrte, wenn ich neben ihm saß. Ich erinnere mich an die Enttäuschung, die von diesem Verrat ausgelöst wurde: die mir von meiner Tante gegebenen Worte waren auf unerklärliche Weise auch so etwas wie das letzte Echo der Stimme meiner Mutter, deren Gesicht aus meinem Gedächtnis gelöscht war. Am Ende flaute der Sturm ab zu einem Gefühl von Scham, und ich verzichtete nach zwei oder drei Versuchen darauf, die Worte Hadjers und des Dorfes mit dem arabischen Alphabet zu schreiben, das man mir in der Schule beigebracht hatte. Sie waren so steif wie die Bauern, die in der Stadt ankamen, stotternd und linkisch und zaghaft vor den Schaufenstern. Ich war wirklich betrübt, bitter enttäuscht, aber auch verliebt widerborstig, gespannt auf den Ausbruch der anderen Sprache, das Arabisch der Schule, das langsam von den Wänden Besitz ergriff, sich mit jedem neuen Begriff anreicherte, indem es die verschiedenartigen Dinge meiner Welt tätowierte und beim Schopfe packte. O, keine unbegrenzte Sprache, aber schon so gut wie eine souveräne. Es war seltsam, dass die Sprache des Dorfes keinen Namen hatte, während die Schule Bücher, Gedichte und Lieder besaß. Hadjers Sprache lebte und versteckte man wie den Körper einer Frau, oder wie das Geschlecht, während wir die Sprache der Schule mit Gewalt und Fleiß – wie das Etikett auf dem Heftschoner – auf jeden Kieselstein, Baum, Storchen oder auf jedes Minarett kleben mussten. Eine schwierige Sprache, die das Dorf wie ein wildes, aber faszinierendes Pferd behandelte. Mit den Jahren meiner Schulzeit begann sie stattdessen, von Gott und den Helden des Befreiungskrieges zu reden, und irgendwann habe ich diese mächtige, aber taube und geschwätzige Sprache bei ihrer Schwäche ertappt: für die Toten, die Vergangenheit, für die Pflichten und die Verbote hatte sie viele Worte, aber nur wenige exakte Worte für unseren Alltag. Selbst als Junge hatte ich die Eingebung, dass sie nur von den Verschwundenen sprach und weder von unserem Dorf, das für mich zu dieser Zeit so groß wie die Erde war, noch von meinem Körper noch von meiner Welt. Ihre Art, die Realität zu beschreiben, schien eine Krankheit zu verstecken, eine geheime Schande, eine Verachtung. Um es genau zu sagen, ähnelte sie allzu sehr meinem Vater, wenn der sich mir mit dem Geruch seines Burnus und seiner Schafe näherte, oder wenn er in der Moschee die Gebete und die Beschwörungsformeln nachsprach und mir große Lehrstunden erteilte, um seiner eigenen Eitelkeit zu schmeicheln. Ich will damit sagen, dass es nicht in der Natur dieser Sprache lag, schöne Geschichten für meine Altersstufe zu erzählen. *(Ich habe langsam Rückenschmerzen und ich spüre meine rechte Schulter nicht mehr. Ich unterbreche mich, um das beste Wort zu suchen, wäge einige ab, und entscheide mich für das kräftigere. Der Alte scheint wie nach einem Nahkampf zu schlafen. Der Zucker auf dem Grund der Tasse verschafft mir einen kalten Schauer.)*

In meinen ersten Schulheften war das Alphabet ein Versuch in Kalligrafie, Piktogrammen, Streichungen, es imitierte Tiere auf der Flucht. Die Buchstaben gingen zu ihren mutmaßlichen Wurzeln zurück und enthüllten ihre Ursprünge. Das Ba', entstanden aus *beit*, das bedeutet Haus, Ort, wo man herkommt, wo man sich die Schuhe auszieht. Oder das eröffnende Alif, der Geier mit dem lebhaften Auge, in der Form der *Hamza* auf einem Baum sitzend, und das Haustier, das Rind. Oder der Jîm, wie eine Schlange mit ihrem einzigartigen Auge, wogend im Lehm eines Flusses. Die Reihe war lang und ließ mich nachdenklich zurück: das Ta', das heißt das Brot, der Kamin mit dem Feuer, der Kochkessel, *ettannour*, das Kâf, stammend aus dem *kaff*, das heißt der Handteller, oder das Ya', das auf die Welt kam, um die Hand, *el yadd*, zur Sprache zu bringen. Und vor allem Nūn, das ich nicht müde wurde zu wiederholen, und das Wasser, das Tintenfass, den Horizont, das Morgengrauen oder die Abenddämmerung anklingen lässt, den Wal, den riesigen und langsamen Fisch, der die Erde verschlingt, um daraus ein heiliges Buch zu machen. Ich verlor mich darin, dieses Lexikon nachzuzeichnen, ein Verzeichnis der Tiere und Utensilien der frühen Zeiten: der Kamin, das Feuer, das Haus, die Abenddämmerung, das Rind, das Korn. Jeder Buchstabe bezeichnete ein Objekt am Ende seiner Geschichte, umschmeichelte eine frühere Gegenwart. Und ich brachte ihn wie ein Jäger zum Stillstand, um seinen Sinn in mein Heft zu übernehmen. Ich sagte mir, dass es einen Sinn in der Ordnung des Alphabets geben musste.

Vielleicht hatte Nouh die Tiere in genau dieser Reihenfolge gerettet, aus der dann, als das Wasser sich zurückzog, die Reihenfolge der Buchstaben entstand. Schäfer meiner Herde von wilden Tieren, glücklicher und triumphaler Papagei (o Poll, der du eigenständig geworden bist, indem du die Worte vermehrt hast), so schrieb ich immer schneller und wunderbar gut.

Das verschaffte mir eine Art Aura und beschützte mich vor den Ellenbogenstößen und Fußtritten in der Pause. Die anderen Schüler brauchten mich auch manchmal, um ihre Lektionen abzuschreiben. Stutzig geworden, erriet Monsieur Safi, so glaube ich, dieses krankhafte Vergnügen in mir und machte sich manchmal Sorgen, dass es sich dabei schon um eine Besessenheit handeln könnte. Offenbar zeugte meine Gier nicht nur von Intelligenz, sondern auch von Panik. »Deine Eile wird dich noch umbringen«, sagte er mir andauernd, bevor er machtlos wieder seine Kreide in die Hand nahm. Er wunderte sich wahrscheinlich über diese chaotische Gabe, die sich ausgerechnet den schwächlichen Körper des Fleischersohnes erwählt hatte.

Dieses Glück währte recht lange, berauschte mich eine Weile, bevor es sich an einer physischen Grenze erschöpfte: an der geringen Anzahl von Büchern, die all das wiedergaben, das zu sehen und zu ahnen ich in der Lage war. Das Dorf hatte keine Bestände, Buchhandlungen, alte Bücher oder gar eine Bibliothek. Die arabische Sprache war im Radio, in der Schule, in der Moschee übermächtig, aber sie schien in meinen Augen nur zwei Bücher zu besitzen: das der Schule und das Gottes. Ab dem zweiten Schuljahr war ich der Schulbücher und der Verse überdrüssig. *(Wie spät ist es? Ich muss genau sein: Meine Kunst beschränkt sich nicht darauf, mich nah bei einem mit dem Tod Ringenden hinzusetzen, um ihn hundertjährig werden zu lassen, oder einem Kranken das Leiden oder das Vergessen zu ersparen. Aber nein! Die Welt wird dank jener langen Schreibsitzungen, ähnlich einem Gebet oder einer Inventarisierung, gerettet, die ich mir täglich in meinem Zimmer auferlegte. Meine Hefte sind aufgequollen vom Sturzbach einer einzigen Erzählung ohne Anfang oder Ende, der in seinem gewaltigen Verlauf Mauern, Torbögen, Gerüche von gemahlenem Kaffee, oder Mysterien von weiblichen Achselhöhlen, Farben von Kleidern, strahlende Mandelbäume in Fontänen versteinerten Wassers davonträgt, das Geburtsdaten, Vornamen und Hände in einem totalen und verheerenden Hochwasser vermischt. Eine Geschichte ist für den einzelnen Sterbenden wesentlich, aber um das Dorf vor der Belanglosigkeit zu retten, braucht es eine herkulesartige Erzählung. Es geht um eine breit angelegte Unternehmung: eine akribische Beschreibung des Ortes, des Schildes, auf dem Aboukir angekündigt ist, der Straße, die zur Stadt führt, bis zu den ersten Kaktusfeigenbüschen im Süden. Die Welt verdankt ihre Beständigkeit nur der Notwendigkeit ihrer Beschreibung durch jemanden, irgendwo – das ist gewiss. Manchmal habe ich Knoten im Bauch, wenn ich daran denke, ein Detail zu vergessen und so an einem Dahinscheiden beteiligt zu sein oder es beschleunigt zu haben. Wen ich vergesse, an den erinnert sich der Tod. Diese schwere Aufgabe hat meinen Körper verändert, meine Schultern gekrümmt und mich zur Disziplin gezwungen. Ja, das Fehlen einer Bibliothek in Aboukir hat mich dazu gebracht, alle geeigneten Hefte in feste und vollständige Bücher umzuwandeln. Wem sollte ich das erklären? Hadjer? Dem Imam des Dorfes, meinem ehemaligen, alt gewordenen, aber immer noch lebhaften und hüpfenden Lehrer, den ich noch manchmal treffe? Wem meinen Zabor erzählen? Dieses frühere Seufzen meiner Vorfahren, aus dem ein Sprichwort wurde, das die Jungen kaum kennen und das besagt: »Wer wird dir glauben, wenn du als Prophet sprichst?« Die Geschichte von Daoud, David aus dem anderen großen BUCH, kommt mir wieder in den Sinn, von dem Propheten, dem Gott eine einzigartige Stimme verliehen hatte und die Fähigkeit, einen Gesang anzustimmen, zu dem die Berge den Chor bildeten. Warum antworteten die Berge darauf und nicht die Menschen, die Sänger und die Gläubigen? Hatte Gott diese Metapher in der Absicht gewählt, nur irgendwie elegant zu erscheinen? Nein. Er wollte damit sagen, dass die Sprache eine transzendente Ordnung ist. Wenn sie vollkommen und präzise ist, ruft sie die Antwort der Berge, des Stummen hervor. Der* Zabor, *die Psalmen, wie die anderen sie nennen, ist ein Gesang und ein Buch, eine Literatur aller Reiche auf einmal, weshalb selbst der Stein darin eine Sprache hat.*

Ich schreie: »Ja, ich beeile mich!« Gott hatte sechs Tage und ich nur drei Stunden. Ich weiß nicht, was Hadjer erzählt, die vor der Schlafzimmertür sitzt, um die Sippe auf Abstand zu halten, aber wie eine Märchenerzählerin hat sie Erfolg damit. »Sie schiebt deine Enthauptung hinaus«, sagt mir mein Hund – mit ihrer Improvisation von Tausendundeine Nacht, *mit ihrer Inbrunst und ihrer List.)* Es fehlte nur der Traum, das Geheimnis des Märchens, wie ich später verstand. Wir waren als Land erst gerade vom Kolonialismus befreit, und die Worte wurden zu Soldaten, imitierten die Uniform durch ihre Härte und gaben sich alle Mühe, die Erde, das Blut der Märtyrer und den Krieg zu preisen. Auf dem Pausenhof psalmodierten wir die Hymnen zu Ehren der Revolution; während der Zeichenstunden zeichneten wir die Fahne oder das strenge Gesicht unseres Präsidenten. Ich fand die gleichen Worte auf den Banderolen der Nationalfeiertage, auf den Münzen, an der grünen Tafel der Klasse und in den sich wiederholenden Gebeten. Als Wunderkind langweilte es mich schließlich, eine der schönsten Sprachen der Welt auszulaugen, die mir hier ohne ihr verwirrendes und dicht bewachsenes Geschlecht angeboten wurde.

Mit ungefähr acht Jahren verzweifelte ich, hatte weder einen Spielgefährten, noch konnte ich Dinge akkurat benennen. Noch seltsamer war, dass ich die letzten Züge des Gesichts meiner Mutter verlor, das ich durch die Erzählungen Hadjers mit viel Geduld noch hatte rekonstruieren können. Es blieb nichts davon. Weder Schmerz noch Genauigkeit. Ich beobachtete am Wochenende während des Mittagsschlafes den braunen Körper meiner Tante, den sie zu dieser Zeit sehr pflegte, um ihn in den Bädern zu zeigen, ihre Achseln, die ihre Brüste vorwegnahmen, ich atmete den Holzgeruch des Kaminfeuers ein, legte meine Wange auf die kalten Fliesen unseres Hauses, aber das alles entging der Schulsprache. So, auf dem Papier liegend, blieb sie bewegungslos, sie war machtlos, wenn ich nach Hause kam, um wieder mit den Dingen des Hauses zu leben oder die Dinge zu bezeichnen, und sie war ohnmächtig wie mein Großvater Hbib. Sie starb wie ein Fisch außerhalb des Wassers, sobald sie sich außerhalb der Bücher und der Schule befand, weil bei uns zu Hause niemand sie benutzte, um die Zerstreuung und das Unsichtbare zu domestizieren. Viel später erst entdeckte ich, dass sie unendlich reich war, und dass man mit ihr die Nuancen von Wasser und Sand bezeichnen konnte, die nirgendwo sonst zu finden waren. Aber ich glaube, das, was ihr in meinen Augen zum Verhängnis wurde, rührte von ihrer Unfähigkeit her, etwas Rätselhaftes auszudrücken und verzücken zu können. Niemals gelang es mir, daraus ein Ritual zu machen; es war weder ihre noch meine Schuld, sondern die derjenigen, die sie mir wie einen Stock und nicht wie eine Reise präsentierten, wie eine Sprache Gottes, die den Menschen kaum zustand, und das war mir von klein auf zuwider. Es stimmt, dass sie von frustrierten Leuten mit hartem Blick schlecht unterrichtet wurde. Nichts, was einen dazu bringen würde, Verlangen nach ihr zu verspüren.

Ich mochte die Kalligrafie, wie sie sich um die Dinge herumlegte, um sie im Aufwind einzuwickeln, sie wie eine weise, alte Schlange zu umfangen, um dann dahinzufließen wie ein Kleid, wie die Haare von Frauen, wie Efeu oder verschlungene Pfade. Ich liebte es, auf Arabisch zu schreiben, aber meine Worte wogen manchmal in den Augen von Monsieur Safi so schwer wie Ketzerei, und abgesehen von meiner fleißigen und gehorsamen Schrift verstand er die Extravaganzen in meinem Heft nicht.

Heute *(Schritte streifen den Boden. Ein Stuhl. Ein Kind jammert, bevor es bekommt, was es verlangt. In der Ferne ein Eukalyptusbaum, den man beschneidet?)* fasse ich solchermaßen dieses Unheil meiner Kindheit zusammen, aber ich glaube, dass ich es voller Unordnung und Verwirrung erlebt habe. So, wie ein Kind die Scheidung seiner Eltern erleben kann. Das Schreibenlernen in der Schule ließ mich unterdessen den Bruch erkennen, der zwischen dem Objekt und dem Klang besteht. Noch vor den indischen Filmen. Die Struktur meiner Welt war noch nicht die Tinte meines Schreibens geworden, sie entsprach ihr noch nicht und blieb störrisch und distanziert, wie wenn sie auf der anderen Seite eines Flusses läge, den ich nicht überqueren konnte, weil ich nicht schwimmen konnte. Weil sie von zwei Sprachen bezeichnet werden *(wobei die eine Hadjers ist, die weiterhin hinter der Türe ihren Wortschwall ausbreitet)*, muteten die Bäume zu Hause, die Mauern, die Weinreben, die Löffel und selbst das Feuer auf einmal fremd an.

Daher rührten meine Krankheit und meine ersten Wehklagen.

17

Am liebsten laufe ich immer ganz schnell den Hügel herunter. Es kommt mir – schon seit meiner Kindheit – so vor, als ob ich mit Siebenmeilenstiefeln Riesenschritte machte. Das Dorf unten breitet seine Dächer und seine Fernsehantennen aus und läuft dann im Süden, gegen die ersten Felder hin, aus. Dort, wo ich immer bewusstlos hinfalle, wenn ich mich von Aboukir entfernen will. Ich erkenne unten riesige Eukalyptusbäume am Straßenrand, die dem Dorf den Rücken zukehren und zu zweit davongehen. Das ganze Tal ist grün und gelb nach der Ernte und der sommerlichen Trockenperiode. Hadjer folgt mir, während sie immer noch zu imaginären Massen spricht. *(Wann habe ich eigentlich angefangen, eine Geschichte zu erzählen, die mich ans Ende der Welt bringen wird? Woher kommt der Wortschwall in meinem Kopf, den nichts aufhält? Wut und zusammengebissene Zähne. Hinter der schwatzhaften Gabe, eine nüchterne Gewissheit mal uneingestanden, mal hartnäckig, die mir sagt, was mein Vater mir immer sagte: Ich bin ein ganz Gerissener.)* Es ist ein bisschen wie die Flucht des Sohnes und seiner Mutter aus der Wüste. Ich habe meine Hefte in meiner Tasche und ich gehe schnell. Man muss die Söhne Hadj Brahims meiden, aber auch die Enttäuschung, die in meinem Bauch lastet. Habe ich den Alten gerettet oder habe ich ihn verurteilt? Ich weiß es nicht. Hadjer hat während mehrerer Stunden allen standgehalten, und ich habe ohne Pause geschrieben. Am Ende hat sie die Tür geöffnet und verlangt, dass wir uns davonmachen – »Die Hunde kommen!«. Ihre derbe Sprache, wie immer. Die Erzählung wurde mit einem strategischen Rückzug beendet. Die ihre war ein langes Delirium über unsere Geschichte, die Schulden, das Geld, die Zahl der Schafe. Meine Tante hat die Talente einer Rechtsanwältin oder einer Märchenerzählerin oder beide gleichzeitig aufgeboten. Eine Art von Auszug aus *Tausendundeine Nacht,* um die Bewohner des Palastes auf Distanz zu Scheherazade zu halten, sie ruhigzustellen, bevor sie den bösen König benachrichtigen konnten. Was meine Geschichte anging, war sie auch lang und sturzbachartig.

Ich glaube, der alte Mann war empfänglich dafür und seine Geschichte hat in seinem Kopf wieder von Neuem begonnen. Er ist nicht vollständig wach geworden, aber sein Körper hat die Farbe gewechselt, das Geräusch um ihn herum war das des Schlafes und nicht etwa das von Insekten. Ich weiß nicht, was mich geritten hat, aber ich hätte fast gegen meine goldene Regel verstoßen, die darin besteht, niemals den Sterbenden zu berühren. Ich habe das Laken, das ihn bedeckte, etwas gerichtet, und ich wollte mit ihm sprechen. Mit dieser kalten Stimme, die ich immer schon benutze, wenn ich mich an ihn wende. Der Grund? Ich weiß es nicht. Als ob seine Agonie eine Waffenruhe wäre. Jenseits meines Schreibens war ich von einer Art von Klarsicht befallen, und ich dachte, sein Gesicht leicht zu berühren, seinen Körper zu spüren *(»Der Körper eines Vaters existiert nicht, man empfindet davon im Takt nur das Gewicht und die Vertiefung«, sagt mir mein für meine einmaligen Gesten aufmerksamer Hund).* Es hat nie eine körperliche Berührung zwischen uns gegeben, eine Hand, die streichelt oder begrüßt, eine Umarmung des Schutzes oder der Zärtlichkeit. Mir wurde klar, dass ich immer denselben Abstand zu ihm gehalten hatte, einen Meter fünfzig, und das ab dem Alter von vier Jahren. Ich habe übrigens nie erlebt, dass er jemanden berührt hätte, außer seinen Schafen, die er beim Kauf ebenso abtastete wie in dem Moment, wo er sie schlachtete – mit geschlossenen Augen, auf seine Kunst konzentriert, und die Flechse oder das Fett prüfte, um daraus den Preis oder die Herkunft abzuleiten und um sich den Geschmack des Fleisches vorzustellen. Ich näherte meine Hand seiner Stirn und verharrte genau so, wie ein Trottel, ohne die geeignete Sprache, um meinen Eindruck zu beschreiben. Dann setzte ich mich wieder hin. Noch zwei oder drei Stunden energisch schreiben, und er würde die Augen wieder öffnen können und wieder anfangen, seine Herden zu zählen.

Ich hatte einen Titel für das Heft zu seinem Heil: *Die Fahrt zum Leuchtturm*. Ich habe mich hineinvertieft und es war der Anfang des Wunders. Das Blut war tintenschwarz, der Körper ein Strich, den ich verbinden und losbinden konnte, um mittels der geheimnisvollen Kunst der Entsprechung seinen Rhythmus wiederherzustellen: Jedes Mal, wenn ich eine schöne Formulierung fand, weitete sich ihr Segen bis zum Sterbenden hin aus und stellte in ihm einen Takt, die Atmung eines lang andauernden Erwachens, wieder her. Ich wusste es, ohne den Kopf zu heben, mein Vater kam durch meine Kraft wieder ins Leben, durch das Geheimnis, das ich in mir habe und das von weit her rührt: Wenn man um ein Feuer herum eine Geschichte erzählt, weicht die Nacht zurück und wird aufmerksam. Warum schreibt man und liest man Bücher? Um sich zu vergnügen, antwortet die unbedachte Masse. Falsch: Das Bedürfnis ist uralt und lebensnotwendig. Weil es den Tod gibt, weil es ein Ende gibt und deshalb auch einen Anfang, den in uns wiederherzustellen unsere Aufgabe ist, eine erste und letzte Erklärung. Schreiben oder erzählen ist das einzige Mittel, um in der Zeit zurückzugehen, ihr zu begegnen, sie wiederherzustellen oder sie zu kontrollieren. Zwischen der Konjugation und der Metaphysik gibt es eine Verbindung, da bin ich mir sicher. Es ist das erste Gesetz, das man entschlüsseln muss. Sobald ich den Kopf hebe, bin ich abgelenkt, wenn ich anhalte, verknotet ein Schuldgefühl mir das Herz, und alles zerrinnt mir wie Sand zwischen den Fingern: Ich fange also wieder an und fühle, dass ich kurz davor bin, am Ende eines schönen Satzes so etwas wie eine endgültige Erklärung zu entdecken. Das macht mir Mut, gibt mir Größe und Selbstvertrauen. Auf diese Weise kommt der Atem wieder in den Körper des anderen zurück, wie wenn ich es geschafft hätte, ein unsichtbares Leck abzudichten. Das ist es. Mein Leben wäre von einfacher Schönheit gewesen, wenn der Alte mich dabehalten hätte, anstatt mich gegen Schafe einzutauschen, die vom Himmel seines Aberglaubens gefallen waren. Da lag er nun im Sterben und ich saß fleißig an seiner Bettkante. Noch zwei oder drei Stunden und er wäre dank der Genauigkeit in meinem Heft zu sich gekommen. Aber Hadjer hat die Türe geöffnet und mich angeschrien, damit wir gehen. Ihr Palaver erlaubte nicht mehr, die Zeit anzuhalten, und die Stiefmutter schlug sich auf die

Schenkel und schrie, dass ich ein Dämon wäre, den man davonjagen müsste. »Bevor er noch seinen Vater tötet, so wie er versucht hat, seinen Bruder zu töten!«, brüllte sie, sich dabei in ihrer Empörung selbst überbietend.

Die Sonne geht unter und der Himmel neigt sich nach Westen. Vielleicht ist es die Schwerkraft oder die nachlassende Klarheit, die dafür sorgen, dass sich im Osten die Sterne erheben werden. Die zahlreichen Sträucher lassen das Ende des Tages immer duften. Die Insel der Trostlosigkeit ist nicht mehr trostlos. Ich weiß, wie es dazu kam, ich hatte ganze Wortzüchtungen, eine Sprache der Ordnung und des Inventars dagegen errichtet, ich hatte gewissermaßen die wilde Natur mit Arbeit und Pflügen zurückgedrängt. Ein Titel: *Der Schlaf des Gerechten*. Wegen des Bildes von einem schlafenden Riesen unter einem so großen Baum, dass es den wahnsinnigen Lauf eines seit hundert Tagen dahingaloppierenden Pferdes brauchen würde, um ihn zu überqueren. Ich mochte diesen Titel als Ausdruck eines Anrechts auf Erholung sehr, die Möglichkeit, nach der Lossprechung tief zu schlafen, vielleicht auch eine Rückkehr der Unschuld. Ich senke meinen Blick, um niemandem mehr zu begegnen. Ich habe schon genug Leben zu retten. Wir beeilen uns, nach Hause zu kommen, nebeneinander wie Fremde *(aber mein Schreiben verlangsamt sich, meine Hand hebt sich, und ich suche. Das Haus scheint eine ruhige Insel zu sein, es ist der Moment zwischen Tag und Nacht, wenn sämtliche Reiche schweigen. Ich bewillige mir daher einen Moment der Faulheit und strecke mich auf dem Rücken des Wals aus)*.

18

Ich liege. Ich betaste das alte Buch mit den Eselsohren als Markierung. Seit Jahren immer dasselbe, jedes Mal, wenn es mir nötig erscheint, meine Geschichte aus einem anderen Blickwinkel zu betrachten. Auf dem Buchdeckel sieht man, wie sich ein wie ein Gebüsch gekleideter Mann mit einem langen Gewehr in der Hand einem Papagei zuwendet, dessen Gefieder von allen Farben des Regenbogens durchzogen ist. Weil Bücher im Dorf immer schon selten waren, habe ich eine Angewohnheit entwickelt: das Wiederlesen. Ohne mich zu erschöpfen. So kann ich auf andere Weise lesen: Ich beginne mit dem ersten Wort oder ich wäge das Buch in der Hand wie eine verschlossene Schachtel, um mich zu zwingen, es zu träumen, und es mir in seinem Eingeschlossen-Sein vorzustellen, oder ich lese nur den Titel und verwandele es in einen Papierdrachen. Oder ich lese einen bestimmten Teil, um den faszinierenden Exkurs des sprechenden Hundes in mir hervorzurufen. Das Geheimnis erschöpft sich nicht, wenn man es immer wieder von Neuem liest, weil das Buch ein Körper ist, keine gerade Linie zwischen einem Anfang und einem Ende. Ich drehe es um oder umschlinge es oder streichele es oder gehe Wort für Wort darin unter. Aber meine Verbindung mit dem Wort ist fleischlich und meine Entzifferung zielt auf die Befriedigung, die Entkleidung eines Körpers ab.

Robinson Crusoe ist das faszinierendste aller Bücher, die ich gefunden habe. Ich mochte diese Geschichte schon vor langer Zeit und sie hat für mich seitdem den Rang eines heiligen Buches bekommen. Ach, wie viele Stunden habe ich damit verbracht, den Schritten dieses Mannes zu folgen, der den Schritten eines anderen folgte! Ich bin allen Wegen und Abzweigungen nachgegangen, aber auch den Verknüpfungen. Ich erinnere mich an die Begegnung mit Freitag, die Entdeckung seiner Spuren im Sand, die Gefühle bei den ersten Ernten und die zeremonielle Haltung Robinsons, als er sich an sein vor ihm kniendes Gegenüber richtet. Die schöne Antwort von Freitag zu seiner Religion und dem Vornamen seines Gottes: »Das Land des O«, ganz feierlich ausgesprochen, um dessen Weite zu bezeichnen. An seiner Begeisterung zeigte sich, dass die Götter aus unseren Zwischenrufen geboren werden, die ohne Antwort bleiben. Ihre Vornamen kommen dann später, mit den Büchern, den Predigten und den Kriegen. Es mag sein, dass ich mich getäuscht habe, als ich glaubte, das Buch schon genügend abgearbeitet zu haben.

Meine Jugendjahre haben schließlich dazu geführt, dass ich mich für die dritte Figur interessierte, die fast nie erwähnt wird: der Papagei, Symbol des verborgenen Sinns, den man erst mit der Zeit oder beim Nachdenken über diesen Roman entdeckt, der so geheimnisvoll ist wie eine Grotte. Robinson selbst erzählt, dass er aus Mangel an menschlicher Gesellschaft einen Papagei zähmte. Und ich schwöre, dass ich ein Anhänger dieses Vogels war, der für mich die Perle dieses Inselraums war: Das ist jemand, der auf einer Insel ohne Entrinnen aufgefordert ist, mit fünf Worten die ganze Sprache noch einmal zu erfinden: »Armer Robinson, wo bist du?« Das war der einzige Satz des Federviehs, sein ganzes Lexikon, für das eine einzige Hand ausreichte. In den Zeiten meiner Krankheit war mir dieser Vogel so nahe, dass ich träumte, der ganzen Welt von seinem Märtyrertum und seiner Kreuzigung auf einer Palme zu erzählen. Ein narzisstisches Geheimnis, brachte Robinson ihm doch als Erstes bei, den Namen auszusprechen, den er ihm gegeben hatte, Poll, als ob er das drohende Vergessen bannen und seinen eigenen, den Namen eines Schiffbrüchigen, wiederbeleben wollte, den die Insel mangels Möglichkeiten zu Konversationen mit anderen zu verschlucken drohte. Wenn der Papagei einen Namen hatte, muss sich Robinson gesagt haben, konnte der Schiffbrüchige seinen eigenen nicht vergessen!

Das war in den Zeiten meiner Krankheit meine erste Entdeckung. Die zweite war die der Grenzen der Sprache. Das Federvieh verkörperte bald mein schreckliches Schicksal und das des ganzen Dorfes. Nur mit wenigen Worten erzählen, bestimmen, austauschen, aufrechterhalten und verkünden zu müssen, ach wenn es doch Millionen wären! Ja, es waren Tausende in Hadjers Sprache oder Hunderttausende in der Sprache der Schule, aber das änderte nichts an dieser Wahrheit, dass alle Sprachen ein Ende, eine Grenze der Machtlosigkeit hatten; früher oder später würde man die Grenze der fünf oder der fünf Millionen Worte erreichen. Hinter der letzten Seite erstreckte sich die Leere.

Es waren lange Jahre des Nachdenkens über dieses Los, aber auch über diese fabelhafte Erzählung, die jemand geschrieben hatte, den ich nie gekannt hatte. Und zu jeder freien und unschlüssigen Stunde fand ich mich ein, um dieses Märchen wieder zu lesen. Mit Entzücken. Wie eine Bibel, die Ihnen ihr Gesetz sogar dann aufbürdet, wenn Sie nicht einmal etwas zum Anziehen haben. Und heute *(ich erinnere mich, ich weiß nicht, warum, dass der Alte sich bewegt hat, als ich in aller Eile das Zimmer verließ. Seine Hand hat eine Geste angedeutet, die vielleicht auch nur ein nervöses Muskelzucken war. Das letzte)*, ich komme darauf zurück, bin ich fasziniert von einem anderen Geheimnis, das ich bereits vor Jahren gestreift habe: dem Los der Insel nach der Erlösung, das heißt das Los des Papageis nach der Rettung Robinsons. *(Hadjer ruft mich, um den abendlichen Tee zu trinken. Dazu gibt es Crêpes. Es ist der letzte Zucker des Tages und schon seit meiner Kindheit verschmilzt er in der Ordnung der Geschmäcker fast gleichbedeutend mit der Abenddämmerung.)* Ich glaube, dass dies die rätselhafteste, die stärkste metaphysische Stelle im Bekenntnis des Schiffbrüchigen ist, aus dem ein Erzieher geworden ist. Ich lese sie immer wieder, und versenke mich darein, mir die lärmenden Folgen vorzustellen, das kosmische Stimmengewirr um einen Gott, der sich definitiv davongemacht hat. O das große Mysterium. Der Mann zog einen Papagei groß und lebte mit ihm nicht weniger als sechsundzwanzig Jahre. »Wie lebte er danach? Ich weiß es nicht«, erzählt er. Er hätte gehört, dass diese Tiere in Brasilien bis zu hundert Jahre alt würden. Als Jugendlicher las ich dieselbe Stelle: »Vielleicht leben einige meiner Papageien noch und rufen bis auf den heutigen Tag noch nach dem armen Robinson Crusoe.« Ich verlor mich dann in der Vorstellung dieser Insel mit Hunderten von Papageien, die immer denselben Satz wiederholen, und dabei die Ohren der angrenzenden Reiche betäuben, indem sie ununterbrochen schnattern und in ihrem insularen Eingeschlossen-Sein an die verglasten und unwiderruflichen Grenzen ihres Schicksals stoßen. Vielleicht waren wir im Dorf auch nicht mehr als solches Federvieh? Vielleicht bedeuteten unsere Sprachen in den Augen des Deserteur-Gottes auch nur einen einzigen Satz, der seit Tausenden von Jahren ohne Unterlass wiederholt und bis ins Unendliche immer wieder neu zusammengesetzt wurde? Vielleicht war das Dorf, in dem ich lebte, nichts als eine geschlossene und taube Insel, die ich beauftragt war, mit langen Erzählungen und dem Erlernen einer umfassenderen und entschlosseneren Sprache zu befreien, einer Sprache, die der des Schiffbrüchigen näher kommt als der Sprache seiner sich im Kreis drehenden Papageien, die gezwungen waren, eine Grammatik, Religionen, Bücher, Rezepte und Früchte, Vornamen und Leidenschaften mit nur fünf Worten und einem geheimnisvollen und ausgestorbenen Vornamen zu erfinden?

Ich war Poll. Und im Angesicht eines der wenigen Spiegel in unserem unteren Haus sah ich nicht etwa einen ärmlichen, jungen Mann, ausgelaugt von Masturbation und ständigem Schreiben, der bereits Witwer und durch die Stimme wie die eines kleinen Ziegenbocks verflucht war, sondern einen Vogel, der zwar unfähig war, längere Zeit zu fliegen, der sich aber in der Inventarisierung übte, einer Etikettierung, einer Sprache, dem Schreiben und einem Duell mit dem Tod. Ich war der Vogel, der einen Satz fortbestehen lässt und ihn bis zur Einführung der reichen Sprache ständig von sich gibt. Der Wächter der Insel, die ins Grabesschweigen versunken wäre, wenn er sie nicht dank der Konjugationen über Wasser gehalten hätte. Da ist er. Lebhafte Farben im Spiegel, fuchsrot, grün oder gelb, verzierter Feuerschein, zungenfertig und mit ruckartigen Halsbewegungen, weil er den Ursprung eines Geräusches sucht. Trotz der Launen des Apparates behielt das Auge seine Härte und die Nase gab seinem Profil etwas Edles. Ich war mitnichten mehr das Schaf, das mein Vater geopfert hatte, um sein Vermögen zu retten. Das Schreiben gab mir Flügel, Inseln zu benennen, und ein Ansehen, das ich vom Spazierengehen in den Straßen Aboukirs nicht erwerben würde. Ich kam also immer wieder zu diesem Ausschnitt, der mich Stunden über Stunden träumen ließ: »ARMER ROBINSON CRUSOE. Ich wünsche nicht, dass einem Engländer das Unglück widerfahren würde, auf meine Insel zu stoßen und sie da schwatzen zu hören; aber wenn das passierte, würde er bestimmt glauben, dass es der Teufel sei.« Oder Gott.

19

Der Rest des Tages verlief ruhig. Außer meiner Tante sah ich niemanden. Ich war eingeschlossen in das Universum Hadjers und ihrer kurzen Monologe. Fast wäre ich nicht aus meinem Zimmer herausgekommen. Für den Fall, dass sie ein Stück Fleisch darauf verloren haben sollte, begutachtete ich den Teller, den Hadjer mir serviert hatte. Jenseits des geheuchelten Kummers auf dem Hügel ist unser Haus noch ein geschützter, geschlossener Ort. Meine Tante hatte mir eine zweite Gelegenheit der Gnade am Bettrand meines Vaters verschafft. War es, weil sie an meine Gabe glaubt? Die alte Frage. Ich höre, wie sie sich hinter der Tür zu schaffen macht. Sie ist meine lebende Uhr, ewige Uhrzeit, endlos lange Haare. Jetzt hängt alles, was ich über den alten Mann wissen werde, von ihr und ihren Informanten ab. Selbst ihr kann ich nicht versprechen, dass ich Brahim innerhalb von drei weiteren Stunden vom Himmel wieder zu seinen Schuhen herunterbefördern könnte. Die Hälfte dessen, was man manchmal erlebt, kann nur mit einer Sprache erzählt werden, und für die andere Hälfte braucht man Millionen Bücher. *(Oder einen Körper nah an dem eigenen. Eine Frau, die man rettet, indem man um ihre Hand anhält. Meine Angelegenheit mit Djemila hängt also vom*

Atem meines Vaters ab. Allein die Idee an sich, dass ich eine Verstoßene mit zwei Kindern heiraten könnte, hatte ihn aufgebracht. Selbst Hadjer hatte nicht vermocht, sich auf meine Seite zu stellen, als er es erfahren hat.) Ich werde mit einer Idee wach, die mich nicht mehr loslässt: Wie sieht Brahims Welt aus, so erschüttert wie sie von seinem bevorstehenden Verschwinden ist? Wie das Geräusch von Buchseiten, die durch den Wind zu schnell verblättert werden? Ein trockenes Blatt, das sich auflöst? Ein Stimmengewirr unter der Stimme eines kosmischen Ausrufers? Woran dachte er, als er auf einmal begriff, dass die Leere ihn durchfahren würde? Als ich anfing zu praktizieren, stellte ich mir häufig diese Frage ohne Antwort: Warum sollte die eine Person sterben und die andere nicht? Und, wenn es weder Gründe noch eine Ordnung im Tod gab, warum sollten wir im Leben danach suchen? In Wirklichkeit hatte ich so etwas wie Kummer, einen Zweifel an meiner Gabe, einen Verdacht, was deren Illusion angeht, die ich immer von meinen Heften ferngehalten hatte. Aber die Bücher waren da, eroberungslustig in meinem Zimmer um mich herum verteilt, schwere und leichte durcheinander. Sie sind der Beweis für ein Fortbestehen, ein mögliches Heil. Im Regal gegeneinandergelehnt, waren sie klammheimlich in ihren jeweiligen Welten füreinander empfänglich. Sie umgaben mich, bewahrten mich, ich wusste es. Ich hatte keinen Grund, daran zu zweifeln. Niemand in unserer Sippe konnte lesen oder schreiben, und wenn mir diese Gabe zugefallen war, dann um einen Sinn zu geben, das heißt, die Meinen fortbestehen zu lassen, sichtbar zu bestätigen und sie vor ihrem vollständigen und idiotischen Verschwinden zu bewahren. Hadj Brahim konnte sich noch so über mich lustig machen, ich hatte seit Jahren Dutzende über Dutzende von Sterbenden gerettet. Nicht zu reden von denjenigen, die ich ganz knapp am Leben hielt, für die ich aus dem einzigen Grund verantwortlich war, nämlich weil meine Augen den ihren begegnet waren. Alle waren miteinander verbunden, vereint durch meine Bemühungen, gegen den Wolf und die zu engen Schluchten geschützt. Er konnte noch so sehr zweifeln, aber er war nie für etwas anderes verantwortlich als seine Schafe.

Ich habe heute viel geschrieben: unmögliche Briefe an Djemila, die nicht lesen, nicht schreiben, nicht neu leben kann (Auszüge aus einer Dichtung über die Steine, Vorschläge für imaginäre Treffen, am Ausgang des Bades oder auf einem Friedhof); die fabelhafte, minutiöse Beschreibung eines Fensters in eineinhalb Heften; oder das Protokoll – in vielfältigen Synonymen – der Geräusche des Dorfes hinter dem Vorhang und der Mauereinfassung. Poll bedient sich darin einer nie gekannten, beutegierigen Sprache, in der die Entfernungen reduziert werden, indem Metaphern oder Anspielungen auf andere Bücher benutzt werden. »In jeder Metapher steckt eine gefaltete Seite«, sagt der Vogel hoch oben im Kokosbaum, der sich nach dem Weggang seines zotteligen Ausbilders in seiner außergewöhnlichen Berufung als Retter versucht. Die eineinhalb Hefte werden *Zabor*, der Sammlung dieses gigantischen Buches, hinzugefügt, das ich seit Jahren schreibe. Die unter den Arm der Welt geklemmte, rettende Erzählung, die die Mission enthält, so viele Leute wie möglich am Leben zu halten. Zu welchem Zeitpunkt ist dieser Sturzbach entstanden? Um genau zu sein, muss man das Bild umdrehen: und nicht von einer

Flut, sondern von einer Arche sprechen. Die Flut, das ist die Schwemme von Trümmern der Welt, diese Bretter und zerfransten Tiere in den Kinderbüchern, vom Regen entwurzelte Bäume, in den Rücken Richtung Meer gestoßen, die Ungläubigen mit ihren schreienden Mündern, entbeinte Trottoirs, schiefe Laternenmasten, leere Ölbehälter, ungleiche Schuhpaare und Gebüsche. Ja, mein Gott, ich schiebe tagtäglich das Ende der Welt hinaus. Wann hat diese Geschichte angefangen? Wann habe ich angefangen, meine Arche zu errichten? Ich habe Jahre gebraucht, um die Spur des ersten Schreis wiederzufinden. Er geht genau auf den Tag des Aïd-Festes zurück, das Datum, an dem mein Vater, glücklich und stolz, vor meinen Augen ein Schaf schlachtete, wie wenn er auf dem Gipfel eines heiligen Berges stünde. Es gab Tröpfchen von Blut auf meinen Schuhen und einen roten Bach im Hof und alle lachten rüpelhaft wie die menschenfressenden Oger. Ja, die Schöpfung ist ein Buch, und es ist meins. Immer im Widersinn: Das Buch ist die Welt, ganz und gar ist es, was es bleiben wird, wenn die Sonne beim jüngsten Gericht im Westen aufgeht. O ja, die Ewigkeit ist ein Buch, das »demnächst erscheint«, und das meine ist die einzige Möglichkeit vor dem Ende. Ich schreibe es. Ich schreibe es.

Auch wenn sich das Datum jedes Jahr um zwölf Tage verschiebt, hat das Ende der Welt eine genaue Uhrzeit und eine elende Stimme. Tasächlich verbreitet sich ihr Gemecker am Vorabend als Echo im ganzen Dorf, wie das Grollen von sich verschiebenden Erdschichten. Es steigt dann immer mehr an, und ich versuche mir die Ohren zu stopfen. Die Nacht ist zunächst ein stummes Getrampel von Tieren, eine Wut von Lastwagenmotoren, das Schnaufen von angestrengten Männern, doch dann breitet sie sich aus, erreicht den Sommermond, drängt die Hunde zurück in die Felder, lässt das Geraschel der Zweige in den Bäumen oder das Klirren des Geschirrs vergessen. Es ist nicht die Sonne, die im Westen aufgeht, oder der Schrei des Engels mit riesigen Lungen, ausgestattet mit ohrenbetäubenden Instrumenten, sondern es sind die blökenden Tiere, die in ihren Verschlägen über die Trennwände hinweg miteinander sprechen, bevor nach dem Gebet des Aïd der Zeitpunkt ihrer Schlachtung gekommen sein wird.

Mein Großvater lebte noch, war aber bereits kaum noch von den Gegenständen im Haus zu unterscheiden und sprach aus Mangel an Worten mit niemandem mehr. Hadjer kümmerte sich um ihn, so gut sie konnte, und manchmal blieb ich mit meinen Heften bei ihm, um Wache zu halten. Anfangs zeigte ich ihm mein Alphabet, bis ich begriff, dass seine Welt sich, wenn man so will, auf eine einzige unendliche Silbe reduzierte. Mein Vater Brahim spielte schon zu dieser Zeit den Balancierkünstler zwischen der Überwachung durch seine Frau, meine Stiefmutter, die ihm so viele Kinder eingebracht hatte, wie er Schafe besaß, und dem Schuldgefühl gegenüber seiner Schwester, der alten Jungfer, seinem zum Baum gewordenen Vater und mir, seinem Sohn, den man mit einer roten Kapuzenmütze nach Hause gebracht hatte und der des Mordes an seinem Halbbruder beschuldigt wurde. Zweimal in der Woche brachte oder schickte er uns einen Korb mit Gemüse, Fleisch und Brot. Und zu jedem Opferfest, dem Aïd el-Kebir, sorgte er dafür, dass ein Schaf bei uns abgeliefert wurde. Und das Blöken dieses Volks von gefangenen und als Opfergabe vorgesehenen Schafen hörte ich am Vorabend des Schlachtfestes ringsum in jedem Haus. Meinen Vater erregte das ungemein, es beschleunigte seine Schritte und brachte ihn fast zur Raserei: Er musste überall gleichzeitig sein, um das rituelle Töten zu gewährleisten. Unter meiner Decke versteckt, versuchte ich die ganze Nacht lang, die verzweifelte Sprache der Gefangenen oder der in jedem Haus gefesselten Opfer zu entschlüsseln. Dieser in seinem Schmerz großartige Chor erschien mir jahrhundertealt, und er setzte sich im Stillen zwischen dem Tier und Gott fort. Was sagten diese Schafe sich gegenseitig zur Ermutigung oder als Erinnerung? Warum mussten sie geopfert werden, um genau diejenigen zu retten, die sie aufessen würden? Das zeigt, wie sehr das Opferfest Aïd el-Kebir das grandios wiederaufgeführte Ende der Welt in unserem Dorf war, so etwas wie eine erlösende Wiederholung. Jede Familie hatte am Vortag ihr Schaf gekauft und nach dem Vormittagsgebet würde jedes Schaf geschlachtet werden, um den Menschen, das Kind und was-weiß-ich-wen-noch von uns zu retten. Diese Auslöschung hatte die Gabe, die Kinder vergnügt und die Älteren eitel zu machen. Ein Geruch von Heu, Rauch und geschliffenen Messern ersetzte die Minze und den Eukalyptus. Aboukir beschmutzte sich in einem derben Fest des großen Fressens.

An diesem Tag habe ich aus Angst vor meinem Vater und seinem mörderischen Gespött in unserem Hof einem schrecklichen Todeskampf beigewohnt. Brahim war entschlossen, höchstpersönlich dem seiner Schwester geschenkten Schaf die Kehle durchzuschneiden. Das Tier war nüchtern – »um den Geschmack nicht zu beeinträchtigen«, wie mein Vater sagt –, am selben Morgen angekommen, zog mit den Hörnern in die andere Richtung und rangelte wie ein Kind. Der Assistent meines Vaters warf es schließlich um und band eine seiner Hinterpfoten mit der vorderen zusammen. Auf dem Rücken hielt das Tier nun seinen nackten und weißen Hals hin, mein Vater rezitierte ein Gebet, drehte das Opfer nach Osten, in die Richtung aller unserer Gebete, und musterte ein letztes Mal sein Lieblingsmesser. Der Tod sagt ein heiseres und schaumiges, aber unbekanntes Wort. Das Blut breitete sich in Rinnsalen auf dem Zementboden aus und erreichte meine Hose und meine Schuhe, obwohl ich mich mehrere Meter entfernt befand, ohnmächtig auf der Schwelle zu unserer Küche sitzend, die auf den Hof mit dem Zitronenbaum ging. In jedem Haus erschallte das gleiche krächzende Blöken, schüttelte sich das Tier auf dem Boden und beschmutzte dabei seine rosafarbene Wolle, indem es versuchte, den verdrehten Kopf wieder zu heben, das Auge verloren unter der Sonne. In meiner Vorstellung war das ganze Dorf verrückt geworden, die Schreie der in den letzten Zügen liegenden Tiere wurden im Chor wieder aufgenommen, die Kohlen und die Glut wurden angefacht, während die Kinder sich über die gefallenen Tiere hermachten, um sie an den Bäumen aufzuhängen und über den Wannen auszunehmen, in denen das Blut und die Innereien aufgefangen wurden. In der roten Lache erkannte ich die feuchten Stiefel meines Vaters und begriff dann, dass er mit mir sprach, verbarrikadiert hinter seiner Eitelkeit und seinem Fachwissen als Schlachter. Man erklärt den Jüngeren, wie man es verhindert, dass das Fleisch verdirbt, indem man die Galle glatt herausschneidet. Die Sonne gibt den Gerüchen die Kraft und das Ausmaß einer ganzen Jahreszeit. Ich war nicht traurig, ich war unglücklich, mein ganzer Körper war angespannt. Das Blut verursachte eine Trockenheit in meinem Mund und ich spürte, wie der große Hof langsam und wie auf einem Tablett hin- und herschaukelte. Als ob man den Zitronenbaum und die Mauern der Einfassung über Bord werfen wollte. Das Gemecker kam laut und ungeordnet aus allen Richtungen, wurde manchmal von Händen erstickt, dissonant aber einstimmig in seinem Ruf, und das Ende der Welt war ein schöner Tag mit blauem Himmel und lebendig wie eine Offenbarung. Die allumfassende Gleichgültigkeit traf mich in ihrer verachtenswerten Heimtücke. Ich begriff, dass überhaupt keine Sprache in meinem Dorf, weder die des Heiligen Buches noch die von Hadjer, noch andere, die noch kommen würden, in der Lage war, das Wesentliche auszudrücken. Alles unterhalb einer vom Messer und dem Blut gezogenen Grenze blieb verboten. Der Jubel um das geopferte Tier konnte nicht kaschieren, was in meinen Augen das Wichtigste war: Es war ein Aufschub für uns alle, eine Art und Weise, uns den Tod mit einem Festumzug vergessen zu machen. Ich sah in diesem Ritus einen kaum vertuschten Abgrund. Alle machten sich über das Tier her, um es zu zerlegen, und teilten sich dabei die Arbeit wie in den Zeiten der alten Sippen.

Sogar Hadjer fand ihr Lächeln und den Spaß an der Gemeinschaft wieder. Sie servierte den Kaffee für den Schlachter und seinen Gehilfen. Mein Großvater war an die Sonne gebracht worden, aber er meditierte immer über uns, als wären wir ein Schwarm von Vögeln am Horizont. Niemand beachtete mich. Außer einem starren, hervorstechenden, gläsernen Auge. Mit Henna gefärbt, auf ein Becken gelegt, über den ungeordneten Pfoten, schnitt der Kopf des Schafes Grimassen, und seine riesigen Hörner rollten sich mit ihrem gekrümmten Schatten in einem tadellosen Großbuchstaben zum Himmel. Das geschächtete Tier schien der Bewahrer eines neuen Geheimnisses zu sein. Es betrachtete uns mit Mitleid. Es liebte mich mit einer solch innigen Zuneigung, dass es mich über mein Schicksal und das Schicksal aller Meinen in Aboukir zum Weinen brachte. Ich wurde mir der Stille im Dorf bewusst, es war plötzlich menschenleer wie ein Altar, ohne das Gemecker vom Vorabend und die Gebete am Morgen. Der Kopf des Schafes hing schief über dem grünen Becken und wurde zu einer lächelnden und äußerst gefährlichen Verkleidung für eine andere, ganz zarte Präsenz, die den Messern, den Seilen, den blutigen Auslagen und barbarischen Gesten der Zerleger des Fleisches nur noch mit Verachtung begegnen würde. Es war, als ob sie sich an der Schwelle von etwas befinden würde. Ich erhob mich zu abrupt und verlor das Bewusstsein. Aber nicht nur das.

20

Beim Aufwachen, etwa im Morgengrauen, begann ich zu brüllen. Das Auge verdreht vom Anblick eines Monsters, das im Dämmerlicht die Form aller Dinge um mich herum angenommen hatte, die hart und gehörnt waren, mir die Haut durchbohrten und ihre Fremdheit herausschrien. Von Hadjers Brüsten umschlungen, schwitzte ich zitternd, und war von dem Geist eines Zerstörers besessen. »Vom bösen Blick verflucht«, stellte Hadjer zunächst fest, bevor sie über alle möglichen Erklärungen verzweifelte, als meine Krisen sich ausweiteten und sogar verhinderten, dass ich weiter zur Schule gehen konnte. Ich musste ihr ein Schauspiel der Besessenheit geboten haben, indem ich mit dem Speichel meine hassenswerte Schafsstimme begleitete, mit einem zitternden Zeigefinger auf die Dinge zeigte, die Worte verdrehte und ihre verunstaltete Sprache und die Sprache der Schule miteinander verband. Ach, was für ein schönes Schauspiel! Vor Verdruss und Wut musste sie über die Gerüchte geweint haben, die sich schnell einstellten und verbreiteten, und die an das Schicksal ihres Vaters Hbib erinnerten.

Monsieur Safi, mein Schulmeister, kam mich nach einer Woche besuchen, erklärte aber, dass das zu viel für ihn wäre. Er riet meinem Vater, der ihn begleitete, den Imam um Rat zu fragen, weil der für solche Störungen zuständig wäre. Man hat mich gewaschen und zugedeckt, und man lud El Hadj Senoussi höflich ein, mich bei uns zu Hause zu besuchen. Noch jung, aber schon damals vom Schauspiel der Welt amüsiert, antwortete er freundlich auf diese Aufforderung und kam, um in dem Zimmer, in dem ich ausgestreckt lag, einen Tee zu trinken. Er strich mir über die Haare, rezitierte ganze Verse, um unausgesprochen zu dem Schluss zu kommen, dass ich eher darunter leiden würde, verlassen zu sein, als dass ich besessen wäre. Meine Familiengeschichte war im Dorf bekannt wie ein Film. Er untersuchte mich mit Komplizenschaft und Intelligenz, lächelte und flüsterte mir dann zu, dass der Prophet, bevor er die Offenbarung empfing, fast das Gleiche erlebt hätte wie ich, und dass Gott mich also auserwählt hätte. Mit einem Augenzwinkern und Bonbons, die er unter mein Kopfkissen schob. Das beruhigte mich ehrlich gesagt und hätte mich eigentlich befähigen sollen, meine Ängste in den Griff zu bekommen, aber instinktiv begriff ich meinerseits, dass meine Krisen mir Aufmerksamkeit und Zuneigung sicherten. Hinterlistig, wie es intelligente Kinder sein können, beschloss ich, daraus ein immer wiederkehrendes Schauspiel zu entwickeln. Plötzlich bekam diese Schwäche, die meine Arme leerte und mich auf der Straße in einen ungeordneten Gang verfallen ließ, einen wenn auch zweifelhaften Sinn.

Ich war zu dieser Zeit sieben Jahre alt, in der dritten Schulklasse, und meine besondere Kindheit, meine Makel und meine Unordnung hatten zu einem schlechten Ruf geführt und mich in ein, manchmal glückliches,

Abseits geraten lassen. Mit einem Mal fand ich mich inmitten meiner Welt wieder und brauchte nur ein Stöhnen, um alle Aufmerksamkeit der Nachbarn, nahen Verwandten und entfernten Tanten wieder auf mich zu lenken, die sowohl aus Mitleid gekommen waren als auch, um kaum verhohlene Rachegefühle zu genießen. Das Haus war dann voll von Weihrauch, mitgebrachten Eiern, Honig, Namen von Marabouts, und unter meinem Kopfkissen häufte sich das Kleingeld. Natürlich genoss ich diese falsche Genesung, auch wenn ich mich dafür schämte, so wie manchmal morgens, wenn ich mein Bett nass vorfand. Außer dass ich jede Nacht einschlief, um dann von dem Feixen irgendwelcher kantiger und unsäglicher Dinge wieder wach zu werden. Ich redete schon immer wenig, und nur Hadjer konnte mein Leiden verstehen, wenn ich mich anschickte, Worte zu vermischen, und dabei in das alte Gestammel zurückverfiel.

O, natürlich habe ich ein wenig über mein Schicksal gelogen, aber meine Panikkrisen waren echt, selbst wenn ich ihr Ausmaß oft übertrieb! Im Grunde wollte ich nicht mehr in die Schule zurückgehen, ich zog es vor, hierher zurückzuweichen, in den Schatten des braunen Körpers meiner Tante, und mich, warm eingewickelt in meine rote Kosmonauten-Mütze, die für meinen Schädel zu klein geworden war, aber die ich aufbehielt, nie wieder zu rühren. Ich konnte weder die Anordnung der Buchstaben im Alphabet ertragen, noch die der Tischreihen in unserer Klasse, nicht die Kämpfe im Pausenhof, nicht die langen Hänseleien, und auch nicht das Gesetz unseres Dorfes. Die Kinder spielten nicht mit mir und begnügten sich damit, meinen Namen zu brüllen, »Zabor!«. Dabei mimten sie ausgestreckt auf dem Gehweg Krampfanfälle, wobei sie vom schallenden Gelächter der anderen Schüler ermuntert wurden. Ich erlebte diese Phase meiner Kindheit wie eine Art Zeitverschwendung, die mich verlangsamte, während ich vielleicht schon meine obskure Gabe vorausahnte. Ich hoffte stumm darauf, meinen Vater zu bestrafen, ihn in seine Schranken zu verweisen und ihn zu zwingen, seine Posen, seine vorgefertigten Phrasen und seine fidelen Aufschneidereien aufzugeben. Ich verstieß ihn gewissermaßen meinerseits, und zwar mit meinem ganzen Körper.

Im Ernst, woran habe gelitten? An Unruhe – die Dinge wurden bedrohlich –, an Angst – der Schatten breitete sich aus und höhlte mein Zimmer so weit aus, dass es zu einem nächtlichen Brachland geriet. Ich hatte kein Vertrauen mehr, nicht in mich selbst und nicht in den Alltag. Ich hatte Schwindelanfälle, Kopfschmerzen und Halluzinationen: Ich hörte unbekannte Worte, aber vor allem hatten die Dinge die Gewohnheit angenommen, Namen zu flüstern, als wenn sie sich zu Komplizen einer Drohung machten, die hinter ihnen stand und gleichzeitig Mutter und Oger war. Ich versuchte diese Angst zu beschreiben, aber niemand schenkte meinem Heft in diesem Alter Aufmerksamkeit. Das Gekritzel türmte sich neben den kalligrafierten Buchstaben auf wie Kinnbacken. Ich fühlte mich isoliert und ohne Verbindung mit den Meinen, selbst bei aller Fürsorglichkeit. Das ging auf Kosten meiner Belastbarkeit, es entstand ein dauerhaftes Gefühl des Wegbröckelns. Ich hatte den Eindruck, mich bis auf die Knochen in einer Art Schwerelosigkeit zu verirren. Ich verlor natürlich den Appetit, aber auch den Willen, das Bett zu verlassen, meine Haare zu schneiden oder mit meinen Cousins zu reden, die man herbeiholte, um mich zu beschäftigen, und die dablieben und sich zwischen der Angst, sich anzustecken, und einem andauernden, irren Lachen nicht entscheiden konnten. Meine heimliche Beschäftigung war es, nach Reimen auf meinen Vornamen Zabor zu suchen und daraus die Bilderrätsel meiner Tage zu machen. So war das. *(Ich verliere mich etwas in der Beschreibung, aber die Angst hat kein Bild, in meiner Erinnerung ist sie vor allem Beklemmung, Atemnot und Panik wie über einem Brunnen. In meiner Chronologie ist es die Zeit, in der ich über den Sand krieche, kurz nach dem Schiffbruch, zu dem Zeitpunkt, als die Insel noch ohne Namen ist. Die Schwalben durchkreuzen den Himmel des Fensters. Sie sind das Anzeichen dafür, dass der Sonnenuntergang vollkommen und die Nacht nunmehr möglich ist.)*

Der Weg der Gabe ist alt wie die Welt und richtet immer erst ein Durcheinander an, um dann sein Erblühen zu offenbaren. Das erklärt meine Krise besser. Wie oft hat man früher die ekstatischen Erschütterungen des Propheten mit diesen Fieberanfällen verwechselt, die ihn DER ÜBERLIEFERUNG zufolge während seiner Handelsgeschäfte in Syrien angesteckt hätten. Für mich kam die Angst überraschenderweise nicht mit einem Engel, der mir den Befehl überbrachte, in einer Grotte zu lesen, sondern mit meiner Unfähigkeit, den Anblick unschicklicher Dinge zu ertragen, die abgeblätterte Farbe an den Wänden, die unsichtbar verbogenen Steine, ohne dass eine besonnene Vermittlung stattfinden würde, die durch eine reiche Sprache geordnet und dazu angetan wäre, die Konturen zu präzisieren und den Abstand zwischen mir und den Oberflächen zu bewahren. Jede Sprache ist Mutter, und meine war vor dem Erwachen meines Gedächtnisses tot und hat so aus mir ein panisches Waisenkind gemacht. O ja! Das vor allem ist meine Krankheit: der Tod einer Mutter und die Fahnenflucht eines Engels mit einem Buch. *(Ich blökte also jeden Morgen wie ein schlecht geschächtetes Schaf beim Anblick des unsichtbaren Blutes meiner Welt.)* Das ging monatelang so.

Irgendwann war es Hadj Brahim zu viel und er begnügte sich damit, Geld zu schicken und sich ungeschickt bei Hadjer nach mir zu erkundigen – auf der Schwelle des Hauses, die er nicht mehr überschritt. Die ganze Sippschaft und meine Cousins schlossen auf den bösen Blick oder, etwas diskreter, auf Gottes Rache an meinem Vater, der sich schuldig gemacht hatte, als er meine Mutter in der Wüste zurückgelassen hatte. Ich erinnere mich an seine niedergeschlagene und erstickte Stimme vor der Tür (meine Stiefmutter untersagte ihm von da an, bei uns einzutreten), wie er nach mir fragte, während mir die Ohren dröhnten und mein Kopf in einen mit Orangenblütenwasser durchtränkten Schleier gewickelt war. Ich konnte das Bedürfnis nicht unterdrücken, zu stöhnen, zu weinen oder Steine auf ihn zu werfen. So war's, es war mir unmöglich, meine Ängste zu erklären. Die Worte lagen auf dem Boden, ohnmächtig wie leere Handschuhe. Sie war alt und halb blind, die Sprache meiner Tante Hadjer, die nie zur Schule gegangen war, seit Jahrhunderten verarmt. Feinheiten kannte sie nur, wenn es um den Hunger, die Eifersucht oder die Stoffe der Schneider von Aboukir ging.

Mein Umfeld gab nicht sofort auf, auch wenn man sich etwas von mir zurückzog. Die zweite Phase war durch eine Flut von Ratschlägen und Adressen von okkulten und Kraftorten gekennzeichnet. So bescherte mir die

»Schreikrankheit« längere Ausflüge mit meiner Tante, und manchmal wurden wir auf unserer Suche nach Heilung von einer gealterten und müßiggängerischen Verwandten begleitet: Auf diese Weise gelangte ich zu allen grün-weißen Mausoleen der Heiligen unserer Region, wurde in Kölnischwasser erstickt, auf der Stirn mit Wacholderöl-Zeichnungen tätowiert, die den bösen Blick abwehren sollten, in Schleier eingewickelt und war immer vom Gemurmel neugieriger, entsetzter Frauen ohne jedes Mitleid umgeben. Das ging lange so. Ich erinnere mich auch daran, dass man mich eines Tages ohne mein Wissen Brot essen ließ, das mit dem Blut von in bitteren Kräutern gekochtem Fleisch durchtränkt war, dass man mich Flüssigkeiten ohne jeden Geschmack trinken ließ und nach dem Sinn der Krankheit suchte, indem man runzelige Frauen befragte oder Blei in die Glut warf. Das förderte nicht mehr als das in meiner Welt Übliche zutage: Eifersüchteleien, bösen Blick oder Flüche durch imaginäre Nachbarn. Unnütze Diagnosen für meine schmerzhafte Verbal-Malaise.

Nachdem die Sorge ihre Zunge gelöst hatte, zeigte Hadjer Anzeichen von Vertraulichkeit. Sie begann ohne Unterlass zu reden; als ob sie eine Leere füllen oder das Tier fernhalten wollte, das den Geist ihres Vaters aufgegessen hatte. Ausgerechnet sie, die sich von den Frauen des Dorfes fernhielt, wurde geradezu geschwätzig, nahm mich ohne erkennbaren Grund dauernd in ihre Arme, und sie hörte auf, fernzusehen. Ihre Stimme strauchelte über die Gründe für meine Krankheit und dieses eine Mal fand sie keine schöne Geschichte, die sie mir erzählen konnte, und war nicht in der Lage, die Welt zu meinen Gunsten zu interpretieren, wie sie es sonst immer getan hatte. Wenn ich am Abend schrie, dann geschah das, weil ich ein Einzelkind war und von allen beneidet und gehasst wurde, sagte sie ohne Überzeugung. Sie erinnerte mich daran, dass ich, wie ein Prophet, unversehens gleich auf dem Arm geboren wurde, und sie hatte unser Haus gesehen, wie es von weißen Federn überflutet wurde, die vom Himmel fielen, während ich lächelnd mittendrin saß. Sie weinte sehr. Ich aber wusste, worunter ich litt, nämlich keine lebendige, mächtige und reiche Sprache zu besitzen.

Mit genau acht Jahren entdeckte ich den Schrecken des Unbeschreiblichen. Gott hatte neunundneunzig Namen, aber meine Welt nicht einen. Der Name ist ein Talisman, eine Klausel, das heißt, im althergebrachten Sinn, etwas Geschlossenes, eine Umzäunung. Etwas, was den Besitz vom wild wachsenden Wald abtrennt. Man braucht ihn, um nicht verrückt zu werden, um die einen nicht mit den anderen zu verwechseln und im Gedränge nicht unterzugehen. Meine Kindheitskrisen kündeten von einer ernsten und uralten Sache: der Sprache. Ich war es mir schuldig, eine zu finden, die einschneidend war wie ein Urteil, mit der Präzision einer Kralle und der Geduld von Tauwetter. Die intelligent wäre und den Anspruch hätte, sich von Osten nach Westen auszubreiten und die geringste Vertiefung, die geringste Unebenheit, den geringsten Schlitz und andere für das Auge unsichtbare Risse in meinem Dorf in Beschlag zu nehmen. Eine Sprache, die meine Herde wäre, die sich mit dem Segen eines Gottes vervielfältigen und die ich mit Innigkeit, Aufmerksamkeit und Liebe bewachen würde, im selben Rhythmus wie ein Hirte aus alter Zeit. Davon träumte ich, in Panik und natürlich ohne zu begreifen, aber es löste in mir eine Suche aus, die mich zu meiner Gabe führen sollte. So war es, aber der Weg war nicht leicht, weil ich keinen Führer hatte.

Ich wurde in eine öffentliche Schule geschickt, aber ich langweilte mich zutiefst. Nicht dass ich mich hätte zurückziehen wollen oder Angst vor den anderen hatte, sondern wegen ihrer geistigen Langsamkeit und ihres mäusegleichen Erinnerungsvermögens, das die Schulmeister mit Stockschlägen auf die Handteller und die Hinterbacken in Form zu trimmen versuchten. Das ist es, was mich vor allem bei meinen Gefährten wunderte, ihre Unfähigkeit, sich zu erinnern. Aber wie sollten sie auch, wenn ihre Welt aus nichts als Erschütterungen bestand? Ich konnte mir einen Text merken, wenn ich ihn nur ein einziges Mal las, eine ganze Sure, wenn ich sie nur einmal überflog. Ganz zu schweigen von den Namen des Propheten, oder denen seiner Gefährten und verstorbenen männlichen Kinder, von Ehefrauen und Gegnern. Ich erinnerte mich an alles, es war verfangen wie in einem Spinnennetz und eine kleine Bewegung von mir reichte aus, um den ganzen Rest in Schwingungen zu versetzen. In der Klasse rezitierte ich voller Desinteresse meine Lektionen, brillant, aber kaum vernehmbar, wie ein Schlafwandler. Ich empfand mein Gedächtnis als Ausnahme; es war ihre kindliche Amnesie, die für mich ein Gebrechen darstellte. Wie konnten sie so vergesslich sein? Ich war erstaunt zu sehen, wie sie vor den Namen der Gefährten des Propheten zögerten, die man uns auferlegte wie Sternenkonstellationen, Flussnamen oder Additionsrechnungen mit Summen so hoch wie Minarette. Wie konnte man nur so vergessen, wo doch alles, was ich verstand oder entzifferte, alles, was ich auf Französisch oder Arabisch hörte, für mich so erstaunlich und neu war, dass ich mir nicht vorstellen konnte, es wieder loszulassen. Es war übrigens keine Frage von Anstrengung, mich zu erinnern, in der Tat waren mir alle erlernten Dinge unmittelbar gegenwärtig, genau in dem Moment ihres Erscheinens, und das Schreiben war wie ein Schwarm von Bienen, die sich stark vermehrten und sich in vibrierenden Fellen auf diesen Erscheinungsbildern niederließen. Festgefahren in meinem Hin und Her und allen Verfälschungen, hat mein Gedächtnis heute nicht mehr dieselbe Loyalität. Meine gegenwärtige Sprache ist reich und kommt zu mir übers Meer, wird unterhalten von einem geistigen Hund und einem wild wuchernden Lexikon, aber ich erlebe die Folgen der guten Ernten: Meine Worte sind zahlreicher als die Dinge, die Metapher ist zu Efeu, zu etwas Verschlingendem geworden, und ich ertappe mich dabei, zum Beispiel allein beim Betrachten der Lehne eines Stuhles tausend Erzählungen zu flechten. Das verstärkt meine Sprachlosigkeit in den Augen der anderen, dabei lebe ich in einem inneren Stimmengewirr, das niemals aufhören wird und sich nur im Moment des Wachwerdens unterbricht.

Es waren verwirrende und erstickende Jahre. Manchmal, wenn ich etwas gesünder war, nahm ich den Schulbesuch wieder auf und wurde dann von den anderen verspottet und mit neuen höhnischen Spitznamen versehen. Das Ende eines Schultages war die Hölle. Ich rannte nach Hause und atmete mit Entzücken und Angst die Düfte von Kaffee an den Röstmaschinen entlang der Hauptstraße ein. Der Geruch war das Zeichen, dass die Schule zu Ende war, aber auch die Erinnerung daran, dass die Schüler mich draußen erwarteten, um mich zu verspotten und Jagd auf mich zu machen. Von Flügeln und magischer Unsichtbarkeit träumend, sehe ich mich noch bis zur Atemlosigkeit rennen, um den anderen zu entgehen. Jeden oder fast jeden Tag drehte sich mir der Magen um, wenn das Ende des Tages nahe war, was die Buchstaben des Alphabets, die Ziffern durcheinanderbrachte, und mich in die Hilflosigkeit eines Waisen ohne großen, starken Bruder verfallen ließ. Das einzige Glück war der Schatten des Hauses, wo mein Großvater alterte und Hadjer mit der braunen Haut mich mit einer Erklärung der Welt erwartete, deren Perle ich war. Da konnten das Ungezähmte meiner Tante und ihre heftige Stimme die Angreifer, die Kakerlaken, die Nacht und die Dinge ohne Namen auf Distanz halten. Hadjer las nicht in der Zukunft, sondern schrieb sie: Sie redete mit mir von einer Gabe, deren Vorzeichen sie überall sah, und beschrieb in allen Einzelheiten einen ihrer Lieblingsträume, in dem sie das ganze Haus von Fahnenträgern überströmt sah, die nach mir suchten, um mich auf ihren Schultern zu tragen. Ich mochte diesen Traum besonders, weil er einem anonymen Segen gleichkam. Ich war ein krankes Kind, wie lebendig erstickt in einem Ei, verliebt in Hadjers Brüste, deren Form ich erahnte, wenn ich mich auf sie stützte, auf diesen mit heilsamen und wohlriechenden Substanzen wie Wacholderöl eingeriebenen Körper. Ich war umgeben von einem Terrain der Zeichen und zahlreichen Rituale: Man verbot mir, mich stehenden Gewässern zu nähern, erloschenen Kerzen oder dem Salz, das sich auf den Türschwellen befand, ebenso Schlüsseln und Scheren, und ich durfte nicht allein auf die Toilette gehen oder mich in den Bädern nackt ausziehen, ohne dass ich zuvor die Namen

Gottes oder einige Gebete rezitiert hatte. Hadjer erklärte mir, der Körper wäre das Fenster Gottes, aber auch die Tür des Teufels. Meiner wurde jeden Abend, wenn sie mich pflegte, wie ein Heft untersucht, das weiß bleiben musste. Wenn ich so mager war, dann nicht, weil ich krank oder schlecht ernährt war, sondern weil ich noch nicht ganz vom Himmel herabgestiegen war, wie sie behauptete. Die Herausforderung war enorm, und wenn ich mir die Knie aufschürfte, dann fühlte ich mich schuldig, als ob ich eine Hose zerrissen hätte, für die man Monate hatte sparen müssen. Ich wurde behandelt wie ein Schmuckkästchen und es war Hadjer, die in meinem Tempel den Gottesdienst abhielt, und die dabei stets ihren Groll gegen die männlichen Zauderer des Dorfes mit meinem Schicksal des von seinem Vater verstoßenen Kindes vermischte, das man mit einem Schafsnamen versehen in der Natur zurückgelassen hatte. Nach Ismaël, meinem ersten Vornamen, wählte ich Zabor, dann einen dritten, Sidna Daoud, den mir mein Lehrer in der Koranschule zu Ehren des Propheten Israel gab.

Zu dieser Zeit lebte ich in ständiger Begleitung einer Reihe von Miniatur-Büchern, von verwirrenden, machtvollen und nicht zu durchdringenden Büchern. Wie sie da an meinem Hals hingen, faszinierten sie die Schüler und die Nachbarn, die sie ehrfürchtig betasteten. Ich hatte sieben davon, sie hingen an Fäden geknotet um meinen Hals, waren verteilt unter meinen Achseln, in meiner Schultasche, in der Schürze meines schwarzen Schülerkittels und unter meinem Kopfkissen. Ich glaube, von ihnen rührt meine Gewissheit, dass Schreiben nicht nur eine Übertragung ist, sondern Macht eröffnet. Im Dorf war es bekannt, dass durch das Schreiben Schicksale gewendet, Hochzeiten verhindert oder Kranke geheilt werden konnten. Ein unausgesprochenes Gesetz in den religiösen Glaubensvorstellungen der Meinen besagte: Wenn die Welt ein Buch war, dann war der Körper seine Tinte. Und diese Idee fand ein seltsames Echo in mir, ermöglichte die Wiedergutmachung meiner Vergangenheit und dann später das Heil aller. Wenn das Schreiben mich durchfuhr, konnte es das Fieber, die Sterilität, den bösen Blick und das Verschwinden der Zeit besiegen. *(»Und warum dann nicht als letzte Schlacht den Tod selbst«, sagt mir mein Hund eines Tages. »Erinnere dich an den Hadith des Propheten, der besagt, dass das Leben die Schrift eines Bleistifts auf einem Heft ist, außer für die Kinder, die Schläfer und die Verrückten.«)*

Den Rezitatoren des Heiligen Buches in unserem Dorf zufolge ist die Zusammensetzung der Tinte an sich schon ein Teil der Erzeugung von Sinn, genauso wie der Papierbrei, die Art zu schreiben, die Wortwahl und der Geisteszustand des Talebs, der all dies beherrscht. Das Heilige Buch spricht von sich selbst als von einem Text, der auf einer himmlischen Tafel geschrieben steht, die vom Himmel beschützt wird und die jene perfekte Version enthält, zu der die Pilger und die Schriften streben. *(Wo bin ich? Lärm eines Lastwagenmotors. Meine Faust ist vom verkrampften Schreiben ganz steif geworden. Djemila fällt mir ein. Jedes Mal, wenn ich an sie denke, fühle ich mich schuldig, als ob ich etwas ganz Wesentliches vergessen hätte. Worauf beschränken sich die Tage einer enthaupteten Frau? Ich kann es mir nicht vorstellen. Eine Art von Dunkelheit, ohne Sprache und Schreiben. Bei dem, was ich für sie empfinde, entgeht mir irgendetwas. Seit Mona-*

ten schicke ich ihr Briefe, die sie behält, und ich schicke ihr andere, die ich nicht abschicke, und die dazu bestimmt sind, sie zu bewahren, sie vor dem Alter, vor der Zermürbung oder vor dem Selbstmord zu retten. Ihre Tochter Nebbia kümmert sich um den Briefwechsel mit einer Diskretion und Ernsthaftigkeit, die in ihrem schelmischen Alter erstaunlich sind. Ich glaube zwischen ihnen die Solidarität von zwei Frauen, nicht die einer Tochter mit ihrer Mutter, wahrzunehmen. Ich wende mich an Djemila wie durch ein Schaufenster. »Die Liebe an den Fenstern führt nicht zu Begegnungen«, sagt man bei uns. Ich spreche mit ihr, als ob mein Kopf eine leere Gasse wäre, auf der ich sie am helllichten Tag ohne jede Besorgnis und Verleumdungen treffen könnte. Sie trägt ein Kleid mit Blumen, schulterfrei, um den Himmel glänzen zu lassen, die Haare im Wind wie eine Erinnerung. In dieser Gasse gibt es einen wohlmeinenden Hund, Bäume, die gut darauf achten, die Zeit und die Schatten behutsam zu berechnen, und überall Zeichen auf den Mauern und Tätowierungen, dazu bestimmt, die Welt vor dem Zusammenbruch zu bewahren, sobald ich wach werde. Das einzige Mittel, die enthaupteten Frauen aus Tausendundeine Nacht *zu retten, ist, ihnen ihren eigenen Körper wiederzugeben.*

21

Das erste Mal, dass Hadjer mich zu einem Taleb brachte, war nach einer morgendlichen Busreise zwischen Eukalyptusbäumen und Feldern, die uns zu einem kleinen Weiler an der Südgrenze bei dem Kaktusfeigengebüsch führte. »Das Dorf deiner Mutter befindet sich hinter den Stacheln«, erklärte Hadjer, bevor sie wieder in Schweigen verfiel. Ich schaute mir ein wenig die Landschaft an, legte dann meinen Kopf in den Schoß meiner Tante und nickte mit dem Gesicht unter einem Zipfel ihres Haïks ein. Ein heller und frischer Frühlingshimmel hob die Ernten und Blätterwerke zu sich empor. Von Zeit zu Zeit suchte ich die kaum sichtbaren Augen meiner Tante, ihr Blick war voller Mut hart und starr ausgerichtet, als ob sie die Neugier ignorieren und die Männer auf Distanz halten wollte. Respekt verschaffte sie sich mittels einer Maske von gespielter Wut, die sie sehr bewusst aus ihren Zügen sprechen ließ. Niemand wagte es folglich, sie anzusprechen. Tatsächlich machte man so etwas bei uns ohnehin nicht. Sie hatte sich nach der Abfahrtszeit des Busses erkundigt und genau ausgerechnet, wie lange wir auf dem Gehsteig am Dorfausgang würden warten müssen. Und nachdem sich die Tür des alten Autobusses vor uns geöffnet hatte und dabei fast aus den Angeln gesprungen war, zog sie mich wie einen Sack hinter sich her und zerrte mich am Arm zwischen den Sitzen den Gang entlang. Dann setzte sie sich hin und bewegte sich nicht mehr. Es war für eine Frau, ein altes Mädchen wie sie eine Leistung, allein auf die Straße zu gehen und den Bus in Richtung Rest der Welt zu nehmen, so viel verstand ich schon damals. Hadjer war eine alte Jungfer, aber nicht alt. Sie konnte noch begehrt und leicht verleumdet werden, und das wusste sie. Aber wir reisten schnell, es gab keine besonderen Vorkommnisse und auch kein Geflüster bei unserem Ausstieg zu den sieben Mausoleen.

Wir gingen zwischen den Büschen entlang über gelbe und duftende Blumen, während ich die Hunde in der Ferne beobachtete. Es gab ärmliche Häuser und Ziegeldächer und Reste von alten Bauernhöfen hinter den Feigenbäumen. Ich hatte den wunderbaren Eindruck, dass ich am Ende der Welt war, weil es keine Straße mehr und nur noch einen unbekannten Feldweg gab. Das grünweiße Mausoleum war erstaunlich klein und bescheiden mit einer über dem Dach gehissten, makellosen Fahne, einem kleinen Hof und niedrigen, frisch gekalkten Mauern. Der Eingang war verstopft mit anderen Haïks von wartenden Frauen, die in Gruppen herumsaßen oder sich bereits im Inneren in einer Art Vorzimmer befanden. Sie hatten ihre Schuhe ausgezogen, die sich wie am Eingang einer Moschee wild durcheinanderstapelten. Hier ließ man uns warten, von welchem Übel auch immer man besessen war. Der Kontrast zwischen Tageslicht und Halbdunkel machte mich blind wie bei einer Ohnmacht. Nach und nach unterschied ich Schatten und riesige Kerzen, die den Teppichen und dunklen Malereien an den Wänden Leben einhauchten. Es roch nach Schimmel und Weihrauch; niemand sprach. Was mich beunruhigte, denn draußen, nur wenige Meter weiter, gab es angeregte Gespräche, und die Büsche am Feldrand raschelten im sanften Wind. Die Frauen hier blieben still, verängstigt oder voller Respekt, während draußen über die Rangfolge und den stärksten Schmerz oder den schlimmsten »bösen Blick« gestritten wurde und es Gelegenheit gab zu langen Erzählungen über eifersüchtige Konkurrenten. Man erzählte sich verzweifelte Leidenswege, bevor einem endlich jemand den richtigen Weg zum Mausoleum gewiesen hatte, und manche sprachen von einem Wunder.

Ich legte erneut meinen von Migräneanfällen zermarterten Kopf auf Hadjers Schenkel und die Dunkelheit fiel wieder in das Zimmer ein, verwandelte sich in graue Zwischentöne und dann in Gesichter und traurige Kleider. Es gab Frauen jeden Alters, aber keine Kinder, ich war das einzige. Ich war sprachlos und suchte etwas, woran ich meine Neugier festmachen konnte, während meine Tante als Antwort auf ein inniges Selbstgespräch mit dem Kopf nickte. Im hinteren Teil, in einer Art Alkoven, verschwamm das Gesicht einer alten Frau in der Lichtglocke eines weißen Kopftuches. Ihre Augen waren schon seit Langem auf mich gerichtet, als ich mir dessen mit Unwillen bewusst wurde. Plötzlich fing sie an zu kauen, sah mich gierig prüfend an und übertrieb dabei die Bewegungen ihrer trockenen Lippen. Ich war erschrocken, begann zu stöhnen und mich zwischen die Knie meiner Tante zu drücken, die mich unter ihrem Schleier versteckte, als sie bemerkte, was los war. Ich folgte dem Duell mit fest zusammengedrückten Augenlidern, zwischen den Bittgebeten meiner Tante und den in einer Schleife rezitierten Gottesnamen und dem Kaugeräusch der Alten. Es war nicht das erste Mal, dass ich Tätowierungen sah, aber in diesem Halbdunkel dort erschienen sie mir lebendig, vom Fleisch ihrer Geiseln genährt, mächtig wie Baumzweige und in der Lage, sich auf andere Körper auszuweiten, ihrer mit einer Umarmung habhaft zu werden und ihnen das Nichtentzifferbare aufzuzwingen. Das war monströs und verführerisch zugleich. Plötzlich schrie die alte Frau, als hätte man ihr etwas Wertvolles geraubt, und man entfernte sie schnell, während sie mit ihren mageren Beinen noch versuchte, diejenigen zurückzustoßen, die ihr halfen. Ich hörte Kampfgeräusche und dann trat wieder Stille ein, fast wie verabredet, um den Vorfall vergessen zu machen. In diesem erstickenden Geruch habe ich unter den schwarzen und erloschenen Teppichen meiner zusammengepressten Augenlider fast geweint. Durch das strikte Schweigen Hadjers wurde mir das Warten nur noch länger. Es schien mir, dass sie diesen Ort auch gern verlassen hätte, aber schließlich, gegen Abend, kam man uns holen.

22

Eine alte, etwas hochmütige Frau führte uns in ein dunkles Zimmer und blieb dann wie ein liegen gelassenes Werkzeug aufgepflanzt und unbeweglich stehen. Es roch stark nach altem, modrig-abgestandenem Parfum und aufgeweichtem Lehm. Im Halbdunkel nahm ich einen jungen Mann wahr, er saß lächelnd da, im Schneidersitz – ein Verführer-Typ mit übertriebenem Wohlwollen. Ich war in einem Haus mit gestrengen Gesichtern groß geworden, ein gütiges Lächeln konnte nur die Maske der Hinterlist sein. Sofort war ich misstrauisch. Der Taleb, geschmückt mit einem sauberen und goldfarbenen Turban und in eine Djelllaba gekleidet, thronte im Schatten Gottes in seinem Reich. Er sah mich nicht einmal an, aber interessierte sich lebhaft für meine Tante und taxierte rasch ihre Kurven. Hadjer hatte einen seltsamen Schimmer von Respekt in den Augen, aber auch eine Wachsamkeit wie bei den Kaufleuten, die befürchten, betrogen zu werden. Die Konsultation war kostenpflichtig und von Hadj Brahim bekamen wir nicht viel, zumindest nicht viel Bargeld.

Meine Tante wartete gar nicht erst ab, dass er sie aufforderte zu sprechen, sondern warf sich auf den Rezitator, küsste seine Hand und leierte mit tiefer Stimme die Liste meiner Übel und die Anzeichen dafür herunter, dass ich besessen wäre. Ich hatte sie nie so wortgewandt erlebt, als sie die Geschichte meiner Schreie und all dessen im Einzelnen darlegte, was ihr zufolge das Ungemach des Schicksals, den bösen Blick oder die Nachstellungen jener bösen Geister bewies, die nach den Überzeugungen der Meinen in den Abwässern lebten. Ihre Erzählung zog sich hin, nahm einen Umweg über meine Geburt und den Tod meiner Mutter, ging zurück bis zur Zeit der Kolonialherren und versiegte im weiten Meer der Schlechtigkeit der gesamten Schöpfung. Während dieser Zeit habe ich mir erlaubt, mich genauer in dem düsteren grünen Zimmer umzusehen, dessen Wände verschiedenste Stoffstücke mit aufgenähten Koranversen bedeckten. Neben dem Taleb erkannte ich ein Schälchen mit Tinte, die Tafeln für die Rezitationen der Schüler, feuchten Lehm sowie gespitzte Rosenzweige, um damit das Wort Gottes aufzuzeichnen. Und der Geruch nach verbrannten Borsten und Asche von Schafwolle, aus der man Tinte herstellt, beunruhigte mich für einen Moment. Hadjer tuschelte immer noch, indem sie von meinen strikten Vegetarier-Launen erzählte, von den Schafsschächtungen, denen ich beigewohnt hatte, und davon, dass der Anblick von Blut ständig Ohnmachtsanfälle bei mir auslöste. Die Schönheit der Stoffe, mit denen die Wände tapeziert waren, nahm mich völlig ein. Sie waren mit selbst für mich unverständlichen Versen illustriert, obwohl ich das Alphabet beherrschte; ich berührte sie mit meinen Fingerspitzen und folgte ihnen langsam bis ans Ende des Zimmers, wo ich fast an die alte Frau stieß, die uns hatte eintreten lassen. Der Mann hörte mit der zur Rechtfertigung seiner Honorare nötigen Aufmerksamkeit zu, wies mich an, näher zu kommen, beugte sich zu mir, und sein Gesicht ließ mich noch unwohler fühlen.

Es war ein Gesicht, das unentschieden zwischen den Geschlechtern zu sein schien, es war sanft und bartlos wie das einer Frau, aber mit diesem männlichen Grinsen, das eine Gier hinter seiner gespielten Begeisterung zu verbergen versuchte. Er hatte den feinen Schnauzbart eines gewissen Alters, aber rosige Wangen von unangenehmer Sinnlichkeit. Heute kann ich aus meiner Erinnerung heraus die sinnlichen Schatten- und Haarstriche seiner Tinte auf seinem etwas pummeligen Körper und seine Härte als Ausdruck seiner Männlichkeit deuten, die er hinter seiner Gabe versteckt hielt. Sein Blick auf meine Tante war nicht unschuldig, aber er hatte verstanden, dass jeder Schritt in diese Richtung vergeblich sein würde. Während sie jetzt schweigend und wie ohnmächtig abwartete, kauerte ich mich neben sie. Eine Hand berührte meine Haare – feige schloss ich meine Augen –, dann umhüllte mich die langsame und tiefe Stimme des Talebs, während er das Heilige Buch mit einer verrückten, monotonen Stimme rezitierte, die Verse wiederholte und sie dabei mit verführerischen Effekten seiner Stimme beseelte. Die ganze Rezitatoren-Kunst, so wie ich sie seit meiner Kindheit während der Beerdigungen oder der großen Rituale bei uns so geliebt hatte. Ich beschloss, die Augen halb zu öffnen, um wahrzunehmen, wie er, der nicht Frau, nicht Mann war, honigsüß und raffiniert nach einigen Blättern und einem Schreibrohr griff. Er kritzelte lange mit glänzenden Augen im Zwielicht vor sich hin und faltete dann mehrere dieser kleinen Talismane, hermetische und verbotene »Bücher«, zusammen, die wir entsprechend den meiner Tante mitgegebenen Erklärungen zu benutzen hätten. Ich musste sieben Bücher hüten, sie hafteten an meinem Körper und auf meiner Haut, in meiner Schultasche und unter meinem Kopfkissen. Drei andere mussten in einer Mischung aus Öl, Honig und Thymian getränkt werden, damit sich die Tinte in einem Gemisch auflöste, das man mich auf nüchternen Magen immer freitags morgens, in Richtung Osten sitzend, trinken lassen sollte. »Er ist vom bösen Blick getroffen und vom Geist eines nächtlichen Hundes gebissen worden!«, stellte er abschließend fest. Als er mich ein letztes Mal anstarrte, machte mir sein Lächeln noch mehr Angst, als hätte er die Gründe meines Schreckens beim Erwachen in der Welt um mich herum erraten. Noch heute habe ich seinen seltsamen, komplizenhaften Blick in Erinnerung und verliere mich bei dem Versuch, den Sinn darin zu finden. Hatte er die Herkunft meines Übels erraten? Diese geschlechtslose Art und Weise, die wie ein geschicktes Jonglieren zwischen zwei Reichen oder zwei Geschlechtern daherkam, beherrschte mich wie eine schuldig gebliebene Antwort. Meine Tante nahm die »Bücher« in die eine Hand und ihren Neffen mit den zitternden Knien in die andere, und wir sollten nie wieder an diesen für sie wie für mich so verwirrenden Ort zurückkehren. *(Ich schlage ein neues Kapitel im blauen Heft auf und mache weiter. Wenn ich die Augen hebe, brauche ich einige Sekunden, um meine Sinne und den Namen des Ortes, an dem ich mich befinde, wiederzufinden. Es ist schon Nacht. Ich bin mit der Wache an der Reihe. Ich zögere zwischen rausgehen, um mich zu bewegen oder meine*

Hefte zu begraben oder im Hof zu rauchen. Diese Unentschiedenheit ist an sich schon eine Freude. Ich beschließe, in Richtung Hügel hinaufzugehen und unter den Eukalyptusbäumen umherzuspazieren.)

23

Die Talisman-Bücher faszinierten mich, sie hingen wie schweigende Glöckchen an meinem Hals, wachten unter meinem Kopfkissen und waren ähnlich wie Spione in meiner Schultasche oder in meinen Hemdtaschen versteckt, um die Albträume und die imaginären Tiere abzuwehren. Ich durfte sie nie ausziehen, außer wenn ich, wie ganz selten, ein Bad nahm oder um auf die Toilette zu gehen, weil es verboten ist, das Wort Gottes an diesen Ort dringen zu lassen. Hadjer ließ mich entsprechend den Vorgaben des Talebs den Sud von drei Büchern trinken – und wie er es geraten hatte, war dabei ein abgebrochener Schlüssel unter meine Fußsohle gesteckt worden, während ich die Flüssigkeit herunterschluckte. Mein Großvater lag auf seinem Schaffell und schaute ihr dabei zu. Er hatte seit Wochen den Appetit verloren und verbrachte seine Zeit damit, die Nähte seiner Matratze zu lösen oder zu versuchen, sich das Gesicht zu verletzen. Hadjers Handbewegungen interessierten ihn einen Moment lang, bevor er ihr wieder den Rücken zuwandte. Das Getränk war zuckrig und schwer. Nachdem ich dieses Gemisch heruntergeschluckt hatte, überließ ich mich einer langen Träumerei. Ich versuchte die Verbindung zwischen dem Schreiben des Talebs und der Macht, die er beschwor, zu verstehen, diese Art, in die Tiefen des Körpers vorzudringen und das dunkle Blut zu beeinflussen.

Wie konnte das Schreiben den Geist beherrschen? Denn dieser Glaube war tief verankert im Dorf, wo man die Kalligrafie nicht nur als ein Spiel mit Biegungen und Krümmungen von Formen betrachtete, sondern auch meinte, dass sie von der Wahl der Düfte, des Geschmacks und des Tastens abhinge. Das Schreiben war lesbar, aber nicht nur das: Es hatte einen Geruch, ein Material, einen Ton unter der Rohrfeder. Dies glaubte man mit Gewissheit und zerlegte das abgeschlossene Heilige Buch mit seiner Anzahl von 6236 Versen und seinen auf 323 670 gezählten Buchstaben und setzte es wieder zusammen, um ihm zu ermöglichen, auf jeden Einzelfall, jedwede Frage des Alltags und zu allen Zeiten eine Antwort zu bieten. Eine Art von Kombinatorik, um der Endlichkeit des Buches durch die Kunst der Umgestaltung eines jeden Buchstabens, Wortes oder Verses, je nach Bedarf, zu begegnen. Die Rezitatoren, die Hexen oder die Häretiker waren so etwas wie die Jongleure des Unsichtbaren und die Spezialisten der Interpretation, die das Buch über seine letzte Seite hinaus verlängerte.

Am nächsten Tag war ich allein in meinem Zimmer und machte mich daran, in einem gespielten Durcheinander Buchstaben zu schreiben, indem ich sie in absurder Reihenfolge aneinanderhängte, um sie aufmerksam zu beobachten wie die Schreie unbekannter Tiere. Ich suchte ein Exemplar des Heiligen Buches im Haus, aber ich fand keins und so bewahrte mich Gott vor Blasphemie. Meine Idee war, seine Verse mit den meinen zu vergleichen. Das Kind, das ich war, verstand genau, dass die Unordnung der Buchstaben, die es schuf, auf einen Sinn hinauslaufen konnte, den freizulegen es nicht in der Lage wäre. Ob die an meinem Leben befestigten »Bücher« etwas an meinen panischen Ängsten geändert und die nächtlichen Bedrohungen in die Flucht geschlagen haben? Da bin ich mir nicht sicher. Indem sie nur meine Neugier hervorriefen, lenkten sie vielleicht meine Aufmerksamkeit ab. Ich erwachte ohne nächtlichen Schrecken, aber mit dem Gefühl, eine Halskette aus Steinen zu tragen, die ich jeden Morgen aufmerksam abtastete. Die Bücher entgingen der bösartigen Aufmerksamkeit der anderen Schüler nicht, aber sie ersparten mir die Steinwürfe und die üblichen Beschimpfungen. Im Dorf wissen die Kinder um die Legenden von der Macht der Rezitatoren und um die den Skeptikern und Ungezogenen vorbehaltenen Bestrafungen.

Fantastisch und gefährlich wie eine Träumerei reifte die Idee in meinem Kopf: Ich sah mich die Grenze zum Verbotenen überschreiten, die kleinen, an meinen Körper gehefteten »Bücher« auseinanderfalten und umgehend von Gott oder einem seiner Engel in Brand gesetzt, von alten tätowierten Frauen verschlungen oder mit einem nie endenden Riesengeschrei in die Welt geworfen. Ich entschied mich aber, es nicht zu tun – allerdings haben schlechte Ideen diese Macht zu bleiben, sich im Kopf festzusetzen und einem mit den Blicken zu folgen, bis zu dem Moment, wo man eines Freitags, zur Stunde des Mittagschlafes, allein im Zimmer ist. So nahm ich also eines der »Bücher«, eingenäht in ein kleines Täschchen aus grünem Stoff und etwas beschmutzt von Staub und meinem Schweiß, und öffnete es mit zitternden Händen.

Ich versuchte es zu lesen und zu begreifen, wie so kleine Worte, geschrieben mit einem geschliffenen Rosenrohr, das man in einer Mischung aus Wasser, Gummi Arabicum und zerstoßener Holzkohle oder geglühter Wolle getränkt hatte, heilen konnten. *»Nūn! Beim Griffel und wer ihn führt«*, sagt das Heilige Buch. Das Rosenrohr, geschliffen wie ein Stilett und in die Tinte des ältesten Ozeans getaucht, Nun. Dieses Bild faszinierte mich, als ich Jahre später die Sure über den Stift lernte, aber zu jener Zeit kannte ich sie nicht. Ich wollte nur dieses erste, aus einer einzigen Seite bestehende Buch entfalten, dieses Quarto, das DER ÜBERLIEFERUNG zufolge das ganze BUCH enthielt. Die Verbindung zwischen der Macht, der Souveränität und dem Schattenstrich verstehen. Entdecken, wie Gott die Leere zwischen den Dingen und mir gefüllt hatte, und warum die Angst verschwunden, zu Schatten und dann zu einem undeutlichen grauen Seufzen geworden war. Und alles, was ich dort lesen konnte, war eine verrückte Schrift, ungeordnet und dicht wie ein geheimnisvolles Vlies, mit Zeichen, Ziffern und Ausrufen, punktiert mit dürftig skizzierten Gestirnen und Sternen, unverständlich wie ein übersäter Sternenhimmel. Ein enttäuschender Betrug? Jahre später gelangte ich zu der gleichen Schreibweise, als ich verstehen sollte, dass eine Schrift sich nicht mit einem abgeschlossenen Alphabet begnügen konnte und auch die Leerstellen zwischen den Worten und am Rand der Seiten hinnehmen musste.

24

Ob Brahim noch mal die Augen geöffnet hat? Ob er aus Mangel an Worten in der Grube gestöhnt hat? Es verfolgt mich. Die Nacht meiner Flucht – es war erst vorgestern – ist noch ungeordnet und schmerzlich in meiner Erinnerung. Ich bin sicher, die Details eines Rituals verfehlt, einer alten Regel nicht gehorcht zu haben. Aber welcher? Sicher, ich habe gezögert, mein Schreiben war holprig, drehte sich im Kreis und suchte mit der Nase am Boden nach einer Spur. Aber das entschuldigt nicht mein Unvermögen. Hier, neben dem abgeschalteten Fernseher, erinnere ich mich auf einmal, dass mir bei meiner überstürzten Flucht in der ersten Nacht jemand auf der Schwelle von Hadj Brahims Haus eine Handvoll Geldstücke in den Rücken geworfen hat und mir dabei zurief, dass ich nie mehr wiederkommen solle, und dass dies mein Erbteil sei. Danach bin ich mit gesenktem Kopf und dennoch ruhig den Weg ins Dorf hinuntergelaufen. Ich habe Betende getroffen, die ihre Schritte zur Moschee beschleunigten und meinen Blick mieden, als ob ich ein in ihrer Welt verbliebener Christ wäre. Niemand grüßte mich und ich habe meine Lungen tief mit Luft angefüllt. Die Nacht war in Form von kaltem Wasser in meine Lunge eingedrungen und ich fühlte mich gereinigt. »Beim Stern, der flirrt«, schwört das Heilige Buch in meinem Kopf. Ich liebe die Beschreibungen des BUCHES, wenn es von den Sternen wie von einem Kalender der Ewigkeit spricht. Es ist immer ein wunderbares Zusammentreffen von Unglauben und Unendlichkeit. Ein Gott macht seine Rechte geltend und ein Mensch versucht in der Wüste zu schlafen. *(»Stell dir einen Namen vor für jeden Monat und jeder Monat wird von einem Stern repräsentiert, was eine Zählung ohne Ende und eine Zeit ohne Unterbrechung ergäbe.« Das war, was mein Hund mir zuflüsterte, um mich zu unterhalten.)* Manchmal wird das Morgengrauen von Sternschnuppen zerrissen, die die an den Pforten Gottes lauschenden Geister steinigen. Auf diese Weise erkläre sich die Voraussagung, sagt DIE ÜBERLIEFERUNG. Ich kenne DAS BUCH fast auswendig, aber die Verse über den nächtlichen Himmel sind mir die liebsten. Die intimen Momente eines Gottes vielleicht.

Die Klarheit der Gestirne und ihre Konstanz haben mich über die erhaltenen Schläge und die Demütigung vor meinen Cousins hinweggetröstet – es war eine katastrophale und ruhmlose Nacht. Aber es gibt keine Erklärung dafür, warum meine Gabe dieses Mal gezaudert hat. Ich bin gerne präzise. Das war ich schon während der langen Jahre meiner Nachforschungen über den Tod. Ich nahm den Standpunkt des Uhrmachers ein, um den Tod wie einen Mechanismus zu erforschen, als ein Ganzes in einem Räderwerk, dessen Initialfeder ich suchte. Denn schon als Jugendlicher erregten die Beerdigungen meine Neugier. Seit dem Begräbnis meines Großvaters, der an einem Freitag vor meinen Augen gestorben war, als er sich gerade anschickte, wieder zu sprechen. Wenn das passiert, wenn jemand stirbt, nimmt die Trauer zwei Gesichter an. Auf der einen Seite schlagen sich die Frauen auf die Schenkel, werfen sich in die Arme der jeweils anderen, schreien sich die Seele aus dem Leib, um an die Tugenden des Toten und seine Freigiebigkeit zu erinnern und den Himmel danach zu befragen, wer ihn ersetzen könnte. Und auf der anderen Seite kommen die Männer mit schweren, unter dem Willen Gottes gesenkten Köpfen zum Einsatz, um die Mahlzeit zu organisieren, das Zelt aufzubauen, die Anzahl der zu schlachtenden Schafe zu bestimmen und die Rezitatoren des Heiligen Buches einzubestellen. Eine eigenartige Umkehrung der Verhältnisse: Die Frauen werden dann in den Gassen sichtbar und hörbar, überschwänglich wie gegenüber einer Konkurrentin (*»Der Tod ist weiblich – auf Französisch, wie die Geburt«, schließt der Hund daraus*), während die Männer sich unauffällig verhalten, sich in ihrer Männlichkeit zurücknehmen und dem Anspruch unterordnen, die Sicherheit zu gewährleisten.

Während der Pubertät war ich fasziniert von dieser Frage, aber auch etwas verwirrt, weil ich wenig über das Thema zu lesen hatte. Deshalb machte ich es mir zur Gewohnheit, die Douare der Umgebung zu besichtigen, immer in Eile, um den Toten dabei zuzuschauen, wie sie davongingen, und ihre letzten Gesten zu studieren, den langen Ritualen der Begräbnisse beizuwohnen oder den Prozessionen zum Friedhof von Bounouila zu folgen. Man gewöhnte sich an meine Gegenwart. Kurzsichtig geworden vom vielen Gedenken an die örtlichen Heiligen und durch die großen Predigten des Imams Senoussi, wollten die Dorfbewohner darin die Geburt meines tiefen Glaubens sehen. Bis ihnen klar wurde, dass es sich um eine unmenschliche Neugier handelte, selbst wenn ich in meinem Blick und meinen Gesten zweifelsfrei Anzeichen von Mitgefühl zeigte. Für mich war das Hinscheiden keine Angelegenheit der Religion, sondern von Gesetzen, die ich mit klarem Verstand und bei kühlem Kopf entschlüsseln musste, und das begriffen die Bewohner des Dorfes schließlich. Heute sage ich mir, dass ich nicht überzeugend war. Ich rezitierte nicht die richtigen Verse, ich hatte nicht diese schwere und angemessene Gestik, wie man sie angesichts des göttlichen Willens übernimmt, und ich sprach mit den Angehörigen des Verstorbenen wenig über Gott, sondern beschränkte mich darauf, Fragen über konkrete Einzelheiten, wie über die Farbe der Haut und die Temperatur der Füße und Hände in seiner letzten Stunde, zu stellen. Auf dem Friedhof stand ich nicht mit den anderen aufrecht um das Loch herum und betete nicht mit ihnen, sondern setzte meine Ellenbogen ein, um aus nächster Nähe an der endgültigen Beerdigung teilzuhaben und die Gesichter genau zu betrachten. Die Bauern waren nicht gebildet, aber sie hatten einen sicheren und scharfsinnigen Instinkt. Am Ende haben sie mich von den Begräbnissen verscheucht und mir den Zutritt zu den trauernden Familien untersagt.

Ich notierte alles in meinen ersten Heften, verfeinerte die Einzelheiten und die noch offenen Fragen. Ich weiß nicht, wie, aus Intuition vielleicht, aufgrund des Brummens in meinem Kopf und meiner Disziplin in Sachen Ernährung, aber ich war dem Kern der Dinge nah, und meine Geduld konnte dazu führen, das Rätsel des Todes zu lösen oder das im Heiligen Buch als unmittelbar bevorstehend angekündigte Ende der Welt hinauszuschieben. Die Leute akzeptierten mich eine Weile, dann beschwerten sich die Älteren schließlich bei meinem Vater, der ihnen erklärte, dass er keine Befehlsgewalt über einen Verrückten hätte, den er auch nicht selbst erziehen würde. Eines Nachts, nach dem Gebet, klopfte es bei uns, und Hadjer löste laut schreiend das Problem, zerkratzte sich die Wangen und schlug sich auf die Schenkel, um mir Schuldgefühle machen. Das war die erste Manifestation des Teufels. Oder des Engels. Oder des Todes, der Komplizen haben musste. Was soll man dazu sagen? Ich hatte schon zu dieser Zeit meiner magischen und bewegten Jugend entdeckt, dass Rituale eine Schutzlinie bedeuten, die die Leute zwischen sich und den Abgrund ziehen. Mangels einer mächtigen und einnehmenden Sprache entwickeln sie immer mehr Gebräuche, Tätowierungen, Talismane, um sich zu schützen, und sie graben sehr tief in den Boden, um dort den Beweis für das Ende zu verstecken. Der Ritus geht der Sprache voraus und ist eine Kadenz gegen die Angst. Und die üblicherweise friedfertigen Leute des Dorfes wollten das Gleichgewicht der Dinge nicht zerstören und sich nicht etwa gefürchtete Wutausbrüche einhandeln. Das Land war neu, und obwohl schon mehr als zwanzig Jahre endlich unabhängig, hielt es aber hartnäckig, argwöhnisch und paranoid an seinen neuen Gewissheiten fest. Abweichungen von der herrschenden Meinung waren unerwünscht.

Man verhandelte langwierig über meinen Status mit meinem Vater, der – das muss ich zugeben – es schaffte, die praktizierenden Gläubigen zu beruhigen und die Hysterie zum Stillstand zu bringen. Man beschloss, dass ich tagsüber nicht mehr ins Dorf gehen dürfte und dass ich an keiner Beerdigung mehr teilnehmen würde und dass ich, wenn ich weiterhin das Dorf beschreiben wollte, dies allein für mich, bei mir zu Hause, tun sollte, ohne jemanden darin zu verwickeln. Man verhandelte tagelang und zäh, bevor man in einer Art von Pakt übereinkam, der für meine Gabe eine Hintertür offenließ: Man würde meine Verrücktheiten nicht mehr erwähnen und mich schlicht ignorieren. Dieses Urteil verschaffte mir so etwas wie eine Aura und erlaubte mir, ohne die Schule und ohne Arbeit zu leben und niemandem Rechenschaft abzulegen. Eingeschlossen bei meiner Tante, tagsüber schlafend und nur nachts in den Straßen sichtbar, erhielt ich einen nie da gewesenen Status: weder Mann (weil ich nicht arbeitete, nicht betete, nicht mit den Meinen verkehrte) noch Frau (offensichtlich). Mein Körper war unsichtbar wie bei den Frauen, ich nahm die Straßen nicht ein, verkehrte nicht in den Cafés, verließ das Haus und seine Mauern nicht, um die Kranken zu besuchen. Alle meine Informationen über die Welt erhielt ich von Hadjer und durch den Umgang mit ihr – Lästereien, Murren, Metaphern über Sex, Gerüchte über Hochzeiten und Hexereien, Gespräche über die Stoffe und die Bäder. Aber im Gegensatz zu den Frauen konnte ich nachts ausgehen, auf die Friedhöfe gehen, meine Stimme erheben, spazieren gehen, ohne mich unter einem Haïk zu verstecken, meine einsamen Gebete verrichten oder mich etwa zur Morgendämmerung im Osten gegenüber vom Café an der Hauptstraße neben der Tankstelle hinsetzen. In diesen Jahren, vor der Entdeckung meiner Gabe, fühlte ich mich wie ein drittes Geschlecht, eine Verirrung, wie eine übervorsichtige, leichte Berührung der Dinge. Ich verweigerte meinen Körper und das erkannte man daran, wie ich mich mit meinem schlechten, skandalösen Geschmack kleidete. Aber in Erwartung der vollkommenen Sprache konnte ich ja nur im Chaos leben.

25

Mein Zimmer ist wie eine Grotte. Man hatte es mir in meiner Jugend aufgenötigt, nachdem es für mich unschicklich geworden war, mich an den braunen Busen meiner Tante zu kuscheln. Hier türmen sich die Bücher in völliger Unordnung, manchmal wie unterbrochene Gespräche nur zur Hälfte gelesen, mit den Gesichtern zur Wand gedreht. Wie zu alte Gräber oder Reisende mit unmöglichen Sprachen hatten manche von ihnen nicht einmal einen Buchdeckel. Meine Bibliothek war nicht groß, aber seltsam und widersprüchlich, was ihr in meinen Augen letztendlich ihren Reichtum verlieh. Sie setzte sich zusammen aus alten Büchern, die man mir schenkte, aus dem, was ich selbst zusammentragen konnte, indem ich an die Türen klopfte, und aus den Werken, die mir Verwandte bei der Rückkehr von ihren Reisen mitgebracht haben. Vor einigen Jahren, nach meiner Zeit in der Koranschule, habe ich das Durcheinander noch zugespitzt, indem ich einige Buchdeckel abtrennte, um sie auf andere Bücher zu kleben, und somit ein tonloses Stimmengewirr erschuf, eine Vermischung, die jede mögliche Kombination der Texte und damit ihrer Bedeutungen vermehrte. Eine Art unveröffentlichtes Autodafé, ein Demiurg. Als würde ich die Romane in die Luft werfen und als würden sie, durch den Zufall von Begegnungen und durch das Zusammentreffen von jungfräulichen Titeln und Waisen-Erzählungen reich an neuen Möglichkeiten, wieder herunterfallen. Das Märchen wurde zu Tausend Märchen und die Nacht zu Tausendundeiner Nacht. Es war Wahnsinn, ich weiß, aber was soll man gegen die Endlichkeit einer dürftigen Bibliothek und gegen die doppelte Bedrohung durch Langeweile und die letzte Seite tun? Glücklicherweise besaß ich noch Hunderte von Heften. Von jeder Sorte: die ohne jede Kunstfertigkeit in Fabriken des Landes hergestellten oder die anderen, feineren, widerstandsfähigeren, die nach Frankreich Ausgewanderte oder ihre Familien mir schenkten, um mir für meine heimlichen Sitzungen zu danken. Anderswo hatte ich auch noch viele, in den Feldern, unter den Johannisbrotbäumen und den alten Riesenbäumen mit den mächtigen Wurzeln, die man fürchtete, weil sie, wie man sagt, Geister und Schlangen beherbergen. Genau dort hatte ich sie begraben. So, jetzt ist es raus. Denn es lässt einen Wald zwischen Mauern entstehen, wenn man danach strebt, ein ganzes Dorf zu retten, indem man es von der Unebenheit der Steine bis hin zur Genealogie der Namen und Vornamen beschreibt.

Als ich etwa zwanzig Jahre alt war, wurde die Archivierung dieser vielen Hefte problematisch und ich war gezwungen, eine Lösung zu finden. Ich hätte sie schlichtweg vernichten, sie zerreißen oder verbrennen können, aber so sehr, wie man meine Krisen fürchtete, hätte es als unvorsichtig gegolten, Feuer im Haus zu machen. Ich hätte sie in den Abfall werfen können, aber unsere Nachbarn und ihre Kinder waren zu neugierig, und ich wollte meine Werke nicht in einzelnen

Seiten und in alle Winde verstreut wiederfinden, von jedermann untersucht oder dazu benutzt, Schaufenster zu putzen oder sich den Hintern abzuwischen. O, nur das nicht! Später fand ich eine Lösung, die mir erlaubte, meine Gabe zu tarnen und die zunehmend inquisitorischen Verhöre zu vermeiden. Denn ich wurde überwacht (der Teufel hatte neunundneunzig Erscheinungsformen und Gott neunundneunzig Namen), und diese Hefte hätten gegen mich verwendet werden können. Man beschuldigte mich des Irrsinns oder der Ketzerei, man legte Feuer an unser Haus oder man schleppte mich zu den Gendarmen, die der Müßiggang anfällig machte für belanglose Kleinigkeiten.

Es ist einfach so, das Metier des Hexers, Heilers oder Wundermachers war riskant, das muss man zugeben. Man nahm dann und wann einen Scharlatan oder einen Hexer fest, die man beschuldigte, die heiligen Verse verfälscht zu haben, DAS Heilige Buch rückwärts geschrieben zu haben oder schädliche Verbindungen mit den Geistern einzugehen. Die Rechtgläubigkeit war voller Eifersucht und beanspruchte das Unsichtbare als ihr Eigentum. Mich faszinierten diese Meldungen aus dem Bereich Vermischtes nicht wegen des Mutes der Scharlatane, die oft durchtriebene und clevere Fälscher waren, sondern wegen der Gesetze, aufgrund derer man sie verhaftete. Wie konnte man nur im Namen Gottes oder eines Buches jemanden festnehmen? Ich versank in der Betrachtung des Schicksals dieses Buches, das ich fast auswendig kannte, das die Seinen, die Erde auffraß, Menschen töten oder heilen konnte, an ihrer Stelle sprach oder vorgab, das Gewicht der Sterne oder den Countdown für das Ende der Welt zu kennen. Ein einzigartiges Buch, das allmählich in der Wüste erblüht war, andere Bücher verschlungen, ihnen große Teile der Welt vorenthalten und sich am Ende als die sagenhafte Zusammenfassung aller Dinge verbreitet hatte. Die Scharlatane erschienen mir wie Helden, die sich der besonderen Tragweite ihrer Taten nicht bewusst waren, und deren Geldgier eine bewundernswerte Rebellion verdeckte. Ich sagte mir, dass die Grenze zwischen Ketzerei und Gabe sehr fein und fragil war, und dass ich darauf achten musste, mich ganz schnell, sobald mir eine Auferstehung gelungen war, wieder in Vergessenheit geraten zu lassen. *(Ich ändere meine Position, weil mir der Rücken wehtut. Mein Körper war immer schmerzerfüllt und ungelenk, wie wenn ich an einem Abhang geboren wäre: das Gesicht verzweifelt zum Himmel gewandt, die Beine unruhig vor Angst und das Chaos von einem, der sich festklammert, um nicht zu fallen. Hadjer ist nicht mehr da, und ihre Abwesenheit hat zwei Wirkungen auf mich: Ich bin beunruhigt, aber habe auch Hoffnung. Vielleicht ist sie bei den Nachbarn? Spricht sie etwa mit Djemila? Ist sie hingegangen, um die Verhandlungen zu führen, jetzt da der Weg durch den Tod offen steht? Ich hoffe, diese lebendig begrabene Frau retten zu können, und dieses Mal mit meinem ganzen Körper und nicht nur durch meine Hefte. Djemila braucht kein Märchen, sondern einen Mann, der ihren Körper wiederfinden kann.)* O ja! Ich musste mich mit dem Hund in meinem Kopf zurückhalten, mich demütig verhalten und durfte mich nicht bewegen, wenn er etwas sagte. Auf dass ich bloß schrieb, damit das Sternbild des Tieres sich näherte, seinen Kopf in meine Hände legte und damit begänne, die ältesten Geschichten der Welt zu erzählen, die heilenden, und die Geschichten, die uns reisen lassen, die uns mehrere Leben schenken und einen von seinem derzeitigen Alter zurückgehen lassen zum Anfang, Geschichten, die Krankheiten und den Kummer heilen, die helfen, schlechte Ernten zu verstehen, und es erlauben, Träume zu entschlüsseln. Die schönen Geschichten, die wie Eukalyptusbäume leben. *(Heute Abend gehe ich raus, um einen Stapel Hefte zu beerdigen. Die Nacht wird sternenklar sein und mir den Weg zu den besten Bäumen weisen. Dies ist ein Entschluss.)*

26

In der Nacht bin ich frei, es gibt keinen Körper und keinen Schatten, der mich aufspürt. Um diese Zeit ist im Allgemeinen niemand im Dorf auf der Straße. Die Laternen wachen stumm und gedämpft. Ich mache gern die Runde, als ob alles mir gehören würde. Vom Hauseingang nach rechts gelangt man in die Hauptstraße. Sie führt im Osten zum Franzosenfriedhof und im Westen Richtung Bounouila, zum Araberfriedhof. Sie ist von Bäumen gesäumt, deren Namen ich nicht kenne. Im Zentrum steht die Moschee wie ein Nabel. Der Ruheort der Störche war früher eine Kirche, aber das will niemand wissen. Die Greise, die ich gerettet habe, sitzen immer dort und reden über die Ihren oder über Mekka. Die Bürgermeisterei hat dort Bänke aufgestellt, aber die meisten setzen sich lieber auf die Stufen. Manche erkennen mich, aber sprechen in der Öffentlichkeit nicht mit mir. Sie lächeln mir verlegen zu, senken den Kopf oder drehen sich um. Nachts ist dort niemand und dann scheint dieser Ort weitläufiger zu sein. Dann ist es an mir, mich dort hinzusetzen, die Hände unter dem Kinn, mit Blick auf die Straße, die nach Süden bis zum Feigenwald führt.

Manchmal, wenn die Weinlese gut ist, treffe ich die torkelnden Weinliebhaber, wenn sie aus den Feldern zurückkommen, wo sie sich heimlich und etwas beschämt einen antrinken, sich aber danach alle Mühe geben, nüchtern zu erscheinen. Ihr Schicksal rührt mich: Es ist nicht mehr so leicht mit dem Trinken in diesem Land, ohne dass man mit den Augen gesteinigt, wenn nicht sogar tatsächlich mit Steinen beworfen wird. Und dann versteckt man sich. Die Bar in den Feldern ist eine witzige Erfindung: Um den Razzien der Gendarmen zu entgehen, begraben die Händler ihre Ware unter den Bäumen, wandern zwischen den Grüppchen von Kunden umher, die auf den Feldern und Wiesen verstreut sind, und kommen mit den Bestellungen zurück, die sie dann ausgraben. Ich bin präzise bei meiner Bestandsaufnahme, wenn ich um diese Uhrzeit spazieren gehe. Genauso wie die Zeit in ihrem Takt: die Nacht wird oft von Hundebanden eröffnet, Freunde des Mülls und der sexuellen Verwirrung, sie beginnt mit dem Auftauchen des Mondes im Sommer oder dem Gewicht der dunklen Wolken im Winter, sie wird geradezu endlos, wenn Autos in der Ferne vorüberfahren und sie durchbohren, und schließlich wird sie vom Lärm aufgesogen. Zuerst das Hüsteln der ersten Wachgewordenen hinter bestimmten Fenstern, die den Bus in Richtung Stadt nehmen, dann die Betenden, dann die Arbeiter der Bäckereien und die Besitzer der Cafés des Dorfes, alles Roboter mit denselben Handgriffen, wenn sie die Terrassen putzen, die Stühle aufstellen und die Eisenvorhänge hochziehen. Die Müllmänner kommen dann als Letztes, um die Nacht zu beschließen und um den Anbruch des Tages anzukündigen, den es anzugehen gilt.

Ich bin planlos, gelassen, beruhigt und zuversichtlich vor mich hin gelaufen. Es ist berauschend, durch die

Nacht zu gehen, weil man dann, von seinem Körper entlastet, im Dunkeln schlecht auszumachen und somit befreit ist. Die Schwere kommt von der Sonne, vom grellen Licht. Meine schwere, geheime Tasche unter den Achseln. Beim Anbruch der Morgendämmerung habe ich mich nach Osten gewandt. Dieses Mal habe ich mir einen größeren Johannisbrotbaum als sonst ausgesucht, etwas abseits, zum Boden geneigt wie eine Hand, die nach einer Handvoll Erde greifen will. Ich bin durch die Felder gestreift, glücklich, als ob ich einen begehrten Körper streicheln würde. Ich war verrückt, aber ich liebte es, so wie ein Pilger voranzuschreiten, beschwingt, als ob ich soeben eine Pflicht erfüllt hätte. Jedenfalls habe ich es so empfunden. Hefte zu begraben bedeutete, dass ich Sterbende gerettet, das Gleichgewicht des Dorfes aufrechterhalten und das Ende unserer Welt hinausgeschoben hatte. Die Hefte bewiesen es und sie waren da, in meiner Tasche, und dieses strahlende Geheimnis würde nicht versteckt, sondern seiner Quelle, dem weichen Boden, übergeben werden, in dem die Wurzeln ihre Gründe finden. Am Anfang hatte ich Angst vor Hunden oder Schlangen, aber schließlich habe ich Vertrauen gefasst. Die Nacht ist eine Illusion, ein von der Wüste in unserem Kopf beherbergtes Trugbild. Wenn man ihr die Stirn bietet, kehrt sie um und wird hell, leuchtend, milchig und duftend. Wie eine Milchstraße für Fußgänger, ein Nebel, in dem ich schwimme. Ich bin am Fuße des schwarzen Baumes angekommen, und noch ein wenig außer Atem habe ich mich hingesetzt und war erfüllt von einem seltenen Glücksgefühl, als ob ich endlich einen Verwandten oder mein Fundament wiedergefunden hätte.

Ich habe dieses Ritual vor Jahren erfunden, als Hadjer mich aufforderte, eine Lösung für meinen überbordenden Papierkram zu finden. Und noch heute, sogar in dieser Nacht, ermesse ich den Sinn und die Tragweite meiner Geste, wie wenn ich meine Nachkommenschaft meinen Vorfahren anvertrauen würde. O ja! Ich komme langsam weiter. Indem ich schweigend und vor mich hin murmelnd mit einer winzigen Schaufel die Erde entferne, und dabei auf das Bellen der Hunde achte, die sich nähern könnten, auf die Geräusche der Autos oder die Schritte der Bauern, die auf ihre Ernte aufpassen, weil diese Schlafwandler misstrauisch sind, aber auch feige gegenüber den Djinns und ihrem Rumoren. Ich reiße das Unkraut heraus, betaste die Wurzelpassagen über der Erde und grabe dann noch etwas weiter, bis es tief genug ist, und deponiere dort meine Bestandsaufnahme, meine Hefte. Es macht mir überhaupt nichts aus, sie zu begraben, weil ich genau weiß, dass ich nichts zu verbergen habe: ich verschaffe dem Geheimnis vielmehr seine Fülle. Ich gebe eine Gabe ihrem Ursprung zurück. Ich schütze mich vor inquisitorischen Nachfragen und überantworte mich der stummen Erde. Die Felder, die sich nach Osten ausbreiten, sind mit ihren wenigen Mandelbäumen, mit ihren hohen Wiesen und ihren Johannisbrotbäumen nur von geringem Interesse. Früher knoteten die unfruchtbaren Frauen Bänder um die Stämme und legten Zucker davor ab, um die Aufmerksamkeit der Geister auf sich zu ziehen. Dort hatte ich begonnen, meine ersten Löcher zu graben und meine Hefte darin zu verscharren. Und dahin kehre ich zurück. Ich betreibe das natürlich alleine, einmal jeden Monat, nachts. Das befreit meine Regale und den Boden meines

Zimmers. Ich halte die Karte meiner Gräber geheim, aber das erspart mir nicht, dass mich im Schlaf monströse Träume heimsuchen: von Worten durchtränkte Böden, vermischte Schreibwurzeln und verdorbene, aus den Alphabeten zusammengewürfelte Früchte. Ich träume von einem Wald, in dem jeder Baum – der Johannisbrotbaum, der Olivenbaum oder sogar diese mit den alten Zeiten verbundenen Feigenbäume und die bei Windstille wortkargen Eukalyptusbäume – mir als Zeuge und Wächter dienen würde. Es ist ganz witzig, sich vorzustellen, dem Baum das Papier zurückzugeben, damit es sich auflöst, um das groß angelegte Projekt des Kampfes gegen das Ende unserer Welt zu speisen. Aus den Feldern im Osten sind immense Seitenränder geworden, eine Art Erweiterung meines Körpers oder des Bildes, das ich mir von ihm machte. Ich konnte auf diese Weise die Entschlüsselung auf unbewegte Wesen ausweiten, indem ich mich selbst immer weiter in Richtung Osten, in Richtung des Sonnenaufgangs, vorwagte. Zum genauen Ort ihres Erblühens. Meine große Ambition.

In Wirklichkeit haben diese Begräbnisse mich geschützt. Meine Hefte stellten die schlichte Kosmogonie der Meinen und die Rangfolge ihres ungehobelten Glaubens nicht infrage: Gott, dann sein auf die Welt geschickter Prophet, wir und dann der Rest der Welt, der nicht daran glaubt. Die Rangfolge ist seit Jahrhunderten streng geregelt: Ganz oben Allah, dann sein Lieblingsprophet und die Gefährten des Propheten, dann die großen Geistlichen, die Imame und die Rezitatoren und schließlich wir, die Sterblichen. Vor Jahrhunderten hat Gott achtzig Jahre lang seinem Propheten Mohammed ein Buch diktiert. Das Buch hat das Gewicht eines letzten Wortes, eines Grabsteins oder eines Urteils. DER ÜBERLIEFERUNG nach ist alles darin gesagt.

Die Gläubigsten im Dorf können mir nichts abgewinnen, aber sie waren sich unschlüssig über den Sinn, den sie in meiner seltsamen Leidenschaft erkennen sollten: Sie verhalf zu leben, ein Zeichen dafür, dass sie von einem Gott gewährt war, und ich verdiente meinen Lebensunterhalt damit, aber auch nur so wenig, dass es für meine Unschuld sprach. Und schließlich murmelte ich keine verbotenen Gebete, und das war der Beweis, dass nicht etwa der Teufel mit der Sache zu tun hatte. Der Imam, den man um eine Meinung gefragt hatte, zog es vor, einen Vers zu zitieren: »Daoud haben wir die Psalmen gegeben.« Geschickt, der gute Mann: Er wusste, dass ich mich eines Tages nützlich machen könnte, und er war mit den Menschen zu sehr in Berührung gekommen, um noch an Gewissheiten zu glauben. Der Imam Senoussi hatte ein schönes Lächeln, nannte mich aus welchem Grund auch immer den »Soldaten Gottes« und kannte meinen Vater, seine Hartherzigkeit, und, vielleicht mehr als ich selbst, meine wirkliche Geschichte. Daher stammte zweifellos seine distanzierte und heitere Zuneigung. Hadj Senoussi war schlau, fast schelmisch, ein Bonvivant, aber vorsichtig: Er gab sich Mühe mit seinen Ansprachen in der Moschee. Ich glaube, dass er mich im Grunde mochte, denn ich verkörperte den Beweis dafür, dass sich das Mysterium des Lebens komplexer darstellt als die Rezitationen, die Gebete und die Verse, von denen er lebte. Seine Bauernschläue hatte jede allzu eifersüchtige Metaphysik auf Distanz gehalten. Ich stand zwischen zwei Welten: auf der einen Seite die Frömmler, die mich der

Teufeleien verdächtigten, auf der anderen die Leute des Dorfes, die letztlich glaubten, dass ich Leben verlängern konnte. Man kam zu mir, aber nachts, heimlich und auf leisen Sohlen, ohne zu wissen, ob es aus dem Blickwinkel der Religion erlaubt oder ob es schwarze Magie war. Mir kam vielleicht das althergebrachte Gedenken an die zahlreichen Heiligen der Region zugute, die ihre Wohltaten den unfruchtbaren Frauen, den Ernten und den Festen angedeihen ließen. Etwas bescheidener ihrerseits, dienten die grün-weißen Mausoleen als Orte der Begegnung für Frauen, die entsprechend einer überstrapazierten Formulierung ihr ganzes Leben lang das Haus nur für das Bad, ihre Hochzeit und ihre eigene Beerdigung verlassen durften. Die Besuche in den Mausoleen sind Teil eines Katalogs der Gerüche meiner Kindheit. Ich liebte ihre Schatten, das Dämmerlicht – ich erinnere mich an das Gemurmel, das plötzliche Schluchzen oder das verschluckte Lachen von Besucherinnen, die sich wegen ihres Bauches oder ihrer Zukunft sorgten. Es gab eins oberhalb des Dorfes, nicht weit vom Haus Hadj Brahims, und ein anderes, Sidi Bend'Hiba, genau am Dorfeingang, wenn man von der Landstraße aus der Stadt kam. Der verschleierte Wächter unseres Dorfes, die weiße Kuppel, in deren Richtung die vorbeikommenden Autofahrer Geldstücke warfen und dabei aus respektvoller Furcht die Musik in ihren Autos leiser stellten. Es gab sie also in großer Zahl, diese Heiligen, sie gaben den Neugeborenen immer noch ihre Vornamen, und ihre geschmückten Gräber waren über die gesamte Region verstreut. Ein entfernter Effekt ihrer Segnungen war der Umstand, dass man meine Gabe im Dorf duldete, es jedoch vorzog, wenn sie unauffällig blieb: Sie wurde nur in Anspruch genommen, wenn sich jedes andere Mittel erschöpft hatte.

Ich träumte davon, auch unter einer Art Kuppel zu leben, eher als in meinem Zimmer mit seiner hohen Decke und der abgeblätterten Farbe. Unser Haus wirkte ohnehin schon wie ein unangemessenes Mausoleum, wegen des Geruchs nach kaltem Tabak, der Kerzen und der Stapel von Heften, die sich in eingestürzten Treppen anhäuften. Oft kaufte Hadjer sie mir, zusammen mit schwarzen Kugelschreibern, wenn sie mich als zu nervös empfand oder mich dabei ertappte, wie ich, mit traurigem Blick unter unserem Zitronenbaum sitzend, wie ein Rezitator meinen Oberkörper hin und her wiegte. Der Lärm der anderen war für mich manchmal schwer zu ertragen: das Geschrei der Schüler, die sich nach Unterrichtsschluss überall ausbreiteten, Verkäufer, Jugendliche, die ein Fußballspiel kommentierten. Eine unfassbare Traurigkeit quälte meinen Bauch, verzerrte mich und ich erstickte fast unter dem Gewicht meines Schicksals. Eingezwängt zwischen dem Bedürfnis zu schreiben, bis ich den Bestand der Schöpfung abgearbeitet hätte, dieser Ziegenstimme, die mich lächerlich machte, und dem tiefen Mitgefühl, das ich trotz ihrer Kleinkariertheit für die Unsrigen, für jeden Einzelnen, hatte. Manchmal verweigerte ich die Hefte, wenn ich davon träumte, endlich geheilt oder meiner Aufgabe entledigt zu sein, um mich wie meine Cousins in diese absurde Weichheit des Körpers fallen zu lassen, mich mit einem schönen Kleiderschrank für meine Hochzeit abzufinden, einen Kaffee in der Abenddämmerung zu schlürfen und jeden Freitag in der großen Stadt indische Filme zu sehen.

Die Nacht widersteht noch, aber eine Brise kündigt schon ihren Rückfluss an. Beschwingt und glücklich kehre ich mit meiner leeren Tasche ins Dorf zurück, als hätte ich einen Freund besucht, der mich um ein Geheimnis erleichtert hätte. Niemand hat mich gesehen (vor langer Zeit wurde ich ein- oder zweimal von Nachtschwärmern überrascht, die es vorzogen, nichts zu sehen oder daraus zu schließen). Das Dorf ist am Anfang weit entfernt, auf seine Schatten reduziert, nimmt dann wieder seine Form an, versammelt seine Häuser hinter den schwarzen Bäumen und ich gelangte über Umwege dorthin, um es unbeschadet und fest in unserem Boden verankert vorzufinden. Es ist fast Morgengrauen, der Himmel sammelt sich für das bevorstehende Feuer. Der Ruf zum Gebet erhebt sich, langsam, kaum hörbar und schläfrig. Frühere Nachbarn begegnen mir, aber sie geben sich damit zufrieden, mit dem Kopf zu nicken. Ich mache es genauso. Beim Betreten des Hauses versuche ich so wenig Lärm wie möglich zu machen, aber meine Tante ist schon da. Sie kommt mit gelösten Haaren aus ihrem Zimmer, mustert aufmerksam mein Gesicht, um nach Spuren von Schlägen zu suchen (oder von gestohlenen und heimlichen Küssen?). »Geh schlafen«, wirft sie mir hin, keinen Widerspruch duldend. Es ist die vertauschte Zeit meiner Pause. Wenn ich schlafe, wacht Gott. Insgesamt 5436 Hefte. Das ist meine Rechnung, ab dem Anfang gezählt. Das macht Dutzende, Hunderte von Bäumen, Feigenbäumen, Johannisbrotbäumen, Eukalyptusbäumen und riesigen Weinreben.

27

Die Sache mit Hamza war eine seltsame Episode wie ein Fieber. Es brach aus, als ich überhaupt nicht damit rechnete. Meine ganze Aufmerksamkeit war konzentriert auf den Kampf gegen das spöttische Lachen meines Vaters, das Gespött meiner gleichaltrigen Cousins und die ersten üblen Nachreden über meine Enthaltsamkeit. Meine Gabe war zu dieser Zeit schon reif, ich setzte alles darauf und machte dem Tod schwer zu schaffen. Zu dieser Zeit strotzte ich nur so vor Kraft, sodass ich über eine Weinrebe, eine Kreuzung oder einen Gesichtsausdruck fabelhafte Dinge schreiben konnte. Die Erzählung war zu ihrer ganzen Fülle gereift und hatte vollständig Besitz von mir ergriffen. In meinem Geist zeichnete sich eine Verbindung ab, die absolut und endgültig hätte sein können zwischen meiner Leidenschaft und meinen Überzeugungen, der Metaphysik und der Grammatik einer Sprache, die ich wie das Atmen beherrschte. Ich rettete Leben mit Leichtigkeit, und das Lächerliche meines Körpers war fast von so etwas wie einer Aura verdeckt, die meine Ziegenstimme mit dem Heiligenschein einer erhabenen Sprache versah. O ja! Alles ging gut und in Richtung Glück. Und da kommt mir der Teufel (oder der eifersüchtige Engel) in Gestalt eines jungen Mannes mit einem dicken Körper, einem zotteligen Bart und roten, feurigen Augen in die Quere: Hamza. Ich kannte ihn schon lange, als Kind hatte er Diebstähle begangen, war ein Vogeljäger und wurde nach dem Tod seines Vaters, eines Wünschelrutengängers, von seinen Großeltern großgezogen. Diese Freiheit als Waise ließ ihn ganz im Gegensatz zu mir ohne jede Angst oder Umwege auf die Straße geraten. Er machte etwas aus sich, wurde Chef, Anführer und schrieb anderen seine Regeln und die Art, sich zu kleiden, vor.

Ich traf ihn irgendwie immer wieder, in der Schule, bevor er sie vorzeitig verließ, und sonst überall in der Umgebung des Douars und auf dem Hügel. Außer dass er sich früher nicht Hamza, sondern Aïssa nannte. Mit achtzehn Jahren wechselte er auf einmal seinen Vornamen, drehte sich nicht mehr um, wenn man ihn mit dem alten Namen anrief, wurde still und beschäftigte sich damit, Sardinen zu verkaufen, um davon zu leben. Das passte nicht zu seinem gewohnten Elan und seiner Freude am Leben. Niemand verstand sein Verleugnen: war doch Aïssa immerhin der Name des Propheten Jesus, der im Koran zitiert, anerkannt und verehrt wird, der aber dem Heiligen Buch zufolge anders gestorben ist. Es erklärt uns, dass er nicht gekreuzigt, sondern weggezaubert wurde, dass er voller Freude im Himmel gelebt hat, und dass man an seiner Stelle einen Doppelgänger getötet hatte. Hamza machte daraus einen veritablen Kreuzzug und zog mit schwachen Erklärungen und zweifelhaften historischen Fakten in den Krieg gegen die Erinnerung an seinen früheren Namen im Gedächtnis der anderen. Es war sein erster Krieg und er gewann ihn. Das brachte ihn auf die Idee, die ganze Welt auf die gleiche Weise erobern zu können: durch die Verwischung von Spuren. Natürlich kannte ich sein Leben und auch jede Einzelheit in seinem Gesicht, und sogar schon mehrmals hatte ich ihm das Leben gerettet, indem ich *Die Wege hügelan, Licht im August* und *(Die) Salzstädte* schrieb. Nachdenkliche Aufzeichnungen über das Schicksal in Sommerzeiten.

Das änderte sich auch nicht, als er kürzlich wieder in meinem Umfeld auftauchte, mit Versen und Hadithen, die er benutzte, um zu schreien, zu drohen und von Gott zu sprechen, als ob er von Ihm entsandt worden wäre. Die Zeiten waren seltsam und ich spürte es: Das Dorf roch nach Schimmel, aber auch nach Erschöpfung. Im Fernsehen klangen die Lieder und Hymnen ziemlich schräg und dieser dahergelaufene Predigertyp wollte uns eine Geschichte als neu verkaufen, die mit Feuer und Brand begann; oder mit dem Wüstensand, der plötzlich ein Verbündeter geworden sei. Ja, mit den Jahren gewann Hamza seine Jünger, gab über alles und jeden sein Urteil ab und verstieg sich eines Tages dazu, über mich und meine Gabe zu reden. Hinterlistig vermied er es, die Politik und das Gottesgesetz im Dorf zu erwähnen, weil er den Staat auf der Lauer wusste, aber er bot bissige Predigten dar, in denen er mich als den schlimmsten Feind unserer Religion denunzierte: nicht etwa als den Gottlosen von den obskuren Feldern, aber als Verräter und Heuchler – diese alte Besessenheit der Religiösen – und als ambivalenten Gläubigen. Ich war das Musterbild des Mannes, der die Maske Gottes und des Teufels auf einmal tragen musste, der hinkend und Verse rezitierend in der Sonne spazieren ging und dabei die Unanfechtbarkeit Gottes proklamierte, der aber für die Flüsterparolen von Iblis, dem Teufel, genauso empfänglich sei.

Sich kunstfertig der arabischen Sprache bedienend, bezeichnete er mich als den schlimmsten Feind dieser Religion DES BUCHES und des Gotteswortes. Das war ich also, der Zabor der Nächte, falscher Ismaël unserer Religion und von einem Kindesmörder abstammend. Der gemeine Kerl spielte mit einer alten Konkurrenz zwischen dem Vers und dem Koran-Vers, die bei einem unüberschreitbaren Wort Gegner waren. In DEM BUCH mokiert man sich tatsächlich über die Poeten und verdächtigt sie der Rivalität und des Irrens. »Und ihnen folgten die verführten Dichter / O siehst du nicht, wie sie in jedem Thale schwärmen / und reden viel, was sie nicht thun?« Als noch farbloser und eingesperrter Jugendlicher rezitierte ich diese Verse früher selbst gerne in dem Versuch, eine andere Entschuldigung für diesen Vorwurf zu finden als den der Eifersucht. Ich fand diese göttliche Gehässigkeit ungerecht, während ich doch DAS BUCH auswendig lernen und ihm meine Stimme, meinen Körper, meine ganze Privatheit und meine Schritte widmen musste. Es war die Zeit, als ich mich dazu bestimmt sah, damit meinen Lebensunterhalt zu bestreiten, und dass dies meine Würde ausmachen sollte. Mein Gegner mit dem Henna-gefärbten Bart und der sagenhaften Stimme wusste sich dieser Verse zu bedienen und sah in mir einen Feind, den man denunzieren musste, aber auch eine Konkurrenz zu seinem gerade entstehenden Wortreich. Mit einigen jungen Verehrern machte Hamza sich daran, Exegese-Bücher, Hadith-Sammlungen, fiebrige In-Quartos über Gebete und Waschungen zu verteilen, und sie setzten sie überall durch. Ich konnte noch nicht richtig lesen und schreiben, aber er konnte von seinem einzigartigen Buch sprechen.

Hamza forderte mich heraus, provozierte mich zu einem absurden Zweikampf, aber ich schaffte es immer, mich zu entziehen. Um bei der Wahrheit zu bleiben, waren es seine Exzesse und nicht meine List, die ihn ganz von selbst scheitern ließen. Die Einwohner des Dorfes waren eine Zeit lang von ihm fasziniert und schenkten ihm ihre Aufmerksamkeit, aber er übertrieb es an dem Tag, als er versuchte, das Mausoleum von Sidi Bend'Hiba anzuzünden. Damit beging er einen fatalen Fehler. Schließlich spürte man ihn in dem dürren Wäldchen am Ortseingang von Aboukir auf, versteckt und in Gesellschaft einiger Kumpane, zerzaust und schmutzig wie zu den Zeiten seiner ersten Glaubensanwandlungen. Er wurde verhaftet und zwei Jahre lang eingesperrt. Ich muss zugeben, dass sein Gesicht mir eine Zeit lang keine Ruhe ließ. Als wäre er so etwas wie ein monströser und irregeleiteter Zwilling von mir, eine unheilvolle Version der Gabe.

28

Am Morgen durfte sich Hadjer der von meinen nächtlichen Irrungen und Grabungen verschmutzten Kleidung annehmen, aber sie stellte mir selten Fragen. Sie kontrollierte nur mein Gesicht, um sicherzugehen, dass ich nicht in die Hände meines Schäfer-Halbbruders und Marodeurs in den umliegenden Feldern gefallen war. Die wenigen anderen Male, bei denen ich etwas abbekommen hatte, waren die Steinwürfe von Kindern, die mich unter den Weinreben überraschten und mich schreiend verfolgten. »Zabor eddah el babor!«, schrien sie, bevor sie wie die Wespen auseinanderstoben. »Zabor wurde von einem Schiff davongetragen!« Ich empfand Wut, aber oft durchfuhr mich auch eine Woge von Mitleid und aufrichtigem Mitgefühl mit diesem verschlafenen Miniaturkosmos von Dorf und seinen Weilern, der sich seines Schicksals in der Welt als taubes und stummes Kind nicht bewusst war. Ohne dass Bücher ihn vor dem Vergessen retten würden, ohne eine Sprache wie die meine, stapelten sich seine Illusionen und Leben in einer kleinen Erdspalte zwischen dem fernen Meer und dem Hügel aufeinander, der wie ein Grabstein den Horizont versperrte. Hatten diese Leute hier ein Bewusstsein dafür, dass ich sie nicht nur vor dem Tod, sondern auch vor der Belanglosigkeit und dem Vergessen bewahrte? Konnten sie begreifen, dass meine Hefte der einzige Schutz vor ihrer Auslöschung waren und dass ich, wenn ich eines Tages zu der endgültigen Beschreibung gelangen würde, sie verewigen oder sie vor dem Ende der Welt bewahren könnte? Zwei Bücher wetteiferten darum, ihnen ein Heil zu finden, dasjenige, welches vom Himmel herrührt, und dasjenige, an dem ich ständig schreibe. Nur dass meines kein JÜNGSTES GERICHT oder das Hinscheiden zur Bedingung hatte und die Erde und deren Steine und Schatten aufbewahrte.

Psalm

... Unmerklich wie die Berge regieren die großen Erzählungen die Welt. Sie teilen sich die Ländereien, sobald sie ihrer gewahr werden. Manchmal bekriegen sie sich gegenseitig, und das ist dann schrecklich und blutig, wie es die Zeitungen und die Historiker bezeugen. Der Grund dafür ist, dass DIE ERZÄHLUNG keine andere Schöpfungsgeschichte neben sich als verwandt, nahestehend oder aus demselben Bauch, am selben urprünglichen Feuer geboren, dulden kann. Da ist nichts als grausame Eifersucht und das unwiderstehliche Bedürfnis, die Dinge als Erster, in einer einzig gültigen Version, zu erzählen. Und niemals hält man ein, etwa um den anderen das Wort zu überlassen und den Leuten zu erlauben, sich an den Unterschieden zu erfreuen. Nichts. In meinen Büchern respektierte ich sie, diese Erzählungen, ich hatte Angst vor ihnen und sie konnten mich wie die Wale verschlingen. Irgendwann einmal habe ich mich gefragt, welche wohl die ehrlichste

wäre oder welche recht haben könnte, in Bezug auf die Herkunft und die Nützlichkeit der Sonne, die Schritte des schlafenden Menschen, den beunruhigenden Ursprung der Haut von Tieren und von Gefühlen, und vor allem im Hinblick auf den Tod und dessen Art, sich im Zickzack zu bewegen. Diese großen Primärgeschichten erschreckten mich und verführten mich gleichzeitig mit ihrer Kraft, wie sie sich da breitmachten auf der Erde, die sie zertreten – so wie mürrische oder verwöhnte Kinder, die nichts anderes als ihre eigenen Vornamen hören und alles besitzen wollen, was an vergoldeten Gegenständen im Haus vorhanden ist. Kinder von Gargantua, wie sie in einem meiner Bücher beschrieben wurden, mit Männern, die unter gigantischen Salatblättern versteckt, und Schafen, die auf die Größe von Oliven oder von einem Korn verkleinert waren. Ich denke, dass die Geschichten sich wegen dieser kindlichen Seite gegenseitig töten und heiser schreien, um sich die Propheten, die Dichter und die Sippen-Märchen streitig zu machen. Es ist eine Versammlung von eifersüchtigen Gottheiten mit einer kindischen Mentalität, die nicht erwachsen werden und akzeptieren wollen, dass die Welt sich lieber mit der Stille und dem Licht bescheiden sollte.
Dann und wann kommen diese Erzählungen mit aller Gewalt wieder hoch und provozieren Kriege, angefangen bei ihren Lesern, den Kopisten, dann den Interpretationen und bis hin zu den Predigten und den verschiedenen Erzählungen vom Ende der Welt. Manchmal beruhigen sie sich vor Erschöpfung und Schläfrigkeit wieder und werden dann zu Büchern, Romanen oder unterhaltsamen Erklärungen über den

nächtlichen Himmel und die Geburt der Sternenkonstellationen.
So erklärte ich mir behutsam und mit der Zeit die Kraft der heiligen Bücher und die Vorhaltungen der Meinen, wenn ich anfing, in unserem kleinen, unbekannten und beharrlichen Dorf über die griechischen Götter oder andere Gottheiten zu sprechen. Die hiesige, misstrauische Erzählung auf unserem Stück Erde hob langsam ihr Augenlid und begann mit Sicherheit, danach zu suchen, wer da in ihren Stallungen wohl anfing, an ihrer Version und ihrer Oberhoheit zu zweifeln, oder heimlich den Zweifel in den Baumstamm der großen Wahrheiten einpflanzte. Eine abweichende Stimme ist immer auch inmitten von Ovationen wahrnehmbar, denke ich. Aber wer erzählt diese Geschichten als Erster und bringt sie auf die Welt? Die Götter oder die Blinden? Nein, ich denke nicht, dass die Götter so herumgeschubste und unbeständige Persönlichkeiten sind. Ich denke, dass DIE ERZÄHLUNG an sich althergebrachter und viel ursprünglicher ist, und dass wir alle diese Gabe haben, wie ich es mit zunehmendem Alter begriffen habe. Man kann das grobe Profil eines Gottes an einem Stein mit einer Flechte ablesen und die Welt mit einem Baum und einem Tier erklären, das an ihm hochklettern will und herunterfällt. Das steckt in uns, und wir sind die Erzählung. Ich glaube, das war in diesen Jahren meine am tiefsten gehende Intuition, das am weitesten reichende Umfeld, in das ich mich vorgewagt habe, wenn ich an die in meiner Vorstellung unzähligen Bücher dachte, die ich gelesen habe, und an die Bücher, die noch zu schreiben bleiben und die unaufhörlich wiedergeboren werden und sich fortpflanzen, wenn wir Tote sind. Am

Abend stellte ich mir riesige Gesichter vor und fragte mich, was das größte Gewicht der Dinge war. Ich träumte auch von meinem Vater.
Diese enorme Vision ließ mich aus Mitgefühl weinen, denn ich begriff, dass ich wirklich allein in dieser Höhe unter den Meinen war.

29

Die Sonne geht auf. Das Licht kommt wieder, als würde es gelten, die Ordnung der Dinge und ihre Anzahl zu bestätigen. Zuerst sanft und golden, vermischt es sich mit den Farben der Wände, wird dann hart und erreicht die Winkel, die Bücher, die Hefte und mein Bett. Ein Schauer durchfährt mich. Für mich ist die Welt eine Art indirekter Weißglut, die vom Horizont verborgen wird. Ein Buch, das man verbrennt, aber das sich niemals zu Asche reduziert, sich über eine lange Zeit mit einer ganzen Geschichte darin verständlich macht und das sich dann langsam verfinstert, wenn die Sonne, das Auge des Weltlesers, sich schließt. Bei Anbruch der Nacht ist der Roman in strahlende Punkte verstreut, wie die Milchstraße, wird dann unendlich und gerät durcheinander, bevor er am folgenden Morgen wieder vereinigt wird. Er geht vom gestirnten Summarium zu einer zusammenhängenden Perspektive über. Ich werde zusammengekrümmt in diesem Feuer schlafen, bis Hadjer mich wecken kommt, damit ich meine Sardinen esse, auf die ich so versessen bin. Was wird aus mir, wenn ich eines Tages heirate? Das andere Ufer desselben Flusses für eine Frau, die sich an mich anschmiegt. Dieses plötzliche Bedürfnis bringt mich aus der Ruhe. Wie kann ich danach trachten zu schreiben, bis zur Morgendämmerung wachen, die Welt erzählen, damit sie sich nicht in Auflösung versetzt zu einer Frau, die weder lesen noch schreiben kann? Letzte Herausforderung der Gabe: noch viel weiter gehen als die Sprache und sie in ihre Unmöglichkeit münden lassen. *(»Umgekehrte Herausforderung, schickt mir der Hund in den Kopf: Es ist der Mann, der Nacht für Nacht einer toten Frau eine Geschichte erzählt, und sie findet nach und nach ihr Leben und ihre Sinne wieder, der Palast erhebt sich aus seiner Ruine wie der Esel des Propheten, der Gott gebeten hatte, ihm die Auferstehung zu beweisen.«)* Wie ich mich im Kreis drehe: Der Todeskampf Brahims hat eine merkwürdige Seite, die mich jubeln lässt. Ich schäme mich dafür.

30

Mit etwa zehn Jahren fing das Geschrei mit aller Macht wieder von vorne an. Dagegen war nichts zu machen: weder die Salbungen noch der Besuch des von meinem Vater herbeigerufenen Imams und nicht einmal die geschächteten Schafe in den Mausoleen. Ich wurde schwach wie ein Schienbein und meinem Vater brach das Herz, wenn er mich in Begleitung seiner Freunde antraf. Ich blieb eine Schmach für ihn und sein Prestige, selbst wenn ich bei meiner Tante Hadjer versteckt war.

Mein Körper, die Ähnlichkeit mit meiner Mutter, meine Ernährungsgewohnheiten und meine blökende Stimme, das alles wirkte wie die Umkehrung seines Vermögens, das sich wie ein Hügel über dem Dorf anhäufte. Aber auch wenn ich es nur am Boden wahrnahm, wie es nach einer Schächtung von der Erde aufgesogen wurde, so verursachte Blut immer einen lauwarmen und eisenartigen Geschmack in meinem Mund und ließ dabei einen schwarzen Vorhang über meine Augenlider fallen. Was meine Ernährung anbelangt, kam nur Gemüse infrage und kalter Fisch, dem niemand den Hals durchgeschnitten hatte. Alles andere war nichts als Erbrechen und Traurigkeit für meinen Magen. Das war ein schwacher Mittelfinger, den ich damit meinem Vater und seiner Berufung zum Opferpriester zeigte. Er fühlte sich zutiefst beleidigt: Warum machte sich Gott, der ihm doch so viele Söhne und Schafe geschenkt hatte, nur so über ihn lustig? Ich glaube, er hat lange in seiner Vergangenheit herumgegraben, um eine Erklärung für diese Schmach zu finden, aber nichts schien ihn je zufriedenzustellen. Aus Tradition glaubte er fest an Gott, weil man es nun mal so macht, aber sein Glaube erlaubte ihm eine heimliche Gereiztheit gegenüber dem himmlischen Willen. Wenn er mich traf, fühlte er sich jedes Mal des Kindsmordes schuldig, weil ihm bewusst war, dass ich tief in meinem Herzen seine erste väterliche Geste wohl bewahrte: uns an einem Ort mit Wüstenwinden und Ruinen mit einigen Schafen und etwas Kleingeld zurückgelassen zu haben. Alles war bei ihm in Kreisen angeordnet, um diesen ersten Mord und seine Feigheit gegenüber seiner Frau zu verschleiern: sein Burnus, sein Vermögen, seine Gebete, seine Verschwendungsanfälle gegenüber den Armen, sein großes Gerede und die Geschichten über seine elende Kindheit. Aus Mangel an Mut hatte er sich für ein imaginäres Heldenepos entschieden.

Eines Tages erklärte er, dass Gott mich vielleicht dazu ausersehen hätte, IHM mit meiner Stimme zu dienen, und dass dieses kümmerliche Tremolo und ihr jämmerlicher, nerviger Ton und die Schuldgefühle, die sie auslöste, perfekt zum Rezitieren des Heiligen Buches passen würden. So kam es, dass ich eines Montags im Juni mit zehn Jahren, zur Zeit der Siesta – die das Dorf von den Männern leerte und den Frauen erlaubte, einige Schritte nach draußen zu machen –, zum Haus der Rezitatoren hinter der Moschee im Zentrum geführt wurde und der

Fürsorge des Meisters der alten Koranschule übergeben wurde, in der sich lärmende Kinder drängten. Man hatte beschlossen, dass die moderne Schule nicht mehr ausreichte, um mich vor der Besessenheit durch den Teufel zu bewahren, und dass das Erlernen des Heiligen Buches mich auf lange Sicht genesen lassen würde. Nachdem ich in der öffentlichen Schule wegen meiner Panik- und Migränekrisen monatelang gefehlt hatte, war ich in meinem eigenen Interesse höflich und ohne großes Aufsehen entlassen worden. Weil ich mich dem Prestige eines Arztes oder dem Lehrberuf nicht mehr würde verschreiben können, war es durchaus vorstellbar, dass ich meinen Lebensunterhalt und Respekt damit verdienen würde, an Gräbern, bei Hochzeiten oder Beerdigungen das Heilige Buch zu rezitieren, um Herzen zu besänftigen und Vermählungen zu besiegeln.

Als willenloses und gefügiges Kind folgte ich meiner Tante bis an die Pforte der Madrasa, bevor ich begriff, dass man mich einem Wal zum Fraß vorwarf, der das ganze Dorf mit seinen disharmonischen Stimmen in Aufregung versetzte. Der Meister streichelte mir die Haare vor den Augen meiner Tante, die ihm zuvor einen Schein in die Hand gedrückt hatte, richtete seine Augen mit der verlogenen Zärtlichkeit seines Berufes auf mich, und erklärte dann, ich müsse von Gott gesandt sein, um DAS BUCH fortbestehen zu lassen und mich bis zum Jüngsten Gericht zu seinem Wächter zu machen. »Die Überbringer des Heiligen Buches können nicht vom Feuer der Hölle erfasst werden, hat der Prophet gesagt«, endete er schulmeisterlich. Hadjer war aufgrund ihres argwöhnischen Glaubens und ihrer Wut auf das Schicksal immer skeptisch gegenüber denjenigen, die im Namen des Himmels und der Gerechtigkeit sprachen, aber jetzt tat sie so, als ob sie den Sermon akzeptierte. Einen Moment zögerte sie noch und ließ dann meine Hand los, und ich gesellte mich zu den neugierigen Kindern, die auf nichts als einer Matte aus Alf auf dem blanken Boden im Kreis saßen. Der Raum war groß, kühl und dunkel und strömte einen merkwürdigen und unaufdringlichen Geruch aus. Nach schimmeligem Lehm, wie ich später in Erfahrung brachte. Als meine Tante den Raum verlassen hatte, nicht ohne ihn noch daran zu erinnern, dass ich der Sohn von Hadj Brahim war, beachtete mich der Meister nicht einmal. Er veranlasste den ältesten Schüler, mir eine Tafel mit der kürzesten, ungeschickt darauf geschriebenen Sure auszuhändigen. Der schwere und von brauner und dünner Tinte beschmierte Gegenstand faszinierte mich sogleich. Wie ein sprechender Stein, über den ich ins Nachdenken versank, während um mich herum die kindlichen Stimmen die Worte Gottes wiederaufnahmen, um sie ihrem Gedächtnis einzuprägen. Ohne wirklich zu schlafen, döste der Meister vor sich hin und schien nur aufzuwachen, wenn der Tonfall unmerklich abglitt, indem er Aufmerksamkeitsfehler oder Fehlstellen anmerkte oder Pfuscher enttarnte, die schlecht rezitierten. Sein sensibles Gehör provozierte seine Wachsamkeit beim kleinsten Ausrutscher in Ton oder Silbe. DAS BUCH war so heilig, dass es nicht die geringste Streichung oder einen Bruch in den Stimmen erlauben konnte, ohne dass dieses Wunder Gefahr laufen würde, Schaden zu nehmen. Ob ich diese Sommerzeiten im Dorf hasste, wenn ich im Hinterhof der Moschee eingesperrt war? Ja, manchmal. Besonders wenn ich meinen Urin und meine Flatulenzen einhalten musste, um die rituellen Waschungen nicht zu verunreinigen, und wenn ich Gebete vollziehen musste, ohne vor Lachen zu platzen oder mich zu kratzen. Ich habe die Einschränkungen gehasst, die man den Gesetzen des Körpers auferlegte, ebenso wie die Überzeugung des Imams und unseres Koranlehrers, die ihres Amtes als Ausrufer der fünf Gebete walteten, dass der Körper etwas Schmutziges und ein Hindernis bei der Begegnung mit Gott sei, DAS BUCH zu verstehen und seine Bedeutungen zu durchdringen. Man durfte DAS BUCH nur rezitieren oder es berühren, wenn man durch Wasser und viel ausgiebiges Waschen gereinigt war.

Dabei hatte ich dort auch lustige Freunde wie Noureddine, mit dem ich meine ersten Kippen rauchte, oder Hadji, ein hinterlistiges Kind, der schon im Alter der ersten unsittlichen Berührungen war und uns sein Geschlecht zeigte und von Sperma redete und über Methoden der Verzauberung von Mädchen. Aber jenseits dieser belanglosen Erinnerungen führte mich jener Zeitabschnitt in die enttäuschenden Rätsel DES BUCHES ein. Als ein Kind, das vor der Stille und dem morgendlichen Wachwerden Angst hatte, stürzte ich mich mit der ganzen Kraft ins Lernen, die einem die Angst manchmal verleiht. Das wunderte meinen Meister: Ich lernte die Suren mit einer so beunruhigenden Schnelligkeit auswendig, dass es Hadjer und meinen Vater begeisterte, so überrascht sie auch von meiner schnellen Genesung waren. Ich hing zwar immer noch an meiner Tante, aber ich schlief besser und meine Panikattacken wurden immer seltener. Dadurch, dass meine Aufmerksamkeit ganz durch das Lernen gefesselt war, waren die Gegenstände besiegt und zogen sich etwas in den Schatten zurück. Der Ablauf im Rezitationsunterricht war durch Rituale getaktet: An jedem Monatsende mussten wir unsere Tafel abwischen und die erlernte Sure dem Meister vortragen, der entweder deren Beherrschung anerkannte und dann das Recht zugestand, sie von der Tafel zu entfernen und eine neue Sure daraufzuschreiben, oder er entschied, dass der Lehrling für einen weiteren Monat durchgefallen war. DAS BUCH wurde nie erklärt, kommentiert oder erzählt, wir mussten uns nur bis zur nächsten Generation zu seinen Wächtern und Überbringern machen. Die Prüfungsstunde endete entweder mit Stockschlägen auf die Fußsohlen, während die Hände von zwei Pflichtbesessenen aus der Gruppe festgehalten wurden, die vor Lachen über die Schreie des Gefolterten platzten, oder sie gipfelte in dem seltenen und zeremoniellen Anrecht, den Meister während seiner Abwesenheiten zu vertreten. Ich machte das sehr oft, wobei ich das Hochgefühl in die Länge zog, die Worte eines Gottes unter dem wasserdurchtränkten Schwamm weichen und wie Fische in die ursprüngliche Stille zurückverfallen zu sehen.

Ich mochte den Geruch des Lehms, mit dem wir das Holz bestrichen, um es zu bleichen und die neuen Verse darauf zu empfangen. Und vor allem liebte ich es, die Älteren dabei zu beobachten, wie sie den *Smagh*, die heilige Tinte, herstellten, indem sie Schafwolle verbrannten, dann den Bodensatz mit Wasser mischten und damit behutsam die *Douaya* füllten. Diese Zeremonie war das Vorrecht der Ältesten, aber man erlaubte auch mir sehr bald, sie alleine zu zelebrieren. Der modrige Geruch von *Sansal,* von Lehm und verbrannter Wolle sind für mich der Duft eines Mysteriums geblieben.

Und wenn das Heilige Buch manchmal das Kind, das ich war, langweilte mit seinen unverständlichen Worten, dem Geschrei und den viel zu lückenhaften Erzählungen, um die Vorstellungskraft des Lesers zu binden, so liebte ich es doch, dabei lang andauernd über die ersten Mysterien nachzusinnen. Genauso wie die Schrift vor meinen Augen war der Mensch aus Lehm erschaffen worden, verkündete die Sure der Kuh, die längste DES BUCHES, und das musste seine Bedeutung haben.

Nach und nach schaffte ich es, meine Kameraden unter den neugierigen Blicken des Meisters zu überholen, indem ich mir mit einer verrückten Geschwindigkeit die Kapitel einprägte und den Rhythmus herausfand, der die Verse in meinem Kopf eingrub. Dabei verwandelte sich meine jämmerliche Stimme in eine sanfte Melodie, die dem Imam der Moschee lieblich vorkam. Man lernte DAS BUCH beginnend mit dem letzten Kapitel, den kürzesten Suren, und ging zurück zu denen, die uns wie hohe und stumme Berge erwarteten und mit geheimnisvollen Kapitelnamen bezeichnet waren: die Grotte, die Kuh, die Dichter, etc. Kurioserweise waren die Überschriften der Suren veritable Bilder für mich und ich verlor mich darin, mir ihre Formen vorzustellen, so als würde man versuchen, in der Verteilung der Sterne die Umrisse von Fabeltieren zu erraten. Ich liebte an DEM BUCH die Beschreibungen des nächtlichen Himmels, seine Faszination für die Gestirne und die Sternschnuppen oder auch seinen Tonfall, so kraftvoll wie Streitereien an einer Wasserstelle. Und ich hasste daran die ellenlangen Gesetze und die Drohungen, etwaigen Ungehorsam und Aufruhr mit Feuer niederzuschlagen. Aber vor allem habe ich die unklaren Kapitelköpfe geliebt, die manchmal die Rezitation mit seltsamen Lautmalereien eröffneten. Alif/Lâm/Mîm. ALM. Oder dieses andere Nun, dessen Schreibweise auf Arabisch ein Tintenfass suggeriert, einen Mond über einem Tal oder ein schwarzes Meer mit einem Fischer, der vom Himmel heimkehrt. Ich fand diese Angewohnheit Gottes fabelhaft, nur bestimmte Gegenstände in die Tasche der Welt aufzunehmen, um Fetische und Schwüre daraus zu machen: Halbmond, Sternschnuppe oder unbeweglicher Stern, Pilgersandalen, Weintrauben, Armbänder, Augenlider oder eine Razzia, brennender Dornbusch und Tunika. In den Titeln der Suren erlebte ich ein erstes Alphabet, das mich etwas beruhigte.

Ein wenig bestärkt kam ich am Abend mit neuen Versen nach Hause. Sie waren dazu angetan, die Wogen des Unbeschreiblichen zum Stillstand zu bringen und das fremde Atmen jenseits der Festungsmauern von Gottes eigenen Worten zu halten. Ich hatte ehrlich gesagt kein wirklich religiöses Bewusstsein und der Gebetsritus, die verschiedenen Beschwörungen der Großzügigkeit Gottes, seiner Großmut und seiner Wutausbrüche erbosten mich genauso wie Schmeicheleien. Dennoch schätzte ich die Welt der Rituale und der Gewohnheiten, die Gebete im Morgengrauen und das Aufheben um die Riten. Ich glaube, schon am Ende des zweiten Jahres verdächtigte mich der Meister der Madrasa, gottlos zu sein, oder zumindest nur halbherzig zu glauben, aber er verzichtete darauf, Hadj Brahim gegenüber entsprechende Anspielungen zu machen, der ihn mit seinen Großzügigkeiten überschüttete. Ich behalte von diesen fabelhaften Zeiten der Rezitationen eine gute, heile Erinnerung zurück: das Geräusch der Zypressen im Hof der Moschee, den Geruch der schimmeligen Teppiche, in die ich während der Kniefälle die Nase vergrub, die schrillen Insekten oder die weichen Regenfälle. Gleichzeitig waren wir schelmischen Kinder oder jungen Männer darauf bedacht, uns einen Bart wachsen zu lassen, uns heiser zu schreien, um in den höchsten Tönen klingend DAS BUCH fortbestehen zu lassen, das versuchte, die ganze Welt zu erfassen.

Zu Hause war für meine Tante Hadjer die Veränderung deutlich wahrnehmbar. Als ob ich endlich geheilt wäre, lächelte sie mir häufiger zu. In den Nächten blieb ich wach, um an Gott und das Geheimnis DIESES seines Buches zu denken, ich wiederholte Verse, indem ich den Tonfall wechselte, um zu sehen, wie es klang, und schlief dann am Ende irgendwann ein, um vom Paradies und seinem müßiggängerischen Grün zu träumen und so auf das Ende der Welt zu warten. Dieser Zeitabschnitt dauerte etwa drei Jahre: währenddessen habe ich das Heilige Buch fast in Gänze erlernt und die alten Rezitatoren präsentierten mich in den umliegenden Douars trotz meiner blökenden Stimme schon als Wunderkind. Ich las mit ihnen aus dem Heiligen Buch um einen Toten herumstehend oder beim Couscous, während einer Beschneidung oder um die Rückkehr eines Pilgers aus Mekka zu feiern, der zwar erschöpft zurückkam, aber begeistert davon war, im Zentrum der Welt gewesen zu sein, wozu er für die Seinen im Dorf von nun an auch gehörte. Es sind Erinnerungen an Hitze und Feigen, die dunkel und knorrig den Hundstagen trotzten, an Fleisch, schwer vor Fett, das ich heimlich zu essen vermied, und an die langen und zermürbenden Diskussionen über Gott, seine Namen und seine Freigiebigkeit dem Menschen gegenüber. All dies hätte mich zu dauerhafter Tugend und zum Ruhm eines religiösen Lebens führen können, das ganz DEM BUCH Gottes geweiht war. Nur dass eines Tages, auf eine höchst komödienhafte Art und Weise, mit einem Schlag alles vorbei war. Mit einer unerklärlichen Banalität.

31

Eines Mittwochs (ich bin an einem Mittwoch geboren) wachte ich spät auf, Hadjer war auf dem Weg zum Hamam, ein monatlicher Ritus nach ihrer Regel, glaube ich. Die plötzliche und vollkommene Stille im Haus behagte mir nicht. Mein Großvater schlief und ich vergewisserte mich sorgfältig, dass dem tatsächlich so war, dann überprüfte ich das Gas, die Wasserhähne, die geschlossenen Türen und Fenster, bevor ich mich schnell anzog. Im Hinausgehen griff ich noch nach einer großen weißen Weintraube, die als Frühstück herhalten musste. Es war auf dem Weg zur Madrasa, dass meine Welt in zwei Teile zerbrach. Ich stolperte über einen Stein, fiel der Länge nach in den Staub und kam mit aufgeschürften Knien in der Schule an. Die Traube war nichts mehr als eine Erinnerung. Der Schulmeister, Sidi Khloufi, untersuchte mich einigermaßen erstaunt und fragte mich, was denn passiert sei. Ich weiß auch nicht, was mich geritten hat, aber ich zeigte ohne zu zögern auf den Letzten, der noch nach mir zu spät kam, und beschuldigte ihn, mich in den Rücken gestoßen zu haben. Er wurde dann ergriffen, ausgepeitscht und musste sich in die Ecke stellen. Als einziges Zeichen von Protest schaute er mir mit seinen großen, jammernden Augen hinterher, ohne begreifen zu können, warum ich, der am meisten geachtete und harmloseste Schüler, eine solche Ruchlosigkeit begehen konnte. Am Abend, nach dem Ende der Rezitationen, begnügte er sich damit, mich anzuspucken, und flüchtete im Laufschritt. Was hatte mich dazu getrieben zu lügen? Vielleicht die Angst, mich lächerlich zu machen. Oder das Bedürfnis, mein eigenes Bild in den Augen der anderen zunichtezumachen. Oder ein noch schlimmeres Übel. Heute glaube ich, dass dieser Weg des sinnentleerten Koranlernens der Tod für meine Gabe gewesen wäre und dass diese, weil sie sozusagen im Untergeschoss in der Falle saß, schlicht die Grausamkeit besessen hat, mich zu dieser Schande und damit zur Flucht zu drängen. Aber eigentlich war ich, ohne es zu wissen, die Rezitationen leid, die sicherlich die Teufel hinter den Mauern der Verse zurückhielten und mir erlaubten, an etwas Machtvolleres als an den Schrecken zu glauben. Nur genügten sie nicht, um mein Bedürfnis zu stillen, das bereits nach einem anderen Körper, nach Durchbrüchen und größeren Geheimnissen als der Zurschaustellung von Beschreibungen der Hölle, des Paradieses oder eines Gottes strebte, der mir geschwätziger vorkam als die Welt, die er erschaffen hatte.

Eine Woche zuvor war ich mit meinen älteren Kameraden unterwegs, um mit unseren Stimmen eine Beerdigungszeremonie zu beschließen. Man lud uns ein, uns im hinteren Teil eines riesigen Zeltes hinzusetzen. Die Nacht war finster und staubig wegen der Pfade, die zu diesem Douar führten, und verschmutzt durch die Gaslampions, die man allzu beliebig überall hingestellt hatte. Ich nahm den schweren Geruch von Couscous wahr, noch bevor wir überhaupt angekommen waren.

Die Autos hatte man irgendwie in die Landschaft geparkt und halb nackte Kinder sprangen unter geduldigen Bäumen herum. Eine Art tonlose Konversation überbrückte die Stille und ich hatte etwas Mühe, eine Ecke zu finden, um dort meine Schuhe unter dem Teppich zu verstecken, weil ich sonst Gefahr gelaufen wäre, sie in der Rempelei des Aufbruchs nach dem Essen nicht mehr wiederzufinden. Der Tote war ein am selben Abend repatriierter Greis, und man würde den Tagesanbruch abwarten, um ihn unter die Erde zu bringen. Ich war ein wenig eingenickt, als einer meiner Nachbarn mich in den Schenkel pikste, um mich zu wecken.

Sofort stimmten wir die lange Sure des Barmherzigen, Ar-Rahman, an, die wegen ihres Rhythmus und ihrer kunstvollen Beschreibungen des Paradieses und seiner Zierden die Lieblingssure der meisten Leute ist. Unkonzentriert und ein wenig müde starrte ich auf den Sarg, der mit einem grünen Überwurf bedeckt war, auf dem in Gold gestickte und zu einem Gittermuster verknüpfte Verse funkelten. Der Tote lag darin, unnütz und fast vergessen. Ich wusste seinen Namen nicht, nur den seiner Sippe. Plötzlich, genau in dem Moment der Rezitationen, als sich die Gemüter zu erregen begannen, fiel ich in eine Art von Luftloch, eine langsame Stille. Ich sah mich wie durch eine Fensterscheibe, mit offenem Mund, im Chor mit den Meinen, während der Tote mit dem ganzen stumpfen Ernst eines Leichnams schwer, unbedeutend und empfindungslos dalag. Wir waren nur eine Bande von öffentlichen Ausrufern und eingeladen worden, um mit den Töpfen zu rasseln, den Tod fernzuhalten und mit unserem Gottesrumoren die Stille zu füllen, die er hervorruft. Die Verse taten nichts zur

Sache und der Verschiedene war so taub dafür wie ein Stein angesichts des Gebets. Ich fand mich etwas lächerlich: Es fehlte etwas, damit die mächtigen Worte wirken konnten und um den Leichnam erschaudern zu lassen oder ihm wenigstens irgendeinen Sinn zu verleihen. Ein Gast hatte es gewagt, seine Schuhe unter dem Sarg zu verstecken, und Kinder näherten sich neugierig und ehrfurchtslos. Die Nichtsnutzigkeit der Kiste stieß mir auf, sie würde bald doppelt und dreifach geschlossen werden, damit die Geisel nicht daraus entkommen konnte. Als ich mir dieser Täuschung bewusst wurde, überkam mich auf einmal ein Brechreiz. Waren meine Vorstellungen tatsächlich so klar? Ich glaube nicht, aber ich erinnere mich noch an diese für einen Dreizehnjährigen unbekannte Emotion und an das Gefühl, reingelegt worden zu sein, was mich enorm wütend machte. Der Tod hatte dieselben Gesten und dieselben Schliche wie Brahim. Er benutzte plumpes Feuerwerk, um das Wesentliche zu kaschieren. Waren wir etwa die Kundenfänger des Glaubens? Am Abend, spät in der Nacht, brachte man mich zu unserem Haus zurück, die Arme voll mit Couscous und Fleisch, das ich wegwarf und verstreute, bevor ich das Haus betrat. Hadjer hatte, während sie wartete, vor sich hin gedöst, sagte aber nichts, als sie mich jetzt mit meinem Unheil verkündenden Gesicht zurückkommen sah. Die Krankheit war so wie eine Rauchwolke wieder da, und sie hatte es erraten. Ich nannte diese Nacht in meinem Kalender »die Nacht der Bestimmung«. Hinter dem Heiligen Buch war ich auf unbekanntes Territorium vorgestoßen.

Die Wahrheit ist, dass ich auf meiner Lippe und zwischen meinen Schenkeln schon spürte, wie meine ersten

Haare wuchsen; etwas Taubes und Blindes kroch durch meinen Körper und rief köstliche Reibungen und beunruhigende Schlaflosigkeiten hervor. Das Gegenstück war dieser Leichnam, der besänftigte Tod und meine nie nachlassende Angst. Ich erklärte also schlicht, dass ich nicht mehr in die Koranschule zurückgehen würde, und begründete damit meinen Ruf als Renegat. Meinen Vater stürzte ich so in noch größere Schande, zumal er einen Moment lang schon geglaubt hatte, sein Gott hätte ihm verziehen. Ich hatte diesen ersten Glauben verloren und ich schaffte es nie wieder, ihn in mir wiederherzustellen. Ich war nicht ungläubig geworden, aber ich betrachtete meine Religion wie ein vergriffenes Handbuch. Das Mysterium war redlicher, wenn es nicht durch rituelle Waschungen und Gebete erklärt wurde.

32

Morgens schaute ich mir oft mein Geschlecht an. Lang und dünn, wie ein Zeigefinger zum Himmel gestreckt, vielleicht als Hinweis auf die Jungfrauen im Paradies oder auf Milchabsonderungen in der Nacht. Ich war anders, und nur meine Tante und mein Vater wussten es. Als Kleinkind war ich nicht beschnitten worden. Zunächst wegen meiner Abenteuer als ein zwischen zwei oder drei Haushalten herumgeschubstes Kind, dann weil ich immer durchdrehte, wenn ich Blut sah. Alle meine Halbbrüder, Cousins und anderen Verwandten hatte es letztlich irgendwann erwischt, an einem Freitagmorgen, in Gestalt eines Erwachsenen, der sie gezwungen hatte, die Beine vor einem Barbier breit zu machen, damit er ihnen die Vorhaut abschnitt – nur mich nicht. Hadj Brahim hatte einmal schwer darauf bestanden, aber meine Tante hatte ihn davon abgebracht, um dann Jahr um Jahr Zeit zu gewinnen bis zu dem Tag, an dem das Thema zu anstößig wurde, um es noch in der Öffentlichkeit zu erwähnen. Aber ich konnte die Vorstellung nicht loswerden, dass mein Vater immer daran dachte, wenn er mich traf. Während meiner Kindheit und Jugend wurde das Thema manchmal hitzig zwischen Hadj Brahim und Hadjer diskutiert, wobei es bei dem Ersten Wutanfälle auslöste, in denen er dann Gott oder die Überlieferung anrief, ohne dass aber meine Tante jemals zurückwich, die das Opfer verweigerte und mit unerwarteten theologischen Gründen argumentierte: nichts im Heiligen Buch erlege diese Verstümmelung auf, vor allem nicht einem kranken und sensiblen Kind. Das zähe Ringen wurde heftig, aber meine Tante blieb unnachgiebig, indem sie unerbittlich und als ginge es darum, mich zu schächten, die ganze Kraft ihrer Wut gegen das Schicksal in die Waagschale legte. Ich wuchs also mit dem Gefühl auf, dass mein Glied der Schauplatz eines Kampfes war, dessen Streitgegenstand der Stolz meiner Tante und der gefährliche Wunsch meines Vaters war, sich an mir oder meiner Mutter zu rächen. Natürlich begriff ich mit den Jahren, dass es sich für mich erübrigte, mich vor anderen Kindern nackt auszuziehen, ab einem gewissen Alter ins Bad zu gehen oder über meine Anatomie zu reden.

Ich habe erst wieder an diesen verweigerten Fleischespakt gedacht, als sich die Frage meiner Heirat stellte. Was würde Djemila denken, wenn ich ihr eines Tages meinen Körper schenkte, um ihren wiederherzustellen? Wenn wir heirateten und sie diesen Exzess an mir entdecken würde, diese viel schlimmere Besonderheit als die Gottlosigkeit? Vielleicht würde sie das schockieren. Oder auch nicht. Als ich vor sechs Monaten ihren Augen zum ersten Mal begegnet bin, habe ich in ihnen eine Aufforderung, eine Überraschung, aber auch eine leichte Komplizenschaft gelesen. Der Körper einer verstoßenen Frau ist der Beweis ihrer Unreinheit. Das würde uns vielleicht zusammenschweißen. Durch die Gerüchte weiß sie, dass ich ein gefürchteter und verspotteter junger

Mann bin. Vielleicht ist ihr klar, dass damit Stigmatisierungen verbunden sind.

Was sollte ich meiner Ehefrau und was würde sie ihrer Mutter, das heißt der ganzen Sippe und dem ganzen Dorf, dann über mich sagen? Das große Versprechen des Mysteriums der Liebe prallt gewissermaßen auf eine simple Geschichte von Schlössern und Schlüsseln. Sex ist die ganz große Sache bei den Meinen. Man hat ihm neunundneunzig Anspielungen in unserer Sprache, viele Jahre voller Gerüchte und Klatsch gewidmet, und man spricht überall davon, als wäre er die letzte Erklärung der Schöpfung. Dies ist die wahre Frucht von Aufstieg und Fall. Er dient dazu, die Kleider, die Kraft der Stimme, die Anzahl, aber auch die Ehre, den Ruf und die nötigen Ersparnisse für die Kosten der Heirat zu bemessen. Aber im Gegensatz zum Tod ist er unsichtbar: Sex versteckt die Körper dort, wo die Totengräberin sie in kleinen Hügeln, Hüften, Brustwarzen und Kurven zur Schau stellt. Witzig, nicht wahr? Bei den Hochzeitsfeiern oder den Beerdigungen zelebriert man die beiden mit demselben Eifer, manchmal sogar mit denselben Versen. Ich schweife ab, während die Stunde ernst ist und mein Vater zu sterben droht, weil er von meinem ungeschickten und unvollendeten Märchen getötet wird.

Ich schrieb also, dass meine Weigerung, die Lehre in der Koranschule fortzusetzen, im Dorf einen Skandal auslöste. Und das umso mehr, als meine Stimme dort ein vielversprechendes Ansehen bekommen hatte und mein Vater entschädigt worden war. Niemand verstand meinen Austritt und am wenigsten meine Kameraden aus der Madrasa, die, getäuscht durch meine Ernsthaftigkeit, nicht wussten, was in mir vorging. Darüber hinaus war es der Ungehorsam gegenüber Gott selbst und das Unfertige an meinem Werk, das schockierte: Ich war so nur der Überbringer der Hälfte des Heiligen Buches. Was an sich eine Anomalie war. Doch ich machte mir nichts daraus. Ausnahmsweise fühlte ich mich einmal frei in jener Unverfrorenheit, die gleichzeitig meiner Pubertät und meiner Intelligenz entsprang. Dieser Zustand hielt einige Wochen an, sodass mein Verstand genügend mobilisiert war, um standzuhalten, mein Abweichen zu begründen oder auf die Drohungen Hadj Brahims zu antworten. Aber plötzlich, eines Nachts, war die entsetzliche Krise wieder da und ich fiel zurück in das Mysterium, konnte mich nicht mehr artikulieren und wurde auf den Fliesen unseres Hauses ohnmächtig, biss mir auf die Zunge und sabberte wie ein Besessener. Ich beschloss also endgültig aufzuhören zu beten, keine rituellen Waschungen mehr vorzunehmen und mich nicht weiter zu Kulthandlungen zu zwingen. Der Vogel war kein Engel, sondern ein Papagei. Das war mein Urteil. Im Großen und Ganzen gewann Zabor die Oberhand über Ismaël, völlig gegensätzliche Zwillinge.

Wie hatte ich es nur geschafft, die Sprache meiner Gabe zu entdecken? Wie habe ich mich vom Schicksal der Meinen emanzipieren können, obwohl ich doch ihren Weg verließ und ihr Heilsrezept links liegen ließ? Durch Zufall, vielleicht auch Müßiggang. Auf der Insel der Verzweiflung fand ich eine gestrandete Flasche und darin einen ersten Satz auf Französisch: »Sie kam nackt auf mich zu.« Aber bevor ich diese Sprache beherrschte, musste ich sie in der Ekstase entziffern. Der Ekstase von Sex und Reisen, diesen beiden Seiten, die den Körper zu einem anderen hin erweitern, ihn zu neuem Leben zwingen. *(Glaubt man meiner Tante, geht es dem Alten nicht gut. Er atmet fast nicht mehr. Trotz der Jahre des Hasses empfinde ich sein Leid, und habe etwas Panik bei der Vorstellung, dass sein Tod und seine Krankheit wirklich und unwiderruflich sein könnten. Er hatte mich so oft belogen, dass sein tatsächliches Leiden unter seinem Feuerwerksleben verschwindet. Ich sage mir, dass selbst sein Leichnam nicht authentisch sein wird. Wie in einer anderen fabelhaften und abscheulichen Geschichte wird man ein Schaffell an seiner Stelle beerdigen, als Ersatz für die Geschichte seiner vom Himmel gefallenen Schafe. Kann er sterben, solange ich schreibe? Warum scheint sich das Wunder dieses Mal nicht zu vollziehen und mich zu widerlegen, während es doch der Höhepunkt meines Schauspiels sein sollte? Ich wusste nicht, was ich an diesem Tag machen sollte, an dem man nur noch abwarten konnte. Noch mal Djemila schreiben oder mit Hadjer darüber reden, nur dieses Mal nicht in Andeutungen, sondern ohne Umschweife? Der Zeitpunkt wirkte unpassend, aber die Geschichte dieser Frau war ungeschickterweise mit der meines Vaters verbunden, der es sogar abgelehnt hatte, dass ich mit meinen Nachbarn auch nur darüber sprach. »Nur über meine Leiche!«, hatte er vor einer Tasse Kaffee entschieden. Hadjer konnte ihm dieses Mal nicht widersprechen. Das hat mich in eine schreckliche, lang gehegte Wut versetzt, die wie ein Unwetter alle aufgestauten und unterschwelligen Wutanfälle einschloss. Ich habe mir vor allem vorgeworfen, es überhaupt über ihn versucht zu haben und, wie es die Anstandsregeln verlangen, seinen Segen und seine Geste abgewartet zu haben. Er hatte mich mit dem Gesetz in der Hand und ich ihn mit der Revolte. Als Reaktion oder aus Widerspruch habe ich entschieden, die Geschichte mit Djemila zum Anlass meiner definitiven Befreiung zu machen. Denn bis auf zwei Zufälle habe ich diese Frau nie treffen, nie auch nur mit ihr reden können. Das ist in unserem Dorf einfach nicht vorstellbar. Eine junge, geächtete Frau kann nicht beliebig oft zum Hamam gehen, mir nicht anlässlich einer Hochzeit oder zufällig auf der Straße begegnen und mir auch nicht schreiben. Ich weiß nicht, wie es die Verliebten machen, wenn es überhaupt jemals vor der Heirat Verliebte gegeben hat. Das Schreckgespenst von Sex und der zwanghafte Ehrbegriff machen diese Rendezvous unmöglich. Üblicherweise bedient man sich dafür der Dienste von Heiratsvermittlerinnen, von Kleidungs- und Schmuckverkäuferinnen, oder man legt sich unter den Fenstern auf die Lauer. In unserem Fall wäre es das einzige praktikable Mittel, sich auf dem Friedhof zu treffen, aber das würde man gut organisieren müssen. Ein seltsamer Ort, um sich ein Leben zu zweit zu versprechen und es mit einem Kuss über einem Grabstein zu besiegeln. Ich hatte beschlossen, nach draußen zu gehen, bis zu den Grenzen des Dorfes zu marschieren, wo ich immer in Ohnmacht fiel, wenn ich versuchte sie zu überschreiten. Die Festungsmauern meiner Welt befinden sich in meinem Kopf, und manchmal mache ich mich dahin auf, um meiner Berufung als Wachposten nachzugehen. Das Buch beginnt da, wo ich aufhöre.)*

III
Ekstase

33

(Mein Vater wird sterben oder ist schon halb tot. Diese Nacht wurde von Geräuschen wie von schabenden Fußsohlen auf dem Dach zertrampelt. Manchmal fallen Steine auf die Dachziegel, als ob das Haus eine gesteinigte Frau oder ein Hund wäre, den man in die Flucht zu schlagen versucht.) Normalerweise mache ich langsame Bewegungen. Als wollte ich kein Stück meiner Welt, kein Porzellan vom Himmel fallen lassen. Ich bin für die Meinen, das Dorf, sein mögliches Ende, seine Geburts- und Todeskreisläufe verantwortlich. Auf meinen Schultern halte ich dieses Universum im Gleichgewicht. So bin ich dann noch einmal nach Osten durch die Felder gegangen, die wegen des Sommers noch heiß waren. Es war die angenehme Stunde, die dem Sonnenuntergang vorausgeht. Der Himmel war weit und tief in den Farbtönen wohlmeinender Verbrennungen. »Wenn die Sahara ein Engel wäre, würde sie genau so aussehen«, flüsterte mir mein Tier. Ich erreichte den französischen Friedhof – verwüstete Gräber in völliger Unordnung, als ob die Auferstehung für diese Religion bereits stattgefunden hätte und ihre Toten sich zwischen Aburteilung und Umsiedlung befänden –, ging vorbei und bewegte mich in Richtung der letzten Johannisbrotbäume und der Weinfelder. Das sind dann

die am weitesten entfernten Bäume, die letztgenannten auf meiner Karte, die zur Hälfte auf unbekanntem Terrain wachsen. Dort blieb ich stehen, denn wenn ich an ihnen vorbeigehe, falle ich in Ohnmacht. Das ist mein Gesetz. Ich habe so oft versucht weiter zu gehen, in alle Richtungen, und war schließlich überzeugt davon. Wenn ich in meiner Jugend versucht habe, einen Ausflug in die Stadt zu machen, um einen Film zu sehen oder Schuhe zu kaufen, bin ich im Bus in Ohnmacht gefallen, kaum dass er dazu angesetzt hatte, die Gefällstrecke vom Hügel hinunterzufahren. Sobald man meinen Vater verständigt hatte, brachte man mich zu mir nach Hause. Ich habe auch mal im Süden das Bewusstsein verloren, auf Höhe der ersten Kaktusfeigenbüsche. Und im Westen, wo man mich mit nass gewordener Hose, sabbernd und von Krämpfen geschüttelt im hohen Gras der Wiesen gefunden hatte. Wie ein Fluch oder als Zeichen, dass das Dorf an meinen Schritten haftete, ist es schon immer so gewesen. Ich bin ein wenig wie Younes, dem Gott diesmal eine Falle gestellt hat, um ihm die Flucht aus Ninive zu ersparen: der Wal, das Meer, der Schiffbruch und mich hat er stattdessen in meinem eigenen Geifer in meinem Dorf ertränkt. Jedes Mal spüre ich, wie die Erde sich bewegt, wie ein Teppich, den man mir unter den Füßen wegzieht, Übelkeit, und dann senkt sich ein samtenes Schwarz auf meine Lider und ich drehe mich im Kreis. Mit Orangenblütenwasser begossen und fest umschlungen, werde ich dann in Hadjers Armen wieder wach, und mit einem Gemurmel wieder zurückgeholt, das mir erzählt, dass mein außergewöhnliches Leben den bösen Blick auf sich zieht und dass meine Zukunft großartig sein wird, weil Hadjer in ihrem Traum eine Sintflut aus weißen Federn gesehen hat und ich glücklich inmitten in diesem Schnee der Engel saß, denen die Haare zu Berge standen.

In einem gewissen Alter wurde mein Übel notorisch, und man wertete mein Schicksal als ein Zeichen, selbst wenn es nicht zu entschlüsseln war. Bei uns glaubt man fest, dass sich die Gabe und das Opfer ausgleichen. Ich wusste, dass ich Gefangener meiner Gabe und Aboukirs war, dass ich es weder verlassen noch untätig dort verharren konnte, ohne mich zu rühren. Als Reisender durch das Imaginäre musste ich dort bleiben, um die Meinen, die Fassaden der Mauern, die alten Häuser, die Bäume und kranken Kinder, die Laternenmasten und selbst die Störche und die unpassenden Gegenstände am Leben zu halten. Wenn nicht, würde sich die Zeit für Gott halten und könnte eine Feuersintflut über seine Bewohner kommen lassen wie über Ninive. Ich war der Nabel dieser Uhr, also ging ich ganz langsam, um nichts fallen zu lassen, als unsichtbarer Seiltänzer zwischen dem Gewicht der Sprache und dem Gewicht der Dinge, und ich untersuchte jede Einzelheit für den Fall, dass ich lange Beschreibungen brauchen würde, um meine Hefte zu füllen: Der Anstrich war abgeblättert wie die Haut eines Jahrhunderts, der Mast einsam wie der Zeigefinger eines Gläubigen, die Straße war eben und geteert wie die Zukunft eines Sohnes aus reicher Familie, und überall flogen schmutzige schwarze Plastikbeutel herum wie Waisenkinder. Die Luft des Sonnenuntergangs duftete nach der unwahrscheinlichen Weichheit eines Baumschattens, ein alter Nachbar warf mir einen schnellen Blick zu und grüßte mich dann mit einem zerknirschten Lächeln, Kinder hörten auf, Ball zu spielen, sahen mich an, ohne etwas zu sagen, und schwankten dabei zwischen Respekt und Dreistigkeit, etc. Dieses Gefühl der Verantwortung ist beschwerlich, und wütend verweigere ich mich ihm manchmal und ergebe mich dann doch: Es ist meine Bestimmung, ich bin das notwendige Summarium der Meinen, der einzige Ort, an dem sie sich Langlebigkeit oder im besten Fall die Ewigkeit erlauben können. Ich bin der Wächter gegen den Wind, der sie auslöschen könnte, der Erzähler, der das Feuer trotz der Leere in Gang hält, während der einzig mögliche Weg ein Stern ist. *(Denn die besten Geschichten sind diejenigen, die den Zuhörer im Dunkel der Reise fesseln, die aber im Moment der Apotheose sogar das Feuer nähren, das von ihnen seine ganze Aufmerksamkeit erhält.)* Wie viele sind definitiv vor meiner Geburt gestorben? Wie viele Vorfahren hat man durch mangelhaftes Schreiben oder einen mangelhaften Schriftsteller verloren?

Ich habe mich auf das noch brennend heiße Gras gesetzt und versucht, meine Situation zu resümieren: Mein Vater stirbt oder ist vielleicht schon tot. Und als ich mir das noch einmal sagte, wurde ich von einem unermesslichen Gefühl erfasst, als ob meine Welt sich erneuern würde. Es war, als würde ich an einer imaginären Klippe stehen, und mein Herz hat einen Satz gemacht. Ich spürte, dass mir ein neuer Vorname zustand. Ich weiß, dass es wahr ist: Wenn der Vater stirbt, gibt es zwischen einem selbst und dem Tod nichts mehr. Dann ist man selbst an der Reihe. Ich sage mir, dass ich keine Kinder habe und dass ich folglich auch nicht sterben muss. Aber diese Vorstellung ist wie ein Stöhnen. Ich weiß, dass ich jetzt noch schneller, noch machtvoller und ohne Unterbrechung schreiben muss. Denn ich rette die Meinen und auch meine eigene Haut. *(»Und vielleicht die einer Frau«, sage ich zu meinem Sternenhund. Und der bleibt bei seinen Bedenken.)* Sagt man nicht, das Heil eines Propheten würde abhängen von der Anzahl der Bekehrten? Also kann er erst am Ende der Zeiten, am Ende aller Zeiten wissen, ob er in die Hölle oder in den Himmel kommt.

Am Ende des Tages kam eine der Schwestern Hadjers zu Besuch und brachte neue Gerüchte mit. Hadj Brahim schwebt zwischen Leben und Tod, und seine Kinder bereiten sich bereits darauf vor, ihn zu zerlegen, sein Vieh und seine Reichtümer aufzuteilen. Sie stupste Hadjer mit dem Ellenbogen an und versuchte sie für den nächsten Erbschaftskrieg zu mobilisieren. Die Schlacht zwischen dem Clan der Stiefmutter und ihren zahlreichen Söhnen und Schwestern, die den Patriarchen überleben, versprach heftig zu werden. Er besaß reichlich viele Güter, aber auch viele Nachkommen. Man wird sich als Erstes um seinen Vornamen reißen, um ihn den Neugeborenen zu geben. Dann um seine Herden, seine Messer und seine Ländereien. Bei uns gibt es kein Testament, vielleicht ein Überbleibsel des Nomadentums. Man hinterlässt kein Land, sondern eine Karawane. Hadjer reagierte nicht, aber ich merkte, wie sie sich verkrampfte und wie sich die schlafende Glut ihrer alten Wut erhitzte. Die beiden Frauen sahen mich einen Moment lang an und kamen dann schweigend überein, dass ich in dieser Angelegenheit keine große Hilfe sein würde. Ich bin der Sohn eines Sterbenden, aber ein kranker Sohn, Einzelgänger und vom Übel der Unbeständigkeit befallen, das die Bücher mit sich bringen.

Ich trank meinen Tee aus und ging raus. Warum hat

sich meine Gabe genau dieses Mal da oben auf dem Hügel erschöpft? Warum habe ich ihn nicht retten können, obwohl seine Geschichte doch so einfach, so klar und geschliffen war? Vögel durchkreuzten den Sonnenuntergang und man hätte meinen können, dass es Reisig und schwarze Funken im Feuer des Himmels waren. In der Ferne fuhren Autos vom Dorf wieder zu den Douaren zurück. Die Insel ist nicht so wahnsinnig groß, nichts bleibt geheim. *(»Und ihr Schatz, das bist du«, sagte Hadjers Stimme.)* Schließlich habe ich Aboukir niemals verlassen. Nicht einmal, um das Grab meiner Mutter aufzusuchen, an die ich keine Erinnerung hatte *(meine Mutter, das ist das Geräusch eines fallenden Körpers, der heftig auf den Boden aufschlägt. Sie hat keinen Vornamen, aber so etwas wie ein langes Seufzen. Während sie aufgebahrt wurde, haben Dutzende von Frauenarmen sie ersetzt, sie reichten sich eine nach der anderen meinen Kinderkörper, um noch besser zu weinen. Ich erinnere mich, dass ich dabei eingeschlafen bin, und als ich wach wurde, habe ich sie nie mehr gesehen)*. Ich sah, wie der Himmel erlosch und sich wieder öffnete *(warum ist alles ein Kreislauf, während man lieber glaubt, das Leben eines Mannes sei die Hälfte eines Ringes? Eine Hälfte an der Sonne und die andere unter der Erde vergraben, wo sie verrostet?)*, dann stand ich auf, um über die ausgetrocknete Erde zu gehen und dem Anstieg des Hügels zu folgen, an dem ich immer meine Lunge verausgabe. Ich kam eine Stunde später auf der Seite des Friedhofs von Bounoulia wieder herunter. Der Weg kostete mich zwei Stunden und ich erreichte das untere Haus, das auf mich wartete. Ich weiß, dass die Bruderschaft mich noch viel weiter wegjagen will und dass ihre Hinterlist diesmal grausam und böse sein wird. Ich bin ein rechtmäßiger Erbe und sie müssen vielleicht das sicherste Mittel finden, um mich zu verbannen. Jedes Leben ist ein Buch. Der Beweis? Der Hadith des Propheten, in dem erklärt wird, dass die Feder (die unsere Handlungen und unsere Worte und Gedanken aufschreibt) bei Verrückten, Schlafenden und Kindern vor der Pubertät erhoben und untätig bleibt. Ich gehöre bestimmt zur ersten oder zweiten Kategorie. Im Westen gab es zu viel Blut am Himmel. Vorzeichen für einen schlimmen Wind. Durch den Kontrast mit der dunklen Erde wirkte der ganze Horizont wie ein geschliffenes Messer. Ich schaute zum Fenster von Djemila, aber es war geschlossen, blind. Als ich bei uns eintrat, fand ich Hadjers Zweitschlüssel auf dem Boden. Sie hatte ihn beim Rausgehen vergessen. Das Haus stand leer und verlassen. In der Küche wartete schmutziges Geschirr.

34

Ohne anzuhalten und von einer langen Welle des Schreibens unter Strom stehend, schreibe ich über den Rand meiner Hefte, weil es ein Notfall ist. Die Linie reicht nicht mehr, ich brauche schon fast Fischernetze. In der Unklarheit aller Bedeutung zieht ein Riesending meine Zeile in die Länge und verletzt mir die Hände. Es gibt so etwas wie Wellen in den Sätzen, das Geräusch von schwerfälliger und hitziger Tinte. Ich übertreibe hier nicht, ich höre einen Atemhauch. Ich schrieb noch eine ganze Nacht lang und Hadjer war nicht da. Ich entdeckte auch ein ungleiches Paar Schuhe neben der Haustür, eine umgekippte Handtasche, und ihr Bett war nicht gemacht. Sie muss in aller Eile das Haus verlassen haben. Ich erkenne das Jaulen von Hunden, ein dumpfes Geräusch von Dingen, die zerbrechen, und das Gebrüll des Schlachthauses mit den Zinkblechen, die sich wie verhinderte Flügelschläge bewegen. Der schwarz-rötliche Himmel muss böse und spöttisch sein. Es gibt einen Stromausfall und ein Sandsturm hat das Dorf und den Himmel heimgesucht und während des Tages die Schaufenster und den Boden verschmutzt. Ich habe keine Nachricht von meinem Vater. Eine Stille hält das Dorf an, das mir wie mein Großvater vorkommt *(bewegungslos, den Kopf zwischen den Knien und von seinen Armen umschlossen, in der Ecke am Eingang zu unserer Küche. Hadjer hat dort noch das Schaffell verwahrt, das ihr in ihren Träumen als fliegender Teppich diente).* Nichts rührt sich, trotz des Windes. Wo befindet sich der Tod in diesem Moment? Manchmal schreibe ich einfach so, für den Fall der Fälle, etwa um eine Insel, einen Baum, ein unbekanntes Leben, die Schritte eines ankommenden Mannes zu bewahren, der durch die Erinnerung an ein in seinen Träumen besiegtes Tier wieder neuen Auftrieb bekam. Ich reiche meine Hand dem Herzen der Hölle, die in unserer Überlieferung tausend Namen hat, und ich versuche eine verkohlte Hand, einen schreienden Arm herauszuziehen oder ein Wesen zu unterstützen, das dem Brunnen der Leere, dem vorschnellen Urteil eines Gottes entrinnen will. Man muss schreiben, denn es gibt am Ende der Zeile immer ein Leben zu retten, einen Mann oder eine Frau, eine Verstoßene oder einen Greis. Ich habe da eine Art von Glauben.

Manchmal überkommen mich auch alte Muster von Ängsten: Wenn ich mit meinem Schreiben Leben rette, wer ist denn der Schreibende, der mich selbst am Leben hält? Die versteckte Stimme, die mich schützt, indem sie in einem anderen Palast eine andere Geschichte erzählt, die erst mit dem Anbruch der Morgendämmerung unterbrochen werden darf? Schreiben ist Reden, ohne zu atmen. Ich halte meinen Atem an und nähre meine Linie. Während meiner Sitzungen gibt es also zwei ungleiche Atmungen: die des Sterbenden und die meiner Inspiration. Ich muss sie aufeinander abstimmen. Meine Gabe kann zum Beispiel nichts gegen den Tod durch den Fall in einen Brunnen oder bei einem Auto- oder einem anderen Unfall ausrichten. Das habe ich vergeblich versucht, denn der Unfall zerreißt die Seite, das Buch, und dann habe ich nichts mehr zu schreiben. Das Schreiben muss dem Todeskampf die Stirn bieten, es ist dessen Kehrseite. Eine Geschichte benötigt Seiten und Hefte und keine zerrissenen Blätter.

Es ist das Ende, über das man nachdenken muss. Denn was alle diese Geschichten gemeinsam haben, ist der Ausgang: Es ist derselbe für den Helden und für das besiegte Monster. Das eine stirbt, wird getötet, der andere wird auch sterben, durch das Fortbestehen der Art, die Vaterschaft, dadurch, dass er in seiner befriedeten Welt überflüssig wird, durch sein Fallen in die tote Zeit. Wie stirbt der Sieger? Man weiß es nicht. Er heiratet, wird glücklich sein, Liebe erfahren, aber er hat kein Grab, während das Monster durch die Erzählung oder die Schrecken, die es erzeugt, in der fortbestehenden Erinnerung seinen Altar hat. Man muss also den mit dem Tod Ringenden zurückführen zu dem Moment seiner Begegnung mit dem Monster seines eigenen Lebens (ein Vater, eine Menschenfresserin, ein sprechendes Tier, ein Zahnschmerz, ein Fluss, die Erinnerung eines Kolonialherrn, der Hunger oder die Demütigung), ihn dann den Weg seiner Suche rückwärtsgehen lassen, bis zu dem Moment, an dem sich ihm die Frage nach Aufbruch oder Unterwerfung unter seine Ordnung gestellt hatte. Die geretteten und zurückgeholten Leben werden also dadurch bestraft, lange weitersuchen und leben zu müssen, sich in der früheren Ordnung der Suche zu verirren und darüber hundert Jahre alt zu werden. Sie müssen sich an den Wegrand, auf die Treppe unserer Moschee, setzen, Lästereien oder den Schatten eines Baumes auskosten, sich damit begnügen, zu den Göttern zu gelangen, ohne sich zu beschweren und sich zufriedenzugeben mit dem, was sie bekommen, ohne Gebete und auch ohne sich aufzulehnen. Wieder und wieder muss man bei der Auflösung anfangen. Jede Geschichte hat eine. In *Tausendundeine Nacht* muss man sie zurückstellen, sie aufschieben. Hier unter meinen Augen, in meinen Heften, muss man sie abwenden *(obwohl beunruhigende Geräusche die unbeleuchteten Gassen durchdringen und Männerstimmen versuchen, das Dorf zu beleben)*: Ich werde nicht etwa eine Geschichte erzählen, die bei jeder Morgendämmerung unterbrochen wird, sondern mehrere, die ich jedes Mal wieder neu beginne, um diese falsche Ordnung von Tod und Sieg eines Helden umzustoßen.

Man muss einen großen Roman gegen den Strom des Heiligen Buches schreiben. Ich träume von diesem Heft, seitdem ich anfing, diese sinnliche Sprache einigermaßen zu beherrschen. *(Ich habe schon immer den Wind gehasst. Es ist die erste Erinnerung meines Lebens. Ich saß im Haus meiner Großeltern mütterlicherseits, das fast eine Ruine war. Ich erinnere mich an die Tränen von Erwachsenen und das Gejammer nach der Verstoßung meiner Mutter. Niemand achtete auf mich, der Wind war der Rücken meines Vaters, das, was von ihm übrig blieb nach seiner Abreise, und nichts hatte ein Ende. Mir war kalt, erinnere ich mich, aber es gab keine Wände, um dem Hauch der Leere Einhalt zu gebieten. Ich war vielleicht drei Jahre alt, aber ich kann mich daran erinnern, denn die Zeit beginnt immer mit einem Bild und endet auf einem Bild.)* Um es zusammenzufassen: Wenn man mit dem Schreiben eine Person retten will, muss man ihre Geschichte für sie wiederherstellen, sie diese wie heiliges Wasser langsam trinken lassen, und ihr dabei den Kopf nach hinten halten, damit die Erinnerung sie nicht erstickt. *(Ein Gedanke kommt mir in den Sinn wie eine Stimme, die einen schwachen Einwand vorgibt: Hadjer ist nicht wiedergekommen, und es ist nicht ihre Art, das Haus im Laufschritt zu verlassen, und erst recht nicht würde sie es in diesem Zustand zurücklassen. Noch mich alleine lassen. Aber diese Stimme war der Teufel, oder seine Hinterlist, um mich abzulenken, denn dieses Heft ist ultimativ, wichtig.)*

Ich nehme meine Überlegungen wieder auf. Schreiben ist das Gegenteil von Sand, denn es ist das Gegenteil der Zerstreuung. Als Satz festzuhalten im Lehrbuch des Heils. Aber ich schaffe es einfach nicht, den Lauf der Erzählung im Fluss zu halten. In mir gibt es das wütende Bedürfnis, gleichzeitig aufzustehen und zu schreiben. Es überall, auf allen Oberflächen zu tun. Das Wunder der Gabe mit einer allumfassenden Tätowierung zu vollbringen. Wir haben Sommer, aber plötzlich fallen die Temperaturen, als ob sich die Erde furchtsam in einen Bau zurückzöge. Irgendetwas kündigte sich an. Ohne mich. Ich hatte den Eindruck, das Ende der Welt hätte stattgefunden und ich hätte es nicht gemerkt. Da saß ich in der Welt meiner Gewohnheiten, während alles unter der Achsel DES ENGELS zusammengefaltet und abgelegt worden war: die Sonne, der Mond, alle Monumente und Straßen und alle geborenen und gestorbenen Menschen.

35

(Mein Vater liegt im Sterben. Ich habe das niemals zuvor gemacht. Aus der Entfernung zum Sterbenden schreiben. Durch die Menge und die Mauern und die Bäume hindurch. Es ist die Entfernung, die das Schreiben in ein Gebet verwandelt. Sie vermindert die Wirkung.) Bevor der Teufel das Antlitz von Hamza/Aïssa, dem Antagonisten mit seinem Henna-gefärbten Bart und seinen schreienden Mund, annahm, hatte er eine andere Erscheinungsform. Ich hatte das Erlernen des Heiligen Buches trotz meines Talents und der Verminderung meiner Krisen mit etwa 13 Jahren abgebrochen. Das hat nicht wenige Leute überrascht und mir Animositäten und Schreie der Entrüstung in ganz Aboukir eingebracht. Ich verlor dadurch die Wertschätzung meiner Cousins und des Imams Senoussi (dessen Enttäuschung sich in Grenzen hielt) und auch eine Art von Immunität. Nicht mehr zu beten war eine der schlimmsten Ungehorsamkeiten und während alle auf die Knie gingen, konnte man mich von nun an zur Stunde des Gebetsrufes wie etwas Obszönes in den Straßen umherschlendern sehen. Ich war anstößig und das Lächeln, die Freigiebigkeit und das Vermögen Hadj Brahims mussten noch stärker überzeugen, damit die Blicke sich abwendeten. Ach, der arme Vater. Ich

war sein Unglück, aber auch eine lebende Beleidigung im Schatten seiner Geschichte eines von Gott gesegneten Fleischers: Zu den tausend Geburtsfehlern gesellte sich jetzt noch der von unverschämter Gottlosigkeit hinzu. Nur meine Tante behielt mit einem Blick voll trotzigem Stolz gegen das Schicksal dasselbe ernste und angesichts der widrigen Umstände standhafte Gesicht. Ich habe mir eine Zeit lang Fragen über ihre Religiosität gestellt und bin dann zu dem Schluss gekommen, dass sie zwar an Gott glaubte, aber auch glaubte, dass Gott ein schlechter Mittler zwischen ihr und dem Glück war. Sie respektierte ihn, aber sie verzieh ihm nicht. Dennoch war es zu dieser Zeit, dass jenes wirkliche Abenteuer meines Lebens begann, das jetzt, genau in diesem Moment, in diesem Zimmer und in dieser Hand zu Ende geht, die über die Zeit verfügt.

Ich habe die Moschee verlassen mit der Hälfte eines Buches in meinem Gedächtnis, das seine Stimme über die Hälfte der Welt verbreitete, mit einer zur Hälfte lebendigen Sprache, deren Schrift die Hälfte meiner Ängste verdrängte. Ich fühlte mich vielleicht genauso nackt und zittrig wie der Prophet Younes, dessen Geschichte ich bewunderte: »Und den vom Fisch, als er floh zornig«. Es ist der einzige Prophet ohne Gemeinschaft, ohne Sippe auf seinen Schultern. Der einzige, der standhaft geblieben war, der die Seinen verlassen hat und Gott die Stirn geboten hat, welcher sich ihm in der Form eines alten Schiffes offenbart hat, eines hasserfüllten Sturms, in der Form eines Matrosen, dann eines Wals, dann eines Baums, der seinen Schatten dem nackten Körper des Schiffbrüchigen spendet, zu dem er, dem Heiligen Buche zufolge, am Ende wurde. Dennoch ist die wirkliche Geschichte nicht die des Propheten, sondern die der Erscheinungsbilder, die sein Gott angenommen hat.

Es waren Momente der Nacktheit für mich, zitternd, aber stolz und frech. Natürlich waren meine manchmal schweren Panikkrisen wieder da, aber auch meine ungeordneten Reflexionen über das Schreiben. Von der Koranschule habe ich die Liebe zur Kalligrafie, die Vorliebe für die Materie (den *Sansal)* in der Vertiefung des Wortes, den Geruch der feuchten Tafeln und die Gewissheit bewahrt, dass es eine Beziehung zwischen der Aussprache und der Gesundheit gibt, oder genauer zwischen Rhythmus und Leben. Das Geheimnis von Macht und Abhängigkeit. Etwas verloren fragte ich mich nach dem Sinn des Schreibens, den immer von rechts nach links verlaufenden Buchstaben, als wären sie magnetisch von einem Abhang angezogen. Warum musste man in dieser Richtung schreiben und nicht in einer anderen? Warum nicht schreiben, wie das Rind pflügt, indem es hin und her geht, oder wie der Vogel, von unten nach oben und dann von oben nach unten. Oder im Durcheinander der Karawanenspuren über dem Sand?

Ich war noch im Alter eines Spielkindes, ging oft nach draußen und versuchte mich den anderen Kindern anzuschließen (»Zabor eddah el Babor!« »Zabor wurde von einem Boot mitgenommen!«), aber ich hegte und pflegte meine Ängste und ihre schwarze, wie ein Stern glänzende Tinte. Es war eine schöne, untätige Zeit des Stillstands, frei von allen Zwängen. Hadjer wartete auf Freier, die Hindi-Filme waren reich an Palaver und mein Vater Hadj Brahim hatte sich noch nicht ganz dem Druck meiner Stiefmutter und ihrer Niedertracht gebeugt. Der einzige schwarze Schatten war, dass meine nächtlichen Ängste und meine Schreie wieder da waren, dass ich manchmal schlecht schlief, was mein Wachstum beeinträchtigte. Mit den anderen Jugendlichen des Viertels versuchte ich mich im Fußball, bis ich begriffen hatte, dass ich der Gegenstand von Spötteleien war. Ich lief mit Noureddine zusammen verlorene Bälle wieder einsammeln und mit ihm probierte ich Zigaretten. Wie zum Schutz, weil er Muskeln hatte und gefürchtet war, bewahrte er mir seine Freundschaft wie ein älterer Freund, obwohl er jünger war als ich.

Ich war mir lebhaft bewusst, dass es eine Kluft gab zwischen meiner einsamen und unbewussten Suche nach einer Sprache, die geeigneter war, die Welt zu befrieden und sie wiederherzustellen, und meinem Anschein eines gewöhnlichen, schmächtigen Kindes, das von den altersgemäßen Spielen und ihren rituellen Unartigkeiten angezogen war. Im Inneren meines Kopfes hatte ich kein Alter, nach außen war ich derjenige, von dem man erwartete, sich den Gruppen im Viertel unseres unteren Hauses anzuschließen. Es war eine Zeit, in der ich mit ständigem Lächeln und unterwürfig versuchte, zu den anderen zu gehören, bevor ich zu der Einsicht kam, dass es unmöglich war, von ihnen zugelassen zu werden *(für Hadjer waren es meine unsichtbaren Flügel und nicht meine Beine, die mich daran hinderten, gut Fußball zu spielen)*. Ich sagte mir also, dass alles eine Frage der Möglichkeit von Sprache war: Wenn ich meine von rechts nach links schrieb, setzte das die Existenz einer unsichtbaren anderen voraus, die sich im umgekehrten Sinne schrieb, oder noch einer anderen, die um die Welt ging und zum ersten Satz zurückkam, der geschrieben worden war.

Natürlich habe ich aus meiner Schulzeit eine bleibende Erinnerung und die holprige Beherrschung eines französischen Alphabets, seine Stangen und Bäuche, seine unregelmäßigen Emporschwingungen mitgenommen, aber ich hatte nur einige Sätze, Romanauszüge und Gedichte wirklich im Gedächtnis behalten. Die arabische Schrift erschien mir zwar noch faszinierend, aber sie erschöpfte sich, indem sie sich in einem einzigen Buch im Kreise drehte, zwischen meinem Schulmeister, den Versen und meinen Träumereien über die Geschichten der Propheten und ihre Bewährungsproben oder ihre Wanderungen. *(Ich mochte die Anfänge der Prophetengeschichten über die Entstehung von Bestimmung, aber die Erzählung ihrer Gesetze langweilte mich. Ich erkannte darin auch eine Unvollkommenheit: Am Ende starben sie immer. Ein vollkommener Prophet stirbt nicht, und zwar nicht nur weil er seinem Gott nahekommt, sondern auch, weil er die Menschheit retten muss, damit sie geboren werden kann. Warum träumt jeder Prophet davon, der letzte zu sein? Damit man an seine Präsenz für alle kommenden Zeiten glaubt.)* Ich wünschte und ahnte eine andere Lösung für meine Angst voraus. Manchmal, wenn ich ausgestreckt in unserem Hof lag und die Welt Ewigkeit und Sommer war, meditierte ich ausgiebig über einen zufällig gewählten Gegenstand, einen Kieselstein oder eine unreife Orange. Ihn wie ein Buch zu wenden, das ich in den beiden, den drei Richtungen lesen konnte, der aber nicht etwa von Licht durchdrungen war, wie ein Blatt im Gegenlicht, sondern von allen möglichen Worten, wie ein in der Hand liegender Knotenpunkt ihrer Begegnung, der blinde und offenbarte Kern aller Literatur. Ich verlor mich also in seltsamen Darstellungen, kalligrafischen Monstrositäten, Blattadern aus Tinte. Der Müßiggang und die Angst zwangen mich schon dazu, die Möglichkeit der absoluten Glyphe, im Ergebnis eine ganze Geschichte in einem einzigen Wort zu entwerfen *(»oder in fünf«, präzisiert Poll; »oder mehr«, rät der Hund)*. Alles Träumereien über ein heiliges Schreiben: das den Gegenstand umarmen würde, seine Schale und seinen verborgenen Kern darstellen würde, den die Kalligrafie, die Tinte, der Geruch der Tinte und der Tintenfüller halbwegs offenbaren. Etwas fast Lebendiges, eine Schrift käme zum Vorschein, die einem die Hand reicht.

In diesen Jahren kehrte in den Nächten, aber auch nach der Siesta, die Angst zurück. Ich erinnere mich, dass ich immer spät, ein wenig leer, mit der Panik des Reisenden wach wurde, der die Augen an einem unbekannten Ort öffnet und in seinen Taschen fühlt, um seine Fassung und seinen eigenen Vornamen wiederzufinden. Ich meinerseits, ich fühle an meiner Welt, versuche die plötzliche Sorge zu überwinden, die von der Unvertrautheit ausgelöst wird, und gebe sehr schnell, wie in einem Ritual, den Dingen einen Namen. Ich sage der Vorhang, das Fenster, die Tür, der Zitronenbaum, meinen einzigartigen Namen (Zabor, nicht Ismaël), Einzelheiten meines Körpers wie der Schönheitsfleck auf meinem Arm oder den Namen eines Medikaments gegen Kopfschmerzen, das neben mir liegt. Ich sage Hadjer, Hadjer, Hadjer. Die Bestandsaufnahme ist nötig, um ein wenig Ordnung ins Chaos der Welt zu bringen. Ich murmele meine Verse jedes Mal, wenn ich wach werde, vor mich hin, ich rezitiere meine Mantras, damit die Gegenstände wie winzige Teeblätter auf die Erde herunterfallen, sich niederlegen und ihre schmetterlingshafte Gemeinschaft wieder aufnehmen. Die Unebenheit der Gegenstände, das Rauschen des Laubs im Hof, die Schritte der Unsichtbaren und vor allem das Bangen, das die Haustiere mit ihrer hinterlistigen Langsamkeit auslösen, darin bestand die Unordnung, die mich bis ins Mark traf.

Trotz des leisen Glücks war mein Erwachen aus dem Mittagsschlaf zu dieser Zeit meiner Jugend fast immer von stummem Geschrei oder vom Seufzen eines Besiegten gefolgt. Meine Tante, die mir ihre entschiedene Zuneigung bewahrte, nahm mich dann in ihre Arme, rief die Namen der Heiligen an und ließ mich Weihrauch und Zwiebelstücke schnuppern. Die Wahrheit ist, dass ich sicher verängstigt war angesichts des Grauens namenloser Dinge, aber ich kultivierte meine Krisen auch als Rache an meinem Vater. Irgendwie wusste ich, dass dies alles seine Schuld war. *(Ich sehe ihn da stehen, als wäre es gestern gewesen und während all der Jahre, mit schwankenden Armen einen Meter von der Schwelle unseres Hauses entfernt, unfähig, einen Schritt zu tun oder wegzulaufen. Der Arme, der geglaubt hatte, schneller als die Zeit laufen zu können, und den die Zeit mit der Konsequenz aus seinen eigenen Handlungen und heimlichen Ängsten wieder einholt. »Geht es Ismaël gut?«, brüllte er. Niemand antwortete und dann drehte er sich wie gewohnt in Richtung Gasse, sah sich um, ob es einen Zeugen gab, und ging davon.)* Es braucht einen Vater, um den Dingen einen Namen zu geben, ohne den zerstreuen sie sich, fließen in aggressiven Fluten zurück, ersticken einen und lassen einen an Gewicht verlieren und dann den Orientierungssinn. Ich rezitierte Verse, aber das machte diesem Antlitz des Teufels immer weniger aus, der mir durch seine Tätowierungen hindurch seine rote Zunge herausstreckte. Im Grunde hatte sich diese zweite Sprache, die des Lehrers in der Schule und der Koranverse, nach der Sprache Hadjers und deren schmerzlicher Machtlosigkeit auch in meinem Mund erschöpft. Ich hätte sie noch besser lernen, neu beleben oder ihr Kraft geben können, aber es fehlte mir an Motivation: Ich begehrte sie nicht mehr. Sie hatte das Antlitz des Lehrers, das des Imams, der erwachsenen Freunde meines Vaters, meines Vaters, wenn er sich unter dem Himmel zum Gebet beugte, und des Freitagsgebetes mit seinen brüllenden Predigten. Das Erlernen des Heiligen Buches hatte mich sicherlich ihre Möglichkeiten erahnen lassen, aber es gab in dieser Sprache kaum andere Bücher, um meine Neugier zu stillen.

Und so kam es, dass die Welt anders mit mir zu sprechen versuchte.

36

Es war die Offenbarung, der Auslöser, der wirbelnde Engel, dessen Flügel ein Zornesausbruch von 250 bis 400 Seiten waren, die furiose Möglichkeit einer Lösung. Das hat etwas von der Banalität eines Zufallsfundes, aber ich denke, dass man mich entsprechend der heimlichen Ordnung meiner Welt berufen hatte. Ich war gerade dreizehn Jahre alt, als plötzlich andere, seltsame, mit Eselsohren versehene, nummerierte und gealterte Texte auftauchten. Französische Romane, die ich im unteren Haus gehortet vorfand, in einem ungenutzten Zimmer im Hinterhof. *(»Wenn Bücher nicht gelesen werden, fangen sie an zu reisen, von einem Haus zum anderen, von einem Keller in den anderen, von einem Karton in den anderen. Wenn sie gelesen wurden, ist es der Leser, der reist«, spricht der Hund gravitätisch.)* Ein Unfall? Ein Zufall? Das glaube ich nicht. Meine ganze Welt verlangte nach einer neuen Sprache, nach einem Instrument, das nötig war für das unentbehrliche Vertrauen der Meinen, für mich. Der Teufel konnte erfolgreich in Schach gehalten werden, wenn ich es schaffte, ihm standzuhalten, aber es fehlte mir ein Buch, ein Instrument. Jenseits meiner nicht unterdrückbaren Ängste gab es eine Art Vakanz, eine Leere, in der die Dinge, das Schaukeln der

Erde, des Dorfes, der Bäume, in der alles sich in Wartestellung befand, in einer anderen Sprache schon förmlich auf der Zunge lag, aber noch ganz fragil war, solange es nicht mit Tinte untermauert war. Ich spürte, wie mein Körper schwirrte und sich in der Pubertät verwandelte, und alles darum herum war sensible Stille wie eine neue Haut. Meine ganze Welt war so etwas wie ein Gebüsch, elektrisch aufgeladen durch die Bewegung eines in der Mitte versteckten Tieres, das es unerkannt durchquerte. Nichts Genaues, Neues im unteren Haus, aber eine Melodie war im Entstehen. Ein nie da gewesener Genuss, der den dritten Teil meines Lebens verhieß: die Ekstase.

Es war ein Abenteuer für sich, ganz allein, die versteckte dritte Sprache des Engels, das fehlende Bindeglied zum Gesetz der Notwendigkeit zu erlernen, das so viele Leben retten und jeder Begegnung heimlich, voller Demut und durch die Kunst des Schreibens tausendundeinen Tag hinzufügen würde. Nein, die Bücher in dieser Sprache erreichten mich nicht zufällig. Vielleicht waren sie mir von meinen toten Vorfahren geschickt worden, die ohne jede Erinnerung und weder mit Büchern noch mit Namen aus mir heraus sprechen und ihre unterbrochene Geschichte wieder aufnehmen wollten, weil sie selbst weder eine Sprache noch Blätter zur Hand hatten. Jeder Buchtitel, den ich von diesem Moment an gelesen habe, war tatsächlich auf den Punkt genau und wie einem Handzeichen folgend in meinem Leben aufgetaucht. Eine unermessliche Bibliothek betrieb bereits zu dieser Zeit durch mich hindurch Konversation und nahm mich unter ihre Fittiche, so wie ich, Jahre später, die Meinen beschützen würde. *(Mein Vater wird sterben und ich Marmor bleiben. Als wäre ich unfähig, auch nur das geringste Gefühl zu empfinden. Ungünstig, denn in meiner Eitelkeit hatte ich mir schon die Beileidsbekundungen der Nahestehenden und der Dorfbewohner vorgestellt. Denn sein Tod wird mich nunmehr als seinen Sohn bestätigen. Ich brauche keine Erbschaft, aber eine Anerkennung von allen, eine Art Rache, die beweisen würde, dass er nicht gewonnen hat, dass er mich nicht erdrückt hat – vielmehr wird er es durch die viele Erde auf seiner Brust werden. Die Insel würde mir gehören, meine Sprache würde zum Sieger erklärt werden und reicher als seine Herden auf Erden sein. Aber das erzeugt auch einen Schwindel, der mein Herz wie einen Lappen auswringt. Er hat mich in der Wüste verlassen, hat mich mit seinen Augen und seiner langen Geschichte über den Hügel seines Verrats geopfert, und ich bin es, der sich schuldig und ratlos fühlt. Hadjer hatte nicht ohne guten Grund das Haus verlassen. Ich denke, sie wollte an seinem Bett wachen und bei der Ordnung der Nachfolge noch ein Wörtchen mitreden. Das Haus ist leer und widersteht den immer beharrlicher werdenden Angriffen eines noch schwachen Windes. Das Bild eines Wolfes, der gegen die Tür trommelt. Er stößt sich mit seiner Schnauze aus Stahl. Dies ist das Heft mit dem Beweis, die große Sure meines Lebens. Es ist August, das hatte ich ganz vergessen, das ist ein Monat, der gern mit dem Feuer spielt.)* Ich werde vielleicht nie mit Genauigkeit und Talent erzählen können, was den denkwürdigen Zustand dieser Zeit ausmachte, den Sinn dieses Wartens, das mit den neuen Worten plötzlich ein Ende fand. Das wesentliche Ereignis meines Lebens war die Entstehung von genau zwölf Büchern in einer Sprache, die keinen obersten Wächter hatte. Tausendundein Tag, jedes Mal.

37

Genau dieser Sprache drückten mein Körper, mein Geschlecht, das Entstehen meines Begehrens endgültig ihren Stempel auf. Sie ist die Trägerin seiner Spur, der Bedeutung, der Merkmale des Erwachens und des Schlummers, die Falte der Scham zwischen den Beinen und die Erektion des alles eröffnenden Zierbuchstabens. Sie würde von jetzt an mein lange währendes Erlernen von Klarsicht bezeichnen, wie eine Übung in Sinnesschärfe und Herantasten. »Zuschnitt« ist das passende Wort. Mit dreizehn Jahren verließ ich die geschlossene Welt der Lehre des Heiligen Buches, um in eine Art von Brachland zu gelangen, das von neuen Steinen übersät war. Diese Phase der Aufnahmebereitschaft endete in einem schwerwiegenden Laster, das aus mir den Chronisten der Meinen machte. So resümiere ich diese chaotische Zeit, sie war beschämend und wunderbar zugleich, wie die nächtliche Umarmung der Untreue. Ich weiß nicht, wie es geschah, aber ich erinnere mich an die Tatsache an sich, die Anekdote.

An einem regnerischen und milden Montag, als Hadjer noch im Bad war, irrte ich im leeren Haus umher, insgeheim von dem Bedürfnis bewegt, etwas Neues zu berühren, und einer taktilen Neugier folgend, die mich seit Tagen verfolgte. Ich war im Stimmbruch und mein ganzer Körper dazu. Mein Großvater war da, saß mit dem Kopf zwischen den Knien und wie in einem innerlichen Winter bewegte er sich kaum (niemals hat man einen Leichnam so lange der Sonne überlassen), und ich war es leid, ihm vom Regen und den Ernten zu erzählen, wie es die Alten machen. Ich konnte ihn nur mit Schwierigkeiten mit dem Löffel füttern und musste ihn fast zwingen, seine Lippen zu öffnen. Er hat schließlich geschluckt, aber immer die Augen starr auf ein letztes Wort gerichtet, das er vielleicht auf der Zungenspitze hatte, in seinem Gedächtnis ein weißes Loch, das ihm den Rücken kehrte. Das war mein Anteil an der Pflege des Alten. Seine Körperpflege oblag Hadjer, die ihn wusch, ihm liebevoll den Schädel rasierte, ihn anzog und mit ihm über alles und nichts redete, als ob er immer antworten würde. Was mich anbelangt, passte ich auf ihn auf, wenn sie nicht da war, und gab ihm zu essen und zu trinken (fast immer Couscous mit Milch, denn er verweigerte jedes andere Nahrungsmittel).

Im Dorf hörte man keine Motorengeräusche oder Geschrei, weil die Kinder in der Schule waren. Es war die schönste Zeit im Herbst, diesem ältesten Buch der Welt. Ich hing also alleine herum, öffnete Schranktüren, berührte Gegenstände und erinnerte mich dann, mit einem Mal, an diese Abstellkammer im Hinterhof, in der man Trödel, Winterbettwäsche, leere Kisten und Vorräte stapelte. Ich ging hin, fast mit der Gewissheit, dass mich dort etwas erwartete (ein brennender Strauch, weiße Steine, Krümel), und ich durchsuchte mit einem finsteren Blick das kleine Zimmer. Dort hatte ich schon einmal ein umwickeltes Ensemble von gelb gewordenen, mit Eselsohren versehenen Büchern gesehen, denen man wie Ganoven die Hände hinter dem Rücken gefesselt hatte. Ich trat neugierig ein, öffnete am Boden sitzend einen Stapel und begann in einem der Werke zu blättern, ahnte nichts Besonderes und war einfach nur neugierig im Angesicht der Gesichter von Unbekannten, die uns angeblich schon einmal besucht hätten. Eine ganze Armee von Schriftzeichen ergoss sich daraus, ein geordneter und strenger Ameisenhaufen, dürre Pfoten bei einer Prozession, abgesetzte Absätze und von Ausrufen bewegte Anführungszeichen. Als ich ein anderes Buch in die Hand nahm, fiel ein toter Schmetterling heraus, ebenso wie eine kleine Haarsträhne, die ich einen Moment des Schreckens lang für eine Spinne hielt. In der Erinnerung an mein Schulalphabet entzifferte ich aufmerksam einige wenige Worte und machte mich daran, die Seiten wieder zu schließen.

Nur dass mich die Bilder der Umschlagsseiten fesselten wie ein Blick aus dem Fenster. Ich lehnte mich heraus und versank darin, wobei ich mich der Hitze überließ, die durch das, was ich gesehen hatte, in meinem Körper ausgelöst wurde. Ich empfand plötzlich so etwas wie eine Verbindung von Ursache und Wirkung zwischen meinem bisher unbekannten Erschauern und dem Bild einer Frau mit ausgeprägten, spitzen Brüsten unter einem marineblauen T-Shirt, die mich mit ihrem ganz nahe zu mir geneigten Gesicht anlächelte, bis ich den trockenen Atem von gealtertem Papier spürte. Sie war glücklich, weil sie mich anblickte, aber sie blickte auch etwas jenseits von mir an. Jemand anderen, den ich verkörpern konnte? Dieses Mal hatte die Vorahnung des Begehrens einen Körper vor sich, eine erste Erfüllung, und der Jugendliche, der ich war, ergriff die Gelegenheit intuitiv und behände beim Schopfe. Die Zeit blieb stehen und die Frau bewegte sich nicht und erlaubte mir, ihr nah zu sein. Sie verschwand nicht etwa in einer Bilderflut wie im Fernsehen, sondern verharrte da voll und ganz, völlig in ihrer unbeweglichen Gabe, in Erwartung eines Körpers, einer Berührung, so, wie sie sich darbot. Ich streichelte darüber, ihre gleichzeitig ewig junge und doch aufgrund des alten Papiers bereits rissige Haut, Lippen aus rotem Eis, aber halb geöffnet über einem Feuer, lächelnde Augen, die aber die Wirklichkeit desjenigen bestimmten, den sie herausforderten. Ich kannte zwar ihre Form noch nicht, aber die Brüste – mit harten Warzen, die sich exakt unter dem Stoff des marineblauen T-Shirts abzeichneten, das sie hinter der Fensterscheibe aus Papier trug, aber derer man just nicht habhaft werden konnte – und deren Begehren verursachten in mir einen scharfen Schmerz. Ich verstand im Nu, sofort, dass die Tausenden von Schriftzeichen, von der ersten Seite an, gewissermaßen das Geräusch ihres Lebens, ihr Fleisch, die Erklärung für ihr Lächeln und das Versprechen ihres Geheimnisses, ihre Offenbarung, die verwirrende Möglichkeit ihrer Nacktheit waren. Ich stellte eine unmittelbare Verbindung zwischen der Geschichte und dem dargebotenen und verborgenen Körper her, indem ich mit meinem Begehren und meinem Unwissen spielte. Das einzige Mittel, der Frau die Kleider auszuziehen, bestand nicht darin, die Seiten herauszureißen, sondern sie zu lesen. Das ging schamhafterweise einher mit einer Hitze in meinem Unterleib, mit einer Beschleunigung meines Pulses und dem Bedürfnis, mein nicht beschnittenes Geschlecht zu berühren.

Ich wusste insgeheim, dass ich mich einer umwerfenden Grenze näherte, die alles auf den Kopf stellen und eine neue Ordnung errichten würde, eine Hierarchie, deren unterer Teil der Skala der Stein wäre und der obere die Lippen dieser Frau, das Dunkel eines Bisses. Hadjer sprach nie von Sex und alle Filme, die wir zusammen im Fernsehen gesehen hatten, hörten an der Schwelle zur Umarmung und zum Kuss auf. Ich erinnere mich an zwei Körper von Liebenden, die sich einander näherten, sich begehrten und mit dem Blick aneinander haften blieben, sich die Lippen reichten und dann bereitete eine ungeordnete Trennung, eine Art von mechanischer Abstoßung, der Leidenschaft ein abruptes Ende. Der zensierte, vermutliche Kuss stand gut nachvollziehbar im Raum, aber es war eine Grobheit, dass er ausblieb. Eine Kluft, ein weißer Fleck, der nach meinem Dafürhalten den weiteren Verlauf der Geschichte unerklärlich machte: die Geburt von Kindern und den Antrieb für die vielen Anstrengungen seitens der Helden und der Frauen. Die fleischliche Seite der Welt war betretenes Schweigen und Verlegenheit zwischen mir und meiner Tante. Aber mit diesem Buch konnte ich von der letzten, buschigen, aufreizenden Offenbarung träumen, die meiner alleinigen Nutzung im Dunkel der Abstellkammer vorbehalten blieb.

Ich ahnte wohl schon vom ersten Blick an die Einsamkeit beim Sex, aber es sollte mich Jahre kosten, um es wirklich zu begreifen. Das solchermaßen verheißungsvolle Begehren war von seinem Entstehen an heimlich, verborgen, sogar beschämend, und es war verdammt zu diesem Widerspruch vom kalten Körper als Objekt eines inneren Feuers, das mich nie mehr verließ. Ich konnte

Begegnungen nur mit geschlossenen Augen erleben, und kann unerklärlicherweise nur solcherart Abwesende küssen. Ich entzifferte dann mühsam den Titel: *Das Fleisch der Orchidee*. Es war der Vorname der Frau, oder eines Teils ihres Körpers, oder eine feuchtheiße Stimmung, eine Lippe oder etwas noch Dunkleres. Gleichermaßen Stängel und Schamlippen, Stachel und Torf. Entweichen und Ausweiten. Diese Worte hatten in meinem Kopf oder in meiner Welt keinen sofortigen Sinn, aber glänzten schon wie Sterne unter meinem Zeigefinger. Aus meiner Schulzeit hatte ich das Wesentliche, das Alphabet, die Möglichkeit zu schreiben, aber auch Sätze, Aufsätze, Lieder, Gedichte am Ende der Schulbücher und Ausschnitte aus Büchern behalten. Aber dies war das erste Mal, dass ich einem freien, wilden Text begegnete, der nicht dazu bestimmt war, eine Moral zu lehren oder eine Lektion zu erteilen, sondern der einfach so da war, als willkürlicher und radikaler Regelverstoß. Es gab also einen Weg, so etwas wie einen neuen Pfad, den niemand bei uns gesehen hatte. Mein Körper konnte eine versteckte Seite haben, die Heimstatt eines Doubles sein, das es mir ersparen würde, mich Fragen oder Spötteleien auszusetzen. Zabor und Ismaël. Man konnte dem einen den Hals abschneiden, aber niemals den anderen erwischen, weil der unsichtbar, unbekannt war. Während ich erwartete, Dutzende über Dutzende von Leben zu haben, besaß ich zwei Körper. Das *Fleisch der Orchidee* war, als ich etwa dreizehn Jahre alt war, ein Gegenstand für sich, von bisher kaum beleuchteter, fleischlicher Beschaffenheit, ein Geheimnis, der tätowierte Schatten auf einem Körper. Oder das Gegenteil: ein Körper, der langsam aus dem Geflecht einer Tätowierung zutage tritt, als ob er die Zweige des ersten Baumes öffnete. Ich streifte ihn sanft, indem ich das glatte Papier berührte, und zu der geöffneten Lippe wieder hinauffuhr, küsste seinen staubigen Geschmack, versuchte das T-Shirt hochzuziehen, um zu verstehen, warum dieser Winkel der Brustwarze mich so wahnsinnig erregte, und mit der anderen Hand streichelte ich mich. Ich war ungeschickt und heftig meinem intimen Fleisch gegenüber, und betrachtete, während ich den Buchdeckel knitterte, flehentlich das Titelwort, das sich weigerte, mir seine Zunge zu geben, als ich es küsste. Die Augen belebten sich etwas spöttisch, aber darin war das feuchte Feuer, eine Elektrizität, die mich zum Stöhnen brachte, als mich ein unwillkürliches Zucken durchfuhr. Ich empfand Schmutz und Schande, aber auch den Beginn eines herrlichen Lasters. Ich wusste, dass ich von jetzt an weiter gehen könnte, egal ob die Worte klein beigaben oder leuchteten, um in das geheime Territorium des Kusses einzudringen, dieses ständigen Ausweichens jeder Begegnung.

Ich bewunderte tagelang das Foto dieser Frau, und mit einem Mal war ich durch die Gewissheit, es entziffern zu können, in meiner Panik vor dem Begehren beruhigt und arbeitete schon an einem Trick, der mir dazu verhelfen würde, den Meinen (Hadj Brahim und seinen spöttischen Augen) diese unvermeidliche Zügellosigkeit zu verbergen: indem ich das Umschlagbild mit Papier bedeckte. Wenn mich meine Tante überraschen sollte, würde ich nur ein Buch in den Händen halten, als Zeichen der Gabe oder einer Berufung oder schlimmstenfalls der Neigung, wieder in die Schule zurückzugehen, was ich doch so wütend ablehnte. Von diesem Moment an habe ich meine Schändlichkeit und meine Freiheit bedacht und sie mir zugestanden. Die Frau ließ mir keine Ruhe mehr. Das alte Buch war wie ein Kleid, aber inhaltslos, solange ich nicht lesen konnte.

Was soll ich sagen? Ich machte mich also von der ersten Woche daran zu lesen. Es fiel mir schwer und es war anstrengend, aber ich war getrieben vom schändlichen und erhabenen Verlangen, die Nacktheit, die Haut, den Körper zu erheischen, die durch die von links nach rechts geschriebenen Buchstaben, durch ein Gefälle angespannt und magnetisiert, klar und unerbittlich in der verborgenen Genauigkeit des Zeichens dargestellt wurden. Gerade Reihen von Ameisen neigten sich in Richtung einer köstlichen Quelle, einer Enthüllung, einer Entkleidung. Erinnerungen an Durcheinander und Hemmungslosigkeit, denn es gelang mir nicht oft. Die Worte leuchteten, manchmal nur zur Hälfte, mitten in der Reihe auf und verfielen dann wieder in die Verdrehung ihrer Konjugation, die ich nicht beherrschte. Das Tempus war zu dieser Zeit für mich nahezu die Hölle, ich schlitterte in ein andauerndes Präsens ohne Geländer, ohne Hinweise und ohne Entzifferung, weil es eine Weiterentwicklung der Geschichte verhinderte. Im Heiligen Buch war die Zeit eine Illusion, der Gott sprach selbst über das zukünftige Jüngste Gericht oder von der Zeit vor der Erschaffung der Welt im Präsens. Er war Gefangener seiner Ewigkeit und das merkte man seinen Versen an. Hier aber reiste der Held, wenn er sprach. Die Zeiten der Konjugationen waren meine erste Schwierigkeit. Mangels Grammatik drehte ich mich im Kreis, ich war verloren, wie in einem Stau, einer Gleichzeitigkeit, die nur in der religiösen Ordnung einen Sinn hatte. Die Zeit war nicht dieselbe auf Arabisch und auf Französisch, sie war anders aufgeteilt, je nachdem wie sehr man die Zukunft fürchtet und über die Gegenwart verfügt.

Ich entschied dann, etwas anderes zu versuchen, um die Geschichte dieser Frau zu erfahren: Ich las ein Kapitel noch einmal, indem ich die Worte übersprang, die ich nicht kannte, um nur das zu lesen, was ich entziffern konnte. Die Phasen meiner Erregung wurden zu meiner Konjugation. Das war der Anfang eines Wunders und die Absätze leuchteten milde, beherrscht von schweren Schatten und Geflüster, das eine Spalte ahnen ließ, eine Möglichkeit von Sinn, von Brüsten. Ich suchte dann die Sätze, die mit »sie«, dem Vornamen einer Frau, anfingen, indem ich die Seiten überflog, um sie wie inmitten einer Menge oder auf einem Bahnhof ausfindig zu machen. Ich lief, hielt an und suchte weiter, wenn ich sie mit anderen verwechselte. Ich kehrte dem Dorf und meinen Leuten in diesen Momenten den Rücken. Ich war nicht Ismaël, der Ausgesetzte mit der Ziegenstimme, der beim Anblick von Blut sofort vom Übel der Ohnmacht überkommen wurde oder wenn er versuchte, das Dorf zu verlassen, sondern ein Engländer (ob das die Nationalität war, von der so oft die Meere sprachen?) und eine Hand, die Haare berührte, um ein Herz zu beruhigen.

Hadjer war erst stutzig geworden, entschied dann aber, dass es sich um eine besondere Art handelte, mein Wissen zu vervollständigen und meine in diesem Alter unendliche Zeit zu verbringen. Man muss dazu sagen, dass das Buch in unserer Welt noch vom Himmel herunterkam und das Ansehen einer Stimme Gottes oder eines Kommentars auf seine Verse behalten hatte. Das Schicksal war »geschrieben«, die Tinte hatte Heilkraft, man trank sie nüchtern (vermischt mit Olivenöl, Honig und Thymian), nach Osten gewandt, und die Literatur war noch von souveränem Rang, hatte noch Weisungscharakter. Als sie mich also so unaufhörlich lesen sah, wie über einen Brunnen gebeugt, ruhig und ohne Geschrei, entschied Hadjer, dass dies ein besseres Heilmittel war als die Filme und das Fernsehen, als mir durch die Haare zu streicheln oder ihre fragwürdigen Erklärungen für den Tod meiner Mutter und die Aussetzung durch meinen Vater abzugeben. Ich hielt die Zeit an und setzte meine Spiele mit den anderen Kindern des Viertels und mein müßiggängerisches Umherirren im unteren Haus aus. Meine Tante ließ sich aber nicht lange etwas vormachen, denn aus einer seltsamen Intuition heraus hatte sie erraten, dass es sich für mich genauso um eine Faszination für die Sprache der alten Kolonialherren wie um Störungen handelte, die mit meinem Körper zu tun hatten, den sie Flügel und neue Knochen bekommen sah, genauso wie sie auch hörte, dass meine Zicklein-Stimme sich in die eines Schafes mit gesenktem Blick wandelte. Ihre durch das lange Warten gesteigerte Weiblichkeit ahnte meine Verwandlung, aber sie entschied, sich nicht darum zu kümmern.

Die wilde Orchidee widerstand mir lange, aber gab schließlich, zermürbt von meinen Nachstellungen, nach und öffnete ihren Mund, ihre Lippen über ihrer Zunge. Ich werde mich immer an diesen Moment unvorhergesehener Melodie erinnern, als ich endlich feststellte, dass ich diese Sprache beherrschte. Sie war zu Musik geworden, nachdem sie so lange in Stein gemeißelt war und nur als Ton in meinem Kopf existiert hatte, wie stumme Palmen und Kokosbäume ohne Geschmack. Auf einmal hatte das Buch eine Stimme und erzählte mir seine Geschichte wie ein Geständnis nach einem Verbrechen. Natürlich verstand ich nicht alle Worte, aber das Wort, das Fleisch war, wurde knorriger Muskel und entwickelte die Möglichkeit, sich mit der konjugierten Zeit fortzubewegen. Jede Entdeckung ist Musik, Melodie und Vibrieren. Sogar wenn ich heute schreibe, um das Dorf nicht in den Brunnen fallen zu lassen, kommt die Inspiration zu mir wie das Summen einer Biene. Und diese Musik beherrschte mich jahrelang, kündigte Erektionen an, genauso aber auch Reisen. Ich aß wenig, las überall und las wieder und wieder (mangels Werken) im Licht des Fernsehers, beim Schein der Kerze im Hof neben meinem damals noch lebenden und wie ein Auslassungspunkt dasitzenden Großvater. Ich hatte die glänzenden Augen des Besessenen, aber auch die Müdigkeit des Reisenden in den Knochen stecken. Eine wunderbare Initiation – meine Krisen hörten auf und mit meinen ersten zwölf Büchern trat diese Sprache in ihrer ganzen Herrlichkeit und Freiheit für mich in Erscheinung. Sie war natürlich Offenbarung des Sex, aber auch der unerforschten Territorien, die mir ganz oder fast unbekannt waren: Das Meer, das Tal, die Tropen, das tödliche Fieber, der Sand und das Schiffstau, die Insel vor allem offenbarten sich mir von innen und berührten dabei andere Sinne als nur den des Sehens, in der im Überfluss vorhandenen Intimität, die jeder Leser angesichts einer Welt empfindet. Einen Roman zu lesen war, wie in einem riesigen Baum zu reisen, unter seiner Rinde im Inneren der Zweige bis zu seinen Früchten hinaufzusteigen.

Der Prozess des Lesenlernens zeigt die wunderbare Koinzidenz des Intimen mit dem Sichtbaren auf, er gab der Stille einen Klang und erlaubte mir, die exakte Ausdehnung der Welt jenseits meiner Ohnmachtsanfälle zu vermessen. Es begann an jenem Tag Anfang Oktober und führte zu meinen seltsamen Stigmatisierungen als ein Mann, der sich über seine Hefte beugt, um sein Dorf angesichts von Epidemien, Krankheiten, Verzweiflung und Trauer gesund und wohlbehalten zu erhalten. Die Bücher waren, da ohne Illustrationen und ohne jedes Bild, für meine Augen so undurchdringlich wie die Tropen, und ich verbrachte am Anfang Stunden damit, mir die Buchdeckel anzuschauen, meine Gedanken über den Sinn des Titels schweifen zu lassen, seinen Schatten, seinen Kontrast zu meinen lebendigen Fingern und seiner Druckerschwärze, die ich mit ihnen anwärmte. Der Titel war ein Universum, eine Welt an sich. Selbst als Erwachsener verging nicht ein Tag der Lektüre, an dem ich mich nicht mit Entzücken in das Universum des Titels sinken ließ. Weil es an Büchern fehlte, baute ich mir gewissermaßen eine unendliche Bibliothek auf. Das Ende eines Romans (wie sehr fürchtete man sich in Aboukir oder anderswo vor einem Bus, der zweimal die Grande-Rue entlangfuhr) wurde durch die Liste der Bücher »demnächst erscheint« und Titeln entschärft, die sich meiner Traumwelt anboten. Ich stellte mir darunter ihren Inhalt vor, bevölkerte sie mit handelnden Personen, Plots und Straßen und konnte so Stunden damit verbringen, in meinem Kopf zu lesen und freudig in den Spuren der Buchanfänge umherzuhüpfen. Vielleicht machte es mein Großvater in seiner Stummheit genauso? So kam es, dass ich *Der Herr der Ringe; Der Seemann, der die See verriet; Geständnis einer Maske; 2010: Das Jahr in dem wir Kontakt aufnehmen; Die Pest; Der fremde Gott; Das Sandbuch;*

Synthetisches Leben (O, wie schön) und Dutzende anderer schrieb.

Noch bevor ich diese Sprache vollständig beherrschte, hatte ich in meinem Kopf ein Dutzend Romane geschrieben, obwohl ich noch nicht einmal vierzehn Jahre alt war. Prämisse meiner Gabe, Verkündung meiner Verantwortung und meines Auftrages.

38

(Meine Tante ist immer noch nicht zurückgekommen. Ich bin allein mit dieser Sprache und mein Vater ist vielleicht schon tot, wenn ich nicht noch schneller schreibe. Eine Eule schreit, die Karikatur der angekündigten Trauer. Der Wind hat seine eigenen Lieblingstiere: die Eule, den Wolf, der sein Wesen ist, die Heuschrecken, die Insekten ohne Blut, wie man sagt, die trockenen Spinnen … Ein Kratzen an den Fensterscheiben in meinem Zimmer und immer dieses Knarren aller Türen des Dorfes, die der Wind Haus für Haus durchstöbert. Bestimmt sucht er nach mir. Djemila macht den Eindruck einer fliegenden Seite, die nach einem Buch sucht, um sich darin festzusetzen, eine Geschichte zu haben und an ihr beteiligt zu sein.) Meine Methode war einfach und erfinderisch wie die Verführung: der Informationsabgleich. Ich erinnerte mich aus meiner lange zurückliegenden, früheren Schulzeit an das Alphabet und einige Worte und verfügte über einige bereits bekannte und vielsagende Textstücke, die in meinem Kopf darauf warteten, benutzt zu werden. Von diesem Kapital ausgehend, erarbeitete ich mir die Sprache – ganz und gar auf mich gestellt – mit meinem eigenen, natürlichen Lexikon. Das Glossar bestand aus Resten der gestrandeten Sprache, Fundstücken von der Insel, Wortrinden,

Stücken von notdürftig geflickten Stoffen und den von Salz und dem Vergessen angefressenen Texten, dem Werkzeug des Überlebenden, der versucht, mit einigen Hobeln und einer Bibel eine Zivilisation wiederaufzubauen. Oder das titanische Werk seines Papageis Poll, der dazu bereit war, mit den Variationen seines einzigen gelernten Satzes die Insel wieder zu bevölkern: »Armer Robinson, wo bist du?«. Diese bekannten Worte erlaubten es, beim Abgleichen, durch Erhellungen aus der Wortverwandtschaft und durch Sinnüberschneidungen, die unbekannten Worte zu erraten. Nach und nach wurde »Das Fleisch der Orchidee« eine Geschichte und ich verstand, etwas unbeholfen noch, die Logik des Rhythmus, der Atmung und der Funktion von Absätzen.

Diese so solidarischen Worte erzählten mir eine Geschichte und der erste, für mich epische Satz, eine Offenbarung zwischen den Sinnen und dem Sinn, vervielfältigte sich ins Unendliche und brachte mich Jahre später zum allumfassenden Orgasmus. Die Frau kam in einer unscharfen Nacktheit auf mich zu, die nach und nach immer eindeutiger wurde und zum Liebesspiel geriet. Der Körper nahm Fleisch an und ließ mich fiebrig zurück. Ich las wie entfesselt die erotischen Passagen, die Protokolle der Küsse, der Umarmungen, über das Annähern der Geschlechtsteile und ihre Feuchtigkeit, und die brütende Hitze elektrisierte mich und mobilisierte alle meine Anstrengungen zur Initiation. Ich masturbiere heute noch beim Lesen bestimmter Bücher, weil in ihnen eine große körperliche Intimität herrscht und ich eine Leere empfinde, die nur die solidarische Gegenwart eines anderen Körpers nach dem Sündenfall ausfüllen kann. Adam ist nicht allein mit einem Apfel in der Hand gefallen. Das Schreiben hat immer etwas von der Körnigkeit der Haut und das dunkle Wort ist wie ein Vlies, so wie in diesen Jahren. Ich schwöre es. Jener erste Satz, den ich in meinem ersten Kriminalroman mühsam entziffert hatte, war die Offenbarung meiner Jugend, ein zerrissenes Kleid.

Sex war ein halbes Mysterium in diesem Alter, denn die Kinder gingen brutal und verschlagen miteinander um: Beleidigung, Aggression, Hierarchie und auch das Geheimnis, alles war immer sexuell. Das Nichtstun brachte die Kinder schon sehr früh dazu, ihre Penisse zu vergleichen, ihre Männlichkeit an der Länge ihres Harnstrahls im Sand zu messen, von Sodomie zu reden oder die Schwächsten körperlich anzugehen, indem man die Sodomie imitierte. Es gab weder Mädchen, die man ausziehen konnte, noch konnte man im Fernsehen oder in Zeitschriften Blicke auf Körper erhaschen. Weil ich es gewagt hatte, einen neuen Weg zu versuchen, entdeckte ich jetzt auf einmal, dass die Bücher den Schleier heben und mir die Nacktheit zeigen konnten, ohne dass es jemand vermutet hätte. Das ließ mich erstarren. Dieser einzigartige und umwerfende Satz entschied über meine späteren Lektüren und ließ mir in seiner Präzision keine Ruhe mehr: Ich weiß immer noch nicht, wie das Geschlecht einer Frau aussieht, aber die Nacktheit wurde möglich, greifbar und unverkennbar. Es reichte aus, noch mehr zu lesen und weiter im Verständnis der Worte voranzuschreiten, um den Körper noch intimer zu berühren und nicht nur das Abbild des Körpers zu empfinden, sondern auch die Emotion!

Diese neue Welt war in ihrem Glanz auch gefährlich,

weil sie sich als Universum nach bisher unbekannten geografischen Möglichkeiten deklinieren ließ. Ich entdeckte so andere Triebfedern für Plots, Klimata und Kleider, die Namen und Geschichten anderer Länder. Dies jedoch in einem Chaos, das in meiner gerade erst frisch erlernten Sprache zu Missbildungen führte. Wie soll man das heute erzählen? Die Seefahrerromane waren die schwierigsten mit ihren Beschreibungen von Schiffen, Seilen und Knoten und mit ihren Worten für die verschiedenen Unwetter. Was soll man damit machen und wie soll man sie bei uns übersetzen, auf dieser kleinen und festen Erde im Dorf von Aboukir? »Steuerbord« widerstand lange Zeit. Andere Rätsel wurden durch einen Kompromiss mit Bildern umgangen. Als Beispiel nenne ich den »verloschenen André«, wenn man von einem toten Mann spricht. Zu dieser Zeit wusste ich nichts vom Fortbestehen des alten christlichen Ritus, eine Leiche bis zur Beerdigung im Schein von Kerzen in der Friedhofskapelle aufzubahren. Ich beschloss dann, diesem Ausdruck die Metapher vom blauen Kranz des Feuers in unserer Küche zuzuschreiben, der den Vornamen wie ein Ring umgibt, sozusagen einen Heiligenschein über ihn gleiten lässt. Der *Zabor* als Glossar wurde ein Spiel zwischen Brachland und nutzbar gemachter Erde, Pflücken und Ernten, absurden und exakten Definitionen.

Drei Auswirkungen hat diese Sprache in meinem Leben gehabt: sie heilte meine Krisen, führte mich in den Sex ein und brachte mir die Entschleierung des Weiblichen, und sie bot mir das Mittel, das Dorf und seine Enge zu umgehen. Das waren damit auch die ersten Voraussetzungen meiner Gabe, die daraus folgte. Diese aus meiner persönlichen Entzifferung entstandene Sprache nahm die Kraft einer Hoheitsgewalt an, denn sie war königlich und brauchte einen König. Sie war präzise in ihren Worten, die ich unaufhörlich entdeckte und die schließlich meine Welt überschwemmten und Tausende von Büchern versprachen, um ihre Ordnung zu festigen. Ihre letzte Tugend bestand darin, dass sie ganz mir gehörte, im Geheimen, im Innersten, und sie entzog sich dem Gesetz meines Vaters, dem der Schule, dem Aufsichtsrecht meiner Tante und der dummen und überflüssigen Welt der gleichaltrigen Jugendlichen. Von da an kam es zu meinen Ausschweifungen, zu dieser peinlichen Befriedigung der Sinne und dem Bedürfnis zu fliehen. Im französischen Wort für Flucht – ›évasion‹ – ist das Wort »Vase« enthalten – erweitert ins Unendliche. Im Gegensatz zu den Meinen empfand ich das, was man sich vorstellt, als durchaus existent, denn in unserer Sprache bedeutet das Wort für »Fantasie« dasselbe wie »Schatten« – vielleicht ein weit herrührendes Erbe der Karawanen und der Wüsten, dort wo Schatten nichts als das eitle, eingebildete Gegenteil der tatsächlich existierenden Sonne ist. Meine Krisen waren also nur noch Erinnerungen. Es kam vor, dass ich Stunden damit verbrachte, mit erhobenem Zeigefinger passende Worte für Gegenstände, Nuancen, Farben zu suchen, und auch ihre Synonyme. Schnell hatte ich das Dutzend an Romanen verschlungen, die manchmal zur Hälfte zerrissen waren *(o, was für Erinnerungen an* Stürmische Ernte *mit fehlendem Anfang und auch ohne Autorennamen und an* Nachtflug*, den ich mir zunächst als Monolog eines Reisenden vorgestellt hatte, der sich aber an einen Stern richtete, der ihm den Rücken zudrehte, um sich schwimmend zu entfernen),* um sie dann in allen Richtungen von Neuem zu lesen, indem ich sie bis zum Gehtnichtmehr auswrang. Jeder Satz war eine Welt für sich, ein Entziffern, aber auch ein Aneignen. *Zwanzigtausend Meilen unterm Meer* war der wundervollste, mit seinen Illustrationen, auf denen dunkle Wale und Taucheranzüge in Tinte erstarrt waren, so die Metapher des Lesers oder des Propheten.

Ich suchte dann andere Romane, um meinen Durst zu löschen. Das war ein anderes Abenteuer und eine andere Frustration. Die mich verborgene Mechanismen entdecken ließen, die für meine Berufung und für das Überleben des Dorfes selbst lebenswichtig waren. Poll hat gestohlen. Und wenn ich stumm war, wurde meine Ziegenstimme ein großer Gesang des Lebens. Ja, ich las auf einmal alles, was ich über die Götter, die Anleitungen für Maschinen, die Verschreibungen von Medikamenten für die aufmerksamen Zuhörer in meiner Familie von Analphabeten, meine Tanten und Cousins, finden konnte. Ich las die seltenen Zeitungen und entschlüsselte die alten französischen Schilder aus der Kolonialzeit. Ich erzähle das heute, weil es etwas ganz Wesentliches ist: Mein Spracherwerb war eine gewonnene Schlacht gegen die Armut in der Welt.

Ich hatte mich in einem sowohl peinlichen als auch fantastischen Spielraum eingerichtet, denn ich begann auch ein wenig außerhalb des Dorfes zu reisen, es so zu sehen, wie es ein Vogel vom Himmel aus sehen musste, kaum zu unterscheiden vom matten Grün seiner kleinen Wälder von Eukalyptusbäumen und Weinfeldern. Es war eine Zeit der Wirbel, beim Lesen entdeckte ich immer neue Worte oder füllte die Leerstellen mit meiner eigenen Fantasie. Worten, die wenig Sinn ergaben, gab ich kurzerhand einen von meinen Gnaden und wenn später das Lexikon seine Bedeutung korrigierte, widerstand mein persönliches Brevier wie eine alte Sippe angesichts der Ankunft der Kolonialherren, der Mauern und der Uhren. Ich stieß auf schreckliche Schwierigkeiten, für die ich willkürliche Lösungen fand: Zum Beispiel verstand ich nicht, warum »Parfum« ein Maskulinum war, wann ein Wort großgeschrieben werden musste, als ob man aufstehen musste, um das Wort zu ergreifen, oder wie sich die französischen Aussprachezeichen erklärten, etc. Eine verrückte, reiche, glückliche Sprache mit einem Amalgam von Wurzeln aus völligem Wildwuchs und hybrid wie ein Bestiarium der Mythologie. Ich hatte also die Gabe, das Eisen einer neuen barbarischen, mündlichen und dennoch ganz eng ans Schriftliche gebundenen Sprache aufzuweichen, die so gedämpft klang, als ob sie tot war. Jeder Kuss vollzieht sich in der sprachlichen Stille.

In der Folge verlor ich an Gewicht, aß immer weniger und wurde am Ende noch kränker, eine Art von Durchsichtigkeit befiel meine Haut und ließ mich über dem Boden schweben. Die Dinge, die früher aufgrund des Defizits meiner Muttersprache eine Bedrohung darstellten, wurden in einer alchimistischen Duplizität seltsam undefinierbar, verändert und von einer endlosen Vieldeutigkeit ausgehöhlt. Ich spürte, wie ich unendlich ins Rutschen geriet und gepackt wurde, sobald ich ein Buch öffnete, um eine andere Geschichte neu anzufangen. Die Worte erhellten sich eins um das andere, aber auch die Sätze, die Titel, und ich geriet mit einem Mal auf das weite Feld von Konversationen zwischen Büchern, die auf dem falschen Friedhof ihrer Einbände diskutierten, und ich verlor mich dort, als wäre ich von Halluzinationen befallen gewesen. Aber ich glaube, was diese Verrücktheit verschlimmerte, war zuerst der Sex und dann seine Verbindung mit den Worten.

39

(Vier Uhr morgens? Mit diesem Staubgeschmack im Mund, den die Windböen einem aufzwingen, fällt es mir wieder ein, denn der Wind ist in dieser Nacht am Ende des Sommers bestialisch geworden. Ich beuge mich noch weiter herunter. Um mich klein zu machen. Nur ein Wort sein, das auf die weiße Seite meines Heftes fällt. Ich krümme mich unendlich klein zusammen, um mich noch weniger dem Unwetter auszusetzen, das draußen tost, und dabei durch seine schlechten Zähne feixt.)

Mein Großvater starb, ohne während der letzten zehn Jahre seines Lebens oder sogar noch länger auch nur noch ein Wort gesagt zu haben, ich weiß es nicht mehr genau. Am Freitag, 8. August 1984 hustete er den ganzen Morgen und spuckte Blut. Ich hielt ihn in meinen Armen, ich war alleine, meine Tante war gegangen, um meinen Vater und meine Onkel zu holen, als er anfing, wie ein Kind zu wimmern. Es war ein seltsamer Moment: Ich hielt einen Körper, seinen Kopf auf meinen Knien, aber ich wusste nicht, was ich mit ihm machen sollte, noch wie ich ihn zurückhalten konnte. Ich war gefesselt, unfähig zu Gefühlen. Ich sprach zu ihm, aber ich wusste, dass ich lächerlich war. Ihm eine der stärksten Suren aus dem Heiligen Buch aufzusagen? Ich versuchte es, aber ich versiegte, weil ich auch da meine näselnde Stimme und dieses Vorspiel zum Begräbnis als Farce empfand. Also wartete ich ab, dass man mir zur Hilfe kam.

Hadj Habib war nicht von Geburt an stumm. Im Gegenteil, von Hadjer wusste ich, dass er ein lebhafter, würdevoller Mann war, so sehr auf seine Freiheit bedacht, dass er nie länger als eine Woche eine Arbeit bei den Kolonialherren behalten hatte. Genau weiß ich das nicht mehr, aber ich erinnere mich auch daran, dass er zu einer bestimmten Zeit viel redete. Hadjer hatte mir nach und nach und im Laufe einer Erzählung von tausendundeinem Teil erklärt, dass sich sein Zustand von dem Tag an verschlechtert hatte, als er begann, seinen Sohn, seine Frau und seine Nahestehenden nach ihren Namen zu fragen. Sein Geisteszustand war einige Jahre später noch schlechter geworden, er hatte jede Erinnerung an unsere Hügelwelt verloren, war ein Fremder, ein unbekannter Besucher geworden, um manchmal ein Schweigen von mehreren Tagen zu unterbrechen und uns zu erzählen, dass er gerade in Frankreich angekommen war und dass er enttäuscht war, niemanden von uns am Hafen der großen Stadt gesehen zu haben, um ihn zu erwarten und ihm zu helfen, die Koffer mit den tausend Geschenken zu tragen. Für die Kinder war seine Art, die unendliche Erzählung seiner Rückkehr von der Reise zu erfinden, ein schöner Moment. Sie nutzten das aus, um sich über ihn lustig zu machen und ihn zu fragen, was in den Reisetaschen und wo sein Auto wäre und wie seine französische Frau hieß oder das Geld dort. Er hörte mit Geduld seinem Publikum zu, machte eine verschmitzte Miene und beschrieb Frankreich so, wie man eine Wolke, ein geschwindes und prächtiges Tier beschreibt oder einen Garten, in dem man nicht umherlaufen konnte, oder wie einen Baum, den unerbittliche Wächter verteidigten. Wenn man ihn in der Gegend von Aboukir spazieren führte, hatte er auch die Angewohnheit, auf nacktes und Brachland hinzuweisen, und erinnerte sich an Mandel- und Kastanienbäume, die sich in ihren sehr langsamen Welten wanden, und auf Felder mit Weinstöcken, die man herausgerissen hatte. Er kannte die Namen der Trauben, der Rebsorten und auch der Krankheiten. Seine Konversation war auf ihre Art einzigartig, weil sie geleitet war von aufrichtigen Gefühlen und entsprechend schlüssig, schlicht und strukturiert. Als Kind sah ich es gern, wie er seine Welt im Griff hatte und trotz des schwarzen Loches in seinem Gedächtnis immer alles zu arrangieren wusste. Seine Augen waren im Gegensatz zu meinen grün, er hatte einen entschlossenen Gesichtsausdruck mit einem harten Kinn, als ob er einer unsichtbaren Büste eines drohenden und schrecklichen Gegenübers die Stirn böte, mit dem er sich mutig seit seiner Jugend auseinandersetzte. Wie Hadj Brahim liebte Hadj Hbib die Messer, aber, um sie an seinem Gürtel zu befestigen Er hatte in seiner Brieftasche einen alten Bleistift, aber kein Notizbuch stecken, und er zog es seit dem Tod meiner vom Typhus dahingerafften Großmutter vor, seine Kleidung selbst zu nähen. Er schlief gern in der Küche, liebte es, Ziegenmilch zu trinken und nur unser selbst gemachtes Brot zu essen und nicht das aus der Bäckerei. Selbst nackt war er noch herablassend bis hin zu einer gewissen Vornehmheit und seine Sprache war gewaltig, stark wie ein faszinierender Fluss mit Strudeln und stummen Wellen, wenn er nicht die richtigen

Worte fand. In seiner letzten Verwirrung, in den letzten Monaten, die er oben auf dem Hügel verbrachte, bevor er von meiner Stiefmutter verbannt wurde, begann der Vater meines Vaters die Vornamen zu verwechseln, beschrieb die Verstorbenen, wenn er die Neugeborenen betrachtete, und erboste sich über seine Frau, die auf seine Schreie nicht antwortete und die er heftig beleidigte, obwohl sie doch schon lange tot war.

Sein Wortschwall und seine Konversation bildeten das Hintergrundgeräusch meiner frühen Kindheit, den Fluss, der unser oberes Hause durchfloss, dann das untere bis zu seinem endgültigen Versiegen. In den letzten Jahren verlor er seine Sprache in ganzen Stücken, die Stille bemächtigte sich seiner wie dumpfe, gigantische Schneelawinen von der Spitze eines hohen Berges. Manchmal konnte mein Großvater ein Gespräch mit der gleichen Verve wieder aufnehmen wie einen Roman, den er rasend durchblätterte, und dann erschöpft und trocken schweigen und mit seinen schönen Augen eine Stelle anstarren, wo die Worte aufhörten und sich bloßlegten. Das war eine schöne Untersuchung, die ich da einen Moment lang anstellte, um in dem, was er da vom Grund seines Wahnsinns erzählte, den roten Sinnfaden zu fassen zu bekommen. Ich hatte so die Gelegenheit, alte Namen wiederzufinden, Straßenhinweise aus der Kolonialzeit, manchmal Spuren von Klarheit, die mit jüngeren Ereignissen in Beziehung standen, deren vergessener Zeuge er war, Dialogstücke zwischen Hadjer und mir und Erinnerungen an seine eigene Kindheit. Eine Art von Schwall, von Welle, in dem ich die Spuren des antiken Dorfes, eine seiner Vorleben oder spektakuläre Ereignisse ausmachen konnte wie diese Überschwemmung, die er monatelang erwähnte und die auf ihrer Passage alles mit sich gerissen hatte, oder ein Schneefall zu Beginn des Jahrhunderts oder der Diebstahl seiner Schuhe durch Nomaden während einer Heuernte. Manchmal rief er nach Brahim, manchmal seine verstorbenen Söhne oder er bildete sich ein, meinem in Frankreich lebenden Onkel eine runterzuhauen. Es war oft märchenhaft wie ein Roman, ein Fluss von Worten und Kalendern, die ich heute mit dem Wahnsinn vergleichen kann, ein Lexikon zu betreiben, das gegen die Auslöschung ankämpft.

Mein Großvater redete also zehn Jahre lang fast ohne Unterbrechung, strapazierte alle ihm Nahestehenden, blieb nachts wach, löste Schlaflosigkeit aus und ließ seine Töchter ermüden, die sich oben auf dem Hügel abwechselten. Das ist zumindest Hadjers Version. Schließlich brachte man ihn zu uns ins untere Haus, damit meine Tante sich um ihn kümmerte. Auch da blieb sein Redeschwall zeitweise heftig, aber war schon von Stumpfsinnigkeiten durchlöchert. Er, der nie den Bereich der Weinfelder unserer Gegend verlassen hatte, erzählte immer seine Rückkehr aus Frankreich oder beschrieb in allen Einzelheiten seine Begegnungen mit nächtlichen Geistern, die von Kummer oder Wut angezogen werden. Mit allerletzter Anstrengung bezeichnete er jeden Gegenstand, beschrieb Einzelheiten bis zum Schwindeligwerden, schaffte das Wunder, rote Fäden und Verbindungen zwischen den Ereignissen und den Gegenständen zu knüpfen und damit gegen das Vergessen anzukämpfen. Sein Kampf blieb mir als heldenhaft im Gedächtnis, und keiner von den Meinen reichte an ihn heran. Es war fantastisch zu hören und zu sehen, aber sein Strom floss nur in eine Richtung, in die endgültige Erschöpfung, alle wussten es.

Hbib verlor seine Sprache Wort für Wort, verdrehte sie, quetschte sie, drehte sie um und benutzte sie in jeder möglichen Hinsicht, begann dann zu stottern und reichlich Speichel fließen zu lassen. Ich war noch ein Kind und sah ihn wie einen Ertrinkenden keine Luft mehr bekommen, ihn wütend im Hof unseres Hauses sitzen und sich über eine neue Unmöglichkeit aufregen. Das ging ziemlich lange so, und es ließ meine Tante weiße Haare bekommen, die über ihre Jugend wachte wie über ein verlöschendes Feuer, schließlich aber aufgab. Mit einem Mal war seine Niederlage offensichtlich: Er war langsam und unbeweglich geworden, starrte von da an nur noch auf einen Punkt in seiner Welt und rührte sich nicht mehr, mit dem Kopf zwischen den Beinen und den Händen im Nacken, bis ans Ende seiner Tage. Das war sein letztes, für uns alle schwieriges Leben. Hadj Brahim wollte davon nichts wissen, wusste erst nicht, wie er damit umgehen sollte, und entschied sich dann, nur noch Höflichkeitsbesuche zu machen. Hadjer betrachtete diese Herausforderung als so etwas wie ein Pendant zum Beten, das sie nicht praktizierte, als ein Mittel, sich mit ihrem Gott zu versöhnen oder für ein zukünftiges Glück zu bezahlen. Mein Großvater hatte ein Stück Bleistift in der Brieftasche und ich stellte mir das Schicksal so vor: ein erhobener Bleistift über dem Buch des Verrückten, wie der Prophet sagte. Sollte »erhoben« etwa »in der Luft hängend« bedeuten? Noch stockend beim Finden der neuen Sprache, um der Kopflosigkeit Worte zu verleihen? Fehlen die Worte, um diesen Zustand zu bezeichnen? Wie viele Stifte hingen so in der Luft und schwebten da wie eine erstarrte Armee des Schreibenden über den Köpfen der Verrückten, der Schlafenden und Jugendlichen dieser Welt vor der ersten Ejakulation? Ich stellte mir diesen nichtsnutzigen Wald von Stiften im Himmel vor, weil sie nichts schrieben. Und ich stellte mir vor allem diese weißen Lebensseiten der Schlafenden, der Jugendlichen und der Verrückten vor, die sich unbefleckt im Wind drehten – verlorene und vernachlässigte Hefte, Schwärme von Störchen mit Tintenflecken am Ende der Flügel. Eine nackte, wortlose Welt, gleichzeitig das erste und letzte Wort vereint.

Und ich hatte also auch einen Bleistift über dem Kopf, sagte ich mir besorgt. Wer schrieb da oben über meinem Schädel, während ich schlief? Vielleicht war es meine Berufung, leere Hefte zu stehlen, um sie vollzuschreiben. Oder den Bleistift meines eigenen Schicksals zu stehlen, um zu schreiben, was ich selbst wollte. Oder als sorgsamer Verfechter des Ausgleichs den einen die unbefleckten Hefte wegzunehmen und den überfüllten Büchern der anderen, vom Tod bedrohten Greisen oder Sterbenden, hinzuzufügen. Nur dass mich zu dieser Zeit der Geistesverlust meines Großvaters wirklich lebhaft bekümmerte, wie eine stille Angst. Ich hatte vor Augen, dass der Zerfall trotz der Macht einer Sprache oder eines reichen Lebens möglich war, und dass der Kern beschädigt wurde. Was bewies, dass er nicht unerschütterlich war, am wenigsten die Worte und ihre Niederschrift. War das der Vorgeschmack der Bedrohung von Nacktheit, die mich einige Monate später überwältigte? Vielleicht. Die Form, die der Todeskampf meines Großvaters annahm, war die heimtückischste: Sie bewies, dass das Leben von der Erzählung abhängt, die man in sich nährt, genauso wie es abhängt von der Möglichkeit, sie auszusprechen oder besser noch, sie aufzuschreiben. Aber diese Verbindung war gleichzeitig so unverzichtbar wie zerbrechlich und wird bestimmt von der Notwendigkeit, dass es Entsprechungen gibt, aber so willkürliche, dass sie einen jegliche Hoffnung verlieren lassen konnten. Das Buch konnte etwas Heiliges sein, aber sein Einband war etwas Künstliches. Mein Großvater Hadj Hbib offenbarte mir die Möglichkeit von Wahnsinn und der Dringlichkeit, dass man in sich eine Kohärenz, eine Kraft der Erzählung und eine Disziplin entwickeln musste, die keiner Leerstelle jemals erlauben würde, sich festzusetzen und auszuweiten. Es sah so aus, als ginge es um Worte und Schweigen, dabei war es eine Frage von Leben und Tod. Ich kam zu der Erkenntnis, dass man selbst in jungen Jahren das Leben und den Verstand verlieren konnte, wenn man aufhörte, eine Sprache in sich zu nähren. Ich bemerkte es als Einziger, dass mein Großvater erst im letzten Moment wieder zu uns zurückkam wie ein Schwimmer, der wieder aus dem Wasser auftaucht, und für den alles um ihn herum als rettender Boden infrage kommt, diese Heilslinie, die unterhalb des Seegangs hin- und herschlingert, der unerreichbare Strand, vergoldet und unberührt von jeglichen Spuren von Schritten.

Ja, ich liebte ihn, aber ich hatte mich seit Langem auf seinen Tod eingestellt. Außer dass er mich an diesem Freitag, 8. August 1984 aus seinen graublau gewordenen Augen anschaute und etwas erwartete, mit einer Fürsorglichkeit, die mich fast in Wut versetzte, weil ich sie nicht verstand. Als würde er mir hinter der Scheibe eines Busses seinen Kopf zudrehen oder mir noch etwas sagen wollen. Das Schreckliche an Sprachen ist, dass sie in den entscheidenden Momenten versagen: angesichts des Feuers, von Ekstase, vor dem Tod und der Niederlage. Ich wurde von Panik ergriffen, so sehr war ich davon überzeugt, dass ich dabei war, den Ablauf eines Rituals zu missachten. Ich legte dann seinen Kopf auf ein Kopfkissen und tat etwas Unerwartetes, sogar Überraschendes, Belangloses, aber Endgültiges in der Ordnung der Welt: Ich nahm einen griffbereit daliegenden Roman, ging zu ihm zurück und begann mit lauter Stimme (die kleine Ziege im Angesicht des Messers), ein Kapitel zu lesen, um sein Röcheln zu verstecken. Ich wollte mit meiner Stimme seine Beklemmungen überdecken, sie übersteigen, sie auslöschen oder sie anordnen. In meiner (respektlosen, aber ich werde mich erklären) Geste lag die Absicht, seinen Todeskampf erträglicher zu machen, aber auch eine dumme Vorstellung: ihn durch Ablenkung annehmbar zu machen, seine kurze Aufmerksamkeit für die Welt (für meine Person) aufrechtzuerhalten. In den Filmen sagt man an der Schwelle zum Tod Wichtiges und Endgültiges, man bittet um Verzeihung oder drückt ein Bedauern aus. Hier, an diesem Freitag, allein im Angesicht des Todes im unteren Haus, während der Imam zur Gebetszeit seine Predigt über die Lautsprecher hinausschrie, hatte ich die Benutzung einer geheimen und hochherrschaftlichen Sprache vorgezogen, um den Tod auszutreiben, mich ans Leben zu klammern, die Aufmerksamkeit meines Großvaters abzulenken oder sein Schicksal zu interpretieren. Was hatte mich geritten? Anmaßung, Eitelkeit oder die Laune eines panischen Jugendlichen? Oder war es die Hand des Engels, die mich leitete? Erdrückt von einem Berg auf seiner Brust, und röchelnd wie ein geopfertes Schaf mit tränenden Augen und Steinen von Blut im Mund, starrte mich mein Großvater an, während ich vorlas, und wurde plötzlich lebendig, schien überrascht und geriet fast außer sich. Ich las ihm also lange vor und er kam einen Moment lang ins Leben zurück *(ich schwöre es, Abdel!)*. Er lag da, lang auf dem Boden ausgestreckt, neben einer Schale zum Ausspucken, Wasser und dem Geruch von Fäulnis und Urin, und erforschte jeden Gegenstand in dem Zimmer, drehte den Kopf in meine Richtung und versuchte ein Lächeln, eine Grimasse mit der oberen Hälfte seines Gebisses, kehrte dann wieder zu den Gegenständen zurück, einem nach dem anderen wie ein Buchhalter oder wie ein Kind in einem neuen Zuhause, und machte die Bestandsaufnahme. Draußen rivalisierte die Stimme des Imams mit meiner um die Wette, erlosch unter den Ovationen der Betenden, um dann in einem einstimmigen »Amen« unterzugehen. Meine Stimme war kraftvoll und ruhig wie das Meer, so wie ich es mir vorstelle *(das nie aus der Nähe gesehene Meer, Pendel oder horizontale Uhr, mit Schiffen wie Zahlen der Uhrzeit, die Sonne versucht ihm den Zeiger der Winde aufzudrücken, das Zifferblatt in den Tropen und die Inseln, die in meinem Lesertraum die Synonyme für das Wort »Moment« sind)*. Ich ahnte also, dass das helfen konnte. Eine Verbindung zwischen dem Buch und seinem Leben? Eine Art, die Enthauptung hinauszuschieben. Ich hatte es von den ersten Seiten an erraten, als ich die auf Französisch gefundene, unvollständige Geschichte über diese Frau gelesen hatte, die immer jede Nacht redete. Ich las also vor und er folgte mir mit den Augen und bat mich ängstlich (aber auch mit Befremden, weil er mich nicht wiedererkannte), so weiterzulesen, ohne jemals aufzuhören.

Während er einer unbekannten Sprache zuhörte, starb er mit dem Kopf auf meinen Knien zehn Minuten, bevor es an der Tür klopfte. Ich weinte nicht, weil ich weder das Mitleid mag, noch es dem Tod gerne zeige. Er war da (das Tier starrt einen bissig an, während es seine Beute in Stücke reißt) und ich schaute woandershin, erfüllt von einem anderen Himmel jenseits des großen Fensters. Meine Onkel traten ein, Hadjer stieß einen lauten Schrei aus, verlor die Kontrolle über ihren Körper und brach im Flur zusammen. Alles beschleunigte sich und man drängte mich an die Seite, um sich des Körpers des Ahnen anzunehmen. Was mich in meinem anging, abgeschlossen von der Welt, von der Sippe zurückgewiesen, so wusste ich, dass ich an ein großes Geheimnis gerührt hatte und dass sich ein Gesetz offenbart hatte. Der erste Artikel des Gesetzes der Notwendigkeit. Es gab eine Verbindung. Sei es zwischen meiner Art zu lesen und dem Tod, sei es zwischen dem Schreiben und dem Tod, sei es zwischen dem Buch und dem Tod. Die Augäpfel meines Großvaters waren reglos geworden und hatten ihren Glanz in dem Moment verloren, als ich nach einem langen Absatz außer Atem kam, in dem der Fall der Schiffbrüchigen mit einem Ballon am Anfang von *Geheimnisvolle Insel* beschrieben wird.

»Fallen wir?«

So weit, um Ihnen zu sagen, dass der Text als solcher nur ein Vorwand ist. Ein Unfall. Es ist immer möglich, dass ein Buch sich als ein Wunder entpuppt. Die Kraft steckt in seiner nicht nachlassenden Kohärenz. In seiner Einheit, die den Tod überwindet. Warum? Weil es ein anderes, ein vorentschiedenes Ende anbietet. Es ist ein Grabstein, den man nach vorn oder zurück bewegen kann auf seinem Weg als Leser oder Schriftsteller.

40

(Der Sommer ist im Allgemeinen schön. Nur manchmal, zum August hin, in der Saison, die man bei uns die »Smaïmes« nennt, in der Zeit, wenn die Kieselsteine brennen und die Ältesten sterben, gibt es am Himmel einen Krieg. So etwas wie ein großes Schauspiel zwischen Feuer und Wind. Von Süden, aus der Sahara, steigt der rote Sand an den Himmel, lässt die Wolken in einem ungesunden Rot schimmern, und ein Wind erhebt sich langsam wie eine Hinterlist und bekommt dann Auftrieb, wird machtvoll und verschmutzt die Erde von Aboukir. Die Mauern können nichts dafür und mit einem Mal werden alle – diejenigen, die es aussprechen können, und die anderen, die es im Dunkeln einer schwachen Sprache nur empfinden können – sich erden und ahnen, dass die Distanz zwischen ihrer Bequemlichkeit und der Wüste nicht so groß ist, eine Entfernung etwa wie ein Bogenschuss. Die Saison der Smaïmes dauert ungefähr zehn Tage gegen Ende des Monats. Sie rafft viele Kranke, Hundertjährige, alte Frauen mit sich fort, lässt die Früchte der Saison, besonders die Weintrauben, vertrocknen, reduziert das Wasser auf ein Geplätscher und verstaubt die Geräte, die Höfe der Häuser und die Blattwerke. Tagelang verbrennt der Sandsturm den ganzen Himmel und macht sich dann über die Erde her, durchfährt die Straßen, schaltet

die Laternen aus, die zu Kohlenglut werden, und malträtiert die Türen, Fenster und die Türangeln, als wären sie alte Gebeine. Sogar die Nacht verliert gegen ihn: Sie wird zu einer langen Abenddämmerung.

Das ist heute Abend der Fall. Das Haus bewegt sich wie eine Schaluppe, die Welt ist ihr Walross und ich bin der Prophet. Ich schreibe schnell. Alles hängt von mir ab. Es herrscht Konkurrenz zwischen der Geschwindigkeit meines Schreibens und der des Windes. Wenn er schneller weht, droht er die Mauern mit sich zu reißen, alle meine Hefte zu verstreuen, und mich dazu zu verleiten, Hadjer oder meine Mutter unter meinen Augenlidern zu suchen. Es ist ein Jammer. Wenn ich ihn im Geschwindigkeitsspiel schlage, kann er wie ein Wolf zurückweichen, seinerseits in den unbelebten Straßen stöhnen, die leeren Verpackungen, den Dreck des Dorfes essen, und sich die Haare ausreißen, indem er die Zweige der Bäume ausreißt. So episch, wie sie immer ist, wird diese Schlacht es diesmal erst recht sein. Die Nacht ist keine Tinte, aber so etwas wie Kohlenglut am Himmel hinter einem Ascheschleier.

Es ist fast fünf Uhr am Morgen und die Morgendämmerung wird nicht kommen. Der Wind gibt sich animalisch, als Wolf. »Zu ihrem Vater kamen sie am Abend weinend. Sprachen: O Vater, sieh, wir liefen einander vor und ließen Youssef zurück bei unseren Sachen. Da fraß ihn der Wolf«, sagt in Bezug auf diesen Josef mit dem außerordentlichen Schicksal das Heilige, nur zur Hälfte vom Himmel herabgekommene Buch. Weil man die andere Hälfte erst durch die Meditation erlangen kann. Es kommt mir wieder. »Alles steht im Heiligen Buch«, schrie der Teufel Hamza so gerne. Der Wolf marschiert durch das Dorf, die Masten beugen sich herunter, die Dächer können am Abend fort-

gerissen werden, in den Feldern stehen Brände bevor, da bin ich mir sicher. Die Smaïmes dieses Jahres sind seltsam: Der Wind strebt nicht mehr nach seinem gewohnten Duell, das den Wolken tagelang die Form von Verbrennungen gibt, legt nicht nur die Knochen frei und erinnert sie an die Ordnung der Größen. Nein. Er sucht wirklich jemanden, von Tür zu Tür. Er wird die Häuser eins nach dem anderen wie Schalen oder Konservendosen umdrehen, um ihn zu finden. Er will verschlingen. Ich stelle mir Fragen: über meinen Vater und seinen Todeskampf, ich schreibe, um gleichzeitig den Tod und den Wind auf Distanz zu halten, ich lote meine Absichten aus und versuche mich an etwas noch nie Dagewesenem, indem ich in Entfernung zum Sterbenden schreibe. Und dennoch frohlocke ich. In meiner Version ist der Wolf der Wind, ich rette den Patriarchen, ich verwechsele die Brüder und heirate Djemila.

Dann schlägt plötzlich jemand gegen die Tür und man entreißt mich meiner Vision. Ich stutze, und dann entscheide ich mich, dass niemand mich dazu bringen wird, meine Augen von meinem Heft abzuwenden. Ich will, dass mein Vater stirbt, so könnte ich das Dorf verlassen oder eine Frau retten, indem ich ihr ihren Körper zurückgebe, aber ich will, dass er davonkommt und meine Kraft und meine Gabe bezeugt und mich anerkennt. Eine Scheibe ist zersprungen, ich höre Geschrei und Geräusche von Autobremsen. Selbst die üblichen Hunde, die Könige des Diebstahls auf den Feldern, diese ersten Tiere, die auf dem Mond herumlaufen, stöhnen nur noch vor sich hin. »Schimpft nicht über den Wind, denn er kommt von Gott«, rät der Prophet. Der Wolf fordert mich heraus und ich mache mich ganz klein. Noch nie waren die Smaïmes so heftig. Viele alte Leute werden diese Woche sterben. Ich muss schreiben, jedes Mal ist das die große Schlacht des Jahres für meine Gabe, aber dieses Mal ist es wie noch nie zuvor. An der Eingangstür rütteln noch andere Hände. Jemand schreit meinen Namen, aber ich weiß, dass dies nur eine List ist. Der Wind hat tausend Sprachen in seinem Mund. Wenn Sie wollen, kann er mit Ihnen auf Hindi sprechen. Er hat die Schlüssel zu fast allen Orten dieser Erde und wenn er in den Wolkenkörper schlüpft, nimmt er im Himmel Gesichter an. Ich höre ihn »Smaïl! Smaïl!« schreien. Ich antworte nicht. »Der Krieg ist eine List«, sagt der Prophet. Dieser Vorname wird zu einem Geräusch wie von fortgerissenen Blechen. Der Wolf wird rasend beim Versuch hereinzukommen und stellt sich schmeichlerisch.)

Die Beerdigung meines Großvaters El Hadj El Hbib ließ Aboukir aus den Fugen geraten. Und ich bekam davon nichts oder fast nichts mit, wurde schweigend an den Rand gedrängt und von meinen Halbbrüdern nicht beachtet. Wie eine Stimme aus dem Off war das Heilige Buch überall. Ich blieb die ganze Zeit untätig und mich faszinierte nur einziges Detail: Man bedeckte den Spiegel in unserem Wohnzimmer mit einem Betttuch. Mein Vater schächtete Dutzende von Schafen, die den Toten in die Ebenen seines Grabes begleiten sollten. Ich erinnere mich daran, dass ich ihn getroffen habe: Hadj Brahim sah bekümmert aus, aber das sichtbare Verlangen nach der Freude, das Ritual vollziehen zu können, verfälschte sein Leid. Er versuchte einen Moment lang, mit mir zu sprechen, als ob der Tod uns versöhnen sollte, aber ich wich seinem Blick aus. Ich aß Couscous, bis ich mich fast davon übergeben musste. Ohne Fleisch.

41

(Der Sand versucht von überall einzudringen. Ich kontrolliere noch einmal die Fenster, die Türen, die Schlösser, dann dichte ich meine Tür unten mit einem eingerollten Betttuch ab. Die Körner sind trotzdem schon da: unter meinen Zähnen und auf den Heften. Der Wolf zerknirscht tausend Kleinkristalle. Er zwingt mir seine Grimasse auf, wenn ich die Zähne aufeinanderbeiße oder einen Schluck Kaffee herunterschlucke. Der Sand verkörpert den großen Kampf zwischen der Wüste und dem Heiligen Buch. Der Sand versucht das Buch wieder zuzudecken und das Heilige Buch versucht die Wüste zu den Sternbildern und den Planeten zurückzudrängen. Immer das gleiche Paar, wenn man es aus der Nähe betrachtet. Der Wolf und ich, der Sand und das Buch, der Gott und der Busch, die Leere und das Gebet, der Tempel und die Straße, die Stadt und die Erstürmung. Ich schreibe auch diese Idee auf, die einem Streichholz in der Nacht gleicht. Ich erhebe mich nur einen Moment lang mit schnellen und präzisen Gesten, kehre ein wenig, mache mein Bett wieder, wechsele meine Laken, und wische mit einem Tuch über die Oberflächen. Der Sand ist nur noch ein kleiner zusammengeschobener Haufen in einer Ecke, aber ich weiß, dass er wiederkommen wird. Dann fange ich gleich wieder an zu schreiben. Gerade lange genug, um einmal einzuatmen

und mich besser zu fühlen. Mit einem Mal wird mir klar, dass Hadjer noch nie so lange von mir fortgeblieben ist. Ich höre ein bisschen dem wutschnaubenden Getöse vom Ende der Welt da draußen zu. Aus dem Fenster erscheint mir der Himmel noch rötlicher und grauer, zu Luftdünen verdreht. Und vor allem noch mehr Wind. Er stöhnt nicht mehr andauernd, aber er imitiert ein Geflüster. Manchmal steigert sich das zu einer Wut, fällt dann fast hin und schabt über den Boden. Es ist ein Tier, mit den Tatzen voraus sucht es mit den Nüstern den Boden ab. Bäume verbiegen sich, und ich stelle mir vor, wie die ganze Erde unseres Dorfes Schiffbruch erleidet und schwankt. Ich fühle mich dennoch in Sicherheit, meine Hefte sind hier oder weit weg, unzugänglich unter Wurzeln begraben. Zwischen mir und dem Wolf ist es nur noch eine Frage der Schnelligkeit des Schreibens oder der Auslöschung. »Der Wolf hat ihn gefressen«, haben die Brüder dem blinden und untröstlichen Patriarchen gesagt. Mein Vater stirbt und dieses Ende der Welt begeistert mich, als ob der Tod eines Wesens die Freiheit eines anderen bedeuten könnte. Und was wäre, wenn ich schreiben würde, um ihn zu töten, und nicht, um ihn zu retten? Beunruhigt halte ich inne. Der Wind kommt mit einer unerwarteten Heftigkeit wieder, das ganze Haus scheint bereit zu sein, nachzugeben und mich auszuliefern. Immer noch höre ich Geräusche wie von draußen versammelten Leuten, aber ich weiß, dass es nur der Sand ist, Töne versinken in Gepfeife und Schrillheit, schwere, stumme Lasten fallen und purzeln durcheinander. Der Strom funktioniert unregelmäßig, fällt aus und kommt wieder. Und ich schreibe mit einer unglaublichen Kraft der Zeichen, der Symbole, vermischter Alphabete, Miniaturzeichnungen, Tätowierungen. Ich weiß, dass du es bist, der Wind, der Gott, der nicht weiß, wohin und der niemals sein Heiliges Buch schreiben konnte. Ich höre auf einmal Stimmen und ich konnte fast meinen Vornamen und dann den meines Halbbruders ausmachen – »Ich bin Abdel, mach auf!«. Aber das waren keine Worte. Nur eine Finte. Ich werde nicht öffnen. Ich muss schneller schreiben, denn einer von uns wird aufgeben, und das ganze Dorf hat dann nur noch mich als Haltetau. Ich bin sein Zentrum, seit ich gelernt habe zu schreiben, allein, in meinem Kopf. Ich habe ein weites Tuch gewebt, das die vollständige Beschreibung dieses Dorfes – minutiös wie die Bestandsaufnahme eines Geizhalses – an mich bindet [vier Hefte mit den Titeln Einarmig: *durch meine Spaziergänge und die neuen Namen von Bäumen waren es mehr geworden], die geretteten Leben, die Langsamkeit der immer durchtriebeneren Hundertjährigen, die Vornamen der Kinder, die Nuancen zwischen dem Schweiß der Kranken und dem exakten Countdown aller Leute, die ich zufällig getroffen habe und die von mir abhängig sind. Und die unvollendeten Hefte, in denen ich versucht habe, die Neugeborenen zu beschreiben, was mir aber nie gut gelungen ist. Ich bin so etwas wie der Nachtwächter, der Leuchtturmwächter im »Meer der Finsternis« der arabischen Geografen, für die unsere Welt nicht rund war, sondern die Form eines Pferdesattels hatte. Ich bin verantwortlich für eine Ordnung, aber auch für ein Gleichgewicht, ein Manager der Schwerkraft durch die Nutzung der Sprache. »Mach auf, mach auf!«, schreit der Wind diesmal mit Hadjers Stimme, aber ich falle nicht darauf herein. Ich beschleunige. Man schlägt wütend, aber erfolglos gegen die Tür. Ich sitze da wie ein Stein, habe unter dem Schenkel die Hausschlüssel und den Zweitschlüssel, den Hadjer heute Morgen vergessen hat, als sie das Haus verließ. Der Wind ist so schrecklich geworden, dass Bäume durch die*

Straßen laufen, um sich zu schützen. Es gibt keine Sterne, keine Grenzen und keine vier Himmelsrichtungen mehr, der Norden ist ein Vogel ohne Nest, Oben und Unten sind Schwindelgefühle. Ich muss schneller schreiben, damit er vielleicht nachgibt.)

42

Zwei Jahre nach dem Tod meines Großvaters, mit etwa sechzehn Jahren, als meine Beherrschung der französischen Sprache bewundernswert und ausdrucksstark geworden war, entdeckte ich ein anderes Buch. Zumindest zum Teil. Es handelte sich um eines der wenigen Bücher, in denen das Gesetz der Notwendigkeit klar und eindeutig verkündet wurde: *Tausendundeine Nacht*. Ich las es geduldig (den ersten Band – die anderen habe ich erst Jahre später besessen –, schön illustriert, aber langsam in der Entwicklung, schwatzhaft in den Eingangsformulierungen, steif wie eine ägyptische Serie), wie Prolegomena zu meiner Gabe, eine Einführung, eine endlich mögliche Erklärung der geheimen Gesetze. Zu dieser Zeit hatte ich ein Dutzend Romane, direkt auf Französisch geschriebene oder aus anderen Welten stammende Bücher, gelesen, aber es war das erste Mal, dass ich auf ein bedeutendes Werk der Meinen stieß, das aus der Sprache meines Geschlechts übersetzt war. Ein pensionierter Lehrer hatte mir den etwas abgenutzten, aber voluminösen und vielversprechenden Band geschenkt. Anfangs enttäuschte das Märchen etwas meine Erwartungen, aber ich war fasziniert von seiner Technik, aber auch von seiner

Schlauheit. Schon in diesem Alter ging ich gerne den Ursachen der Bücher, ihrer Quelle nach. Das Heilige Buch kaschierte seine ihm eigene, verbarg deren Offensichtlichkeit durch Drohungen und Versprechen, aber ich wusste, dass es ein Schrei aus der Einsamkeit, ein Bedürfnis war. *(»Gott ist ein Schatz, der es liebt, gesucht und gefunden zu werden«, sagen die Sufis. Die mystische Suche ist wie ein Kriminalroman, in dem der Tote am Ende das Leben findet, in dem der Mörder die Zeit ist, die zur Ewigkeit wird und in dem die Frau das Paradies ist.)*

In *Tausendundeine Nacht* (abgebrochen in Ermangelung der beiden restlichen Bände) war das Thema verwirrend: Eine Frau erzählt und hält einen genauso wie Hadj Brahim idiotischen und hassenswerten König durch die Kraft der Geschichten in Atem, die sie ihm nach und nach erzählt. Das war vielleicht das Indiz. Ich weiß nicht, wie ich dann begriff, dass es möglich war, die Gleichung umzudrehen, um sie auf das Heil einer größtmöglichen Anzahl zu erweitern. In ihrem Palast erzählt Scheherazade, um ihr Leben zu retten. Das hat keinen Sinn. Oder es hat einen anderen, den sie noch weniger gutmachen kann: Sie hat keine anderen Frauen retten können. Selbst als sie am Ende glücklich mit einem Monster verheiratet war, sagte ich mir, dass sie mit der Erinnerung an die Toten in den Mauern würde leben müssen, mit den ermordeten Ehefrauen, aus der Zeit, bevor sie auf diese Lösung kam. Was man sich deshalb nach meinem jugendlichen Leichtsinn vorstellen musste, war eine Frau, der es nach ihrer langen Erzählung gelingen würde, ihr Leben zu retten, aber auch die Enthaupteten wieder zu neuem Leben zu erwecken, und diejenigen zu bewahren, die zur selben Zeit wie sie leben würden, und diejenigen, die noch auf die Welt kommen würden. Eine solche Herkules-Geschichte war noch niemals geschrieben worden. Besonders wenn man sich daranmachte, von einem noch absoluteren Märchen zu träumen: einer Version, in der die Kraft der niedergeschriebenen oder auch nur mündlich berichteten Erzählung die Wesen am Leben halten würde, die aber auch die Steine des Palastes, der umgebenden Stadt, der Häuser, die sich von diesem Reich ernährten, das ganze Land und seine geografischen Verwerfungen zusammenschweißen würde. Das alles würde in seinem Zusammenhalt und seinem Aufstieg nur von einer einzigen Hand, einem einzigen Erzähler getragen, der sich damit selbst retten, den Sterbenden das Leben zurückgeben und denjenigen, die ihm zuhören würden, ein längeres Leben sichern würde. Das war unmöglich, aber ich liebte die Vorstellung von einer solchen Geschichte, von einem »heiligen« Buch, dessen sichtbare Welt nur der Rücken, der Bucheinband, wäre. *(Ich weiß, dass ich der Erzähler bin, der Sterbende, Kranke und überalterte Greise hat retten können, der das Dorf mit meinem Schreiben als Brustwehr wie ein Storch im Gleichgewicht hält, aber auch ich habe meine Grenzen.)* Meine Berufung entstand aus diesem ersten Nachdenken über den Akt des Erzählens, das heißt Schreiben mit dem Mund und noch nicht mit der Hand. Aus dieser notwendigen Verbindung zwischen dem Buch und den Leben. Noch Jahre später nahm ich die viel größere Weisheit dieses Buches wahr: *Tausendundeine Nacht* wurde nicht erzählt, sondern geschrieben! Es handelte sich um ein Schreiben, das unter der Vortäuschung von Mündlichkeit zum Verschwinden gebracht wurde. Im ersten

Krimi meines Lebens hatte ich diesen wesentlichen Satz gelesen: »Nackt kam die Frau auf mich zu.« Im zweiten Krimi ergriff dann die Frau das Wort, wobei sie sich entkleidete und so das Monstrum entblößte, um es zu besiegen.

Ich war nicht nur ein Kind der Verzückung, ich war auch ein Kind der Angst und der Unsicherheit. Meine Entdeckung der französischen Sprache war ein großes Ereignis, weil sie Macht über die mich umgebenden Objekte und Subjekte bedeutete. Die Möglichkeit einer Brustwehr genau an der Grenze der Klippe. Ich begann also, wütend zu lesen, bevölkerte dabei die Insel, gelangte zu einer einzigartigen und seltenen Sprache, die beim Umherschweifen meiner Gedanken von links nach rechts, von rechts nach links und von unten nach oben und in allen Richtungen gelesen werden konnte, ein Bustrophedon, wie man früher sagte, stark und fähig, das Wesen der Dinge zu erfassen. Allein unter fremden Blicken stundenlang in den Straßen umherlaufen und dabei stillschweigend die Bäume, die Nuancen der Steine, der Winkel und Gesichtszüge in meinem Kopf benennen. Stunden der Anprobe von neuen Worten auf den Körpern von Aboukir und seiner Fauna. Diese zu bereichern mit der Stimme unvollkommener Konjugationen: die Zukunft, die Vergangenheit, aber auch die Abstufungen der Vergangenheit ausdrücken, des am längsten Vergangenen, des Vollendeten und Abgeschlossenen bis zum noch Halboffenen des Perfekts und zu dieser Unmöglichkeit des Präsens (wie soll man kauen und das Verb »kauen« im Mund führen? Wie etwas betrachten und nicht von diesem Verb geblendet werden?). Das war verrückt: Hadjer erriet es und versuchte mich in ihrem Schoß zu behalten, aber ich spielte schon falsch.

Ich glaube, meine Tante verdächtigte mich, in ein Mädchen verliebt zu sein. Aber die einzig Ungebundene in der Umgebung würde Jahre später eine junge und geschiedene Nachbarin sein, die man mit Misstrauen und Sorge wie eine aus dem Korb gefallene Frucht betrachtete, die alle haben wollen. (Djemila betrachtet die Welt nie anders als aus ihrem Fenster. Der Kopf einer Scheherazade, auf eine Fensterbank gelehnt, es ist verboten, ihren übrigen Körper zu sehen.) Hadjer suchte also in unserer Umgebung, fand niemanden und schloss auf ein Symptom zum Ausklang der Pubertät oder auf eine Nebenwirkung meiner bereits lange zurückliegenden Heilung. Und dennoch war ich da, in der absoluten Schande meines Dissidentendaseins. Ich konnte flüchten wie ein Gefangener, der noch das Schicksal der Seinen teilt, aber bereits sein Loch in die Mauer gebohrt hat, die ihn umgibt. Ich konnte Aboukir umgehen, ohne dass man es merkte. Abschweifungen aus den Erzählungen der Meinen vornehmen. Vor allem konnte ich die Frauen nackt unter ihren Kleidern sehen, mit fünfzehn Jahren, einem Alter, in dem meine Cousins und Nachbarn das Geschlecht von Frauen wie ein Territorium von Verrücktheit und von Schlingpflanzen beschrieben.

Die neue Sprache widersetzte sich dem Unaussprechlichen, setzte eine Ordnung durch, aber entkleidete auch die Körper. Die Kreation kam nackt auf mich zu. Die Nacktheit war gleichermaßen diese Sprache und ihre Unmöglichkeit. Der Sex führte mich in die Einsamkeit, und sie bewirkte, dass ich mit achtundzwanzig

Jahren, als Sohn eines reichen Fleischers, als möglicher Erbe von Tausenden von Schafen und geschult in der Kraft der Gabe und des Zufalls, weder beschnitten noch verheiratet bin. Gleichzeitig keusch und sinnlich. Ich suchte in den alten Häusern Aboukirs nach Romanen, allen möglichen Romanen. Krimis vor allem, dabei die Leichname, Rätsel, den Ermittler oder den Tatort außer Acht lassend, um schnell zum Wesentlichen zu kommen: die Witwe mit den feuchten Lippen, die Liebhaberin mit der heißen Schulter unter dem Mantel, die Verführerische auf dem Weg der Enthüllung, die müßiggängerische und laszive Frau, ihre Haare, deren exaktes Gewicht ich in meiner Hand spürte, vor allem der von innen beschriebene Kuss, aus der Sicht der Zunge im Geräusch des Saugens, im sternenklaren Dunkel des Speichels. Stellen Sie sich eine solche Zügellosigkeit vor, in einem geschlossenen Dorf, das keine andere Enthüllung kennt, als die des Knies einer Frau oder die Berichte von der Hochzeitsnacht eines neu verheirateten Idioten. Stellen Sie sich die Explosion der gesteigerten Sinne durch die geheime Sprache vor, das Verhör, in das ich die widerspenstigen Worte nahm, die Schändung der Bedeutungen durch beliebige Definitionen. Ich konnte einfache, zugängliche Worte zusammenhanglos auf ein Blatt schreiben und dabei zusehen, wie sie sich zusammenfügten und das Unsichtbare und das Verborgene beschrieben. So gesehen, bedeuten sie nichts oder fast nichts, aber in meinem Kopf und mit meinem fiebrigen Lexikon ergaben sich manchmal intensive orgiastische Szenen von Umarmungen oder Abenteuern, die in Orgasmen, neuen Territorien und triumphalen Rückkehren endeten.

Als ein durch die Möglichkeit von Nacktheit radikalisierter Leser wurde ich zum Voyeur, denn das war das ultimative Ende der Sprache und des Buches. Ich schlief als ungebetener Gast mit Vornamen von Frauen, die aus fast unvorstellbaren Geografien kamen, war im Bett in Situationen, in denen ich ungeschickt, aber angeberisch den Umhang und das Schwert im tiefsten Inneren des Fleisches miteinander verband und dabei meinen Körper mit den monströsen und giftigen Kurven der Tinte verwechselte. Kaum dem Jugendalter entwachsen, hatte ich so eine unverdächtige Reife erlangt.

Aber unmittelbar nach der feuchten Rückkehr in die Welt (verschmutzte Hose, fiebrige Hand) wandte ich mich immer wieder den Geschichten und ihrer Möglichkeit zu, Kohärenz zu bilden. Das endete immer damit, dass ich mich mit einem großen Schuldgefühl belastete. Ich konnte mich nur davon freisprechen, indem ich versuchte, die metaphysische Misere der Meinen zu verringern. Ihre absolute Belanglosigkeit. Ich las, aber schon rührte sich in mir das Bedürfnis, mehr zu tun. Der einsame Sex musste früher oder später auf ein Buch oder auf eine verrückte Urheberschaft hinauslaufen. Ich betrachtete meine Cousins, meine Tanten, selbst meinen Vater wie auf einem Bildschirm, gleichzeitig mitfühlend angesichts der Tränen und gleichgültig, weil sie leer und Gefangene ihres Schicksals waren und durch eine Welt ohne Sprachen und Auswege geisterten. Ich bot allen meinen Leuten draußen im Douar meine Arbeitskraft und meine neue Sprache an, und ich versuchte sogar, eines Tages an der Tür der Fleischerei die Hand meines Halbbruders zu schütteln, der mich erst misstrauisch ansah und dann in schallendes Lachen ausbrach. Das Mitgefühl ließ in mir ein fahles Gefühl entstehen und ich begriff, dass dies die falsche Lösung war. Man sollte nicht von Liebe träumen, sondern von heimlicher Selbstaufopferung.

43

O, ich schwöre, dass ich alles im Dorf gelesen habe. Jedes geringste Wort. Den kleinsten denkbaren Absatz. Alle neuen oder zerrissenen Bücher, die ich finden konnte: die Gebrauchsanweisungen, alten Zeitschriften, Notizbücher, Briefe anderer Personen, alte Schilder oder Feldzeichen, die Schulbücher mit ihren großartigen »Ausschnitten aus«, Verpackungen von Erdnüssen oder Zeitungen, die im Dorf ankamen. Alles, was diese Sprache mit sich brachte und was sie mir in ihrer Fülle zukommen ließ. Ich habe sogar bis zum Schwindeligwerden die wenigen Romane in meinem Besitz wiedergelesen, wobei ich aus dem Augenwinkel ihren Umfang, wie sie sich erschöpften und den befürchteten Einbruch auf der letzten Seite beobachtete. Ich träumte vom Unendlichen, aber beim Umblättern und nicht beim Beten. Noch einmal lesen blieb für mich das Glück: So war das, wenn die Geschichten nur zu meinem eigenen Vergnügen wieder auftauchten, sich anders entwickelten, auf einer Entgegnung oder einer Einzelheit beharrten, die mir beim ersten oder dritten Mal entgangen war. Die Insel war nie dieselbe unter meinen Schritten und der Papagei Poll wusste, dass das Unendliche eine Art und Weise des Lesens und des Sehens war.

Ich habe alles gelesen, noch einmal gelesen, und eines Tages war ich erschöpft, gelangweilt von so viel Redundanz. Als würde die schreckliche Leere, das Gesicht des stummen Teufels, mich einholen, wenn ich nicht etwas Neues, noch schneller und noch ausführlicher, lesen würde. Ich sah mich schon wieder von der Einsamkeit und dem Eingeschlossensein bedroht, wenn ich nichts Neues finden würde. Meine Sprache war reicher geworden als die Bücher und Schriften, sie uferte aus, über die Mauern, über meine Welt, und verlangte nach neuen Körpern, nach einer noch unmittelbareren und unvorhersehbareren Verkörperung, als es beim nochmaligen Lesen möglich war. Ich drehte mich tagelang im Kreis und bereitete meiner Tante wieder Sorgen, bevor ich mich schließlich entschied.

44

(Ein Schluck kalter Kaffee. Das bringt mir Zucker auf die Zunge. Meine rechte Schulter fühlt sich fast an wie ein Stein. Mein Nacken wie der eines enthaupteten Mannes. Ich kenne weder Schlaf noch Hunger. Wie am ersten Tag, als ich die ersten Worte entziffert habe. Wenn ein Satz unklar ist, benutze ich die Sternchen mit vollen Händen, ich verstärke die Gedankenstriche, die Kalligrafie. Es darf keine freie Stelle auf der weißen Seite geben, weil das der Leere eine Bresche, die Möglichkeit einer Unterbrechung, bieten würde. Ich hätte alle Worte miteinander wie ein Meer, eine Folge von Wellen verbinden wollen, eine an die andere gebunden durch das Wasser und die Dünung, aber das Heft wurde darüber unlesbar, ein Grummeln wie der Ozean. Nein, man muss nur seinen Atem zwischen zwei Worten anhalten, keine oder fast keine Leerstelle zulassen, es schaffen, den Strich bis ans Ende der Seite, in alle Richtungen zu führen, mit allen vier Himmelsrichtungen meiner Bestandsaufnahme. Die Schrift muss klein und buschig, in Knoten zusammengedrückt und peinlich genau in ihrer Geometrie sein. Wie kann man hoffen, gleichzeitig zu zeichnen, zu säuseln, zu sprechen, zu präzisieren, und die Materie der Haut und der Gegenstände mit einer gemeinsamen Schreibweise durchdringen zu können? Die sich bewegende Ober-

fläche eines ausgedehnten Wassers, die von einem einzigen Fisch durchquert wird, vermag für sich allein ein Lexikon zu erschöpfen. Ich brauchte also eine noch größere und noch kraftvoller klingende Verbindung von Zeichen, Buchstaben, Schriftzeichen, Punkten und Einzügen am Absatzanfang. Der Großbuchstabe musste sich auf die Höhe eines Baumes erheben und die Auslassungspunkte allein einen nächtlichen Horizont zusammenfassen, unter dem man ein Feuer anzündet, um eine Geschichte zu erzählen. Ich habe auf das absolute Wort gehofft, das genauso wie ein Gesicht in der Lage wäre, mit einer einzigen Fläche zu erzählen, aber das war bei Weitem unmöglich, es hätte mehr als ein Leben gebraucht. Ich habe dann eine Art und Weise erfunden, zu schreiben und die Kalligrafie dieser Sprache zu bereichern, die niemandem gehörte. Ich verfasse Neues mit der Eisenspitze über dem Ostrakon. Und wenn der Elan nicht ausreicht, füge ich Zeichnungen, Skizzen, Ziffern oder Codes hinzu, um keine Einzelheiten aus dem Leben des Sterbenden zu übergehen. Alles dient dem Wiederauferstehen, selbst eine gestrichene Stelle. Der Punkt ist Stein oder Stern, das Korn ist Anzeichen für die Trennung.

Mein Vater wird nicht sterben, und wenn ich als stolzer Sieger mit einem Heiligenschein versehen in das obere Haus zurückkomme, werde ich ihm das mit zwölf Heften beweisen. Den Leuten dieses Dorfes, die mich aus Mitleid oder Verachtung als Verrückten behandelt haben, werde ich endlich mein Gesetz, dieses unerklärliche Wunder enthüllen, das ihr Überleben an meine Meisterschaft bindet. Sie befreien und ihnen die Augen über ihren Glauben öffnen. Ihnen zeigen, dass es eine andere »heilige Schrift« gibt, die Möglichkeit eines riesigen und endgültigen, auf dem Hügel hängenden Talismans, im Nacken aller, um sie zu bewahren, selbst wenn sie es nicht verstehen. Der Zabor *wird gefaltet und mit einem genähten Stoff bedeckt und in den Wassern von Aboukir getränkt sein, das als morgendliches Trankopfer dargeboten wird [nach Osten, mit einem Vorhängeschloss unter dem Fußballen, siebenmal nacheinander mit Öl, Honig und Thymian]. Alles muss draußen vermischt sein: Vieh, Verse, Sterne, Leute, Halbbrüder und Auslagen. Die Smaïmes werden einige Leben kosten, da bin ich sicher.*

Ich zucke zusammen, denn es klopft an der Tür, diesmal die Stimmen mehrerer Personen. Die von Hamza, diesem Verräter. O, wie gemein das ist von diesem Tintenkiller, diesem Feind des Schreibens, dem Gegner meines Gesetzes, dem Wind. Er benutzt alles, selbst die Stimmen der Meinen, um mich herauszubekommen, der ich doch in meiner Grotte sitze. Ich weiß um die Gemeinheit des Teufels, aber manchmal muss ich über seinen Unfug lächeln. Er wird dann vorhersehbar. Sand dringt dann in die Zwischenräume, aber fällt kraftlos in Körnchen wieder herunter. Diesmal gibt es einen völligen Stromausfall und ich zünde Kerzen an, die dem Schatten riesige Ausmaße geben, die Decke plötzlich vor den gekrümmten Dochten zurückweichen lassen, und die Wände sich entfernen oder näher kommen lassen, aber alles geräuschlos. Ich bin der Hüter der Herde, der Bruder meiner Brüder. Ich habe Dutzende von Leben gerettet.)

Es gab eine Zeit, in der ich fast mit einem Lächeln auf den Lippen herumlief, um meine Dienste von den Nachbarn bis zu den entferntesten Häusern anzubieten: Wollen Sie einen schwierigen Brief lesen? Dass ich mit einem gealterten Kranken spreche? Dass ich ihm Gesellschaft leiste? Meinen Sie, dass ich nützlich sein kann? Wo befindet sich das Zimmer von Hadj Mohamed? Wie geht es

El Hadja Ghania? Man öffnete mir, weil ich der Sohn von Hadj Brahim war, man bot mir Kaffee an und man ließ mich am Bettrand des Kranken schreiben, weil man sich sagte, dass ich der (vom Propheten vorgeschriebenen) Verpflichtung nachkam, den Leidenden Besuch abzustatten. Das war am Anfang meiner Berufung, bevor das Misstrauen schwere Schäden an meinem Ruf anrichtete. Sicher, ich hatte die Koranschule verlassen, aber meine Beherrschung des Französischen hatte mir eine, wenn auch weniger glänzende, so doch respektable Aura wiedergegeben. Für diejenigen, die sich an den Krieg erinnerten, war das Französische eine Sprache des Todes, aber keine tote Sprache. Für die anderen, die Filmfreunde, nahen Verwandten von Emigrierten oder die Ehrgeizigen, die davon träumten, das Dorf zu verlassen oder Geld zu verdienen, ohne unter der Sonne zu schwitzen, zeugte diese Sprache von Ansehen, sie war der Beweis, dass man eine große Reise gemacht hatte, selbst wenn man Aboukir niemals verlassen hatte.

Ich besuchte auch die Friedhöfe, die schon allein wegen ihrer Bestimmung verdächtig waren, setzte mich in der Nähe der Gräber hin und versuchte mich in Besinnung. Immer deutlicher schien sich zu beweisen, dass dieser Ort eine falsche Spur war, eine Art Finte, um die Massen und ihr Mitgefühl in die Irre zu leiten. Aber ich liebte dieses zu Unrecht menschenleere Terrain wegen seiner Bäume, seiner Wurzeln, seiner Steine und seiner duftenden Kräuter. Man fand dort das wichtigste Dekor der Ewigkeit: den Kreis, die abgebrochenen Gesteine, die umgedrehte Erde und vor allem den über den Hügel hinausragenden Himmel. Manchmal kamen Frauen hier einen Verstorbenen beweinen, oder die Männer beeilten sich, einen der Ihren im Gedränge zu beerdigen. Die Grabsteine waren hier von einem fast mathematischen Interesse: Ich berechnete das Alter, spielte mit den Daten von Geburt und Tod und dachte mit Begeisterung an die Leerstelle des Bindestrichs zwischen den beiden Angaben, an dieses Rinnsal von unbezwingbarer Atmung, weil es sich um ein Leben handelte, das aber völlig leer war, weil zwischen Geburt und Tod die Erzählung einer Geschichte fehlte. Ich ließ meine Gedanken um die Möglichkeit eines Steins kreisen, auf dem ein ganzes Leben, in allen Einzelheiten, niedergeschrieben wäre, das kleinste Korn und das Grandiose, der Atem und die Haut, alle Begegnungen und mit anderen oder mit sich selbst, nur im Kopf geführte Dialoge. Aber das genügte nicht. Man musste sich einen Grabstein erträumen, der auf seinem ganzen Umfang beschrieben und in Beschlag genommen und bis in sein trockenes Herz durchdrungen sein würde von einer Schrift, die das Schreiben an sich wäre, das aus Tausenden von Bildern bestehende Bild in Waben, ein Bienenstock, der Körper schlechthin. Von allen Metaphern des Heiligen Buches liebte ich die in den Titeln der Suren enthaltenen Metaphern, die jedem Kapitel die Überschrift eines Bestiariums oder eines einzigartigen Kosmos gaben. Die Arche DES BUCHES trug nicht alle Tiere mit sich davon, sondern nur die Biene, den Elefanten, die Spinne, die Kuh, die Feige, den Tisch, die Beute und die Grotte und einige Prophetennamen. Ich habe lange über dieses Verzeichnis geträumt, das in einem Zug zu lesen wäre wie ein versteckter Text, der von einem Gott ausgewählt war, der in seiner Einsamkeit eine besondere Vorliebe für die Hirten und die Gestirne hatte.

Ich verfügte über eine reich gewordene, gewandte, mir fast gehorchende Sprache, ein wenig wild wachsend an den Rändern der Insel und erregend, weil sie Körper und Entfernungen vermischte und man so mehr mit ihr anfangen konnte. Ich hatte diese Sprache alleine gelernt, ihr dabei Freiheiten gegeben, die ihr die Schulen und Schulmeister versagt hätten, aber sie erschöpfte sich aus Mangel an neuen Impulsen aus den Texten, die ich in- und auswendig kannte. Der Grabstein war mein Rosettastein, um mir den Fortgang meiner Offenbarung vorzustellen.

Mit achtzehn Jahren wusste ich, dass die Welt ein Buch war, dass die Sprache sich in einer Art von Feuer erschöpfte, dass ich alle möglichen Worte definieren konnte, dass das Schreiben die Körper und Gegenstände durchdrang, dass die Zeit eine Konjugation war, dass Hadjer in ihren Träumen von mir recht gehabt hatte (ein Mann wird auf einem Meer von Schultern davongetragen), dass ich das Gesetz meines Vaters brechen und mein Reich über sein Vermögen hinaus erweitern konnte, und dass es eine Verbindung zwischen der Erzählweise, dem Wind und der Oberherrschaft über das Dorf gab. Ich wusste, dass ich prädestiniert war, Leben zu retten, weil ich über eine Sprache verfügte, die es vermocht hatte, die Genauigkeit, das geheime Begehren und die Reinheit miteinander zu versöhnen. Sie konnte Wiederauferstehung bedeuten, denn sie war bereits Wiederherstellung. Ich musste nur genau und deutlich genug sein. Es wagen.

Mit einem Mal wusste ich also, was Ekstase war.

45

Als ich ungefähr siebzehn war, gab es noch eine besondere Nacht. Ich hatte die Angewohnheit zu beten, aber ich hatte das Gebet in eine Befragung umgewandelt. In dieser Ramadan-Nacht war der Himmel weit und fing mich völlig auf. Ich saß wie der Prophet Youssef auf dem Grund des Brunnens, in den seine Brüder ihn gestoßen hatten und wo er darauf wartete, berühmt zu werden. Im Gegensatz zu ihm aber erfreute ich mich meines Schicksals und wandte den Kopf in die Höhe. Dorthin, wo dem Wolf in Form von Sternbildern Einhalt geboten werden kann *(»Der Nachthimmel ist eine Felszeichnung«, erklärt der Hund)*. Die Araber gaben den Sternen schöne Namen. Sie waren generell Meister darin, die Wüsten zu bevölkern. Dort hoben sie ihre besten Straßen aus, glaube ich.

Draußen war das nächtliche Dorf noch voller Lärm und wie jedes Jahr sehr belebt während der Wochen des Fastens. In den Abendgebeten klangen fast schöne Psalmodien mit. Alle Sterne waren so nah wie Nachbarn und die Nacht war bevölkert von Kindern und schlaflosen Familien. Seltsamerweise gefiel mir diese Umkehr der Ordnung mit all diesen Leuten, die noch so spät im Dorf auf waren. Wie im Herzen einer Hochzeit ohne

Wunder, aber gut aufgehoben, fühlte ich mich weniger einsam. Ein ruhiger Tag würde gewissermaßen in eine heilige Nacht übergehen. Während ich einen Roman noch einmal las, stieß ich auf eine simple alte Metapher, die unmöglich im eigentlichen Sinn, aber durch ihren Gebrauch alltäglich geworden war: »Der Wald kräuselte sich bis oben auf den Hügel«. Auf was weiß ich welchem Weg, vielleicht, weil ich gut geschlafen hatte und weil ich plötzlich sensibilisiert und vorsichtig und meine Sprache reif war, stieß ich hier auf das absolute Wunder der Metapher und ihrer unendlichen Deklination. Der Wald, das Reich der Wurzel und der Baumkrone, bediente sich für seine Form in einem gewissen Sinne beim Schaffell, indem er Herde und Eroberung, Aufstieg und Gedrängel, Dichte und Sich-Ergießen legierte, um gleichzeitig eine Vorstellung von Wald und dem Unzähligen zu geben. Diese Möglichkeit durchfuhr mich wie eine starke und elektrische Welle. Ich erkannte die potenziellen Kombinationsmöglichkeiten der Sprache, aber dieses Mal verbunden mit der Möglichkeit der Autorität meines eigenes Schreibens. Die Gewalt der Sprachausbrüche, die sich bietende Möglichkeit, über jede Sache, jede Bewegung und Verdichtung zu berichten und eine absolute Chronik sämtlicher Kreise zu erstellen. Weil ich alle Bücher bei uns gelesen hatte, wurde es zwingend, darüber zu schreiben, und die Enthüllung der Mechanik der Metapher stellte einen Weg der Befreiung dar.

Die Welt war Zerstreuung, aber das Schreiben war ihre Messe. Plötzlich begriff ich, dass ich nicht nur alles sagen, retten, erzählen, sondern mir auch vorstellen konnte, ohne mich zu verlieren, Bereiche der Angst und der Stille wiedererobern und der Meister der Nacktheit sein konnte. *(»Das Schreiben ist die Temperatur, die Zeit ist das Feuer«, schloss mein enger Tierfreund.)* Ich konnte über das Dorf und die Verfluchung meiner Ohnmachtsanfälle hinwegschreiten und das nicht nur, indem ich die Bücher der anderen las. Ich fühlte mich fähig, mein Leben und das der anderen durch die lebendige und nie da gewesene Metapher zu retten. *Das Fleisch der Orchidee,* Vorname der ersten Frau, war der auslösende Zufall und ich konnte die Hochzeit verlängern und mir selbst Erzählungen vorstellen.

Im Dorf spielten die Kinder glücklich über die Umkehrung der Zeit in der Nacht. Ich saß im Haus zwischen einem Kaffee und den Wänden und war gerade bei der dritten und letzten Offenbarung meines Lebens angelangt. Aus einem einfachen, unvorhergesehenen Grund, der offensichtlich war: Mangels Büchern würde ich selber welche schreiben und diese Sprache würde nicht nur das Instrument meiner Träumerei sein, sondern auch das meiner Läuterung und meiner Erlösung. Wenn ich damals hätte schreiben und wenn ich hätte schreiben können ohne aufzuhören, hätte ich meinen Großvater gerettet. Ich hätte die Geschichte meines Vaters von dem Moment an wiederaufgenommen, als er sich in das Fabulieren und die Feigheit verlaufen hat. Ich hätte jedem Cousin und jeder im Verlauf meiner Spaziergänge getroffenen Person in unserem Dorf eine größere Bedeutung gegeben. Die Sterbenden, die ich besucht hatte, hätten durch eine Geschichte gerettet werden können, dessen war ich mir nun sicher. Außer dass ich den zweifachen Imperativ der Geschwindigkeit und der Dichte entdeckte: Man musste ohne Unterlass, schnell und absolut über alles schreiben, über jede Begegnung, jedes Gesicht, jeden Vornamen. Ich bekam endlich Macht und Verantwortung. Die Sprache war diesmal mein ganzer Körper geworden, und sie erzeugte Erregung. Ich war frei!

In der Nacht, als der Himmel auf die Erde herunterstieg, fühlte ich mich bereit, mich über die Brustwehr zu lehnen und zu fliegen. Alles war auf einmal miteinander verbunden: die Jahre meiner Angst angesichts der Kalligrafien, das Schreibenlernen mit dem *Sansal* und die Tafel neben der Moschee, die blinde Rezitation bis hin zur vermuteten Nacktheit des Körpers und der Reiseerzählung. Ich konnte auf »sie« und ihre Nacktheit zukommen und sie nicht mehr nur bewegungslos erwarten. Ich konnte das Wort wieder ergreifen, andere Bücher lesen, die Angst durch die berühmten drei Auslassungspunkte austreiben und eine sehr alte Erzählung fortführen. *(Die Auslassungszeichen stellen keine Stille, sondern das Getöse der Bücher, der Götter und der auf eine Ellipse reduzierten Dinge dar. Deshalb benutze ich sie mit Vorsicht und bilde darauf in jedem Heft und am Anfang einer jeden Erzählung so etwas Ähnliches wie einen unlesbaren Prolog. Der Ritus des Schreibens in Heften ist einfach: Der erste Satz ist die Hälfte eines anderen, der niemals zu Papier gebracht wird. Man muss sie deshalb entknoten, das Ende des Fadens suchen und langsam das Wollknäuel entrollen.) Zabor* war nun eine unendliche Möglichkeit, nicht nur ein Wildwuchs von Lexikon. Ich verkörperte schon die Psalmen. Der Ruf zum Gebet erhob sich in meinem Rücken, aber ich war sehr hoch oben im Himmel. Mein Vater konnte mir nicht mehr den Hals durchschneiden, weil sein Messer eine winzige Nadel, nur ein Holzsplitter war. Die einzige Person, die mich verstehen konnte, war Hadjer, aber sie schaute Fernsehen, während ich unter den Sternen wandelte.

46

(Der Wind nutzt alle möglichen Schurkereien und die Stimmen meiner Verwandten. Hadjer jammert und fleht mich an. Ich höre: »Dein Vater will ein letztes Mal mit dir sprechen!« Sie betont das mit einem lang gezogenen Stöhnen wie eine Verlassene. Sogar Abdels Stimme mischt sich ein. Er schreit und schreit. Man versucht die Tür gewaltsam zu öffnen und ich höre aus dem Getöse heraus, wie jemand einen Schlüsselbund ausprobiert und dann aufgibt. Meine Tante und ich hatten schon längst die Schlösser ausgewechselt und unsere Sicherheitsmaßnahmen verstärkt. Er wird es nicht schaffen, hereinzukommen. Das sind keine Schlüssel oder Gesichter, sondern es ist der Wind. Der Wolf versucht mit gefletschten Reißzähnen mich zu beißen, mit dem Staub unser Haus zu verschlingen, meine Hefte auf den Feldern zu verstreuen und mich und meine Gabe zu töten. Ich widerstehe, den Kopf über meine Literatur gebeugt, die sich auf ihr Thema verengt, und mich schützt meine rote Kapuzenmütze, die meine Tante nach dem Vorbild aus meiner Kindheit gestrickt hatte. Ich weiß, was ich zu tun habe. Seit dem ersten Mal habe ich es jedes Mal geschafft, jedem geretteten Leben fast tausendundeinen Tag hinzuzufügen. Zu verlängern. Alles ist Schreiben, um denjenigen eine Geschichte wiederzugeben, die sie verloren

haben, und so kommen sie wieder zurück, um ganz auf sich gestellt ihre Erzählung im Leben zu vollenden. Ich schreibe also, kümmere mich um nichts anderes und lasse mich nicht in Versuchung bringen zu antworten. Der Teufel will euch beim Herzen, beim Affekt, den Nahestehenden, dem Blut oder beim Begehren packen. Er will meinen Körper, der Wolf will mich fressen, ich lache und schreibe und weiß, dass ich die Fäden in der Hand habe, um meinen Vater zu retten, dass ich über seine Überraschung lache und unser altes Duell zwischen seinem Messer und meiner Sprache fortsetze. Ja, lassen wir's. Weil alles an mir hängt, angefangen mit dem Ortsschild, das im Norden den Namen Aboukir anzeigt, bis zu den Eukalyptusbäumen im Süden. Alles läuft in meiner Hand zusammen und ich ziehe das Seil in die Höhe. Ich habe nicht geheiratet, habe keine Familie, keinen Sohn – denn das ist das Spiegelbild des Grauens –, alles, um mein Versprechen zu halten und meine Aufgabe zu erfüllen. Ich träumte von einer noch kraftvolleren Geschichte, von der Abscheulichkeit eines Kaiserschnitts, die es vermocht hätte, meine Mutter zurückkommen zu lassen, aber diese Vorstellung war erstickend und unmöglich. An meine Mutter habe ich überhaupt keine Erinnerung mehr. Der Wind hat ihre Spur verwischt und ihr Gesicht ähnelt einer Oberfläche von rauem Wasser. Ich erinnere mich an mich, wie ich als Kind zu Hause saß, während alle rundherum über die Entehrung und die Verstoßung jammerten und meine Mutter eingeschlossen wurde, und man ihr das Gesicht nahm, um es durch ihre beiden Hände zu ersetzen. Ich habe Hadjer Fragen über diese Angelegenheit gestellt, aber sie antwortete mir nur gewieft, besorgt und fast etwas kleinlich: Ich war ihr Sohn und sie wollte nicht, dass ich weiter in der Zeit zurückgehe als bis zu ihrem eigenen

Bauch. Im Vergleich zu anderen Frauen ist meine Mutter eine Höhlung, eine Feder, eine Art Totgewicht, ein Schweigen. Sie hat mir nie gefehlt, weil sie nie für mich existiert hat. Eines Tages habe ich versucht, ihr Heft zu schreiben, aber es ist Gekritzel ohne wirkliches Thema geblieben, die Schreibversuche blieben müde und verschlafen. Lassen wir das am besten ganz schnell.

In diesem Moment ist es das Wichtigste zu wissen, dass ich den machtvollsten Talisman schreiben muss, den Zabor, *in mehreren Heften, mit denen ich dort einhaken muss, wo es nötig ist, um Aboukir, seine verkrochenen Einwohner, seine Glaubensvorstellungen, Bäume, Störche und Friedhöfe zu retten. Nie habe ich mir vorstellen können, dass alles auf einmal kommen würde: der mögliche Tod meines Vaters, dieser Brand der Sinne, der zu einer Meute gewordene Wind, Raubtiergebisse, der Dajjâl des Weltunterganges, wie ihn das Heilige Buch ankündigt, Einäugiger und Verführer, Herrscher am Ende der Zeiten, Antichrist der Christen. Am grau verbrannten Himmel ahne ich, dass die Sonne dieses Mal von Westen kommen würde, dass es keine Himmelsrichtungen, keine Straßen gibt, die an der Erde kleben, dass alles in einem riesigen Strudel steckt, und dass es bei dieser Konfrontation eigentlich um mich geht. Gott ist der Wind und man darf ihn nicht beleidigen. Aber ich beleidige ihn nicht, und unter meiner blutfarbenen Kapuzenmütze versteckt und völlig in Anspruch genommen von meinem Strich widerstehe ich ihm.)* Ich hatte im Dorf absolut alles gelesen und wartete als Jugendlicher drauf, dass diese Sprache mit anderen Büchern wieder auftauchen würde und von Lehrern, Bussen und Archiven und von den Ausgewanderten mitgebracht würde, wenn sie im Sommer heimkamen. Manchmal kam die Sprache mit

Neuigkeiten beladen zurück, manchmal kam sie wie die verlorenen Störche gar nicht wieder. Das waren leere und langweilige Momente. Kaum erhob man seinen Kopf aus einem Buch, stolperte man schon über seinen eigenen Körper, um in die Schwere und die Engstirnigkeit zurück zu verfallen. Wenn ich kein aufgeschlagenes Buch auf meinen Knien liegen hatte oder in meinen Händen hielt, gab es keine Frau, keine glänzenden Lippen und keine Fluten, die mit einem Stab zu teilen waren, keine Vordermasten, Brüste und keine Schwüle, die den aus seinem Körper Flüchtenden stöhnen ließen. Die Insel war ein Felsen und die einzig mögliche Erzählung war die über meinen Vater und sein Beharren auf seiner Großzügigkeit, über seine Schafe und das Elend in den Zeiten der Kolonialherren.

O, wie hasste ich seine Geschichten! Die einzige, über die ich keine Fratzen schnitt, war vielleicht die vom Sandsack. Seiner Legende nach war es an einem Tag des Hungers oder als er während seiner frühen Jugend unter den Kolonialherren Typhus hatte, dass er es nicht gewagt hatte, nach Hause zu kommen, ohne irgendetwas in seiner Umhängetasche mitzubringen. Also füllte er sie mit Sand, kam in das obere Haus zurück und ging gleich schlafen, um die Konfrontation mit meiner Großmutter zu vermeiden. Als er wach wurde, nahm er einen Geruch von warmem Brot wahr, aß etwas davon und fragte, woher das Mehl kam. »Aus dem Sack, den du mitgebracht hast«, antwortete ihm etwas überrascht meine Großmutter, die ich nie gekannt habe. »Ein Wunder Gottes!«, sagte er jedes Mal, um die Billigung der Frömmler zu erheischen. Vor allem aber eine geklaute Geschichte, sagte ich mir fast wütend. Aber auch ich klaute Geschichten und vor allem Titel. Ah, wie liebte ich diese Perlen ohne Faden! Ich hatte Hunderte, dann Tausende davon. Ich konnte eine Bibliothek mit Buchrücken aufmachen, um sie in ihrem Inneren mit Sand zu füllen. Eine Art Potemkin des unermüdlichen Lesers. Die Autorennamen waren Details, Wanderkarten, Türhüter. Was sie erzählten, war nicht von ihnen selbst, sondern wurde durch sie vermittelt. »Finden ist nicht gleich stehlen«, sagt die Überlieferung. Ich hatte anfangs Lieblingsgeschichten, die wiederum zu anderen, neuen führten und so weiter. Tausendundein Buch. *Wind, Sand und Sterne, Im Wendekreis des Steinbocks,* das ein Archipel war, *Früchte des Zorns, Und ewig schweigt der Quai des Fleurs, Geier sind geduldig, etc.* Ich verlor mich.

Und ich fing an zu schreiben und Titel zu stehlen.

47

Man muss die Bedeutung der Nacht der Ekstase verstehen. Ich schrieb meine erste Metapher. Ich verdrehte den Sinn von Angst und Nacht. Ich ging voran und erleuchtete. Ich lächelte, als ich Hadjer im Flur begegnete, war aufgeregt und schwerelos als Überbringer der bedeutsamsten Neuigkeit in der Herkunftsgeschichte meiner Sippe, in der kein Zweig wirklich lesen oder schreiben konnte. Ich war so glücklich, dass ich tagelang unfähig war zu schlafen. Ich hatte gleichzeitig alle Probleme auf einmal gelöst: das des Mangels an Büchern, das meines Körpers, der vom wiederholten Lesen der erotischen Passagen und Fluchterzählungen erschöpft war, das Gewicht der Schande, des Schuldgefühls und das Gefühl der Würdelosigkeit. Ich konnte die Welt wieder in Ordnung bringen, Geschichten schreiben, meinem Dorf entkommen und seinem Schicksal als Stein, dem Unsichtbaren in seiner fleischlichen Erscheinung begegnen und der Saga meines Lebens von Anfang an nachgehen. Die Metapher war eine Art von Vers, der vom Körper zum Himmel hinaufstieg und nicht umgekehrt. Sie war eine Variante des Zaubers, eine Abkürzung, ein Schleichweg. Sie gestattete mir also, Zeit zu gewinnen oder Geschichten hinzuzufügen.

In der zweiten Nacht, noch torkelnd vor Schlaflosigkeit, kam ich zu meiner letzten Offenbarung: Ich konnte durch die Ordnung des Schreibens Leben verlängern und den Tod zurückdrängen, indem ich Geschichten schrieb, weil ich das Geheimnis des Opfers hoch achtete. Ich begriff, dass vom Schreiben bis zur Atmung alles miteinander verbunden war, weil ich verantwortlich war für eine gewaltige Entdeckung, die kein Zufall, sondern eine Offenbarung war. Alles war verschlungen und miteinander verbunden: meine Zickleinstimme, mein Körper, mein nicht beschnittenes Geschlecht, meine Situation als Waise und meine nächtlichen Schreckensanfälle. Das Amulett des Rezitators, der versucht hatte, mich zu heilen, die horrenden Tätowierungen, all das war notwendig, um zu dieser Beherrschung der Sprache zu gelangen. Ich konnte nicht nur andere Leben verlängern, sondern auch dem meinen Aufschub verschaffen und diese Verantwortlichkeit war allumfassend, erstreckte sich auf alles, was ich anfasste und alles, was ich sehen konnte. Auf jede Einzelheit des Dorfes, die Häuser, Bäume und Vornamen. Es gab die Gefahr, dass alles das nach und nach oder mit einem Knall eines Tages verschwinden würde, wenn nicht jemand aus meiner Sippe, im Dorf bei uns, sich daranmachen würde zu schreiben. Dieses ungerechte Schicksal ließ mir das Herz brechen vor Mitleid mit jedem Wesen, seiner Unbewusstheit, seiner Naivität angesichts der Leere und seiner Unschuld. Ich umarmte dann Hadjer, und sie nahm mich, ohne etwas zu verstehen, fest und lange in ihre Arme, aber sie war glücklich wie eine Mutter.

Ein Buch ist nicht heilig, weil es die Bestandsaufnahme aller Dinge ist, die Hand, die hält und zurückhält, der nötige letzte Aufruf vor dem Vergessen, das der Tod bedeutet. Bücher sind Sockel und Taue. Wenn ein Mann eines Tages aufhört, mit sich selbst zu sprechen und aus dem Grunde seiner Seele zu schreiben, dann wird er stolpern, krank werden, schnell altern und mit dem Tod ringen. »Wir haben Dir die Geschichten der Früheren [Propheten] erzählt«, sagt das Heilige Buch. Weil sie den Zusammenhalt bewahren, den Abgrund der Anfänge überdecken und davon am Ende nichts wissen wollen. Ich habe geweint. *(Und ich weine jetzt gleich, denn wenn ich mich unterbreche, wird mein Vater sterben, und er weiß nichts von dieser Aufopferung meiner Jugend, meines Körpers und meiner Zeit.)*

Ich brauche eine noch genauere Sprache, aber am Rande der Ekstase ist Sprache unmöglich und Schreiben lässt Sie nur erschauern. Haben Sie gesehen, wie die Sufis von der Ekstase berichten? Mit leicht dahingesagten und fast altmodischen Worten. Ganz nahe am brennenden Stern ist Poesie nichts als Gequake. Ich wusste das seit den drei heiligen Nächten, bevor ich am Tag danach anfing, in meine neuen, an demselben Morgen frisch gekauften Hefte zu schreiben. Und ich habe seitdem unglaublich viele Notizbücher gefüllt, die ich überall begraben habe. Ich habe die Kranken, die Sterbenden, die Kandidaten fürs Dahinscheiden, die schwitzenden Kinder und die von einer Geburt zerrissenen Frauen besucht. Meine Sage ging ihrem Höhepunkt entgegen und zog die Aufmerksamkeit des Teufels und des Windes auf sich. Mein Vater lachte bitter darüber, meine Tante war darauf stolz und meine Halbbrüder waren neidisch auf mein Reich, aber die armen Dorfbewohner kamen als letzten Ausweg mehr und mehr zu mir. Ich habe Hunderte gerettet, habe fast jedes Mal tausendundeinen Tag hinzugefügt, die Insel bewohnbar gemacht und Poll wurde nachts flamboyant und phosphoreszierend, wenn er las. Der Spott begleitete meine Gabe, aber ich schenkte ihm keine Beachtung. Warum ich schreibe? Weil ich Zeuge bin und Wächter, ich lasse den Tod der Meinen zurückweichen, denn sie sind unentbehrlich und verdienen Ewigkeit. Gott schreibt und ich auch. *(Der Wind empört sich und will mir den Mund verbieten. Er hat die Messer meines Vaters gegen mich gerichtet, ebenso die Halbbrüder, Hamza und seinen Hass auf seinen eigenen Namen, die Gendarmen und Verleumdungen. Derselbe Wind verstreut alles. Mein Vater stirbt vielleicht, und ich halte seine Hand, und ohne mein Opfer als ewiger Schriftsteller und wenn ich nicht seit Stunden an derselben Stelle in diesem Zimmer sitzen würde, wird er sterben und nichts als eine Lücke zwischen zwei Daten werden. In dem Todeskampf, der ihn entkleidet und zwingt, seine Knochen einen nach dem anderen abzulegen und seinen Atem bis zum Jüngsten Gericht anzuhalten, erkenne ich ihn und verzeihe ihm. Er hatte keine andere als seine eigene Geschichte zu erzählen.*

Und die Tür zerspringt in Stücke, denn der Wind konnte nicht zulassen, dass ich gewinne.)

48

(Schreiben ist eine Tätowierung und hinter der Tätowierung gilt es, einen Körper zu befreien.)

Am siebten Tag hat man mich festgenommen. Ich wurde zur Gendarmerie gebracht, wo man mich wohlwollend, aber entschieden behandelt hat. Eigentlich hat man mich fast einen halben Tag lang nicht beachtet, und weil man nicht wusste, was man mit mir machen sollte, wurde ich in eine Zelle gesteckt und für eine Nacht allein gelassen. Von Zeit zu Zeit schaute ein Gendarm nach mir, stellte mir Fragen über meinen Vater, drückte mir sein Beileid aus oder schüttelte ernst den Kopf. Man fragte den Imam Senoussi nach seiner Meinung über meinen Fall, der seinerseits versuchte, die Wogen zu glätten, und erklärte, das Leid sei wie ein Wind, der einen verrückt machen könne, aber es gäbe nichts Blasphemisches in meinen versprengten Heften und diesen dicht gedrängten Schriften, die ich tagelang auf die Mauern, Platten, Türschwellen, die Gehsteige und alle möglichen Oberflächen gemalt hatte. Die großgeschriebenen und leuchtenden Zierbuchstaben, unglaublichen Auszüge und falschen Titel von Romanen mit Daten, Ziffern, Monden und Vornamen waren für Nichteingeweihte rätselhafte Zeichen. Ich hatte sie überall verbreitet. Begleitet hatte ich diese

Überflutung noch durch meine Notizhefte, die ich in Taschen am Eingang des Dorfes im Süden, Osten und Westen deponiert hatte. Ich hatte einige unter den Gebetsteppich in der Moschee gelegt, andere auf fast jedes Grab des Friedhofes von Bounouila und auf dem christlichen Friedhof, wo die heimlichen Trinker mir neugierig zugesehen hatten. Einige hatte ich den Kindern gegeben, als sie aus der Schule kamen, und andere bei den Friseuren und in den Ämtern des Dorfes ausgelegt. Ich hatte sie den Leuten sogar haufenweise am Ausgang der Hamams und im Mausoleum Sidi Bend'Hibas, dem Heiligen Aboukirs, aufgedrängt. Man fand sie dann Anfang September wirklich überall als fliegende Blätter in den Brisen, als Verpackungen bei den Erdnussverkäufern, von Kindern zu Flugzeugen gefaltet und in die Felder davongetragen, wo sie an Baumstämmen klebten.

Wenn der Imam Senoussi nicht eingegriffen hätte, wäre die Anschuldigung der »Beschädigung von öffentlichem Besitz« in Betracht gezogen worden. Unter seinem Einfluss entließ man mich völlig verdutzt und ungehörig lächelnd wie einen Sieger.

Es war eine unfassbar seltsame Woche für mich, frei, aber voller Freude. So etwas wie ein Sommerende, die Apotheose für meine Literatur, während man den siebten Tag des Todes von Hadj Brahim beging, der von tausend Schafen bei seinem Dahinscheiden begleitet wurde. Ich verteilte meine Seiten eine nach der anderen, damit jede Sache davon berührt und betroffen oder damit verschmolzen würde. Wie eine Art von blättriger, in Zeilen verstreuter Sintflut. Man hatte mich überall gesehen, wie ich mit einer grauen Tasche umherhastete, um meine Dichtungen stillschweigend, ernst und gehetzt zu verbreiten, und wie ich versuchte, alles mit allem zu verbinden und die Kraft meines Gesetzes auf alle Frauen und Männer auszudehnen. *»Zabor eddah el babor!«*, schrien die lachenden Kinder, die mich hänselten. Aber endlich frei und offenbart lachte ich erleichtert zurück.

Mein Unterfangen demütigte meine Sippe noch mehr und meine Tante weinte genauso wie an dem Tag, an dem die Familie nicht gekommen war, die um ihre Hand anhalten sollte. Mit den Beileidsbekundungen beschäftigt, ließ man mich anfangs links liegen, redete mir gut zu und die Cousins versuchten mich im unteren Haus einzuschließen. Aber das konnten sie sich sparen, denn ich wusste, was ich zu tun hatte, und ich vollbrachte es mit Freude, Schwere, Ernst und Glücksgefühlen. Um Djemila zu befreien, brauchte ich eine größere Freiheit, die ich mit ihr teilen, die ich ihr bieten wollte. Die Schöpfung ist ein Buch, das Blatt für Blatt übergeben wurde. Meine Psalmen mussten überall gelesen und offenbart werden. Während mein Vater nur noch ein Stein war, war ich der durchsichtige Fluss, aus dem die Schöpfung herrührte und auf dem sie unmerklich lastete.

49

Der Wind in der Nacht, in der man mich wegen verheerender Schäden aus meinem Schreiben herausgerissen hat: verbrannte Weinstöcke, zerstörte Häuser, herausgerissene Laternenmasten. Es gab drei Tote, die unter einstürzenden Mauern begraben wurden, und zwei Tote durch Stromschläge. Aboukir erwachte mit einem zerfetzten, wie gefurchten und grauen Gesicht. Alles ist gleichzeitig vertraut und wie nach einer großen Trockenheit. Die Leute empfinden noch so etwas wie Solidarität angesichts von Kataklysmen, aber kehren nach und nach zu ihren Gewohnheiten zurück. Es waren die heftigsten und schwersten Smaïmes seit Jahrzehnten, und sie hatten einen gehörigen Tribut an alten Menschen und Ernten gefordert. Ich lebte nunmehr zwar nicht in einem toten, aber dennoch stark verkleinerten Ort. Ich habe Gleichgewichtsstörungen wie kurz vor einer Geburt. Der Himmel ist wieder so hell, hoch und blau, neu wie die Freude, dass er einem die Lungen füllt. Aber das steht im Gegensatz zu den restlichen Spuren. Der rote Sand trübt noch die Farben, aber weicht wie erlöschende Glut allmählich zurück. Man hat ihn überall in Haufen zusammengefegt, aber wir wissen, dass er in einigen Tagen, nach und nach, woandershin getragen wird. Er wird über den Süden, über den Wolken, zurückkehren. Ich weiß nicht, ob ich in allen Einzelheiten erzählen soll, was passiert ist. Es ist jetzt auch nicht mehr wichtig, dass ich schreibe. Ich bin nicht mehr verantwortlich, weder Zeuge noch Bewahrer irgendeines Geheimnisses. Man hat mich ungerührt und fast fahrlässig von meinem Schicksal erlöst. Mein Vater ist tot. Ich bin für niemanden mehr verantwortlich. Die Sprache hat gewonnen, ist jetzt überall, Rinde und Efeu, Nuance und Kondensierung. Sie braucht mich nicht mehr. Ich wollte, dass Schreiben ein Wort, das heißt ein Gesicht, Gesichter verkörpert und Lebende, die sich rund um ein Feuer begegnen.

Als man meine Tür zerschmettert hat, strömte der Wind wutschnaubend herein und hat alles mit seinen Zähnen verweht. Mit zerstörtem Gesicht sind Hadjer sowie einige meiner Halbbrüder und Nachbarn mit ihm zusammen hereingekommen. Man hat mich mit zahlreichen Heften vorgefunden, die der Wind in seinem Wirbeln begann durcheinanderzubringen. Man hat mich also brutal meiner Aufgabe enthoben, und ich fühlte mich so verloren, als stände ich in einer Art rotem Nebel aus Sand und Kälte. Man stieß mich in den Rücken, den Hügel hinauf ins obere Haus. Es wurde geschrien und Hadjer weinte. Ich weiß nicht mehr wie, aber als wäre es ein schlechter Traum, bin ich gegen Baumstämme und Hunde geprallt, die panisch vor Angst waren, und fand mich auf einmal im Zimmer meines Vaters wieder. Verwandte, Cousins, Abdel und meine Tante waren losgeschickt worden, mich zu holen, aber ich hatte mich geweigert aufzumachen. Sie hatten geschrien, es erst mit Schlüsseln versucht und dann entschieden, die Tür aufzubrechen.

Das obere Haus war erfüllt von Geschrei, Tellergeräuschen und Gerüchen von gebratenem Fleisch. Man packte mich, schrie mich an und warf mir Beleidigungen an den Kopf, und Frauen weinten, als wollten sie die ganze Schöpfung informieren. Abdel stand etwas abseits, steif und mit hasserfüllten Augen im Hintergrund, wie an dem Tag, an dem ich ihn über den Rand des Brunnes gestoßen hatte *(nein, ich habe ihn nicht gestoßen, er ist ausgerutscht und gefallen)*. Das Licht war gelblich, der Körper noch kleiner geworden, ein Häufchen unter dem Laken. Alle drängten mich dazu, ihn zu umarmen. Er hatte die ganze Nacht lang nach mir verlangt und mir noch bis zum letzten Moment etwas sagen wollen. Alle schrien mir dasselbe, denselben Vorwurf zu. Ich bin davongelaufen und trampelte dabei über Körper und Schuhe. Der Wind war noch da und verbog das Begräbniszelt, das man trotz des rauen Wetters auf der kleinen Lichtung zwischen den Eukalyptusbäumen aufgespannt hatte. Man versuchte das Eindringen des Sandes aufzuhalten, aber er war überall. In meinem Mund, meinen Lungen, meinen Taschen und unter meiner Haut. Als man mich gezwungen hatte, unser Haus zu verlassen, um den Wind dort toben zu lassen, schaffte ich es noch, mein letztes Heft mitzunehmen, das mich aufgehalten und mich die Zeit hatte vergessen lassen und mich vielleicht zu Fehlern verleitet hatte.

Während ich den Hügel herunterlief, hatte ich beschlossen, alles zu verstreuen, die Insel mit meinen Seiten neu zu bevölkern, daraus eine finale Offenbarung zu machen und das Herz Aboukirs als solches in ein Manuskript zu verwandeln. Die Schöpfung ist ein Buch? Mein

Dorf und die Seinen sind Hefte, Talismane und Rezepte gegen das Nichts. Meine Entscheidung war gefallen, als ich nach den Trauerfeiern das Haus verließ. Ich war fest entschlossen und befreite so einen Sturzbach in mir. Ich spürte, wie meine Schultern sich aufrichteten und entknoteten. Ich lief durch die Straßen und Felder, um meine Schriften öffentlich zu machen, sie für alle Winde lesbar zu machen. Ich bin zu uns unten ins Haus gekommen, habe nachgedacht und dann am dritten Tag, während man den Tod zelebrierte, die erste Tasche genommen, bin zu den Rändern des Dorfes gegangen und habe dort die wenigen Seiten, die mir geblieben waren, und meine Talismane angeschlagen. Dann habe ich überall, im Süden und Osten, an der Moschee und den Schulen, das Geheimnis ausgestreut. Und so meine Gabe in der Nacktheit des Tages offenbart und meine Geschichte aufgedeckt. Manchmal verfolgten mich Kinder und schrien meinen Namen: »Zabor eddah el babor!« Und manchmal bückten sich Neugierige, sammelten die Blätter auf und versuchten dieses genauso vertraute wie fremde Idiom zu lesen, das so frei und gegenwärtig ist wie Efeugestrüpp, aber gedämpft. Man findet da auch Zeichnungen, unförmige Alphabete zwischen zwei sprachlichen Verlockungen, Versuche, Schriften in drei Dimensionen zu erschaffen und in Zierbuchstaben geschnitzte Drehungen des Windes. Erinnerungen an das Heilige Buch, verzerrt durch ständiges Hinterfragen der Vermittlung und unzählige Variationen. Vornamen von Toten, Daten und Ziffern wurden zurückgeführt auf ihren eigentlichen Wesenskern als Gesten, Finger und Hände.

Man hat mir ein Buch gegeben – »Und dienstbar machten wir bei David die Berge zum Lobpreisen, die

Vögel auch, das thaten wir«, sagt das Heilige Buch – und ich gebe es wieder zurück. Ich fühle mich nach und nach befreit und freigesprochen, ich kann mir erlauben zu schweigen, und die Last meiner Verantwortung wird leichter. Vielleicht zu Unrecht. Nackt und zitternd wie Younes unter dem Baum begreife ich, dass Ninive ohne mein Zutun und weit weg von mir gerettet wurde. Ich weiß es nicht. Der Teufel hat noch einen letzten, laschen Angriff versucht: Hamza (oder Abdel?) hatte meine blasphemischen und verrückten Schriften bei der Gendarmerie angezeigt und man nahm mich fest, um mich zu verhören. Am Tag darauf hat man mich zur Zeit des Freitaggebets wieder gehen lassen, das der Imam Senoussi leitete, der sich um mein Schicksal bemüht hatte. Man hatte keine Anklage gegen mich erhoben, aber das wird meinen Halbbrüdern reichen, um etwas in der Hand zu haben, um mich für verrückt zu erklären und zu enterben. Ich hatte so etwas von Anfang an geahnt. Sie haben mir untersagt, am Palaver über die Nachfolge teilzunehmen. Hadjer ist diesmal so alleine, wie sie es auch im Angesicht ihrer Falten ist. Und sogar nach mehreren Tagen gab es immer noch Blätter, die sich unter meinen Füßen sammelten, als ich durchs Dorf nach Hause ging.

Ich bin für das Dorf nicht verantwortlich. Aber vielleicht für etwas Größeres? Ob ich noch lesen und schreiben werde? Ich weiß es nicht. Ich bin sicher, dass ich die beste List gegen den Tod entdeckt habe. Die wirksamste. Aber ich habe keine Lust mehr, die anderen zu retten, jedenfalls nicht alle. Ich fühle mich leicht und von einer riesigen Verantwortung befreit. Die Sprache hat mich befreit, aber die Freiheit nützt einem nichts, wenn man einsam ist.

Bis vor die zerschmetterte Tür im Eingang unseres Hauses sind mir noch Kinder gefolgt. Aufgescheucht oder mitfühlend lehnten sich zahlreiche Frauen aus den Fenstern auf die Straße und folgten mir mit ihren Blicken. Die einen mit Schleier, die anderen, jüngeren, mit den Haaren im Wind und zusammengekniffenen Augen, weil ihre Pupillen nicht an das gleißende Licht gewöhnt waren. Ich glaubte Parfums voneinander unterscheiden zu können. Die meisten wussten weder, was sie machen sollten, noch, wie sie mir ihr Beileid aussprechen sollten. Also rührten sie sich nicht vom Fleck und blieben stumm. Und es gab andere, die einfach neugierig waren, den jungen Mann zu sehen, der mit seinen Kritzeleien den Skandal ausgelöst hatte und den die Gendarmen gerade freigelassen hatten. Schöne Frauen mit enthaupteten Köpfen und verrenkten Körpern, weil die Gesetze ihnen vorschreiben, unsichtbar zu sein. Das sind Bereiche, in denen die Sprache noch ein Gemurmel ist und wo ich neue Geschichten finden muss. Ich hielt an und spürte noch einen anderen Blick auf mir. Hinter den Mauern war auch Djemila und folgte mir mir ihren Augen durch ihr Fenster. Sie gab mir ein Zeichen, und ihre Tochter Nebbia kam heraus und ging mit einem Korb in der Hand auf mich zu. Es war bekannt, dass ich nichts zu essen gehabt hatte, während meine Tante weg war. Djemilas Gesicht war schön und besonnen, und es war, als ob ich jemanden wiedererkannte, der lange nicht da gewesen war. Das Mädchen hat mir den Korb hingehalten und blieb stehen, um mich lange anzusehen, bevor sie davonrannte. Ich habe ihrer Mutter mit einem Lächeln gedankt: Das war unter den Augen der anderen Frauen eine gewagte Geste, und sie würde den Gerüchten nicht entgehen. Wie ein Zeichen. Sofort kam mir eine dumme Idee in den Sinn: Ich würde nachts keine Angst vorm Schlafen mehr haben, wenn ich ganz einfach neben ihr schlafen würde! Ihr Körper, den ich fast noch nie gesehen hatte, würde meine Brustwehr gegen die Leere sein.

Die Tür unseres unteren Hauses war zerbrochen und klapperte. Überall lag Sand wie der Leichnam eines toten und besiegten Gespenstes. Ich irrte in den schmutzigen Räumen und in meinem Zimmer umher, in dem es nun keine Hefte mehr gab. Bis auf den Zitronenbaum schien im Hof alles verschüttet und vertrocknet zu sein. Ein grüngelbes Blumengebinde, das wie eine Knospe aussah. Körperlich völlig erschöpft ging ich hinaus, um mich auf die Schwelle zu setzen.

50

Ich wollte meinem Vater das vollendete, letzte Heft zeigen, in dem ich das Gleichgewicht von Blut und Sinn erreicht hatte, den Ort meiner Offenbarung, meinen durch eine exakte und souveräne Sprache endlich wiederhergestellten Körper. Ich wollte ihm sagen, dass ich nahezu so weit war, den Tod als solchen zu heilen. Ich wollte ihm beteuern, dass ich in dieser verfluchten Nacht während des Schreibens fast jeden getroffen hatte: seinen Vater, seine Mutter, seine Urgroßmutter, aber auch die allererste Ahnin, eine Hebamme und Weberin, alle, die uns vorausgegangen waren. Dass ich die Geschichte unserer Sippe rekonstruiert hatte, und dass das Böse und der Hunger besiegt waren, dass ich die Höhlungen, die Leerstellen und die Abwesenheiten in unserer Erzählung repariert hatte und dass alles miteinander verbunden ist und von mir und von jedem abhängt, von jedem Wort meiner Sprache und meinem Schreiben. Ich hatte vorgehabt, bis ganz oben auf den Hügel zu laufen, aber es war zu spät, als man mich in den Rücken gestoßen und dorthin gebracht hatte.

Man sagte mir, dass er gestorben sei und dabei nach meiner Anwesenheit verlangt habe, während ich mich zu seinem Wohl in den Abgrund gestürzt und versucht hatte, seine Hand in der nächtlichen Hölle zu fassen zu kriegen, und dass nur der Wind uns trennte und seine Spuren und meine Worte verwehte. Kaum dass man mich hereinkommen sah, ertönten schon Beleidigungen und Klagen. Sogar Hadjer war kalt wie ein Stein bei einer Steinigung und hatte rote Augen. Die Halbbrüder standen da wie Grabsteine aufeinandergereiht und ich habe seinen Leichnam angesehen. Ich bemerkte seinen abgesenkten Kiefer, die Spuren der kalten Leere des Himmels auf seiner Haut. Man hatte ihm die Augen geschlossen, er schien zu schlafen, wie es die Gegenstände tun, wenn sie jede Konversation verweigern. Ich küsste seine Stirn und war überrascht von der Kälte der Haut. Später habe ich geweint. Vor Wut. Denn da war etwas Ungerechtes, irgendjemand hatte falschgespielt und die Zeiger der Uhr vorwärtsgedreht. Es hätte anders enden müssen. Nie enden dürfen. Er hätte zumindest das Heft lesen müssen, oder erleben müssen, dass es möglich war. Es war mein bestes Heft, elegant, kurz und sachlich im Stil und so fein, dass es einer Düne ähnelte. Ich nahm auch ein wenig die Geschichte meiner Mutter und eine noch viel ältere, schlecht geschriebene, an manchen Stellen unvollständige Geschichte wieder auf. Ich habe das Wichtigste von dem, was ich weiß, und meine ganze Kunst hineingelegt, die diese Sprache mir gegeben hat: dieses notwendige Gleichgewicht zwischen dem Hervorrufen und dem Leben, diese schwer zu trennende Verbindung zwischen Schreiben und Wiedergutmachung.

Was für einen Fehler hatte ich gemacht? Ich wäre nicht in der Lage gewesen, im entscheidenden Moment schneller zu schreiben? Ich schwöre es, er hätte nur zwei, drei Tage, einige Stunden länger in dem gelben und spöttischen Wind durchhalten müssen und ich hätte den Tod besiegt. Der Wind hätte aufgehört zu heulen und wäre wie ein alter, hinkender Wolf in die Senke im Westen zurückgedrängt worden, ich hätte Erfolg gehabt und mein Vater hätte eine schöne und gut geschriebene Geschichte lesen können, die ausgeglichen und intensiv wie Verse gewesen wäre. Ich hätte schneller schreiben müssen. Er hätte mir glauben, an meine Gabe glauben müssen.

Es ist eine fast makellose Geschichte, so präzise und glorreich wie die lange Suche und die Befriedigung am Ende darin dargestellt werden. Eine Geschichte, in der mein Bruder mein Bruder ist, meine Mutter noch lebt, mein Vater nach langer Abwesenheit zurückkommt und mich mit einem seiner seltenen Lächeln und nicht mit einem Messer begrüßt. Das steht auf der ersten Seite des Heftes.

»Mein lieber Gott, mein Bruder!«, sagt dann mein Halbbruder, »Euer Märchen ist wunderbar!« »Die Fortsetzung ist noch überraschender«, antworte ich, »und wäret Ihr damit einverstanden, wenn der Tod mich heute noch leben lassen und mir erlauben würde, sie Euch heute Nacht weiterzuerzählen?« Der Tod hatte Zabor mit Vergnügen zugehört und sagte sich selbst: »Ich werde bis morgen warten, und kann ihn dann immer noch gut sterben lassen, wenn ich das Ende seiner Geschichte gehört haben werde.«

Oran – Perugia – Tunis

Mein Dank gilt Nedra und Karim Ben Smail, die bewiesen haben, dass Tunesien das reichste Land Afrikas ist und ihr Haus das großzügigste Tunesiens.

Und den Leuten von der Civitella Ranieri Foundation für das Intermezzo im Paradies.

Der Epigraf ist ein Auszug aus dem Werk von Angèle Maraval-Berthoin, *Les voix du Hoggar* (Édition d'art H. Piazza, Paris, 1954, S. 37–38). Deutsch von Claus Josten.

Anmerkungen des Übersetzers

Seite 11
Die Koran-Zitate des Original-Romans sind der französischen Neuübersetzung des 2016 verstorbenen, algerischen Anthropologen Malek Chebel von 2009 entnommen. Fast alle entsprechenden Zitate im Deutschen stammen aus der Koran-Übertragung des Philologen und Orientalisten Friedrich Rückert (1788–1866) in der Neuauflage von 1995.

Seite 24
Aboukir ist der Name der nach dem gleichnamigen Dorf im Nildelta bei Alexandria benannten Bucht von Aboukir, in der am 1. und 2. August 1798 eine der größten Seeschlachten der Geschichte zwischen Briten und Franzosen stattfand: Die Schlacht von Aboukir oder für die Engländer »die Schlacht am Nil«.

Seite 43
Als Douar werden im Maghreb eine Ansammlung von Häusern – etymologisch »im Kreis stehend« – oder Ortsteile bezeichnet.

Seite 234
Friedrich Rückert (siehe Anmerkung zu Seite 11) ließ eine ganze Reihe von Koran-Versen unübersetzt. Diese Verse wurden – wie hier – frei nach der französischen Übersetzung im Original und entsprechend anderen Koran-Übersetzungen ins Deutsche übertragen.

Seite 365:
Zum Zitat aus dem Koran siehe die Anmerkung zu Seite 234.